国家社会科学基金重大项目
"日本馆藏近代以来中国留日文艺理论家文献资料整理与研究"
（项目批准号12&ZD163）阶段性成果

彭修银 王杰泓等◎著

中国现代文艺学概念的"日本因素"

中国社会科学出版社

图书在版编目(CIP)数据

中国现代文艺学概念的"日本因素"/彭修银等著. —北京：中国社会科学出版社，2016.1
ISBN 978-7-5161-7113-4

Ⅰ.①中… Ⅱ.①彭… Ⅲ.①文艺学—学科发展—研究—中国—现代②文化传播—中日关系—研究—现代 Ⅳ.①I0②G125

中国版本图书馆 CIP 数据核字(2015)第 283352 号

出 版 人	赵剑英
选题策划	郭晓鸿
责任编辑	慈明亮
责任校对	张依婧
责任印制	戴 宽

出 版	中国社会科学出版社
社 址	北京鼓楼西大街甲 158 号
邮 编	100720
网 址	http://www.csspw.cn
发 行 部	010-84083685
门 市 部	010-84029450
经 销	新华书店及其他书店

印 刷	北京君升印刷有限公司
装 订	廊坊市广阳区广增装订厂
版 次	2016 年 1 月第 1 版
印 次	2016 年 1 月第 1 次印刷

开 本	710×1000 1/16
印 张	17.25
插 页	2
字 数	278 千字
定 价	66.00 元

凡购买中国社会科学出版社图书，如有质量问题请与本社营销中心联系调换
电话：010-84083683
版权所有 侵权必究

目　录

绪论　中国现代文艺学、美学学科建立的日本因素……………………（1）

第一章　中国现代文艺学概念的形成与日本的渊源………………（32）
　引言………………………………………………………………………（32）
　第一节　近代日本文艺学概念的形成及其演变 ……………………（33）
　第二节　近代中国文艺学概念的形成及其演变 ……………………（55）
　第三节　日本作为中国现代文艺学形成和发展的"中间人"………（73）
　结语………………………………………………………………………（98）

第二章　中国现代美学概念的形成与日本的渊源………………（100）
　引言………………………………………………………………………（100）
　第一节　学西方之道
　　　　——日本美学概念的形成及学科确立…………………………（107）
　第二节　借日本之桥
　　　　——中国美学实践的展开及学科建立……………………（121）
　第三节　立中国之本
　　　　——中国美学体系的建构及中日美学的并生发展…………（152）
　结语………………………………………………………………………（166）

第三章　中国现代美术概念的形成与日本的渊源………………（169）
　第一节　近代日本美术概念的形成之考证…………………………（169）

第二节　芬诺洛萨的东方美术观………………………………（178）
第三节　冈仓天心的美术史观…………………………………（194）
第四节　西方现代美术传入中国过程中日本的中介作用………（207）

第四章　中国现代文学思潮概念的形成与日本的渊源…………（218）
引言………………………………………………………………（218）
第一节　日本：中国关注的"他者"……………………………（220）
第二节　中日个人主义思潮的交汇……………………………（229）
第三节　中日浪漫主义思潮的交汇……………………………（235）
第四节　中日现实主义思潮的交汇……………………………（242）
结语………………………………………………………………（258）

主要参考文献……………………………………………………（261）
后记………………………………………………………………（272）

绪 论

中国现代文艺学、美学学科建立的日本因素

一 学科转型与日本影响

本课题研究中国现代文艺学的核心概念以及学科建立与日本的渊源。这些概念主要包括"文学"、"文艺"、"美术"、"文学思潮"、"文艺学"、"美学"等,它们既是中国文艺学科赖以确立和表达自身的术语方式,同时也是中国传统的文艺观念、体系实现现代转型的鲜明表征。

历史文化的演进,与概念、术语的更迭密切相关。概念、术语是活态思想的凝缩与定型,"每一个领域内的现代化进程都是用各该学科的术语加以界说的"[①]。因此,对术语做发生学和概念史的考察,是研究中西日文化互动过程中中国文艺学现代转型的重要切入口。众所周知,中国传统文艺理论、美学思想以生命感悟、直观印象以及诗性思维与表达见长,不存在现代(西学)意义上的"体系"或"学"的建构。至于今天我们所习用的"哲学"、"美学"、"文艺学"、"艺术学"等种种学科名称,实则是近代以降"西学东渐"的结果,具有天然的现代性。

具体就中国的文艺学学科来说。作为一种现代形态的人文学科,它的建立和发展是在清末民初中—西—日三方语境的交互作用下展开的,臻至成熟则是在20世纪中后期,经历了近百年的演进过程。体现在学科用语

---

① [美]费正清:《剑桥晚清中国史》下卷,中国社会科学出版社1985年版,第6页。

上,一是直接从西方输入,二是经由日本中介引进,三是结合中国传统元素创制与再编。其中,近代日本作为输入西方文艺观念、美学思想的"中间人",将西方文艺学、美学的核心术语、概念译成汉字后传入中国,为中国文艺学、美学学科的现代化起到了奠基性的作用。像上面所说的"文学"、"文艺"、"美术"、"文学思潮"、"文艺学"、"美学",还有如"浪漫主义"、"写实主义"、"真实性"、"典型"、"悲剧"、"喜剧"等等这些用语,都是借助日本这一"中间桥"或"中转枢纽",移植、涵化和转换西学而来的。这些新学语的引入不仅规范了国人的思维方式与逻辑表达,更为中国文艺学从古典向现代转型提供了基本概念、框架上的支撑,是中国文艺学学科取得现代性品格的直接标志。

中日一衣带水,有着悠久的文化交流史,文化间的互补性、融通性要远远大于中西或日西,这也是两国间可以相互理解、双向阐释的基础。明治维新以前,主要是日本学习中国,中国作为优势一方"输出"自己的文化、价值观——不过,日本的这种"学习"远非我们想象的那样是被动接受型甚或"冲击—回应模式"(费正清)。很快,中日文化关系随着日本的"脱亚入欧"、"后发赶超"发生了逆转,至清末民初及"五四"新文化运动前后,日本成为文化输出国而中国不得不当起了学生。与此同时,中国直接或经由日本"中间桥"发现了西方。这样,问题的复杂性就出现了,它提醒我们:所谓"中—西—日三方语境"不仅仅意味着一种简单、清晰的"中—日—西"(日本作为中间桥)的线索,它还同时包含中日、日西、中西之间多元互动的复杂关系;如果再算上古今转换以及特定人物(例如芬诺洛萨、冈仓天心、小泉八云、鲁迅、王国维、朱光潜等)兼收并蓄、横跨多国异质文化的话,探讨中国文艺学科现代转型的"日本影响"将会是一个庞杂的系统化工程。因为材料的限制以及"现场"的消逝,各种要素、关系间的联系如此隐而不彰,所以鉴用后现代历史学的观点,说本课题的研究是一种后设的"复调叙事"也不为过。对此,我们的处理方式是:一方面以"日本影响"为焦点,通过对原始文献的考索、梳理,着重追溯那些最重要的学科用语的源流演变,并由此还原其经由日本"中间桥"步入现代的历史轨迹;另一方面,坚持在中西日互动交流的"三方语境"中看问题,充分关注特定概念的古今演绎、中外对接以及由此带来的名实错位、概念误植、术语交叉混用等问题的复杂性。

总之，近现代中国各学科体系包括文艺学的形成，都与相关核心术语、概念的古今演绎、中外对接密切相关。而学科术语群的生成演化，以往鲜有系统化的考察，本课题将其作为展开部，详加掘发，以期从概念史的视角彰显现代中国文艺学的发展与演变的规律，同时加深对中日文化关系的立体了解，增强国际和谐与友谊。

二 促成影响发生的主要因素

学术影响是在文化层面上进行的。文化的核心是其结构，文化变异的根本层面也是其内在结构的调整。在影响的实际发生过程中，最深刻、最有力也最有效的是在基本结构层面上进行的东西。[①] 异质文化能够对本土文化产生影响，为本土文化所接受，乃至在本土文化中生根发芽并传播开来，也必须以发生在本土文化的结构层面上为前提。因此，影响总是具有特定的"结构性倾向"。也就是说，当本土文化用自身的结构性方面来理解和转化异质文化的东西，影响才是实质性和有成效的。影响的有效发生，是影响者和接受者之间产生的复杂运作过程：一方面影响者具有先在的可取之处，存在施加影响的优势；另一方面，接受者又有接受影响的需要和能力。影响者固然可以凭其自身优势对接受者进行启迪、规范并左右其发展动向，接受者依据其自身固有的文化和思想背景也可以对影响内容进行选择、过滤并涵化。近现代日本文艺学、美学能够对中国现代形态的文艺学美学产生有效影响，首先应归功于日本文艺学、美学学科本身在近代发展壮大，具备了施加影响的优势和能力；其次与中国传统文艺学、美学亟待现代转换的现实需要息息相关。更为重要的是，中日两国在文化结构上既具有共同性，又不完全相同，这为影响得以发生提供了必不可少的前提条件。

（一）近代日本文艺学、美学学科的发展壮大

1853年，美国海军舰队总督佩利率军逼近日本江户湾，日本面临着与13年前的中国清政府相似的选择——开放还是锁国。有着丰富应对外来新

---

① 参见牛宏宝等《汉语语境中的西方美学》，安徽教育出版社2000年版，第85页。

文化经验和能力的日本明智地汲取了江户时代锁国两百多年的教训，开始了自上而下全面学习西方的热潮，从西方先进的科学技术到政治制度、经济体制乃至思想文化，无不引而化之。从1868年开始，日本实行明治维新，学习西方的步伐进一步加快，借助"殖产兴业"、"富国强兵"和"文明开化"三大政策，以制度的形式巩固引进西学的成果。在此后约20年的时间里，"文明开化"的强劲东风席卷整个日本思想界，"破历来之陋习，求知识于世界"的呼声高涨，英法的功利主义、实证主义、天赋人权思想等迅速在日本传播。在文艺领域，随着"洋风东渐"，西方的文学思潮也大量涌入日本，写实主义、批判现实主义、浪漫主义、自然主义等相继进驻日本文艺界。与此同时，西方的美学、文艺学思想也开始在日本传播。

明治启蒙思想家西周（1829—1897）因吸收孔德、穆勒的哲学和美学思想，所撰写的《百一新论》在介绍西学思想方面迈出了第一步。接着，他又在育英社讲授"百学连环"，提倡"佳趣论"，并在此基础上写出了日本第一部独立的美学专著《美妙论》，论述作为哲学分支的"美妙学"成立的理由及其研究对象、内外部要素等。之后，"美妙学"又经"善美学"之演变，发展成我们今天通行的"美学"。西周之后，西方美学、艺术思想的传播者是中江兆民（1847—1901）。中江兆民翻译法国维隆的《Aesthetique》（通称《维氏美学》），成为明治维新以降日本翻译出版的第一部系统的西方美学和艺术学理论著作。该书从孔德的实证主义和斯宾塞的进化论出发，排除观念上的理想美，主张艺术上的真实和个性，并认为"审美之学乃是谈论艺术之美的学问"，同时将艺术区分为"使人眼目愉悦的艺术"和"使人耳愉悦的艺术"，初步阐明了艺术之美的意义和本质。这些著作与其后的其他西方美学译著一起，为日本摄取近现代西方的智慧资源，以及日本近现代文艺学、美学的构建产生了重大影响。

明治时代，西方近代文学中的几乎各种流派都曾在日本文坛出现过。有人甚至说："日本是世界文坛的支店，只要看明治以来的日本文坛，就能够晓得世界的文艺如何变化，如何的推移，可以说：近代的日本文坛，片刻不曾放过注意的眼来应此去彼来的欧洲新作品，新思潮……"[①] 这是

---

① 王锦厚：《"五四"新文化与外国文学》，四川大学出版社1996年版，第76页。

一种契合实际的看法。日本文论界长期保持着对理论的极大热情，既努力译介西方几百年来的文艺理论，又着力解决国内现实的文艺问题。到了明治中期，由于新兴的文艺运动需要向美学寻求理论基础和支持，因此，几乎所有作家都涉足理论领域。他们与专门的评论家、理论家以及大学的文学研究者共同构成一支强大的队伍。这支队伍的主要任务便是引进西学以创建适应日本新兴文艺发展需要的文艺学学科。文艺创作的繁荣带来文艺理论和批评的发展，文艺理论和批评的发展反过来又促进了文艺创作的进一步繁荣。这样的结果便是，日本仅用了半个世纪的时间就完成了西方用四五个世纪才走完的文学历程。

最早将西方文学论介绍到日本的，是《东京日日新闻》的主笔福地樱痴。1874年的4月、8月和12月，福地樱痴分别发表《论振兴文学》、《文论》、《论文学之必要》三篇论文，对当时的文学界起到了启蒙作用。前面提到的西周的"百学连环"和他知识论方面的著述《知说》也可以算是简明、平易的文学论。

1885年，"小说改良家的首领"坪内逍遥出版了《小说神髓》，第一次从文学的独立性出发，对日本近世文学中以泷泽马琴为代表的、主流的劝善惩恶的文学观进行了批判。主张文学作为一种"美术"（艺术）有其独自的价值和权威，强调"小说之主脑，人情也。世态风俗次之"①，提倡追求人性的近代写实小说理念，确立了小说在艺术上的地位，标志着日本近代文学观念的诞生。

继坪内逍遥之后，二叶亭四迷翻译了别林斯基的《艺术论》，接受并吸纳了别林斯基关注社会、人生的现实主义精神，以及追求人性自觉的民主主义思想。1886年4月10日，二叶亭四迷在《中央学术杂志》发表《小说总论》，这"是一部优秀的阐明近代现实主义文学原理的文学理论著作"②，进一步完善了日本近代现实主义文学理论。

从西方引进现实主义文艺理论和美学思想的同时，日本学者也着力于引进西方浪漫主义。例如著名美学家森鸥外创办刊物《栅草纸》，宣称"以审

---

① [日]坪内逍遥：《小说神髓》，岩波书店1936年版，第58页。
② [日]中村新太郎：《日本近代文学史话》，卞立强等译，北京大学出版社1986年版，第10页。

美的眼，评论天下文章"，积极进行近代文艺理论和美学批评的启蒙工作。

另一位作家夏目漱石，其不仅以小说创作闻名于世，他融合西方现代艺术精神和东方艺术思想而成的艺术论，更是在日本近代文艺学史上具有重要意义。1907年5月，日本大仓书店出版了夏目漱石的《文学论》。该书被日本著名文学评论家吉田精一誉为整个明治和大正时代"惟一的"、"最高的"和"独创的"，在思想的深刻性上"无人能及"①。在另一论文《文艺的哲学基础》中，夏目漱石以"为人生"、"为社会"为思想基础，强调艺术的"三为"（为自己、为日本、为社会）原则，强调艺术发展的精神标准，强调采纳西方艺术需发挥日本自身的特色，并将"真、善、美、庄严"作为文艺的最高理想。②

论日本近现代文艺学对中国现代形态文艺学的影响，厨川白村是不能逾越的重要人物。尽管在日本近代文艺史、文艺理论史和文艺批评史上，厨川白村常常是被忽略的，甚至几乎在所有的《日本近代文学史》上都找不到他的名字。但是，他对20世纪20—30年代中国文艺界所产生的影响，可以说超过日本任何一位文艺理论家或批评家。日本学者实藤惠秀也曾说："厨川白村的文艺思想，一度成为中国文艺理论的准绳。"③这话是契合实际的。厨川白村的《近代文学十讲》以大量实例系统地介绍了近代欧洲文艺思想的形成和发展，可谓19世纪后半叶以降欧洲文艺思潮的鸟瞰图。《苦闷的象征》于1924年2月由日本改造社出版。全书分创作论、鉴赏论、关于文艺的根本问题的考察和文艺的起源四个部分，涉猎面极广，且"在目下同类的群书中，殆可以说，既异于科学家似的专断和哲学家似的玄虚，而且也并无一般文学论著的繁碎。……而且对于文艺，即多有独到的见地和深切的会心"④，成为鲁迅在北大和北师大讲授文学批评所用的讲义。厨川白村的其他主要著作也几乎全部译成中文出版，如罗迪先译《近代文学十讲》、鲁迅译《出了象牙之塔》、绿蕉译《走向十字街

---

① 转引自何少贤《日本现代文学巨匠夏目漱石》，中国文学出版社1998年版，第1—4页。
② 卞崇道、王青主编：《明治哲学与文化》，中国社会科学出版社2005年版，第339—361页。
③ [日]实藤惠秀：《中国人留学日本史》，谭汝谦、林启彦译，生活·读书·新知三联书店1983年版，第243页。
④ 《苦闷的象征·引言》，《鲁迅全集》第10卷，人民文学出版社1981年版，第232页。

头》以及夏丏尊译《近代的恋爱观》等。

在小说研究方面，木村毅的《小说研究十六讲》，分别从小说与现代生活、西洋小说发达史、东洋小说发达史、小说之目的、现实主义与浪漫主义、小说的结构、人物、性格、心理等角度，逐一辨析小说的性质、特点、发展、流派等，被日本学界公认为最早的全面系统地研究日本现代小说的研究著作，并且在日本一版再版。该书与其后的《小说的创作与欣赏》，在中国也有两个版本，对中国现代小说理论建设和小说知识的普及产生了一定的作用和影响，郁达夫的《小说论》的写作就主要参照了《小说研究十六讲》。[1]

此外，诸如本间久雄的《文学概论》、松浦一的《文学的本质》、萩原朔太郎的《诗的原理》、宫岛新三郎的《文艺批评史》等文学理论著作，上田敏的《现代的艺术》、木村庄八的《少年艺术史》、中井宗太郎的《近代艺术概论》、板垣鹰穗的《近代美术史潮论》等艺术理论著作，均在吸收与借鉴西方文艺理论和美学理论的基础上，发展起日本文论的基本术语、概念、理论体系和思维模式，并在一定程度上成为中国借鉴的对象。

总的来说，近代特别是在甲午中日战争以降，日本不但在经济上崛起，创造了东亚经济发展奇迹，而且其"文明开化"政策也铸造了日本近代文化的繁荣。进而言之，如太郎所言："日本明治末叶直到现在，最发达的要算文艺"。[2] 新兴的日本国凭借其强大的吸收和消化力，反过来又影响着日益陷入衰败的同属同一儒家文化圈的中国。这是一种典范意义的"后发赶超型"经验，足以为中国文艺学、美学学科乃至整个传统文化的现代转型提供多维度的智慧启迪。

（二）中国文艺学、美学学科转型的现实需要

历史证明，"从传统的中国文学艺术理论，在没有外来影响的情况下直接建立一种现代中国美学，是不可能的"[3]。不仅如此，从传统的中国文学艺术理论，在没有外来影响的情况下直接建立一种现代中国文艺学，

---

[1] [日] 铃木正夫：《郁达夫和木村毅著〈小说研究十六讲〉》，原载日本《野草》第27、28号，1981年4月、9月。

[2] 转引自方长安《中日近现代文学关系逆转发生论》，《武汉大学学报》（人文社会科学版）2002年第6期。

[3] 高建平：《全球化背景下的中国美学》，《民族艺术研究》2004年第1期。

同样是不可能的。"理论在一个国家的实现程度,决定于理论满足于这个国家的需要的程度。"①曾经,中国传统的、占主导地位的文艺学、美学话语,如"情景"、"情理"、"写意"、"达情"、"气韵"、"文质"、"空灵"、"中和"、"兴观群怨"、"风骨"、"滋味"、"品第"、"韵外之致"、"妙悟"、"格物"、"因缘"等范畴,"文以载道"的文学观念,以及感悟、评点式的诗性言说方式,对美学、文艺理论的发展形成了阻碍。清末民初,文艺界的普遍情况是,不仅文学艺术的定义、本质、起源、特性、种类等基本问题,人们普遍没有进行过严肃的追问和科学的考察,就连如何创作新文艺、如何理解新的文学艺术现象、如何认识新的思潮流派、如何鉴赏新的文学作品等常识性问题,大家都感到陌生而困惑。因此我们说,正是中国文艺学、美学急欲打破传统实现现代转型之需要,决定了它接受外来文艺学、美学思想洗礼之必然。

追溯我国文论和诗学的发展历程,在近代梁启超、王国维之前,传统文学批评与理论的基本形态是"诗文评"。所谓"诗文评"有以下特点:第一,偏重于对作家、作品的品评、评点,其中可能涉及对诗文的基本看法,但往往是有感而发,不成系统;第二,分体文论占多数,如诗论、画论、赋论、词论、文论、戏曲论、小说论等,较少有综合性的着眼于一般文学原理的探讨和理论构建。不仅如此,"诗文评"旨在"文以载道",即将美善混同,遵循以善待美、审美他律的功利主义原则,视文学艺术为儒教道统的附庸。然而,世易时移,随着封建道统的日趋没落,皮之不存,毛将焉附?所以,清际民初的学者们开始感受到"欧风美雨"、"德先生"、"赛先生"的召唤。还有一大批留学生,他们从国外带回许多新的、先进的现代思想,科学主义逐步占据主流,并渗透中国现代化思想的每一个领域。反映到文艺上,那些严重缺乏创造力的传统文论的外在表现形式,如诗话、词话等,在外来的进化论、象征主义面前自然不堪一击,有亟待改进甚至被扬弃的必要;而历代以来奉行的以等级观念看待各种文学样式,尤其是鄙视小说、戏曲的审美价值的陈旧的文论观念,也因为与"维新"、"民主"的大潮相悖,自然首当其冲受到批判和抗拒;传统文论的评

---

① 《马克思恩格斯选集》第一卷,人民出版社1972年版,第10页。

点等陈旧的思维方式，因为缺乏系统的归纳和整合能力，没有一种作为指导思想的权威的统摄力量将丰富的文论材料构成理论体系，也行将走到末路。

19世纪下半叶所产生的诸如刘熙载的《艺概》、康有为的《广艺舟双楫》等文艺学著作，纵然不乏丰富的文艺学、美学思想，但却没有现代美学精神的指导。王国维的《人间词话》虽然把叔本华美学化入中国传统背景和审美经验，使"境界说"显示了长久的魅力，但还是局囿在"词话"的形式框架中而未能突围。只有在《〈红楼梦〉评论》中，王国维借鉴叔本华的哲学思想，用悲剧观念阐释《红楼梦》，才显示了全新的现代文学观念，令国人耳目为之一新。稍后的梁启超深谙西方启蒙主义文艺美学的思想，以长篇论文大力倡导改良主义的小说理论。其《译印政治小说序》和《论小说与群治之关系》两篇文章，立足于对读者审美心理的分析，阐述小说的魅力之源，在理论形态上已经偏离传统文论的感悟与评点方式，开始理性地推理与演绎，悄然改变着中国文论和美学的理论形态，给学界带来极大震撼。梁启超和王国维的实绩已经昭示了古代文学理论形态现代转型的开端。在他们的策动下，文艺界纷纷把目光转向国外，寻求新的理论资源，探讨现代文论和美学转型的道路。而当时的一条主要的探索途径，就是经由日本接触和吸收欧美文论，从而为"改写了中国传统文论的样式，直接提供了思想、观念及研究方法"[①]。

（三）中日文化的共同性和差异性

中日文化之间既具有共同性，又不可避免存在着差异，这是近现代中日之间能够实现文化交流的前提所在。首先，中日两国同文同种，同属"汉字文化圈"，在语言上障碍较小，日本许多文艺学美学新学语较易为中国引进和接受；其次，中日两国同属"儒家文化圈"，在思想上渊源颇深，二者的差异没有小到不值一学的程度，也没有大到让中国感到威胁而产生排斥抗拒的程度。

毋庸置疑，在近代以来的日本文化脉络中，依旧流动着中国传统文化的血液，"中国对于日本文化的理解由很好的'因'很远地种下了……"[②]

[①] 傅莹：《中国现代文学基本理论的发轫及检讨》，《文艺报》2001年4月3日。
[②] 钟叔河编：《周作人文类编·日本管窥》，湖南文艺出版社1998年版，第41页。

中日之间这种源远流长的文化渊源正是两国能够实现文化交流的坚实基础。近代以来，日本文化向中国传播和输出，在很大程度上也得力于中国和日本同属于"汉字文化圈"。日语词汇中有 50% 以上来源于汉语，其含义与中文大体相同。早在 19 世纪末，人们就注意到中日两国文字的接近有利于中国学习日本。如在后来成为"六君子"之一的杨深秀在向朝廷的奏议中就明确说道："中华欲留学易成，必自日本始。政俗、文字同，则学之易；舟车、饮食贱，则费无多。"① 张之洞在以"中学为体"而著名的《劝学篇》中的一段论述更有影响："至游学之国，西洋不如东洋。一路近省费，可多遣；一去华近，易考察；一东文近于中文，易通晓；一西书甚繁，凡西学不切要者，东人已删节而酌改之。中东情势凡俗相近，易仿行。"② 如此优越的客观条件，吸引了大量的中国青年游学东洋。

由于日文中词汇多用汉字构成，因此在 20 世纪，中国翻译日文书籍引进了大量由汉字构成的日语词汇，进一步增强了两国在语言上的联系。法国汉学家汪德迈曾说："共同使用汉字作为记录各民族口语的工具这一事实仍然是汉文化诸国聚合的一个强有力的因素。它从很大程度上消除了汉文化圈内部的语言障碍。尽管各国民族语言差异极大，但是从交流角度出发，一个中国人在日本、朝鲜，或一个日本人、一个朝鲜人在中国要比一个法国人在意大利更为方便。"③ 虽然日本文化具有自身的特点，但它更适于作为一种介于中国和西方之间的"过渡文化"——它本身既与中国古代文化相联系，又与西方现代文化相联系。④

另一个便利条件，是中国人对日本文化缺少防范心理。因为在中国，从学者到普通百姓，大都认为日本文化是从中国传出去的，是东方的，是儒家正统的，学习日本，并不等于抛弃了中国的传统，反叛了东方。自近代以来，中国一直存在着西化与反西化之争，但却很少有"日化"和反对"日化"的说法，虽然有反对日货和反对日本侵略（尽管事实上在多数情况下，学习日本，乃是变相地西化）。周作人尝言："日本古今的文化诚然

---

① 转引自［美］任达《新政革命与日本》，李仲贤译，江苏人民出版社 1998 年版，第 52 页。
② 张之洞：《劝学篇》，中州古籍出版社 1998 年版，第 117 页。
③ ［法］汪德迈：《新汉文化圈》，陈彦译，江西人民出版社 1993 年版，第 102 页。
④ 许倬云：《中国文化与世界文化》，贵州人民出版社 1991 年版，第 222—223 页。

是取材于中国和西洋，却经过一番调剂，成为他自己的东西，正如罗马文明之出于希腊而自成一家。"① 说到底，中日文化之间的共同性的意义，在于它本身成为沟通和传播的基础。日本文化在中国传播并发生重要影响的，主要是它本身来自西方的、比中国先进的那部分因素。日本文化对中国文化的吸引力，也产生于它在社会发展阶段上处于先进的一方，而中国则处于落后的一方。在这点上，日中之间的关系十分像古代的中日关系："唐代中国是封建经济文化高度发达的中央集权国家，在当时世界上居于先进地位。646年大化革新前日本的社会性质虽然学术界尚无定论，但还是存在相当多氏族制残余，远远落后于中国，是可以肯定的。因此，日本才如饥似渴地学习中国。终于以大化革新为契机，进入了封建社会，建立了中央集权国家。"② 如果日本不是通过明治维新，完全接受西方文化，建成了现代文艺学美学学科体系，它就没有资格向中国实现文化输出进而产生影响。

中日作为东亚国家在新的世界秩序中具有相似的命运，特别是近现代化的相似性、可比性更是不容抹杀。日本成功地将自己的传统文化同现代西方的制度和思想结合起来。具体言之，就是将专制的国家主义与民主性的启蒙主义相结合，进而成功地跻身东亚近现代化的典范。其经验教训对于因洋务运动失败而困惑不解的中国统治者和广大智识阶层来说，借鉴意义不言自明。积贫积弱的旧中国要想找到救亡图存、学习西方以振兴民族的方式与途径，日本无疑是一个很好的桥梁和中介。

三 影响的基本特征

（一）以思想启蒙为契机

"启蒙"一词中文的原初意义，即启发人类的无知和蒙昧，比如"幼学启蒙"。但是，本书使用的"启蒙"一语，却是英文"Enlightenment"的中译，是在西学东渐的背景下来使用的。

有学者指出，中国20世纪的美学和文艺学从来都没有真正"纯粹"

---

① 钟叔河编：《周作人文类编·日本管窥》，湖南文艺出版社1998年版，第58页。
② 周一良：《中日文化关系史论》，江西人民出版社1990年版，第5页。

过,而总是同整个20世纪中国社会和文化的转换以及意识形态的变动有着千丝万缕的联系。"在19世纪90年代的中国第一代知识分子同20世纪的第二代知识分子之间,尽管存在着许多差异,但这两代知识分子中大多数人专心致志的却是一个有着共同特点的课题,那就是要振兴腐败没落的中国,只能从彻底改变中国人的世界观和完全重建中国人的思想意识入手。如果没有能适应现代化的世界观和新的思想意识,以前所实行的全部改革终将徒劳无益,无济于事。"① 在19世纪末20世纪初的中国,思想启蒙代表着较早觉醒的中国智识者普遍的精神和文化诉求,是指引人们走出蒙昧和封建的误区、挽救衰颓国势、救亡图存的重要路径。文艺理论和美学理论作为观念形态的上层建筑,作为意识形态的一个重要分支,也不能不以独特的内容和形式介入思想启蒙这一时代共同的课题,紧跟历史演进的轨迹。

产生思想启蒙愿望的直接契机是日本的启蒙文艺。1873年,由福泽谕吉、西周、中村正直等六位著名思想家发起而成立了"明六社",次年创刊《明六杂志》,鼓吹自由思想,以达到变革日本传统社会的秩序与文化/心理结构的目的。明六社同仁们以实用主义和现代理性主义作为基础,呼唤"近代自我",努力为资本主义的发展扫清道路。后来西乡信纲等人在《日本文学史》中将明六社的创举概括为"以这些明治市民社会的启蒙家们为中心而涌现出来的对封建制度和封建思想的批判精神,及其要求文化上和政治上解放的活动,统称为明治初期的启蒙思潮"②。在这股思潮的冲击下,日本文艺家以自由民权的启蒙思潮为魂灵,以变革儒家劝善惩恶的文学观和旧的戏作文学形式为主要内容,以宣传近代西方的人本主义精神、倡导自由平等、推进自由民权运动为目的,掀起了启蒙文艺的发展潮流。正是在参照、认同进而吸纳日本启蒙文艺的现代性经验的基础上,中国新文艺的先驱者们肩负起了五四时代文艺的启蒙使命。

陈独秀、胡适、李大钊、鲁迅等为代表的五四勇士高举"民主"和"科学"两面大旗,以新的观念来观察文艺,急切要求变革文艺,提出了两千年的封建文艺是"恶政治"的祖宗父母,坚信"新文明之诞生,必

---

① [美]林毓生:《中国意识的危机》,贵州人民出版社1988年版,第45页。
② [日]西乡信纲等:《日本文学史》,佩珊译,人民文学出版社1978年版,第226—227页。

有新文艺为之先声"。1917年，胡适在《新青年》上发表《文学改良刍议》，提出著名的"八不主义"。陈独秀则在《文学革命论》中提出"三大主义"。他们要求打破旧文学，建立新文学，主张建立"活的文学"和"人的文学"，倡导"人道主义为本"，推崇个人本位主义，宣扬"为人生而艺术"、"写实主义"，以文艺"改造国民性"，或提倡"为艺术而艺术"、"浪漫主义"、"艺术是自我的表现"。总之，他们在新的哲学基础上运用全新的思维方式，以新的命题、范畴、概念、术语等，去代替"文以载道"、"温柔敦厚"、"思无邪"的诗教等一套老的文艺观念、思维方式和命题、范畴、概念、术语，处处凸显出思想启蒙的强烈愿望。

(二)"西方—日本—中国"模式

1895年的中日甲午战争，骄傲自负的中国人注定要承受惨败的结局。这一结局实际上昭示了中日两国近代化历史进程的巨大差距。惨败带来的强烈精神震撼终于唤醒了沉睡中的"东方雄狮"，中国人在日本明治维新30年后也开始关注日本的"维新"了。这正是中日两国开始新的文化交流的思想契机，同时也以特殊方式开始了中西文化交流的新篇章。事实上，日本在中西文化交流的过程中充当的是"桥梁"和"纽带"的角色。换言之，中西日之间文化思想往来在有意无意中遵循着"西方—日本—中国"的运行模式和轨迹：日本凭借地利之便率先"开国迎西"，并开展自上而下的"明治维新"，早于中国半个世纪实现了近代化；而甲午战后的几十年间，中国人也开始从日本输入西方资本主义的先进文化思想。由此，在"日本中介"的作用下，中西文化交流的涓涓细流渐成百川归海之势。

从1896年起，大批中国公费和自费留学生前往日本，且与日俱增。据资料显示，中国留日学生第一批只有13人，至1905年、1906年两年则突破8000人大关，到1937年，总共达11万之众，数目惊人。美国学者马里乌斯·詹森将其誉为"世界历史上第一次以现代化为定向的真正大规模的知识分子的移民潮"[①]。鲁迅、苏曼殊、周作人、钱玄同、陈独秀、

---

① 转引自方长安《选择·接受·转化：晚清至20世纪30年代初中国文学流变与日本文学关系》，武汉大学出版社2003年版，第6页。

李大钊、郭沫若、郁达夫、成仿吾、田汉、胡风等几乎都是在明治末期和大正时期先后留学日本的。他们在当时或后来走向文艺并创造出历史业绩,虽不能说完全因留日之故,但留日经历无疑成为其文艺发展道路的重要组成部分。通过学习,日本经过明治维新发展起来的新文艺被引进中国,日本文艺实现新旧更迭和现代转化的经验也为中国新文艺的先驱们所借鉴。而明治维新以后的日本文艺,是在学习西方的基础上发展起来的,这就意味着中国所学习、引进、借鉴的日本文艺,实质上是经过日本吸收和消化过的西方文艺,日本充当的是中西文艺交流的"二传手"。在其中,我们不否认日本的传统文艺思想对中国也有启发,但那毕竟只是很小的一部分,因为日本的传统文化大多来源于中国,即便其中又经过日本内化后的独创,也只是次要的方面,真正占主流地位的还是日本学习西方的那部分近现代文化。在此意义上,我们所谓的"日本文化",实际上只是日本化后的西方文化,这种特殊形态的日本文化正是近现代中国向日本学习的主体。进而言之,近现代中日之间文艺学、美学的交流并非单纯发生在中日之间,而是更多以日本为桥梁发生于中西之间。

(三)文化层面上表现为传统和现代的紧张与冲突

在特定的历史时期,当一种文化作为强势文化侵入别国相对弱势的文化时,总会引起弱势文化群体的抗拒和挣扎。从大范围来看,近代西方新兴资本主义文化对落后的封建文化的"强奸"是伴随着血与泪的强制而实现的。从小范围看,中国的元、清时期,当游牧民族取得封建政权,开始将其狩猎文化向汉族的农耕文化渗透时,虽然从文化层面上说汉文化还是属于较少数民族文化更先进的文化,但是汉文化的拥护者在接受之初,仍然难免那种面对异质文化入侵油然而生的本能的抗拒。所以,当本土文化遭受异质文化的渗透或入侵时,本土文化的拥护者总会产生一种原发性的阵痛和恐惧,始终伴随着一种被他者同化的焦虑感,进而奋起排斥和抗拒,本能地肩负起保卫本土文化传统、拒斥异质文化的重任。这几乎已经成为一种文化发展之定式。

这种定式在近代中国面临西方文化"并"、"化"后的日本文化的影响时,也明显体现出来。19世纪末20世纪初,虽然部分进步的中国知识分子已经开始自觉地学习日本,走日本式的学习西方的道路,但是中国坚决反对"悉夷"更反对"师夷"的守旧势力仍然非常强大,凡是倡导学习外国的主张都被诬蔑为"媚夷"、"乱夷夏之防"、"以夷变夏",保守的话语始终占据巨大的道德或道义优势。即使是那些主张"师夷"者,由于开风气之先,也免不了有摸着石头过河之感,战战兢兢,唯恐民族文化传统被丢失、被遗弃,因而在学习的过程中也始终摆脱不了那种潜在的焦虑。面对日本和西方文化,他们不得已采取一种消极摄取的方式,一面学习,一面又警惕、排斥。日本学者江上波夫在其所著《文明转移》一书中谈及中国学习他种文化的情形时,这样说道:"中国接受的时候,总是想作为自己过去传统的中国文化的一部分来理解,所以文化的本质丝毫不会变化。"① 这种态度决定了中国人始终不可能像日本人那样全盘接收异族文化,当然更谈不上获取异族文化的精髓了。

在此情况下,可想而知,日本和西洋新的文艺观念、美学思想,在其登陆之初所经受的考验是何等严峻和残酷。鲁迅当年曾将这一历程比作"从别国窃来火种,本意却在煮自己的肉",形象反映出近代中国知识分子所面对的反封建、反"夷"化的双重困境。梁启超则是一位喜欢移植"日本译西书之语句"入中文的大家,但是,在引进日本和西方文艺学、美学新学语的过程中,他似乎有意无意地忽略这些异域新词所代表的西学思想和观念,更多带着一种猎奇式的欣赏和把玩。如此种种,都反映出文化近代化在中国的不易。

四 影响的具体呈现

日本近现代文艺学、美学对中国之影响,大体具备当初西方影响日本时的全部特征。这种影响是全方位的,其不仅仅赋予中国文艺学、美学学科以名称,更重要的是在范畴、概念、术语以及审美观念、学科体系、方法论等学科构成的奠基性、根本性方面产生了巨大影响。这种巨大影响成就了20世纪中国文艺学、美学发展的结构性特征,构成中国文艺学、美学的内在动力,表征着中国文艺学、美学现代形态的发生和发展。

---

① [日]依田憙家:《日中两国近代化比较研究》,卞立强等译,北京大学出版社1997年版,第189页。

（一）文艺学美学范畴、概念、术语的输入

综观今天的中国文艺学、美学所使用的一套规范的范畴、概念、术语，大部分是从日本移植而来。而日本的现代日语词汇，绝大部分又是明治维新以后由日人翻译西文著作创化所得。在近代中国特别是清末民初，伴随着西学东渐的展开，大批反映西学内容的新词语涌入中国。对此国学大师王国维有深入的认识："近代文学上有一最著之现象，则新语之输入之是已。"[①] 王国维的"文学"，推及为"文化"也是符合实际的。

王国维不仅在理论上倡导引进新学语，而且也在文艺实践中履践之。以《〈红楼梦〉评论》为例。《〈红楼梦〉评论》中不仅已经出现了"自律"、"他律"等西学新语，而且通篇运用西方哲学美学的观点和学术话语来评论中国古典小说的代表作《红楼梦》，第一次破天荒地将"悲剧"作为一种范畴从西方输入中国，用西方现代观念来观照中国古典文学，成为近代中国引进欧西新学语、开风气之先的先驱者之一。而诸如"自律"、"他律"、"悲剧"等概念、范畴，王国维又不是直接从西方引进的，而是通过在日本接触到叔本华的哲学美学理论而间接引进的。实际上，这种间接引进的方式已经成为王国维及当时许多学者介绍新概念、新术语的基本方式。王国维曾经引进并使用过的文论和美学领域的词汇，还有"美学"、"美术"、"艺术"、"纯文学"、"纯粹美术"、"艺术之美"、"自然之美"、"优美"、"壮美"、"高尚"、"感情"、"想象"、"形式"、"抒情"、"叙事"、"欲望"、"游戏"、"消遣"、"发泄"、"解脱"、"能动"、"受动"、"目的"、"手段"、"价值"、"独立之价值"、"天才"、"超人"、"直观"、"顿悟"、"创造"、"现象"、"意志"、"人生主观"、"人生客观"、"自然主义"、"实践理性"等。这些术语，其中当然也有王国维的自创，少量或出自对传统美学观念的转化，但主要的则是经由日本从欧美转译，进而用日语书写的。它们作为区别于传统文论和美学的"自治"话语，流传至今，成为当代美学、文学理论的基本术语，也是我国现代文论话语传统的重要组成部分。

文坛巨擘梁启超，在输入新的文论话语方面也堪称楷模。梁启超所输

[①] 周锡山编校：《王国维文学美学论著集》，北岳文艺出版社1987年版，第111页。

入并使用过的文论概念、术语，大致有"国民"、"诗界革命"、"文界革命"、"小说界革命"、"新文体"、"新小说"、"写实派"、"理想派"、"浪漫派"、"情感"，以及后期的"象征派"、"文学的本质和作用"等。且不论梁启超的文学观、美学观如何，单单就他所引进的这些新的学术语汇，直到21世纪的当下仍然富于生命力。后来文艺界引入的术语如"新感觉派"、"新写实主义"、"现实主义"、"浪漫主义"等派别名称，"真实"、"反应"、"表现"、"再现"、"形象"、"典型"、"个性"、"环境"、"本质"、"上层建筑"、"意识形态"、"优美"、"崇高"、"悲剧"、"喜剧"、"直觉"、"理性"、"内容"、"斗争文学"、"自然生长"、"目的意识"等文论和美学术语，也肇始于"新语之输入"的浪潮。据《世界文学术语大词典》统计，一个世纪以来，我国共引进文学术语2018个，其中文论术语533个，光常用的就有126个[①]，其数量之巨着实惊人。

　　语言不仅仅是工具，同时也是思想本体。语言不仅是文章内容的形式载体和外壳，而且也是文章的精神意蕴的显在表征。现代语言学认为，语言的所有最为纤细的根茎生长在民族的历史文化与现实中，一个民族怎样思维，就怎样说话，语言中存留着无数种族文化历史与现实的踪迹，是种族文化历史与现实的直接呈示。一种语言就意味着一种生活方式、一种文化范式。来自或转自日语的新的语词、概念、术语，为中国思想界摆脱"之乎者也"的吟唱模式，确立新的文体，提供了新的符号载体，从而为当时译介日本和西方文学作品提供了方便。更重要的是，随着新学语传入的日本和西方新的思想，使中国的文体为之遽变，新文体获得了真正的现代性品格，为由此以降的现代文学写作提供了方便，成为现代文学创作的基本语汇。正如实藤惠秀所指出的："中国因为流行着广含日本词汇的翻译及掺入日本词汇的新作，所以中国的文章体裁产生了明显的变化。"[②]

　　这种情况也引起了一些保守人物包括极个别留学生的不满。1915年，留日学生彭文祖就将这些从日语借用过来的词汇讥剌为"盲人瞎马之新名词"，大声疾呼要慎用新名词，否则会导致"亡国灭种"的严重后果。尽

[①] 陈慧、黄宏熙主编：《世界文学术语大词典》，河北教育出版社2001年版，第787—806页。
[②] ［日］实藤惠秀：《中国人留学日本史》，谭汝谦、林启彦译，生活·读书·新知三联书店1983年版，第291页。

管这些反对者是从民族感情出发，或者是基于维护汉语纯洁性的考虑，也有其合情合理的一面。然而，在中西文化激烈碰撞、交合的过程中，外来词汇包括日语词汇的引入，已经形成了难以阻挡的大趋势。客观地看，近代的那些译著一开始就在为中日文论关系的逆转做准备，或者说，在中日文论关系发生逆转之前，它们就从词汇的角度作用、影响于中国文论。究其实质，则在于我国传统学术在理论思维方面存在不足，有必要向西方学习形而上的理论思维方式，以改造我国固有的思维方式。中国现代文艺学、美学之所以能够成就如今这样丰富浩繁、难以计量的词汇之海，正是在一开始就不拒绝、不排斥从多方吸纳养分的结果。

(二) 文艺观、审美观的现代性的形成

基于中国文论和美学发展的现实需要，晚清文学变革、五四文学革命和其后的无产阶级革命文学三个阶段的现代转换进程，都留下了日本文论和美学的印迹，与日本化后的西方文论思想有不可忽视的联系。在基本的文艺观、审美观的形成过程中，中国总能从日本那里获得启示，找到存在、发展的依据。

1. "小说为文学之最上乘也"

在晚清文学界，特别是梁启超的政治小说盛行的时期，日本政治小说家视小说为文学最上乘的观念，成了晚清小说革命倡导者和践行者建构新的小说观的域外助力，深深影响了晚清的小说理念。明治以前，小说在日本的地位和命运与中国古代极为相似，都属于稗官野史之流。进入明治启蒙时期，启蒙思想家们出于开化民智的现实需要，重新审视小说，进而开掘出小说被贵族文学长期遮蔽的社会启蒙功能。1883年8月，《自由新闻》下属的《绘入自由新闻》分三次刊发了《论关于政事的稗史小说的必要性》，论述稗史小说在政治启蒙时代的重要性与必要性。[①] 半峰居士在评《佳人奇遇》时甚至明确指出，"盖泰西诸国，稗史院本为文章之最上乘"[②]。随着日本文艺的译介和引进，日本启蒙文艺的这种新的小说观给予20世纪的中国文艺家极大的启示，并使后者最终借助这种全新的外

---

① 参见何晓毅《"小说"一词在日本的流传及确立》，《陕西师范大学学报》1995年第2期。
② 转引自方长安《选择·接受·转化：晚清至20世纪30年代初中国文学流变与日本文学关系》，武汉大学出版社2003年版，第21页。

来力量和理念，帮助中国的传统文艺走出了轻视和鄙夷小说的固见。

梁启超是最早和最用心于纠偏的先驱者。1902年，梁启超创办了中国第一份专门刊登小说的杂志《新小说》。刊物的起名直接借用了日本1889年和1896年两次创办的同名杂志。刊物的宗旨和贯彻始终的原则，是既要重新评价小说的社会地位和作用，重新认可通俗文艺形式的利用价值，又要在小说的内容上加以革新，与政治密切联系，使原来专供消遣娱乐的旧小说升华为有明确社会目的、政治理想和抱负的新文学。梁启超亲自撰写的《论小说与群治之关系》是《新小说》创刊号的首篇。文中指出，"于日本明治维新之运有大功者，小说亦其一端也"，之后他又宣称，"欲新一国之民，不可不先新一国之小说"，"故今日欲改良群治，必自小说界革命始；欲新民，必自新小说始"。他深信，"诸文之中，能极其妙而神其技者，莫小说若"，"小说为文学之最上乘也"①——将小说与新民这一时代和政治的文化主体联系起来，赋予小说前所未有的地位和功用。这是中国文学和美学史上首次以现代理论模式概括小说的审美特征，并且通过对小说的审美功能和社会功能的高度肯定，使小说获得了在文学殿堂的正式通行证，从根本上改变了对中国传统文化中所谓"小道"、"稗史"的价值定位，从理论上将小说从文学的边缘推向了中心。

在日本文艺的影响下，不独梁启超，当时几乎整个小说界观念都为之大变。如陶佑曾在《论小说之势力及其影响》中说："自小说之名词出现，而膨胀东西剧烈之风潮，握揽古今厉害之界限者，惟此小说；影响世界普通之好尚，变迁民族运动之方针者，亦惟此小说。小说，小说，诚文学界中之最上乘者也。"② 他坚信小说乃文学中最重要的文体，能影响世界之走向。晚清学者这种视小说近乎神灵的思想，虽从民族文学的发展角度看，可以理解为小说潜在的感人魅力与启蒙时代的精神需求相契合的缘故，但从国外文学的影响来看，则直接源自日本明治初年的启蒙文艺的新的小说美学观。从小说发展的历史看，它可谓是日本政治小说给予晚清文论最具有文论价值的部分，因为它在不经意中改变了中国的某些传统文论

---

① 夏晓虹编：《梁启超文选》（下），中国广播电视出版社1992年版，第3—8页。
② 陈平原、夏晓虹编：《20世纪中国小说理论资料》第1卷，北京大学出版社1989年版，第226页。

和美学观念，动摇了传统文论的秩序，为中国小说的现代变革提供了合法的社会依据，使小说观念的转型与现代化成为可能。

2. "人的文学"

周作人建构、倡导"人的文学"观的内在驱力与基本原则，也主要源于由日本获得的崇尚自然的文化观。初到日本时，周作人下榻于东京的伏见馆。馆主人的妹子赤脚给周作人搬运行李，拿茶水，给了他极大的好感："我相信日本民间赤脚的风俗总是极好的，出外固然穿上木屐或草履，在室内席上便白足行走，这实在是一种很健全很美的事。我所嫌恶中国恶俗之一是女子的缠足"，"凡此皆取其不隐藏，不装饰，只是任其自然，却亦不至于不适用与不美观"。① 这最初印象"很是平常，可是也很深，因为我在这以后五十年来一直没有什么变更或修正。简单的一句话，是在它生活上的爱好天然，与崇尚简素"②。正是基于对这种崇尚"自然"、"爱好天然"的文化观的认同，周作人发展了其著名的"人的文学"的观念："人的一切生活本能，都是美的善的，应得完全满足，凡是违反人性不自然的习惯制度，都应该排斥改正"，"凡兽性的余留，与古代礼法可以阻碍人性向上的发展者，也都应该排斥改正"。③ 在他看来，人性的自由发展是自然的，也是"人的文学"应该着力表现的，因为"个性的表现是自然的"。④ 在《儿童的文学》中，他说："顺应自然生活各期，——生长，成熟，老死，都是真正的生活。"⑤"人的文学"书写的就应是这种顺应自然的生活。他"五四"前后发挥武者小路实笃、有岛武郎等人的文艺理论而写的《平民文学》、《人的文学》、《新文学的要求》、《日本近三十年小说之发达》等论文，贯穿的基本思想也是这种自然人性论和"白桦派"的人道主义理论，对"五四"新文学的发展产生了莫大影响。可见，周作人倡导的"人的文学"观与其所获得的日本经验之间有很深的渊源。

"人的文学"观建构的首要的、基本的问题，是重新界定"人"。"人"

---

① 周作人：《最初的印象》，《知堂回想录》，群众出版社1999年版，第158—159页。
② 同上书，第57页。
③ 周作人：《人的文学》，《中国新文学大系·建设理论集》，上海良友图书印刷公司1935年版，第194页。
④ 周作人：《个性的文学》，《谈龙集》，上海书店1987年影印版，第151页。
⑤ 周作人：《儿童的文学》，《艺术与生活》，上海文艺出版社1999年版，第23页。

是"人的文学"的书写对象，决定着"人的文学"的意义走向。为此，周作人首先将人规定为灵与肉的统一体。他说，"我们所说的人，不是世间所谓'天地之性最贵'，或'圆颅方趾'的人"，而是"'从动物进化的人类'。其中有两个要点，（一）'从动物'进化的，（二）从动物'进化'的。"而这两个要点，换一句话说，"便是人的灵肉二重的生活"。就是说，人既是动物性的，又是社会化的，"兽性与神性，合起来便只是人性"①，人的健康健全的生活，便是灵肉一致的生活。这种观点的原始依据虽然在法国启蒙思想家卢梭等人那里，但对于倾心于日本文学的周作人来说，更为直接的来源，则是在当时影响颇大的厨川白村的《文艺思潮论》。在《文艺思潮论》中，厨川白村反对将人的兽性或神性推向极端，认为人的生物性欲求是自然合理的，应予以充分的肯定与满足；与此同时，又不能忽视人的社会性特征，应充分认识到精神的自由发展对于人的意义。如果将周作人的灵肉统一的观点与厨川白村的理论进行对照，就不难发现两者论证的过程与结论的一致性。虽然不同地域的人的思想有时会惊人的巧合，但鉴于周作人对于日本文论的极大热情，恐怕直接影响的因素更多一些。

"人的文学"观另一个不可回避的问题，是"人的文学"如何表现"人"的问题，也就是"人的文学"是人生派的文学还是艺术派的文学的问题。对此，周作人没有简单地将其归入任何一派。他辩证地指出了人生派与艺术派各自的价值和缺陷，认为二者都有自身的合理性又都不可避免存在着片面褊狭之处。进而采取中庸调和的态度，说明"人的文学"应当是"人生的艺术派的文学"，就是"著者应当用艺术的方法，表现他对于人生的情思，使读者能得艺术的享乐与人生的解释"。②

这种人生的艺术派，在日本是由二叶亭四迷从俄国文学引进并发扬光大的。③ 在著名的《日本近三十年小说之发达》一文中，周作人提道："他（指二叶亭四迷）因为受了俄国文学的影响，所以他的著作，是'人

---

① 周作人：《人的文学》，《中国新文学大系·建设理论集》，上海良友图书印刷公司1935年版，第194页。
② 周作人：《新文学的要求》，《艺术与生活》，上海文艺出版社1999年版，第16—17页。
③ 中村光夫：《"不如早死好"——二叶亭四迷传》，刘七明译，湖南人民出版社1987年版，第44—47页。

生的艺术派'一流。"① 可见，周作人有关"人的文学"属于人生的艺术派的主张与二叶亭四迷不无关系。

在日本文论背景烛照下的"人的文学"观，触及了文学的本质问题，对"文以载道"的传统观念进行了颠覆。"人的文学"和其后的"平民文学"观念一起，借助异域文论的力量，为"五四"文论最终废除封建的"非人文学"观，成功打通中西文论通道，建立现代化的中国文论做了必要而充分的准备工作。

3．"文艺是苦闷的象征"

文艺是苦闷的象征，这是厨川白村在《苦闷的象征》一书中的核心观念。这一观念在相当时间影响着"五四"时期，特别是马克思主义文艺观、美学观形成之前中国现代作家文艺观的确立。"五四"时期，泛浪漫主义的整体氛围如火如荼，文艺的主观性、理想性、表现性和情感性、反抗性得到极大张扬，加之"五四"文学革命的干将留日者居多，对厨川白村的理论较为熟悉。而厨川白村深受叔本华的悲观哲学、尼采的意志哲学、弗洛伊德和荣格的精神分析学、康德的超功利的美学和克罗奇的表现主义美学等的影响，并极力推崇"新浪漫主义"，这正好与"五四"精神的需求合拍。因此，厨川白村的文艺观成为"五四"浪漫主义文艺和美学的重要理论依据之一。

那时的许多作家、文艺家，如郭沫若、郁达夫、田汉、许祖正、庐隐等，或多或少都受过厨川白村的理论熏陶。郭沫若在1922年提出："文艺本是苦闷的象征。……个人的苦闷，社会的苦闷，全人类的苦闷，都是血泪的源泉"、"我郭沫若所信奉的文学定义是：'文学是苦闷的象征'"。②后来他又进一步强调："文学是反抗精神的象征，是生命穷促时叫出来的一种革命。"作家"唯其有此精神上的种种苦闷才生出向上的冲动，以此冲动以表现于文艺，而文艺尊严性才得以确立"③。这些表述与厨川白村

---

① 周作人：《日本近三十年小说之发达》，《中国新文学大系·建设理论集》，上海良友图书印刷公司1935年版，第285页。

② 郭沫若：《论国内的评坛及我对于创作上的态度》，《郭沫若全集》第15卷，人民文学出版社1990年版，第228页。

③ 郭沫若：《〈西厢〉艺术上的批判与其作者的性格》，《郭沫若全集》第15卷，人民文学出版社1990年版，第321、326页。

的文艺观之间的联系一目了然。和郭沫若一样，郁达夫同样把艺术家的"苦闷"看成是"象征选择的苦闷"。汲取日本私小说理论的滋养，郁达夫认为，文艺是自我的表现，自我表现的手段则是"象征"。厨川白村认为"文艺是纯纯然生命的表现"，要"专营一种不杂的创造生活的世界"；郁达夫也主张艺术家应该"选择纯粹的象征"，"因为象征是表现的材料，不纯粹便不能得到纯粹的表现。这一种象征选择的苦闷，就是艺术家的苦闷"。[①]

文艺是苦闷的象征，厨川白村的完整表述是："生命力受了压抑而生的苦闷懊恼乃是文艺的根柢，而其表现法乃是广义的象征主义。"这种生命的苦闷在郭沫若那里由个人的苦闷扩展到社会的苦闷以至全人类的苦闷，文学表现的空间也因此由个人拓展到更为广大的社会、人类。就连视文学为自叙传的郁达夫也在1923年深化了对文学自我表现说的认识，认为文学家"不外乎他们的满腔郁愤，无处发泄；只好把对现实怀着的不满的心思，和对社会感得的热烈的反抗，都描写在纸上"[②]。此时，自我表现已经升华为对社会现实的表现。文学表现空间的拓展对于"五四"文学走出狭隘的自我表现界域，起了极为重要的作用，有助于五四文学的突破与发展，也是文学现代性突围的一个必要阶段。

4. "革命文学"

1928年，沈绮雨在《日本的无产阶级艺术怎样经过它的运动过程》一文中指出："中国的普罗艺术运动，与日本实有不可分离的关系。"[③] 这是基于20世纪前半叶中国无产阶级文艺理论发展的实际情况做出的合理论断。当时，日本文坛被无产阶级文学和现代主义的新感觉派、新兴艺术派等分而据之，这些派别分别从"革命文学"和"文学革命"两个向度展开。而中国正是这两个向度的另一大"演练场"。在日本革命文学的参照系中，中国的革命文学也如火如荼地开展起来。

---

① 郁达夫：《文学概说》，《郁达夫文集》第5卷，花城出版社、生活·读书·新知三联书店香港分店1982年联合出版，第67页。
② 郁达夫：《文学上的阶级斗争》，《郁达夫文集》第5卷，花城出版社、生活·读书·新知三联书店香港分店1982年联合出版，第134页。
③ 王琢编：《中日比较文学研究资料汇编》，中国美术学院出版社2002年版，第269页。

日本学者辛岛骁指出："到了1928年（民国十七年）以后革命文学时代，泛渲在日本文坛的苏俄的文艺理论，差不多次月上海已有翻译，接近到那样。日本左翼评论家的议论，强烈地影响着中国的左翼文学运动。特别是平林初之辅、片上伸、冈泽秀虎、青野季吉、藏原惟人、川口浩等的文章，曾经和普列汉诺夫、卢那察尔斯基的文章并列着，在中国评论家的论说中，像金科玉律地引用过。"① 中国文坛对日本文学和文论的极度信赖和依赖，对其自觉的借鉴意识，与晚清以来现代性追寻过程中，曾经多方面受惠于日本文学和文论的历史不无关系。参考、借鉴和创化日本文学和文论现代化的途径和方式，已经成为一种文坛时尚，成为中国作家、文论家的一种习惯，一种共识。李初梨从日本一回国就迫不及待地宣称要用"为革命而文学"取代"为文学而革命"，使中国新文艺由"五四"文学革命转向无产阶级革命文学阶段，扛起了"革命文学"的大旗。

对日本福本和夫的"激烈没落论"以及以福本和夫理论为基石的青野季吉的文学论等无产阶级文艺理论，包括李初梨在内的革命文学倡导者几乎是照单全收。他们认为，资本主义的没落，也就意味着无产阶级的兴起和小资产阶级的衰落。所以，"中国一般无产大众的激增，与乎中间阶级的贫困化，遂驯致知识阶级的自然生长的革命要求。这是革命文学发生的社会根据"②。而文学革命经过有产者和小有产者两个时期，又失去了自身的社会根据，已经没落了。这样，从日本无产阶级文艺运动中，中国很容易地找到了无产阶级革命文学兴起的历史必然性的理论依据。

作为无产阶级革命文学的主将和理论代表，李初梨在《怎样地建设革命文学》一文中，把文学等同于宣传，"文学为意德沃罗基的一种，所以文学的社会任务，在它的组织能力"。"文学，是生活意志的表现。文学，有它的社会根据——阶级背景。文学，有它的组织机能——一个阶级的武器。"③ 李初梨的这一文学观在中国得到了广泛的认同，郭沫若《留声机器的回音》、彭康《革命文艺与大众文艺》、钱杏邨《死去了的阿Q时代》

---

① 转引自梁容若《中日文化交流史论》，商务印书馆1985年版，第30页。
② 李初梨：《怎样地建设革命文学》，《中国新文学大系1927—1937》第二集，上海文艺出版社1987年版，第58页。
③ 同上书，第54—55页。

等,都是这种文学观的回应与深化。

那么,何谓无产阶级革命文学呢?平林初之辅和青野季吉的回答是,无产阶级文学具有阶级性,必须为无产阶级的解放服务。这种文学观同时也是中国革命文学论者所认同的文学观。例如郭沫若在《桌子的跳舞》中就坚持无产阶级文学是为无产阶级说话的文学,是包含无产阶级意识的文学。李初梨的表述则更为简洁,更为日本化:"无产阶级文学是:为完成它主体阶级的历史的使命,不是以观照的——表现的态度,而是以无产阶级的阶级意识,产生出来的一种斗争的文学。"[①]"阶级意识"、"主体阶级的历史使命"是李初梨革命文学理论的关键词。

梁启超曾说,要用"彼西方美人,为我家育宁馨儿以亢我宗也"[②]。中国现代文艺学、美学就是中西交合而产生的"宁馨儿"。以留日学生为代表的中国进步青年知识分子,冲破数千年来"不肯自己去学人,只愿别人来像我"的心理障碍,"真心的先去模仿别人"。[③] 他们借留学之便向异域寻求新质、借取武器,致力于欧美和日本文学作品和文艺理论的译介工作,推动了中国艺术创作的繁荣和文学艺术理论的活跃,促成了中国文艺现代性的确立,带来了审美现代性的演变,新的审美话语的产生,以及文学文体的新生和新的文学、美学观念的形成。

(三)文艺学、美学基本理论体系的建构

梳理我国文论和美学的发展历程,不可否认,博大精深、源远流长的中国传统文化中有着丰富、发达的艺术和审美意识的思想,但古代理论家们探讨的重心不在于完整、鲜明的美学和文艺学思想及体系的建构,不在于抽象思辨的形而上学的追问。早在1921年,蔡元培于《美学的进化》一书中,就认识到了中国美学史的独特性,认识到中国美学不像西方美学那样有系统的理论表述,而是渗透在多种哲学著述、诗书画论中。这一看法是符合中国美学的历史实际的。流传于世的中国古代美学家和文艺理论

---

① 李初梨:《怎样地建设革命文学》,《中国新文学大系1927—1937》第二集,上海文艺出版社1987年版,第59页。
② 梁启超:《论中国学术思想变迁之大势》,上海古籍出版社2001年版,第8页。
③ 周作人:《日本近三十年小说之发达》,《中国新文学大系·建设理论集》,上海文艺出版社1936年版,第293页。

家的系统的思想以及体系,是近代以来的学者根据古人散见的论述及其内在的逻辑联系抽绎归纳出来的。对中国古代美学和文艺学思想史稍加梳理便可看出,先秦的美学、文艺理论思想散布在先秦的经史子集中,仅在论述有关"仁"、"道"之类的哲学伦理问题时有所涉及;两汉魏晋南北朝时期出现了许多专门化的甚至较为系统的文艺论著,但它们重在探讨关于诗、书、画、乐等的本质、功用、风格、体例等具体的艺术问题,缺乏体系的完整建构。这种"前体系"和单一化的基本特征,经过隋唐五代、宋金元直至明清,一直没有得到根本的改观。已有的文艺评论,绝大多数是有感而发,对事件的依附性很强,或者是出于阐述某些作品、诗文潮流以及其他观念体系的需要。即使已形成一定规模的专论式较强的诗话、词话,也并非主要为了衔接已有的理论思绪,而是为了表述当时状况下的创作或阅读意识,因此又常常呈现出琐碎的样态。从系统的概念演进的角度看,它们则显出重复倒退、杂乱及独语化的特征,与近代以来形成的学科样式很不一样。19世纪下半叶所产生的诸如刘熙载的《艺概》、康有为的《广艺舟双楫》等著作,尽管包含丰富的美学思想,但却缺乏现代美学的精神,显示出中国传统美学话语发展的末流。对此情形,鲍桑葵一语道破天机:"(这种中国古典美学思想)还没有上升为思辨理论的地步。……因此,我虽然不否认它的美,但我认为这是另外一种东西,完全不能把它放在欧洲的美感自相连贯的历史中来。"[①] 所以,认为中国古代有美无学、有文艺无文艺学的看法,不是完全没有道理的。

鉴于古典文论和美学形态的上述特点,中国现代形态的文艺学、美学理论体系显然不可能完全从中国古典文论和美学形态中自发成长出来,而只能经历一段借助外来影响的过程,主要向国外现代文论和美学中吸收新鲜血液,借鉴整合而完成。事实正是如此。在王国维、梁启超的首倡和实践下,由日本之"桥"中转而来的西方现代文论和美学思想,开始冲击中国传统、古典的文学和美学理论形态,"诗文评"式的文论形态逐渐走向终结,现代文学和美学理论的形态转型亦由此滥觞。所谓"现代的"文学和美学理论形态,包含两方面的内涵,即不仅要体现文艺和美学观念现代

[①] 鲍桑葵:《美学史》,张今译,商务印书馆1986年版,第2—3页。

性的自觉追求，更要积极建构较完备的文艺和美学理论体系，实现文艺、美学理论的学科化、体系化和科学化。

尽管当时可能还不存在现代文艺学、美学体系这种提法，但作为这种体系建构的先驱，20世纪初的王国维受惠于在日本的学习经历，并在日本经验的启发下，开始自觉地、系统地将西方的"美学"、"审美"、"主观"、"客观"、"悲剧"等许多标志着学科成熟化的概念引入中国，翻译出版了涉及哲学、伦理学、心理学、逻辑学及教育学等诸多学科领域的西方学术著作，标榜审美的自觉性，使得整个美学文艺学理论模式同先秦到晚清的中国美学与艺术理论发展中所提出的和讨论的问题相比，具有了不同的新质，发生了根本性的变革。不仅使审美得以独立，美学和文艺学的研究方法和学科体系等方面也都有了根本性的改变。在此意义上，王国维不愧为"20世纪中国美学文艺学史上完整表述自己思想的第一人"，"首开了中国美学文艺学的学科体系，推动了其从无体系的思想形态走向现代意义上的独立理论形态，推动了中国文艺学逐渐走向科学化"。[①]

或许是受到王国维的这种体系建构的自觉和热情启发，后起的美学家、文艺理论家一直沿着王国维开创的道路前进。如蔡仪撰著的《新艺术论》、《新美学》和林焕平著的《文学论教程》，都曾试图构建一种标准化的中国马克思主义美学体系。李泽厚受50年代美学大讨论的启发，坚持美学的客观性与社会性的结合，坚持通过历史"积淀"形成文化心理结构，坚持美和审美的形成和发展对于人的社会实践的依存关系，并通过对康德的阐发，以及创造性地改造克莱夫·贝尔、荣格和皮亚杰的一些概念，努力建构以马克思主义为基础的思想体系。周来祥受惠于黑格尔逻辑学的辩证思维，在其基础上运用辩证思维的建构方式，非常完备地完成了自己"史"、"论"统一的体系建构。叶朗撰写《现代美学体系》一书，更多地受到西方当代美学的启发。至于各家体系孰优孰劣，谁能代表现代中国的美学或文艺学体系，这里暂且不论。但是有一点是相通的，那就是他们通过各自理论体系建构的实践，逐渐打破了中国古代立足本土意识

---

① 霍婧：《中国现代美学思想之奠基——王国维美学思想研究》，博士学位论文，山东师范大学，2002年，第17页。

的、收敛、封闭的"独白式"体系，逐渐形成了一个具有全球意识的、开放的、对话的现代文艺学、美学理论体系框架。诚然，并不是所有的体系建构者都受到了日本的直接影响，但不能不说，来自早期日本的影响正是后起的体系建构风潮的起源之所在。

（四）现代科学研究方法的引进和确立

古人云："工欲善其事，必先利其器。"方法与观念、理论体系是同一事物的不同侧面。美学现代转型的过程，同时也是独有的、新的科学的方法的寻找和确立的过程。方法论对于美学现代转型具有至关重要的意义。

中国传统文论，诸如《典论·论文》、《文赋》、《文选》、《二十四诗品》、《沧浪诗话》等，其文学研究的思路和方法一脉相承，往往按照从大到小，由普遍到特殊的顺序，先论大道再论文道。这种思路与现代的"科学——社会科学——人文科学"的学术研究思路相去甚远。后者具体到文艺研究领域，就是先把文艺研究对象从各种复杂关系中隔离出来，给它一个定义，划定它的边界，再细加解剖，将各种因素拆开，向专门化的空间深入拓展。

时至20世纪初，尽管西方文艺学已经进入中国人的视野，但其问题框架和概念还没能进入研究者的视野，现代科学研究方法依然遥不可及。姚永朴的《文学研究方法》还在传统的问题域中思考问题。林琴南的《春觉斋论文》仍不离"论文十忌"、"用笔八则"、"用字四法"等老一套的文章做法。1925年，马宗霍的《文学概论》出版，由于引入了许多外国学术资源（如厨川白村、温彻斯特等的观点），并且在"流派"章中加入了词曲、小说的派别，使"文学"一词的外延远离传统而更接近现代。另外，全书还在"绪论"中讲文学界说、起源、特质、功能，在"本论"中论文学的门类、体裁、流派、法度、内象、外象、材料、精神，总之从文学本身的界定到特质的分析再到内外关系的辨析，都是一些现代文论的问题，初具现代特质。

不过值得明确，现代中国出版的最早文论著作又都是从日本引进的。如今可查的第一本以《文学概论》为名的书，是1921年由广东高等师范学校贸易部出版的，著者为伦达如。实际上，全书都是根据日本文论家大田善男的《文学概论》编辑而成。书分两编，上编"总论"，介绍文学、艺术的基本原理；下编"各论"，分诗歌、杂文等文体。此书的突出特点是推重"纯文学"的观念，单从目录即可看出是一本现代形态的文学理论教材。不过由于多方面原因，该书出版后并未产生多大影响。

产生过重大影响者，当属小泉八云、本间久雄和厨川白村诸人。小泉八云是日本籍欧洲人，作为散文家，小泉八云兼具西方人缜密的理论思维和日本人敏锐的感受、细腻的表达，因此孕育出印象式、鉴赏式、偏重个人感受的批评方式，类似于中国古代的感悟、评点的批评方式，但却更科学、更理性，与以朱光潜为代表的"京派"批评相类似。小泉八云运用比较文学的研究方法，对中国现代文艺理论和美学的发展做出了特殊重要贡献。[①] 厨川白村的《苦闷的象征》和本间久雄的《文学概论》译文都是先在杂志上发表，然后出版。前者由鲁迅翻译，发表于1924年10月1日到31日的《晨报副刊》，出版于1924年的新潮社。后者由汪馥泉翻译，连载于1924年6月1日到24日的《觉悟》，出版于1925年的上海书店，后由东亚图书馆1930年再版。汪馥泉译本虽不属"名译"，但由于本间久雄的著作本身体系严密，内容翔实，不但出现了重译本、订正本，再版次数甚而累计达六次之多。章锡琛重译本还被列入"文学研究会丛书"，可见该书颇受中国学人重视。事实上，那时国人撰写的同类著作很多都是在摘抄它的内容，所用例证都一模一样。就研究方法来说，该书也是以现代文艺研究方法为指导的。全书四编：第一编"文学的本质"，分述文学的定义、性质、美的情绪及想象、文学与个性、文学与形式，其中，对文学特质的确定来自对科学和文学界限的划分，采用的是德·昆西（De Quincey）区分"知识的文学"与"力的文学"的说法，将文学的特质划定为"通过想象及情感而诉诸读者的想象及情感"。[②] 第二编"为社会的现象的文学"，介绍文学的起源以及文学与时代、国民性、道德的相互关系。第三编"文学各论"，分述诗、戏曲、小说等各类文学体裁。第四编"文学批评论"，也是采用由普遍到特殊的思维方式，先泛论批评，再分别辨析客观的批评和主观的批评、科学的批评与新裁断的批评。总览全书，

---

① 参见刘岸伟《小泉八云与近代中国》及西胁隆夫《小泉八云在中国》等文。
② ［日］本间久雄：《文学概论》，汪馥泉译，上海开明书店1930年版，第16页。

明显是按照现代科学的研究方法来结构全篇的。

《苦闷的象征》和厨川白村的另一部深刻影响中国文论界的《文艺思潮论》一起,为中国确立文艺学、美学的现代科学方法提供了很好的借鉴。厨川白村写作《文艺思潮论》,其目的就是采用科学方法对西洋文学作系统、科学的研究。他在序论中说得非常明白:"讲到西洋文艺系统的研究,则其第一步,当先说明近世一切文艺所要求的历史的发展——即奔流于文艺根底的思潮,其源系来自何处,到了今日经过了怎样的变迁;现代文艺的主潮,当加以怎样的历史的解释。关于这几点,我想竭力地加以首尾一贯的综合的说明:这便是本书的目的。"① 《文艺思潮论》仿照罗斯金(Ruskin)的一代名著《近代画论家》所用方法,富有诗情与趣味,且整然有序,论理正确,着重叙述了欧洲的两大思潮的演进、矛盾与融合。

在域外现代文学观念的影响和启发下,中国学人一直将科学的文论的建构,同时也是把运用现代科学的方法研究文艺作为自己努力的方向,因而寻求新的研究方法一直伴随着现代文论的始终。"五四"时期对"科学"的信仰多指向自然科学意义上的科学,相应地,对文艺的科学认识即意味着将科学研究的观察、归纳、演绎等原则应用到文学研究上,甚至误以文艺为科学研究的工具和手段。随着观念的日益清晰,越来越多的人意识到科学与文艺是相异甚至是相反的。科学应理解为自然科学和社会科学,真正与文艺切近的不是自然科学而是社会科学,而文艺研究又确实需要一种与传统感悟式或评点式批评不同的、更符合现代学术形式的研究方法。

可喜的是,在19世纪末20世纪初的社会科学思想勃兴的时代,社会科学方法介入相对自足封闭的人文科学领域已形成潮流。首先是在西方,以社会学方法研究文学艺术的尝试逐渐多起来。接着,"开国迎西"的日本借地利之便率先在东方加以应用。中国的陈北鸥和张希之等马列主义者凭借敏锐的学术眼光很快捕捉到了日本文艺界这种新的发展动向,将其介绍到中国。1932年,北平立达书局出版陈北鸥的《新文学概论》。该书强调研究文学必须采用社会科学的方法,要"应用唯物论的见地确定文学的观念"。张希之的《文学概论》(1933年北平文化学社)对唯物史观的信

---

① 转引自[日]厨川白村《文艺思潮论》,樊仲云译,《文学周报》1923年12月24日。

仰和依赖则更加明显,提出以"辩证法唯物论"为文学研究的基本立场,认为文学并非孤立,应着眼其联系的机构;文学也非固定的,要在历史中理解;文学是"矛盾斗争"的产物,文学的发展阶段相衔接,既有同一性又有特殊性。这种文学研究的方法在相当程度上改变了30年代之后文论的面貌,也就是马列主义文论的产生。

马克思主义的辩证唯物主义的社会学研究法在20世纪三四十年代这一特定的历史时期,对处于起步阶段的中国现代文艺学、美学的发展的确提供了重要的方法论基础。只是由于后来受向苏联文艺学、美学学习"一边倒"的影响,单一、片面地强调社会学研究方法而排斥其他研究方法,加之一段时期内又陷入庸俗社会学的泥淖而不能自拔,使得中国文论深受其害。直到80年代,中国文论和美学才迎来研究方法的"新生"(如1985年被称为"方法论年"),文论和美学研究方法的革新连同观念革新一起,促成了中国文艺学和美学的长足发展。

总之,近代日本吸收融合西方现代文艺理论、美学思想,发展起本国文论和美学的基本概念、范畴、理论体系和思维模式,为亟待转型的中国传统文艺学美学提供了难得的借鉴机遇。在全面学习西方的热潮激荡下,中国学人开始全方位接收源自欧美的日本近现代文艺学、美学思想资源。取法乎上,得乎其中。这种不加选择地全方位接收的结果,是在19世纪末20世纪最初几十年,初步确立了中国现代形态的文艺学、美学的基本理论范式。不仅在引进和学习外国理论的过程中逐渐形成了传承现代文艺学、美学品格的大批概念、范畴、术语,而且对其中所承载的现代文艺观念、审美话语有了更为明确清晰的认识,并进而激发出理论体系建构的风潮,推动了后期中国学人向文艺学、美学理论的学科化、体系化、科学化的方向不懈努力。文论和美学研究的现代科学方法也在这一过程中悄然萌芽、确立,为1949年后特别是新时期中国文艺学、美学的长足发展进行了必要的奠基工作。

现代性是一个历时性的概念,未完成性是现代性的主要特征。中国文艺学和美学的现代性在21世纪仍然是一个困扰人心的问题,一个处于不断发展变化中而难以被准确把握的问题,需要学界同人不断关注、共同努力来解答。

第一章

中国现代文艺学概念的形成与日本的渊源

引 言

"文艺学"作为一门现代形态的学科是 20 世纪中后期才在中国建立和发展起来的,此前的学术体制里并没有明确规定该学科。换句话说,文艺学并不是中国本土文化自生的产物,它之所以成为一门独立的学科和中国学术的重要组成部分,主要是受外来因素的影响和作用。20 世纪初的西学东渐与新文化运动,不仅促进了中国社会的近代转型,而且将西方一些近现代的学术体制、思想、概念、方法等逐渐带入中国。在这样一个文化融合的大环境下,中国先进之士放眼望世界,开始了向西方学习的道路,如对西方的一些概念(如美学、文学、哲学)和体制的借鉴,从而对中国文艺理论的近代转型以及现代文艺学学科的形成具有重大的意义。

综观西学对现代中国文艺学的影响,最大者当属日本、欧美、苏联三方。明治维新运动使日本比中国更早了解到西方的文艺思想,可以说,现代日本文学理论是其全面西化的结果。用历史的观点来看,日本一直以来可以看作是中国文化一个忠实的效仿者,取中国文化之精髓从而形成它们自己国家的特色,然而,近代日本在学习西方思想文化的成功先例却让这种情况发生了逆转。具体来讲,中国文艺界无论对欧美还是苏联的文艺理论的感知和吸取，主要是通过日本这个"中转枢纽"来完成的，在中西之间，日本充当了"中间人"的角色。因此，文艺学的"西学东渐"的路径，主要表现在两个方面：一是直接学习西方，如对一些理论体系、艺术观念的学习；二是间接从日本输入，如对一些术语、概念、范畴及写作观念的引进。

20世纪80年代以来，国内学界关于文艺学概念的形成及其与日本的渊源关系的系统研究基本处于空白状态，相关研究散见于美学、文艺学学者的一些论文中。如董学文、杨福生在《论我国文学理论现代进程中形成的传统》中提到了王国维、鲁迅等留日作家的文艺观所受到的西方文艺思想的影响。张法的《"文艺"一词的产生、流衍和意义》涉及中国的"文艺学"、"美术"概念，都是在西方文艺思想的影响下经日本传入中国的。另如金永兵、荣文汉的《本间久雄文学概论模式及其在中国的影响》、赵燕燕的《文学的定义：民国时期文学概论教材研究》、傅莹的《外来文论的译介及其对中国文论的影响》等，都谈到日本文学理论对中国文学理论的形成和发展的影响。上述这些成果都为本课题研究提供了重要的学术资源和思考的起点。

第一节　近代日本文艺学概念的形成及其演变

一般而言，日本"文艺学"概念是20世纪30年代日本学界接受德国文艺学、美学思想影响而提出的一个概念，经历了从普通译语到概念范畴再到学科体系逐渐传播和普及的过程。文艺学是一门研究文学的学问，所以，在弄清楚"文艺学"这一概念之前，我们有必要对文学相关问题进行探讨，如什么是"文学"，文学的概念在日本是如何形成和发展起来的。总之，针对"文艺学"以及与之紧密相关的"文学"概念，我们有必要就其发展、演变的历史轨迹，逐一给予还原性和系统化的梳理。

（一）英语"Literature"与日本"文学"的邂逅

"文学"是一个模糊不清、难以定义的术语。何谓文学，这也是学者们历来所讨论的一个话题，文学的意思似乎大家都明白，但给予其明确的定义却是难上加难。概言之，"文学"一词并不是日本原生的概念，如果从词源学的角度考察，它来自中国，但后来随着西方思想的涌入，日本人借用汉语中的"文学"一词来与西方的"Literature"对接，由此，近代意义上的"文学"概念开始在日本固定和普及。

1. 日语汉字"文学"在日本的确立和演变

长期以来，日本以擅长吸收外来先进文化为我所用而著称。作为东亚文化圈里最早学习中国的成员，日本早在上古时期就积极热衷于汉字、文献典籍及汉文化的学习。从古至今，中日两国都有着密切的文化交流。根据史料的记载，汉字大概是在公元前1世纪经朝鲜传入日本的，久而久之，日本人逐渐学会用汉字来记录本民族的语言，再到后来对汉文及汉文化的学习，在一定程度上推动了日本文化的发展。

具体就"文学"这个概念来说，日本同样是学习中国所得。从词源学角度来考察，"文学"一词在中国最早出现在《论语》中，指的是"一般的学问"。那么，"文学"是怎么传入日本的呢？这得归功于中国古代典籍尤其是《论语》的输出。作为汉学的代表，中国儒学在古代日本的传播有着漫长的历史。据日本最古的史书《古事记》上卷"应神天皇"的记载，儒学传入日本大约在公元285年。当时百济王进贡日本天皇时，除了贡上牝马、横刀和大镜，还贡上了《论语》和《千字文》。① 另外，比《古事记》晚出几年的日本最古的正史《日本书记》也曾提到这件事，说是应神天皇与百济国使者阿直歧对话，天皇问这位贤者，百济国有没有人比他更博学多才，使者于是举荐了"五经博士"王仁。据记载，王仁奉命教授太子，来的时候便带有10卷《论语》和1卷《千字文》。② 以上两部日本史书的记载虽有出入，但所说却是同一件事情。后来，中国学者王家骅根据《三国史记·百济论》的记载与上述史书相对照，推测出儒学传入日本的时间在公元5世纪左右，这一说法也被大部分学者所接受。③ 总之，"文学"一词最早出现在中国的典籍《论语》中，指"一般的学问"，大约在公元5世纪，随着大陆移民日本的潮流，由王仁博士经百济（今朝鲜）传入日本。"文学"一词传入日本后，在现存记录中，最早出现在日

---

① [日] 安万侣：《古事记》，周启明译，人民文学出版社1963年版，第128页。
② 王晓：《儒学东传及对古代日本的影响》，硕士学位论文，曲阜师范大学，2011年。
③ 邱紫华：《中国儒学对日本文化思想的影响》，《黄冈师专学报》1998年第3期。

本的养老令（718）中，被当作讲授经书的官职名使用。此后，"文学"概念的含义常有变异，但在日本古代相当长的时期内又都被视为学问、学识或文章之学的。

"文学"概念的复杂性确实是难以想象的，时至今日，对于文学的诠释依旧是众说纷纭，我们以日本辞书为例作一对比。1928 年由斋藤龙太郎编著的《文艺大辞典》中，作者列举了诸多欧美评论家给文学定义的条目，见表 1–1：

表 1–1　　　　　　　　欧美评论家对"文学"的定义[①]

英国文学史家斯特普弗特·布鲁克认为："文学是表现聪明伶俐的男女的思想与感情的文字，可以给读者带来快感的。"
美国的普林斯顿大学教授泰奥德勒·亨特认为："文学是指依靠融会想象、感情、趣味等思想文字的表现进行非技术性排列，可以被一般人所理解，给人带来兴趣。"
美国卫斯理大学教授温彻斯特（Thomas Winchester 1847—1920）认为："文学不仅包含永久性价值的真理，作品本身也存在永久性价值。"
法国的鲍恩奈总结道："文学是指那些散文或韵文的、通过想象而非反省产生的一切，尽量给大多数国民带来快感的，既不是经验教训和实用知识，也不是特殊的智慧而是一般想要倾诉的所有作品。"
著名的美国词典编纂者乌奥赛斯特认为："把学识、知识、想象的结果通过文字保存下来的。"
法国评论家维奈指出："文学包含用文字写出来的、人可以把自己综合性地展示给对方的所有一切。"
英国评论家马修·阿诺德（1822—1888）曾说："文学一词很大。这意味着写成文字的和用铅字印成书籍的全部。"
托马斯·德昆西（1788—1859）这样写道："文学分为知识的文学和力量的文学。前者的机能是教育，后者的机能是推动。"

以上这些评论家们站在不同的立场，对文学的定义也不尽相同。通过对比，我们发现，前四位的评述虽然对"文学"定义不够完整，但基本接近我们平常所说的"文学"的含义。而后面四位是包含学识或知识的定义，比通常的"文学"范围要宽泛很多。这里对于文学的释义引用的观点都来自欧美批评家，也许与今天我们采用的"文学"是一个翻译

[①] 转引自［日］铃木贞美《文学的概念》，王成译，中央编译出版社 2011 年版，第 3 页。

词有关吧。

1991年，由新村春主编的大辞典《广辞苑》对"文学"有四种解释。第一种为"学问。学艺。关于诗文的艺术"；第二种是"（Literature）借助想象的力量，通过语言表达外部世界以及内部世界的艺术作品。即诗歌、小说、物语、戏剧、评论、随笔等；文艺"；第三种指"律令制度下，由亲王家族支付薪酬的家庭教师"；第四种为"江汉时代，诸藩儒官的称呼"。① 从中不难看出，第一种可以说是从词源学角度的释义，与中国传入的汉诗文相关；第二种说明"文学"的概念是由英语"Literature"翻译而来；后两者的解释只点名了古代日本的律令制时代和德川时代的用法，与今天的文学的含义所指完全不同。

1995年《大辞林》（第二版）中对"文学"的定义是："通过语言表达的艺术作品，即诗歌、小说、戏剧、随笔、评论等，文艺。研究诗歌、小说、戏剧等文学作品的学问。文艺学、语言学、哲学、心理学、历史学的总称；律令制度下，在亲王家掌管教授经书的职位。"② 这里，第一种是最接近现代用语的解释；第二种解释是点明其研究对象，将它作为一门学问来讲，或者可以改为"文学研究"；第三种是作为大学文学系来讲的。第二种和第三种的解释在《广辞苑》中并没有提到，这也是《大辞林》更为完善的体现。

进一步考察，我们发现"文学"还具有其他特殊的含义。如1975年《日本国语大辞典》中的"文学"几乎涉及了以上所有意思，分为几种：

（1）学问。学艺。或者做学问。

（2）律令制度下，除去内亲王，给每个爵位的亲王安排的以为讲授经书的官吏职称。

（3）江户时代，诸藩的儒官。

（4）艺术体系的一种形式，以语言作为媒介。诗歌、小说、戏剧、随笔、评论等，通过作者主要靠想象力构筑的虚构世界来表达作

---

① ［日］铃木贞美：《文学的概念》，王成译，中央编译出版社2011年版，第5页。
② 同上。

者自身的思想、感情，诉诸人的感情和情绪的艺术作品。文艺。

（5）研究诗歌、小说、戏剧等文学作品的学问。

（6）自然科学、政治学、法学、经济学以外的学问。①

（这里，与前面最为明显的不同是将文学解释为大学的文学部这一说法。）

总之，通过对日本颇具权威的辞书的梳理和古今对比，我们可以清楚地看到日语汉字"文学"在日本发生了巨大变化："文学"一词最早由中国传入，被译为"文献、学问"；在传播过程中，也曾被用于官职名；但是后来逐渐演变为与当初完全不同的释义。那么，"文学"概念在日本为什么发生如此大的转变呢？原因很简单——西方"Literature"的介入。

2. 翻译词"文学"在日本的定型与普及

一般认为英语"Literature"是由拉丁语"Litteratura"结合法语组合而成的，拉丁语"Litteratura"和法语Litté rature都具有表示文字以及涉及关于文字、文献、文章等意思的扩展，因此文字记载的所有一切都称为"Literature"。这是从广义上来讲。狭义的"Literature"的范围被限定，特指语言艺术这一狭窄的范围。由于英语的"Literature"本身就有多义性和复杂性，这一点可以从雷蒙·威廉斯的《关键词》找到证据。在他看来，英语"Literature"从广义上讲指包括实用书籍的一般著述；从狭义上讲，指一般语言艺术，但是从中我们又可以分出"polite literature（1）"即高级语言艺术和"polite literature（2）"即高级理性著述。也许正是因为它自身具有意义多重，范围宽广的特点，才使得"Literature"译为"文学"成了可能。值得注意的是，日人借用日语汉字"文学"来对应西方"Literature"之意，从而使得近代意义上的"文学"在日本固定下来。

关于为什么将"Literature"翻译为"文学"，下面我们通过一些词典来考察它们的关联。首先，1989年出版的被认为最为简便的Oxford Advanced Learner's Dictionary（简称"OALD"），它对"Literature"解释为："作为艺术作品有价值的著作，特别是小说、戏剧、诗歌；书写或研究这

---

① ［日］铃木贞美：《文学的概念》，王成译，中央编译出版社2011年版，第5页。

一切的活动；有关某一主题的研究；非正式小册子、说明书。"另外，我们再来看看英语词典 Thorndike‐Barnhart Handy Pocket Dictionary（English University Press）：第一种解释为"某一时代、某个地方产生的著作，尤其是依靠文体美和思想流传下来的"；第二种解释为"关于某个主题而写出来的书和论文的全部"。① 其次，1830 年日本的麦都思在《英和和英词汇》中将"Literature"解释为"文字"，后来在另一部词典中又将其释为"识字"。1872 年的《英和对译辞书》将"Literature"翻译为"文字、学问"，将"Literary"翻译为"文学的"。1872 年《英和文典》将其解释为"文学，文理通畅，博学，文字，文章"。当时有很多词典对其进行翻译，众说纷纭。

从上述的解释，我们可以看到"Literature"是一个具有广泛性和模糊性的词语，同时有一个亮点所在，就是现代英语"Literature"竟然具有表示著作和出版物的意思。另外我们发现，"文学"一词在日本的使用表示高级语言进行著述，与英语中的"polite literature"相对应，这样看来，把"Literature"翻译为"文学"与语言艺术结合在一起考虑，似乎是顺理成章的事。我们可以用铃木贞美的话来总结，"这种对应关系的成立首先使'polite literature'一词作为'文学'的译语成立，然后用'literature'一个词来代替'polite literature'的习惯逐渐取得了优势，于是'文学'即'Literature'这种习惯在中国和日本固定下来"②，而这主要原因得归功于"文章"与"literature"的意思重合。

随着翻译词文学在日本以独特的形式被慢慢固定下来，学界将英语"Literature"在日本的传播和发展当作研究的焦点，例如日本较有权威的从事比较文学研究的小崛桂一郎、明治文学研究的代表人物柳田泉以及英国文艺评论家矶田光一，都曾致力于这一研究。

1965 年，柳田泉在《明治初期的文学思想》一书中为我们勾勒出"文学"一词在明治前后期的变化轨迹。首先，英语"Literature"作为"百科之学"，以学科领域的词汇传入日本的，也就是我们所说的"scie

---

① 转引自［日］铃木贞美《文学的概念》，王成译，中央编译出版社 2011 年版，第 9 页。
② 同上书，第 104 页。

nce"。值得注意的是，这里的"文学"是表示"学问文事"的含义，它是一个大的总体的范围。具体来讲，德川幕府时期形成以汉诗文为中心的"上层文学"和"下层文学"，然而，在这里这种用来表示文学的上下关系的差别被"平均化"了，但是"因为目的的不同，仍然存在大小差别，这个概念基本原封不动地被重组为表示以前的上下关系的结构"。可以说，表示普通学问的"大文学"之下又包含着像诗歌、戏作这样的"小文学"。① 其次，英语"Literature"作为"美术"也就是今天的"艺术"，更细化一点说就是作为语言艺术在日本传播开来，于是有了"广义的文学"和"狭义的文学"的说法。最后，因为学问与学术含义的分离，所谓的"小文学"在汲取其他养料的基础上逐渐独立出来，从而形成了"近代文学"。1975 年，小崛桂一郎在《"文学"的名称》中指出："从明治初年起作为'Literature'的翻译词'文学'的现代用法零散而突发地出现"，到明治十八九年左右才将其固定下来，这主要根据菊地大麓翻译的《修辞与华文》中所引用的洋学家的例子推断出来的。所谓文学的现代用法，在小崛桂一郎看来就是"把应该学习的文章与适合美学鉴赏的文章综合在一起时所说的文学"。1983 年，矶田光一在《翻译词"文学"的诞生——西方与东方的交点》中论述了翻译词"文学"的产生过程，他认为"其诞生于 1875 年福地樱痴的《为日本文学的萧条而叹息》一文，有关其稳定着眼点在帝国大学新设的英文科和德文科，时间为明治二十年（1887）前后"②。与众不同的是，矶田光一认为"文学"一词的使用其实已经不单单是指文学了，或者应该看成"文艺"。三者站在不同的立场，对同一种文学的用法做出了不同的诠释。

下面，我们对翻译词"文学"一词在日本的传播和发展作一基本梳理。首先，英语"Literature"一词传入日本的时期，大致是在明治维新前后。北住敏夫曾在《近代日本的文艺理论》中大致推断最早采用文学一词作为英语 Literature 的译语的应该是西周，这一点可以追溯到他系统介绍西洋各科之学的讲义《百学连环》。在其第一编"普通学"中将 Literature

---

① ［日］铃木贞美：《文学的概念》，王成译，中央编译出版社 2011 年版，第 13—15 页。
② 同上书，第 14 页。

直接翻译为"文学"、"文章"和"文章学",这里,西周很显然是针对 Literature 的近代意义而言的。铃木修次在谈到"文学"译语产生时指出,"文学作为 Literature 的译语是明治八年得到文省部的公认的,即明治八年(1875)五月八号发行的《文省部报告》第 21 号刊载的《开成学校课程表》中,采用了文学一词作为 Literature 的译语,明治九年以降,在日本社会广泛普及"[①]。如果逆向来看,我们可以在铃木修次的《"文学"翻译词的诞生与日中文学》一文中找到依据。他认为,最早将"文学"一词直接翻译为"Literature"的例子可以追溯到最早的和英词典——赫本(James Curtis Hepburn, 1815—1911)编写的《和英语林集成》,1867 年出版,1886 年第三版,"其中将'Bun-gaku'(文学)解释为'Literature; Literay studies; especially the Chinese classics'"[②]。其次,随着翻译词的引进,"文学"一词在日本的使用情况也逐渐普遍。此外,1869 年,西周作为负责人起草的《德川家沼津学校追加规定》中也出现了"文学"这个词语,"文学之义在于政律史道医科利用之四科",这里的文学均当作是四科的总称,是站在广义的学术层面来讲的。接下来,"文学"一词在他的讲义录《百学连环》(1870)中再次出现,这里的文学其实是限定在文章之义来讲的。但是,由于《百学连环》被发现较晚,所以,对于近代文学概念在日本的普及和推动并没有产生很大的影响。到 1881 年,即明治十四年 4 月,在公开出版的日本文献中,第一次将"Literature"一词明确地翻译为"文学",而且将文学作为唯一的词语与之对译,最早见于井上哲次郎、和田垣谦三编写的《哲学字汇》,但是,这一次并没有将此译法在日本固定下来。1885 年,我们从箱田保显编译的辞书中依旧可以看到他是用"文字"、"学问"来对译英语"Literature"的。"直到 1886 年长谷川辰二郎编译的《和译英辞书》,1888 年由 Eastlake Frank Warrington(1858—1905)和棚桥一郎合译的《和译字汇》,Literature 的译名尽管存在多义性,表示文字、学识、学问等等的例子依旧普遍,但是其中发生了一个重要的变化,就是'文学'开始成

---

① 李群:《早期中国文学史写作中的日本影响因素》,《苏州科技学院学报》(社会科学版)2009 年第 2 期。

② [日]铃木贞美:《文学的概念》,王成译,中央编译出版社 2011 年版,第 103 页。

为'Literature'的第一译词。"① 至此，将英语 Literature 翻译为文学，而且作为唯一的译词这种做法在日本才得以定型并逐渐普及。最后，"文学"这个日译汉字新名的形成与近代大学教育制度是密切相关的。1870 年，随着日本大学教育制度的确立特别是对欧美大学学科体系的引进，对于近代日本"文学"概念的形成具有一定的推动作用。例如，表示一般学术的"文学"一词，最早可以在福泽谕吉的《西洋事情》（1866）中找到，他在卷一《文学技术》中介绍欧洲文化时说："一千四百二十三年刻板发明以后，文学大为进步，经学、性理、诗歌、历史之学及其盛美，独至究理学不然。"② 这是"文学"一词被当作学科层面意义使用的见证。具体到这一层面而言，例如 1872 年，东京大学按照语言进行学科划分，在"英学"课表中出现了"历史"、"地理"、"文学"等文科系科目。正如铃木贞美所说，此学科名的出现可以看成近代"Literature"翻译词的"文学"在日本最早的用例。随着明治三年，日本当局出台的《大学规则》，明治四年文部省的设立和次年 7 月由其颁布的《学制》以及明治十二年对《教育令》的颁布，日本的学科体系逐渐系统化和规范化，教育体制逐渐走向成熟。

综上所述，"文学"作为学科体系，在日本明治时期的范围大致呈现这样的变化：明治初期，"文学"用来指当作一般学术、学问，相当于"science"；到明治中期，文学被限定于人文社会领域的名称的统称；到后来，文学作为学科范围由相应地包括文史哲的人文学科指向了专指今世的文学一科。日本文学也经历了从和文学到汉诗、和歌、小说、戏曲的混合，也就是当时的"美文学"、"纯文学"再到国文学这一历史变迁。总之，近代日本"文学"的概念基本定型于 19 世纪末 20 世纪初，其在吸收西方因素的前提下实现近代转型，进而对近代中国产生深远的影响。

（二）冈崎义惠与"日本文艺学"概念的诞生

"日本文艺学"这个命题被日本国文学家、文艺学家冈崎义惠所提出，

---

① 余来明：《"文学"译名的诞生》，《湖北大学学报》（哲学社会科学版）2009 年第 5 期。
② ［日］铃木贞美：《文学的概念》，王成译，中央编译出版社 2011 年版，第 111 页。

20世纪30年代左右曾在国文学界乃至整个文坛引起了轩然大波并引发了种种论争。一般来看，它是针对当时占主导地位的国文学的一种反拨，并随着近代国文学的衰微而应运而生。作为昭和时期国文学界的代表人物，冈崎义惠在受西方思想的影响下极力倡导"日本文艺学"的建立，一方面重视文艺这一领域，宣扬"文艺意志"说在日文文艺学体系中的重要性；另一方面，他的关于文艺学和日本文艺学的论文和著作成为各学派辩论的焦点，在关于文学研究的论争中，甚至出现过"冈崎文艺学"的提法。总之，冈崎义惠本着对文艺的热爱和积极探索的精神，开辟了一种新的学问领域——"日本文艺学"。那么，"日本文艺学"概念是怎样形成的，它是怎样的一门学科，其对后世产生了什么影响，这是我们讨论的重点。

1. "日本文艺学"概念提出的机缘

关于冈崎义惠，我们可以在《世界人名翻译大辞典》（下）找到对应的词条："Okazaki Yoshie"（1892—1982），日本文学专家。《世界诗学大辞典》则称为日本伟大的文艺理论家。他出生在日本小县城，勤奋刻苦，最终考入了东京帝国大学。在这里，他深深受到大塚保治美学思想的影响，开始尝试着摒弃国文学庞杂的特性，积极探寻日本文艺学的研究。20世纪30年代，冈崎正式提出"日本文艺学"的主张，至60年代，逐步形成了以冈崎义惠为中心的"日本文艺学"体系。他先后出版了《日本文艺学》、《日本艺术思潮》、《文艺学概论》等著作。[1] 作为公认的日本国文学界的典型人物之一冈崎义惠，他对"日本文艺学"的提倡和推崇却通常被看作是对近代国文学的一个反命题，被指为国文学的"反叛者"。本着对文艺的热衷，冈崎义惠始终以文艺研究作为自己的坚定目标，最后从国文学的研究转向了对"日本文艺学"积极探索的道路。

冈崎义惠对于"日本文艺学"的提倡是与他所处的时代背景紧密相关的。

第一，从自身因素来讲，冈崎义惠有颗赤爱文艺的心和坚持不懈的探索精神。基于母亲的遗传和影响，冈崎从小就对文艺、美术倍感好奇，而

---

[1] 乐黛云：《世界诗学大辞典》，春风文艺出版社1993年版，第164页。

且在这方面颇具天赋。冈崎义惠的母亲生活在一个能文能武的家族中,而冈崎也恰好出生在一个人才辈出的地方——高知,在这样的历史文化气息熏陶下,冈崎对文艺产生极大的兴趣。中学时代,他的国语和绘画非常优秀,而且在那时就将文艺、美术作为自己的终极目标追求。就像冈崎在《日本文艺学》序中所讲的那样:"曾经,我一直认为,若能留一卷画于人间则此生足矣。"[①] 早在中学期间,他就非常喜欢国学课本上的一些文艺篇章,如《即兴诗人》、《文艺杂谈》等都是他感兴趣并苦苦钻研的对象,诚如他回忆所云:"京都大学的上田敏博士连续公开讲座的《现代的艺术》,对于当时的三高生而言简直是天籁之音。"[②] 毕业后,他考上了当时的第三高等学校,也就是后来的京都大学。在这里,那些教授们的大家风范和学识在一定程度上激发了冈崎义惠对文艺的热爱。

在这些大师级的人物中,代表者如厨川白村、矛野潇潇、平田元吉等。厨川白村的《近代文学十讲》,堪称19世纪后期日本第一部学习西方文艺思潮的专著,这对于像冈崎一样渴求新知的学子来说,实在是一个难得的学习西方文化的窗口。虽然这些大家在课堂上几乎不提文艺之事,只不过是照本宣科而已,但是长期的耳濡目染,更加强化了冈崎与生俱来的文艺情操。面临上哪一所大学的选择时,厨川白村鼓励他报考京都大学,但出于对东京大学文艺氛围的憧憬,最后冈崎还是放弃了报考京都大学,决定北上。毕业那年,由于身体的原因,他返乡修养了一年,在这段时间,他虽没有老师的指导,但却广泛阅览了文艺学方面的书籍。1914年,他选择了东京帝国大学的英文学科。据他自己所说,对于英文学科的选择并非是出于他的热爱,而是对文艺的兴趣所在,"因为出于仰慕上田敏、夏目漱石、森鸥外等大家在外国文艺研究方面的成就并以此为理想而做出的抉择"[③]。大学毕业后,冈崎义惠在寻求文艺的道路上可谓百经周折。在恩师芳贺矢一的多次推荐下,他最终去了东北帝国大学任教,一直到1955年退休。在这里,他自由地亲近文艺,可以自由地从事自己钟爱的文

[①] 彭修银、皮俊珺等:《近代中日文艺学话语的转型及其关系之研究》,人民出版社2009年版,第217页。

[②] 同上书,第218页。

[③] 同上书,第219页。

艺研究。这段时间，他一边投身于创作，一边将相关学说传授给弟子，开创了一个崭新的文学领域——"日本文艺学"。这一学科虽不同于近代国文学，但却在当时的文学界引起了巨大的反响。总之，冈崎义惠从小学到大学再到此后的职业选择，他一直满怀对文艺的憧憬，在求学的道路上矢志不渝地追求着这份他所谓的"一生的事业"。

第二，冈崎义惠阴差阳错的国文学背景，为日本文艺学的研究奠定了基础。大正三年，冈崎义惠选择了东京帝国大学的英文学科，这一选择也许与他高中期间对西洋书目的酷爱和苦于钻研英德辞典密切相关，用他的话讲就是"有时候连日本都忘了"。可见，在入学之前，他对西方先进文艺早已心生期待。但是，这位满怀文艺憧憬的学子在这里备受打击，东京大学学习的英文学科和他之前所期待的完全不一样，一般都是外国教师任教，主要讲授一些古风词语的考证，与他自己的文艺志向可以说是毫不相干，再加上语言的不通，导致冈崎最终放弃了英文学科投身于国文学科中。就像他在《杂花集》中所言："然而这绝不是因为我本身有多么热爱国文学，说老实话我甚至对此抱有一种近乎厌恶的感情。"[①] 可见，两次的专业选择都并非如他所愿，最让他失望的是国文学所开设的科目几乎就是日本文献学的翻版。

国文学在日本历史悠久，被当作研究日本文学最具权威的学科。所谓"国学"，是一门以日本古典文献为轴心来探讨日本古代精神状况的学问，因而又被称为"皇朝学"、"和学"、"古学"等。"国文学研究是明治以来在日本形成的一个学问领域，它其实是与西方文学对决的一个产物，也就是说，近代国文学研究是在西方文明压倒性的影响下形成的。面对着明治维新后西方思想、文化的大量涌入和西方的现代形态的学问体系的引进，日本旧有的国学及汉学不得不突破原有的研究体制，脱胎为具有近代学问特征的国文学研究的学问体系。"[②] 江户时代的国学针对的是传统汉学而言的，与之不同的是，"国文学"是与"世界文学"相对而言的，或者说是西方文学概念。国文学研究以国学为发端，到明治中期开始普及。在国

[①] 彭修银、皮俊珺等：《近代中日文艺学话语的转型及其关系之研究》，人民出版社 2009 年版，第 219 页。

[②] 皮俊珺：《冈崎义惠的日本文艺学思想溯源》，《社科纵横》2008 年第 2 期。

文学研究领域，最近的代表人物当属其开拓者芳贺矢一。芳贺矢一之所以极力倡导以"日本文献学"为国文学研究的中心，力求国文学研究在国民性情方面表现出一种强烈的意识，这和他的海外留学背景关系密切。特别是在德国，他深受海尔曼·保罗、冯·洪堡等文献学研究专家的影响。他研究发现，日本的国学与德国的文献学在探究本国民族文化源流的方式上相似，而且它们的理念和方法基本相通，于是留学归国的他积极号召以德国文学为学习的典范。他认为，真正的国民文学应该必备两个条件：一个是"国民性"，一个是"世界性"。当时，欧美列强日渐猖狂，世界逐渐一体化的大背景下，芳贺矢一率先提出建立日本文献学的想法，主张将西方文献学的方法和理念用在对国人国民性问题的考察上，积极强化日本文学的固有性和独立性。在他的倡导下，日本形成了国文学研究的一批庞大的队伍，他所在的东京大学自然也就成了国文学研究的权威机构，而当时阴差阳错进入国文学科的冈崎义惠也自然拜在门下。虽然冈崎对此学科并无多大兴趣，但在恩师的带领下，冈崎义惠最终与池田龟鉴、久松潜一等人成了日本国文学界的领军人物。所以名人辞典上，冈崎的第一称号是"国文学者"，这足以证明他当时在日本国文学界所占有的地位。后来，冈崎极力提倡与国文学划清界限，是由于国文学所涵盖的文献过于庞杂，很多与文艺无关的部分也列入其中。但是，这并不意味着冈崎所提倡的"日本文艺学"与日本文献学毫不相干，相反，大量的阅读及正确的理解文献正是从事文艺学研究的前提。他所倡导的"日本文艺学"并非是另起炉灶，而是在其深厚的国文学功底上的独树一帜。

第三，冈崎义惠的美学素养及对日本近代国文学的危机意识，为"日本文艺学"的提出创造了有利的条件。首先，冈崎义惠虽然选择了国文学，课上学习的也不是文艺方面的知识，但是庆幸的是东京大学的国文学的必修课较少，所以他有很多的时间选择自己喜欢的东西。那时，大塚保治的公开演讲对于冈崎义惠是个难得的学习机会。就像他所说的，"现在想来，在大学教会我文艺为何的可以说是美学的讲义"[1]。大塚保治的讲

---

[1] 彭修银、皮俊珺等：《近代中日文艺学话语的转型及其关系之研究》，人民出版社2009年版，第220页。

座为冈崎义惠提供了一个接触美学的机会，为其继续学习美学思想开启了导航。冈崎义惠对于美和艺术的推崇，使得他与其他国文学研究者不同，也使得他最终没有成为芳贺矢一的继承人。就像他说的，"和先生相比，我不是国学者派而是艺术学者派；不要启蒙教化，而是要追求纯艺术学"①，这足以证明他对于国文学界的反驳和厌恶，更不会对芳贺矢一思想原封不动的继承。比如，1951年出版的《文艺学概论》堪称是一部影响巨大的文艺美学著作。在1966年发表的《文艺学的研究》一文中，他指出："我是以本人日本文艺的素养和德国美学等为基础写下了《文艺学概论》。"②虽然冈崎与恩师的思想和理念有些背道而驰，但是芳贺矢一始终拥有大师的风范和胸怀，给予弟子百般的包容和厚爱，还屡次推荐他到高校做讲师。冈崎总是利用课余时间走遍东京的各个美术馆和画展，这份沉淀于内心深处的对美的执着与热爱，迫使他放弃了讲师一职，选择回乡作画。这种美学兴趣和学术素养，为其提出"日本文艺学"提供了有利的条件。其次，即使深受芳贺矢一的指导，冈崎也并不盲从导师的思想，而是在国文学问题上保留了自己不同的观点。正如他所说："国文学的提法究竟是指文艺现象还是指以文艺现象为研究对象的科学，这一点上显然是暧昧不清的，不仅如此，国文学和国学、国史学、国语学等一样，在强调本国国民对本国文化进行研究的学问的意识上非常突出，是一个以在日本人之间使用为前提、有着强烈的民族情绪和自我意识的一个概念，不但给人一种封闭、闭塞的印象，而且还潜藏着抗拒和排斥外国人对本国文化进行研究的含义，这一故步自封的结果只能导致本国文化完全孤立于世界文化。"③处于学生时代的他并没有盲从而是有独到的见识，敢于指出国文学的弊端并给予严厉的批判。处在国文学占主导地位、大批学者人云亦云的时代，面对恩师芳贺矢一几乎成为国文学界的代名词的情况下，冈崎义惠却将目光投向了国文学的问题和危机。比如，在一次国文学科的考试中，他对于国文学的解释是："国文学的精神是值得推崇的，然而

---

① 皮俊珺：《冈崎义惠的日本文艺学思想溯源》，《社科纵横》2008年第2期。
② 同上。
③ 彭修银、皮俊珺等：《近代中日文艺学话语的转型及其关系之研究》，人民出版社2009年版，第216页。

以科学的方法来看却是杂驳的。"① 在冈崎义惠看来，东京大学的国文学亦即日本文献学，是一门带有浓厚的国家主义色彩的学科，是一种完全将文学的艺术学排除在外的，身载着国家、民族、政治等外在因素和理念的"杂学"。这样看来，那时冈崎义惠就对国文学的危机有着深刻的认识。

总之，伴随着近代西方文化的冲击和影响，国文学的弊端日渐凸显，国文学界也逐渐开始对自身进行反省和检讨，如1931年成立的"明治文学会"及后来的岩波讲座等等。遗憾的是，这些新学风的走向有所偏离，最终也未能摆脱旧有的国文学模式的束缚。在这样的学术环境下，形成了一种不同于旧有的国文学理念的新型文艺学思想，随后，冈崎义惠破旧立新，开创了一个新的"日本文艺学"。可以说，这一领域的开辟与他长期的文艺兴趣、美学素养和深厚的国学背景是分不开的。

2. "文艺学"从普通术语到学科用语的演变

前面有及，"日本文艺学"是冈崎义惠针对国文学的流弊所提出的一个反命题。那么，"文艺学"这一概念从何而来？它又是怎样一门学科呢？

首先，关于"文艺学"概念的渊源关系，通过考察不难发现，它其实是一个西方舶来品。从冈崎义惠的《日本文艺学》我们可以清楚看到，大正末期，随着西方哲学、美学思想及文艺理论的传播和普及，日本文学研究不再遵循闭关锁国的旧有模式，已经开始尝试着走向学习西方的道路，而当时最有影响的，莫过于对德国文艺学的引进。"德国文艺学在19世纪后半期与狄尔泰等人推崇的精神学科的概念的确立是平行兴起的，之后在各大学的讲座中被广泛使用，与以往的西洋古典学及文献学不同的是，'文艺学'是作为一门灵活运用美学、心理学的理论，重视'文艺'独特的领域性的学问发展起来的。"② 简而言之，日本文艺学的建立和发展是以德国文艺学为前提和背景的。从大正末期到昭和初期，日本学者纷纷对德国文艺学著作及思想进行译介和引进，如雪山俊夫、奥津彦重、高桥祯

---

① 彭修银、皮俊珺等：《近代中日文艺学话语的转型及其关系之研究》，人民出版社2009年版，第220页。

② 皮俊珺：《论日本近代国文学的衰退——兼论文艺学思想在日本的兴起》，《日语学习与研究》2008年第5期。

二、吹田淳助、鼓常良等人,这些所谓的"外国文学专家"起到了"拿来主义"的中介作用。换言之,他们对德国文艺学著作的翻译和介绍大部分是直接对外来学术成果进行移植,这一举措自然给当时的国文学界带来了猛烈的冲击。在此学术环境下解释日本的"文艺学"概念是对德国"文学科学"一词的翻译,可以说顺理成章。冈崎义惠曾在论文《文艺学的研究》中指出:"文艺学一词是大正末年才作为德语的译词被通用的。"[①]

其次,随着对德国文艺学译语的引进以及文艺学思想的普及,在日本国内随之而起的,是一批国文学者和文艺学者的自由言说,他们的论文和著作大都围绕"文艺学"这一主题而展开。由此,早前的芳贺矢一的文献学为主导的国文学地位受到冲击,逐渐被以冈崎义惠为中心的日本文艺学这一新学科所取代,这也从侧面说明了"文艺学"由一个普通译语逐渐演变为一个学科概念,进而在日本被广泛使用。

伴随着一些刊物的出版,国文学界对文艺学的关注逐渐深入,在一定程度上标志着日本文艺学在整个日本文坛开始萌芽,"文艺学"作为一个新型的学科概念也逐渐开始普及。例如1935年,《文学》杂志出版的一本特辑就直接用"日本文艺学"作为主题名称,其中收录了许多以文艺学为中心展开的论争的相关论文。这里的压轴之作正是冈崎义惠的《论日本文艺学的树立》,后来更名为《日本文艺学树立的根据》。这篇论文曾多次被收录到他的专著中,如1935年出版的著作《日本文艺学》和1974年出版的《史的文艺学的树立》,都对国文学界甚至整个文坛产生巨大影响。这一时期,"文艺学"一词虽被广泛使用,但作为一个学科概念还不够成熟,因为在当时,日本并没有形成一个系统的文艺学学科体系。正如1935年出版的特刊之《编辑后记》的话:"日本文艺学对于学术界而言尚不成熟,是一门新学科。然而在这门学科中所体现的不仅仅只是热望或是期待,其力量已经在孕育之中……日本文艺学以德国文艺学为规范并结合日本自身的特殊情况是否真的能够成立呢?……毋庸置疑,有关日本文艺学还有许多值得研究和考察的问题,还有一些藏龙卧虎的研究成果以及学者没有露面。我刊来日还将就此主题再次集思广益,以期完善日本文艺学这

[①] 转引自皮俊珺《论文艺学在中国的树立》,《时代文学》2008年第8期。

一学科的建设。"① 随后，冈崎义惠于1951年又出版了一本集文艺理论与现象于一体的论著《文艺学概念》。1958年，也就是昭和二十四年，随着日本文艺研究会的成立和《文艺研究》刊物的创办，逐渐形成了两大学派的对抗局面，分别是以东北帝国大学为中心的"日本文艺学"派别和以东京帝国大学为主导阵营的国文学派，并举办了许多有关"日本文艺学"方面的活动。在冈崎义惠对"日本文艺学"学科领域开辟的同时，"文艺学"这一概念也活跃于日本文坛中，逐渐开始普及。

那么，冈崎义惠为什么将这个学科定名为"文艺学"呢？他在《日本文艺学》（1935）中给予了明确回答。在他看来，"文学"与"文艺"纵然在当今文坛也是混合不分的，它们被视为同一东西来指称语言艺术这一层含义。但是，如果作为学术用语的话，"文艺"比"文学"更合适，一方面是因为将"文学"拆开来看，它们本身就是一个学术用语，那以"文学"作为研究对象的学科，自然当称"文学学"，这一用语不可避免地会出现概念使用上的模糊。另一方面，冈崎义惠将"文艺"限定在特指语言艺术这一层面，针对学界提出的"文艺"是否包括除语言艺术之外的其他艺术门类，他认为没有必要纠结于此，因为"艺术"一词的提出，很好地解决了上述困惑。另一重要原因就是冈崎认为"文学"一词具有"杂学性"，不适合作为这门纯粹地探讨文艺的文艺性的学科名称。综合以上各种考虑，冈崎义惠再三斟酌，最终定名这门研究文艺的学科为"文艺学"。时至此时，"文艺学"作为一个学科名称在日本被正式提出当属冈崎义惠。

那么，作为一个新型的学科，冈崎义惠的"日本文艺学"究竟是怎样的一门学科呢？首先，我们要明确的是他所提倡的日本文艺学是建立在美学基础上，以相邻学科诸如解释学、文献学、语言学等作为辅助学科，并以文艺作为研究对象，以探究文艺的价值或是文艺性为目的的一门具有生命力的新型学科。换句话来讲，冈崎义惠作为美与艺术的推崇者，致使他将日本文艺学的研究对象严格地限定在基于美学研究的基础上，他试图用

---

① 彭修银、皮俊珺等：《近代中日文艺学话语的转型及其关系之研究》，人民出版社2009年版，第224页。

国文学与美学融合的方法，去探究文艺的日本样式。其次，关于学科归属的问题上，在冈崎义惠看来，其研究对象文艺同音乐、绘画、舞蹈、雕塑等一样都属于艺术的门类，相应地，"日本文艺学"也应该归属与"艺术学"这一学科门下。最后，冈崎义惠所说的"文艺学"从狭义来讲仅指文艺理论，从广义上讲其实是包括文艺理论、文艺史和文艺批评在内的一门综合性学科。

综上所述，随着西方文艺学、美学思想在日本的传播与发展，冈崎义惠大胆向国文学发起挑战，进而以"日本文艺学"来为日渐衰微的国文学注入新的活力。围绕"日本文艺学"所开展的种种论争，其在一定程度上又为"日本文艺学"这一新型学科的诞生、确立和发展奠定了基础。

（三）近代日本文艺学概念的相关考证

20世纪30年代，随着西方文艺学思想的引进以及冈崎义惠"日本文艺学"的提出，使得"文艺学"这一概念在日本文坛盛行并成为一门新型学科逐渐走向成熟。所谓"文艺学"，在日本指以"文艺"为研究对象的学问，具体则限定在语言艺术的层面上，这种观念一直延续至今。因此，在日本的现代学科体系中，"文艺学"作为一门学科，更准确地说是"文芸学"（ふりげぃがく），特指对文学研究的学问，也就是文学的理论研究。

1. 日本文艺学的雏形——文学研究、文学概论

早在20世纪二三十年代，日本文坛涌现出一大批文艺理论家，如厨川白村、本间久雄、藤森成吉、森山启以及后来的桑原武夫、安良冈康、浜田正秀等，他们以其独特的视角，对"文艺"及"文学"的理论研究作出不同的诠释，从而对近代日本文艺学体系的形成和发展产生了巨大影响。

首先，有必要了解厨川白村。作为"日本文艺学"的倡导者冈崎义惠的老师，早在冈崎义惠还对文艺充满幻想的时候，他早已经是文学研究界的顶级人物了。他生前在京都第三高中教学，一生著述颇多、体会独到而深刻，代表作如《苦闷的象征》、《出来象牙之塔》、《近代文学十讲》等。1924年出版的《苦闷的象征》可以看成是一部用心理学方法解读文艺的著作。留学期间，他深受西方文艺思想的影响，尤其是柏格森和弗洛伊德

这两位思想家的影响。《苦闷的象征》全书共四章，由创作论、鉴赏论、文艺根本问题的考察、文艺底起源共同构成，而这四章却是围绕一个中心来展开的，即"生命力受抑压而生的苦闷懊恼便是文艺底根柢"①。正如他自己所说，这也是他平素所持有的一种文艺观。厨川白村视文艺"是生命力用绝对的自由而表现的唯一的机会。因为有向着较高、较大、较深的生活而跃进的创作的欲求好不受拘束地表现着，所以在这里面常常暗示着大的未来"②。他认为，文艺创作是来自两种力的冲突而形成的，一种是简称为"创造力"，另一种则是"压制力"。当生命力扩张也就是个性的欲求渴望得到满足之时，同时却因为强制的压抑产生了人间的苦闷，而这苦闷的心境恰好是文艺创作的动力所在。

其次，需要认清的是，在"文艺学"这一概念没有被正式提出之前，在日本文坛也或隐或现存在着有关对文学进行理论层面研究的著作，如有的叫作"文学概论"（本间久雄），有的叫作"文艺新论"（藤森成吉），或是30年代之后的"文学研究"（丸山学）等，虽然不尽相同，但大都是以文学作为研究对象而展开讨论。如日本小说家藤森成吉1929年出版的一部论著《文艺新论》，全书三万字左右，重点对文艺的本质论、创作论的探讨，与众不同的是，他从经济基础与上层建筑的关系角度出发来解释"文艺"。在他看来，经济基础作为最底层的东西，是根基，再往上就是包含政治、宗教、科学和艺术的上层建筑，作者也特别强调艺术与其他的上层建筑的门类的不同，那就是它拥有更大的自由性，主张用自由的精神去迎合文艺的创作。30年代，丸山学在其《文学研究法》中明确提出"文学研究"一词。在他看来，"文学研究"可以从广义和狭义角度来解释：从广义上讲，指的是把文学作品作为研究资料的研究，它可以分为三个方面，第一是语言的研究，第二是内面的研究，第三是特殊的研究。其中内面的研究被称为狭义的文学研究，它又包括作品研究、作者研究和时代研究。③ 此书除去其他题记之外共有六章，第一章大致是对文艺研究的目的、方法和文学的要素等基本问题的探讨；第二章论述了文学与语言的

---

① [日] 厨川白村：《苦闷的象征》，丰子恺译，上海商务印书馆1926年版，第16—17页。
② 同上书，第75页。
③ [日] 丸山学：《文学研究法》，郭虚中译，上海商务印书馆1936年版，第5页。

关系；第六章主要讲了从不同的方法角度看待文学；中间部分为其"狭义的文学研究"，对文学的内部系统作深处的解析。总之，这位日本学者是站在社会学的角度来解释文学，认为文学是社会信息的一种传递方式。

以上几位学者，他们站在不同的立场、采用不同的方法对文学进行研究，并用各种方法对文学的内涵作出不同的诠释。这些论著内容庞杂，同时也并非只是对文学的文艺性作纯粹的探讨，虽然对文学的研究不够全面、彻底，但在当时的日本，却已经是大大超前的。所以，无论是"文学新论"还是"文学研究"，虽然没有"文艺学"之名，但可以被看成是日本文艺学的雏形，对日本近代以来文艺学学科体系的构建起到了重大作用。

2. 近代日本较为成熟的"文艺学"概念举隅

一般而言，随着术语、概念、范畴的形成和发展并逐渐走向成熟时，其往往会被编入与它同类的辞书中，在一定程度上，这也说明了这些术语或概念已经在一个大的社会公众话语体系中以独特的言说方式占有一席之地。从另一方面来讲，辞书作为知识的凝聚体往往带有权威性的特征，是衡量某一文化概念是否成熟的重要标志。正如陆尔奎所言："国无辞书，无文化可言也。"① 可见，辞书作为工具书，对于后人的研究和学习具有启示性和引导性作用。

"辞书"一词在日本最早出现，大致可以追溯到日人掘达之助在1862年出版的《英和对译辞书》。此后，在日本文学界颇具权威且规模宏大的辞典比比皆是：如1955年初版、1969年再版的由岩波书店发行的《广辞苑》；同类辞典颇具影响的还有1972年由日本著名的出版社小学馆发行的《日本国语大辞典》，此后几乎每两月出版一卷；再就是1978年由池田迷三郎等编的《学研国语大辞典》，以及1988年初版、1995年再版由三省堂出版的《大辞林》，等等。这些辞典的出现，在一定程度上对日本文艺学概念的传播和普及发挥了重大作用。那么，近代"文艺学"概念逐渐定型后，它被收录到辞典中是如何被定义的呢？日本最具权威的大辞典《广辞苑》的释义是"（Literatur - Wissenschaft，德语），作为艺术学的一个部

---

① 章小丽：《日本辞书对清末中国的影响》，硕士学位论文，浙江大学，2007年。

门,是试图对文学作体系性的、科学的研究的学问"①。这里的文学,实际上与文艺的内涵相同,均指语言艺术。

20世纪30年代,随着"文艺学"思想在日本文坛盛行,冈崎义惠作为第一人提出"日本文艺学"的概念。随后,他又出版了多部著作,例如1941年的《日本文艺学》、1947年的《文艺学》、1951年的《文艺学概论》(初版)、1961年的《文艺学新论》、1971年的《日本文芸と世界文芸》以及1974年《史的文艺学的树立》等。在这位文艺学者的影响下,日本文坛上有很多文艺学者也纷纷著书立说,如1953年西尾实的《日本文艺学概论》、1948年北住敏夫的《文艺学概论》及1977年浜田正秀的《文艺学概论》等,他们直接采用"文艺学"一词为论著的题目并试图尝试着对"文艺学"作诠释。

浜田正秀的《文艺学概论》于1977年由玉田大学出版部出版,他在序言中曾提到,这是他在日本玉田大学任教时根据"文艺学"这门课程的讲稿编写的,编写过程中有所删减。1985年由陈秋峰、杨国华这两位学者翻译过来,因为日文中的"芸"对应于汉字中的"艺",所以直接译为《文艺学概论》,此后便在中国文艺理论界广泛传播。正如徐缉熙所说:"浜田正秀的《文艺学概论》大概是介绍给我国读者的当代日本这类著作中第一本吧。"②虽然日本文艺理论家的很多著作被译介到中国并对中国文艺理论的发展产生一定的推动作用,但是,就日本翻译过来的文艺理论著作而言,浜田正秀的《文艺学概论》可以算作是第一部直接以"文艺学"为题的著作。

《文艺学概论》短小精悍,全书共四章:第一章"文艺学",主要对"文学"、"文艺"、"文艺学"的含义的探讨及文学批评的标准界定;第二章为"文学的本质",重点归于人生命力的活动,认为人在现实贫困面前所表现出的来自生命根部的那种最纯真的感受,用语言表达出来便是文学,这是此书的重点所在;第三章是"文学体裁",除了对体裁分类之外,还对每一类的产生和发展作了详细阐述;第四章是"文学研究诸方法",

---

① 《广辞苑》,日本岩波书店1993年第四版,第2289页。
② 徐缉熙:《开阔眼界 活跃思路——浜田正秀〈文艺学概论〉读后感》,《上海大学学报》(哲学社会科学版)1981年第1期。

作者重点介绍了如文献学、心理学、社会科学及比较文学等多种研究方法。首先，作者在开篇第一章就开明宗义地辨别了"文学"与"文艺"的区别，他认为，"文学与文艺，无论从广义或狭义上讲，都是一个含义广泛的多义词，但在文艺学中通常作狭义的概念使用"①。广义的"文学"一词有两种解释，一是"学问"，二是"学艺"。如果稍微缩小范围，便会作出精神科学的解释，即与自然科学和社会科学相对而言。文中，他特别强调狄尔泰将精神学科的最小单位划分为一种"体验"，而文艺学作为精神科学的一部分，可以看成是建立在"美的体验"基础上的一种东西。具体而言，文学是一种需要以语言为载体来表现和诉说人们的思想和感情的东西。再说"文艺"，其广义一指"学问"，二指"技艺"，也是一个范围广泛的概念。但是，浜田正秀在这里讲的"文学"与"文艺"的内涵是相同的，都是被限定在语言艺术这一更小层面来讲的。他还列举了西欧对文学的解释也有广义和狭义之分：广义上被看作是类似于"文献"、"文书"等用文字书写的一切东西；狭义上均指语言艺术，在西方曾用"美文学"这一术语来限定其范围。其次，在辨析了"文学"与"文艺"之后，他明确提出了文艺学（literatur - wissenschaft）的定义，science of literature，如按照它的研究对象文学来命名，应该叫作"文学学"更加确切。但是"文学"从字面上讲就可以分开来解释为研究文学的学问，再在其后加上一个"学"字，这样会使概念模糊不清。为了避免这些困扰，人们常常将上述含义用"文艺学"一词来表示。② 如将"文学"看成是"生命的表现"，文艺学自然是"生命火焰"燃烧的一种东西。

浜田正秀的《文艺学概论》篇幅短小，但每个小标题下却涵盖了具有代表性的文艺研究成果的提要。如他在"文艺学的发达"这一小标题下提到的，"文艺学一词，据说最先是在19世纪40年代的黑格尔学派里使用，最初见之于麦登（Mundt, 1808—1861）的《现代文学史》（1843）一书的绪论中"③。虽然这一观点后来引起了美国文艺理论家韦勒克的质疑，但是，我们可以推断"文学科学"一词的产生大致在19世纪中期。总之，

---

① [日] 浜田正秀：《文艺学概论》，陈秋峰、杨国华译，中国戏剧出版社1985年版，第1页。
② 同上。
③ 同上书，第3页。

浜田正秀的《文艺学概论》被翻译到中国，对中国文艺理论建设和发展带来了重大影响。

第二节　近代中国文艺学概念的形成及其演变

梁启超曾说，"彼西方美人为我育宁馨儿以亢我宗"，中国现代意义的"文学"、"文艺学"概念都可以看成是中西文化融合而产生的"宁馨儿"。中国传统的"文"的谱系与西方现代的"文学"谱系本来是两种不同的体系，但在19世纪、20世纪之交发生了融合，从而促使近现代意义的文学概念的形成。而对于文学的研究的学问，我们称为"文艺学"，它作为一个外来词语随着西学东渐及新文化运动传入中国并逐渐定格。在外来的冲击和内在机制的转变下，"文艺学"这一概念自身也经历了历史与逻辑的演绎。

（一）"文学"概念的形成与演变

众所周知，我们今天所指的"文学"是一个外来词。在中国古代，最早出现的是"文"这个术语，在此基础上逐渐派生出"文辞"、"文章"、"文学"等概念，由"文"到"文学"的演变最终形成中国传统的"文"的谱系，但它并不是一种简单的时间上的梳理，而是呈现一定的内在的逻辑性变化。直到19世纪，由于西方学术机制的影响，再加上日语汉字"文学"概念的东传和普及，使得中国传统意义的"文学"概念实现了近代化的转型。换言之，西方思想的涌入，促使中国传统的"文"的谱系与西方现代"文学"体系发生了有机的融合，从而形成了中国近现代意义上的"文学"概念。

1. 中国传统的"文——文学"谱系的演变

中国传统的"文"与现代意义上的"文学"是两个完全不同的体系。早在远古时代，"文学"一词中的"文"与"学"是分开使用的，也没有形成独立意义的"文学"范畴，最早出现的应该是"文"这个术语。

首先，"文"在古典文献中含义广泛，复杂不一。根据甲骨文的记载来推测，"文"字大致是在殷商时代出现的。甲骨文中的"文"，从外形看像纹理相互交错在一起，所以它最初的含义是指在人身上或物上所刺的相互交叉的斜纹,如许慎在《说文解字》中也提到,"文,错画也。象交文。今字作纹"。《易·系辞下》里也提到"物相杂,故曰文"。这两处的"文"意思相同,指不同的东西交错在一起而形成了"文"。正如王筠在《句读》的解释:"错者,交错也。错而画之,乃成文也。""文"在古典文献中大都被解释为文身,如朱芳圃在《殷周文字释丛》中将"文"就直接说成是文身的文,《礼记·王制》中云"东方曰夷,被发文身,有不火食者矣"①,这两处都是用来表示原始人文身的巫术理念。还有《乐记》中将"文"解释为纹路,"五色成文而不乱"。可见,"文"字用法广泛,含义也是多种多样。首先它是一个象形字,各种纹理交错都称为"文",后来就扩展为指错综复杂的色彩、事物及文身等,这些都是"文"的初始含义。随着人类生产能力的提高,后来"文"用来表示彩绘、编织等意思,如《周礼》中提到"文"与"章"时,认为青色和赤色两种颜色交织在一起就成了文。《国语·郑语》中云"声一无听,物一无文",单一的色彩不能成文。可以说上至日月星辰的"天文",下至人类社会的人文现象,很多领域都有"文"的痕迹。有的用来指包括礼乐制度在内的文化,如"君子博学于文"(《论语·雍也》)、"行有余力,则以学文"(《学而篇》)等,这里"文"均指古代的典籍、文献。有时它也常常被引申为人格修养等方面的内容,以孔子为典范,如"敏而好学,不耻下问,是以谓之文也"等。"文"也曾指文字方面的内容,如《说文解字》中对"仓颉造字"的解释,"文"是根据物体的轮廓来画出它的外形,而这些形体的组合构成新的形体,这就是"字"。随着历史的变迁,特别是魏晋南北朝,"文"多指"文章"、"文辞"以及与之相关的学问。我们知道,早在先秦,孟子将"文"与"辞"区分开来,将经过修饰美化的文叫作"文辞"。到魏晋更加强调对"文辞"的修饰,我们称为"文采",表示华丽之文。如刘勰的"为情造文"、"情理设为,文采行乎其中"(《文心雕龙·情采》),此时之"文"明显具有文采之文,于是相应地也有了"文质"的概念。然而,在此时也出现了"文"与"笔"之分,如

---

① 黄燕强:《"文辞"、"文学"与"文章"的由来》,《三峡论坛》(《三峡文学》理论版)2011 年第 1 期。

刘勰在《文心雕龙》的"总术"中以有韵或无韵作为区别它们的标尺。总之,"文"是一个意义广泛的词汇,与纹理、纹路、文字、文辞、文采、文章、文学、文化等有着密切的关系,远比今天所指的"文学"的内涵要广泛得多。

文的繁衍、派生能力很强,随着时代的发展,文的含义也逐渐引申形成一个多层次系统。在发展的同时,"文学"概念也应运而生。之前"文"与"学"都是分开使用的,作为一个合成词来使用,"文学"一词最早出现在《论语·先进》中"文学:子游、子夏"。这是孔子用来评价弟子们最擅长的方面,"文学"是与"德行"、"言语"、"政事"并列的孔门四科之一,指"文章、博学",相当于今天的"学术"。可以说,在先秦的文献典籍中,"文"、"文章"、"文学"曾多次出现,但是它们代表着不同的含义。"文"字的含义我们已经论述过了,上至天文,下至人文,都可以用"文"来涵盖,是一个极为广泛的术语。至于"文章",一般指文献、典籍。如《论语·公冶长》云"夫子之文章,可得闻也",这里的"文章"指诗、书、礼、乐等古典文献。然而,很多时候"文章"一词用来指文采。如《庄子·骈拇》写道:"骈于明者,乱五色,淫文章。"还有孔子的《论语·泰伯》、墨子的《非乐》中都出现过"文章"一词,均指文饰、文采。"文学"这一术语,既指文献典籍,也指与之相关的学问。可以说在先秦,无论是今天意义上的史学著作,还是诸子的美学著作,一律都归入"文学"范畴。文学史家郭绍虞也曾指出,周秦时候,"文学"一词被当作文章博学来解释,那时候的文和学是互指的,文不离学,学不离文,这是最初的、也是最广泛的文学观念。[①] 到了汉代,虽然仍然沿用先秦的文学观念,但是"文"的范围明显缩小,指与文章相关的东西,"文学"依旧是典籍文献和学问,"文章"则逐渐向"文辞"、"文采"靠拢。而随着儒学的盛行,"文学"一般与经学密切联系,而且在汉武帝时,也曾用作官职名,指用来教授经书的官职。后来三国、魏晋、初唐都出现过相应的文学官职名,至清废除,这一含义也逐渐消失。魏晋南北朝,随着诗赋的繁荣,此时"文学"一词指比较注重形式之华美的"文章"。在

---

① 郭绍虞:《中国文学批评史》(上),百花文艺出版社2008年版,第5页。

先秦,"文"就有了文采的意思,"文学"则似乎自产生之时就被赋予了文采的含义,如与"质"相对的"文",侧重于形式的华丽。魏晋以后,"文章"和"博学"逐渐分离独立使用,使"文学"逐渐摒弃了"博学"这一层含义,用来专指"文章"之学,即具有文采的语言作品。如曹丕的"文以气为主",刘勰的"缘情"、"情采"篇的相关论述,还有南朝的萧子显《南齐书·文学传序》中将"文章"作为人性情的标识。这里将"文章"与情感、文采联系在一起,对"文学"一词作了明显的限定,使之与"博学"区别开来。此时,曹丕在《典论·论文》中列出了"文章"八种,而萧绎在《金楼子·立言》中作了更详细的划分,认为广义上的"文学"应该分为两层含义:"文章"(文)和"文学"(学),"文学"或"文章"这一端又分为"文"与"笔",文近乎纯文学,笔近乎杂文学,"学"用来侧重指学术,特别是他将"文"用来指抒情性的富有文采的作品,"笔"指是和诗不同的论说文字。这样,"文学"一词范围变小、概念更加细小化,这也是从狭义上来使用"文学"这一概念。唐宋至清初,"文"与"学"似乎又重新组合,"文学"在广义上来使用,指一切具有语言性的符号。此时,"文以载道"、"文以明道"观念的盛行,逐渐取代了之前的"文采"之文,"文"与"学"又以明道为基点再度重合,似乎又回到了文学的最初的含义。此时的文学既包括今天我们所说的狭义的"文学",也包括"非文学"的形式。正如清末民初的章炳麟在《国故论衡·文学总略》中所说:"文学者,以有文字著与竹帛,故谓之文;论其法式,谓之文学。"[①] 可见,章炳麟将文学的含义范围扩展到极致,认为人类所存在的一切具有文字记载的语言符合都可以叫作"文学"。显然,这种过于广泛的文学含义在今天肯定是行不通的。

总之,从"文"到"文学"的演变并不是简单的含义更迭,而是呈现一定的内在的逻辑性变化。中国历史上的"文学"术语与我们今天所使用的"文学"有着明显的不同。那么,这个不确定性和变化性的术语,又是如何转换成我们今天所使用的现代意义上的"文学"概念的呢?

---

① 章太炎:《国故论衡》,上海古籍出版社 2003 年版,第 49 页。

2. 中国现代意义的"文学"概念的形成

从词源学角度来看,"文学"的概念从最初的含义到狭义所指再到后来的广泛意义的演变,在中国古代经历了一个漫长而复杂的历程。但是,我们发现,广义上"一切的语言性作品"都被称为文学,这与我们今天所使用的狭义的"文学"概念是截然不同的。按照英国伊格尔顿的观点来看,直到19世纪,"文学"才被赋予了新的意义。换言之,现代意义的"文学"概念的出现,最早也是晚清以后的事。19世纪末20世纪初,随着西方文学思潮和观念的影响,中国传统的"文"的谱系与西方现代诗学体系有机融合,从而实现了传统"文学"概念的近代转型。

随着西方思潮的涌入和新文化运动的兴起,陈独秀、李大钊、胡适等一大批先进人士发起了文学革命。随后,他们在《新青年》多次发稿,积极倡导摒弃原有的文学体制,建立新文学。如刘半农1917年在《新青年》上发表的《我之文学改良观》,对中国旧有的"文以载道"等观念给予严厉的批判,并且提出了"文学为美术之一"的新文学观。在他看来"欲定文学之界说,当取法于西文",还引用 Literature 的定义来给中国文学下定义:"The class of writings distinguished for beauty of style, as poetry, essays, history, fictions, or Belles-Letters."① 总之,这一时期,陈独秀、胡适、刘半农等人笔下的"文学"概念已经明显不同于中国传统的"文学"概念。正如铃木贞美所说:"在中国,文学作为语言艺术的意思正式使用开始于1917年的文学革命。"② 在他们看来,"文学"一词是从英语 Literature 翻译而来的,而 literature 被译为"文学"传入中国的途径概括起来有两种,一种是从西方直接翻译过来,另一种则是通过日本引入进来。

首先,陈文忠在《文学理论》中就"文学"一词进行了语义分析。他明确提出,汉语"文学"一词,德语是"wortkunst"用来指词的艺术,俄语为"словесность"用来指文字表现的创作,英语写作"literature",

---

① 李春:《文学翻译如何进入文学革命——"Literature"概念的译介与文学革命的发生》,《中国现代文学研究丛刊》2011年第1期。
② [日] 铃木贞美:《文学的概念》,王成译,中央编译出版社2011年版,第51页。

翻译为手写或者印刷的文献。① 在第一章，我们已经提到过英语"literature"与俄语、法语、德语中的"文学"具有相同的词根，都是拉丁语"littera letter"，意思是文学作品、写作。最初，英语 literature 的使用范围极其广泛，除了指文章、文献，还包括一些书信、文件等，用它来专指富有美学形式的文辞是较晚才形成的。所以中国至晚近引入的 literature 正是在这一层面意义上使用的，专指具有审美属性且表现一定思想情感的文学作品，或可以叫作"艺术学的文学"、"美文学"，这也是现代意义上的狭义的文学概念。目前，学界对于翻译词"文学"的引进说法不一。如闫月珍在其论文中提到，目前学界很多人认为"文学"不是一个日语借词，而是从西方直接翻译的，大约在 19 世纪，"文学"一词就已被赋予了"LITERATURE"的意思，这一点已被意大利著名汉学家马西尼证实。② 而当时，西方近代的文学批评家如韩德生（W. H. Hudson）、坡斯耐特（Posnett）、亨特（Theodore W. Hunt）、温切斯特（Winchester）等则成为焦点，他们的文学评论著作陆续被翻译为汉本，其中对于文学的定义对中国学者具有一定影响。其次，"文学"作为日语借词被引介到中国的。鲁迅在《门外杂谈》中写道："用那么艰难的文字写出来的古语摘要，我们先前也叫文，现在新派一点的叫文学，这不是从文学子游子夏上割下来的，是从日本输入，他们的对于英文 literature 的译名。"③ 此外我们可以在很多辞书中找到例证，如 1984 年刘正埮在《汉语外来词词典》中的文学词条下明确表示"文学"一词来自日本。何华珍也在其著的《日本汉字和汉字词研究》最后收录的日语借词一览表中，明确列出"文学"这一词语。之前，我们已经论述了日语中的"文学"是借汉字一词来对接英语"Literature"，从而赋予了"文学"新的内涵，并非指中国古代传入的"文学"。"文学"概念在日本经历了从上古到近世的历史变迁的过程，以留日学者为中介被译介或直接移植过来。在这样的学术大背景下，20 世纪初很多学者进行了文学界说，他们大都是在新文学思想的影响下对文学进

---

① 陈文忠：《文学理论》，安徽大学出版社 2002 年版，第 23 页。
② 闫月珍：《文学的自觉：一个命题的预设与延异》，《华南师范大学学报》（社会科学版）2005 年第 1 期。
③ 转引自胡有清《文艺学论纲》，南京大学出版社 2006 年版，第 2 页。

行定义。如罗家伦、朱希祖、潘梓年、马宗霍、刘永济和姜亮夫等,他们从不同的角度纷纷对文学定义,此时"文学"一词已经作为近现代意义上一个独立的概念普及开来。

综上所述,自"文学"一词诞生之日起,它便被赋予了不同的含义。正如乔森纳·卡勒所理解的那样,这个世界就没有一成不变的文学概念,它总是随着时代而变化。"文学"最初指文章和博学,到魏晋以后逐渐独立出来,开始探寻自己特殊的发展模式。此时,"文学"的所指范围逐渐缩小,逐渐摒弃"博学"这层含义,用来专指"文章"。唐宋至清,文与学的界限似乎不甚清晰,而又再度重新融合,范围更宽泛,用来指一切富有语言性符号的东西。总之,我们可以将其看成中国传统的"文"的谱系的内在的、逻辑的演绎。但是,自晚清以来,由于西方文学观念的影响,再加上日语汉字之"文学"概念的东传及普及,我国传统的"文学"概念发生了近代化的转型,中国传统的"文"的谱系与西方的"文"的谱系有机的融合,从而形成了中国近现代意义上的"文学"概念。

(二)"文艺学"概念词源考证

"文艺学"不是汉语中的旧有词汇,作为一个外来词,它的源头可以追溯到德国的"文学科学"一词,后来又经过日本和苏俄传入中国,在这个层面来讲,中国的文艺学和日本一样,也是个舶来品。

1. "文艺学"一词溯源——德语"文学科学"

20世纪80年代中国现行的文学理论教科书中,随便一翻便会发现它们对文艺学的题解大体相似。一般在首篇都会开明宗义地写道:"在我国,人们一般习用的'文艺学'概念是一个外来语,一切以文学为研究对象的学科都可以叫文艺学。文艺学在现代汉语中是外来词,是外文 Science of Literature(英文)、литератчровеление(俄文)、Literaturwissenschaft(德文)的译名,在外文中这个术语由'文学'(Literature、литератчра、Literature)和'学科、学问'(Science、Веление、Wissenschaft)这两个词合成,直译为文学科学、文学学。"[①] 但是作为一门学科的名称,我们通常习惯性地用"文艺学"这个概念,它仅仅以文学为其研究对象,而并非

---

① 唐正序、冯宪光:《文艺学基础理论》,四川大学出版社2003年版,第1页。

包括其他艺术门类的研究。胡有清在其专著《文艺学论纲》中也明确指出，文艺学这个术语作为一个现代汉语中的翻译词，它其实是由文学和学科两个词语合成的，学科也就是学问。他还特别指出，我们现在的一些文艺学教材一般是不包括艺术理论的，大部分是将文学作为其重点研究对象，揭示和探讨文学的本质及规律的科学。从这一点来讲，选择"文学学"一词更为合适，可是在文学后面再给加上一个学字，这并不符合我们汉语的构词习惯，因而称为文艺学，此后这一译名便长期习惯性地沿用了下来。

目前，关于"文艺学"一词的翻译，学界有两种说法：第一种认为从俄文中翻译过来的。如杜书瀛在《文艺学向何处去》一文中指出，用"文艺学"来对接苏联的文学理论，这样的翻译不恰当。为此他还特意请教周启超、吴元迈等专门从事于俄国文学理论研究的专家，其中，吴元迈在留学时曾听过苏联文艺理论家毕达可夫的课。他们都认为这样的翻译不准确，据说在苏联文学理论著作中的"литературоведение"一词曾出现在1929年由波斯彼洛夫所编的论著中，翻译成中文应该是"文学学"，不包括"艺术"。在俄语中"艺术"写作"искуство"、"художество"，而且还存在艺术学或是艺术理论写作"искустведение"这样的词语。可见当时苏联体系中，文学与艺术是两个门类，那么研究文学的学问自然应该翻译为"文学学"。周启超在翻译维·叶·哈利捷夫著的《理论诗学》一书时，则明确将俄文"литературоведение"翻译为"文学学"。那么，"文艺学"最初到底是由谁翻译过来的，他们也搞不清楚。[①] 第二种认为由德文翻译过来的。如日本文艺理论家浜田正秀在《文艺学概论》中指出："文艺学一词，据说最先是在十九世纪四十年代初的黑格尔学派里使用，最初见之于一八四三年麦登（Mundt, 1808—61）的《现代文学史》一书的绪论中。"[②] 这样看来，"文学科学"一词大概是在19世纪40年代左右出现的。日本另一理论家竹内敏雄在《文艺学序说》也谈到"文艺学"的由来："在19世纪中叶德国形成精神科学（Geisteswissenschaft）概念

[①] 杜书瀛：《文学会消亡吗——学术前沿沉思录》，中山大学出版社2006年版，第55页。
[②] ［日］浜田正秀：《文艺学概论》，陈秋峰、杨国华译，中国戏剧出版社1985年版，第3页。

时，与之相应，出现了文艺学（Lituraturwissenschaft）的概念。征诸历史的事实，'精神科学'这一概念是19世纪40年代由黑格尔学派开始使用，而后迅速传播开来。作为学术用语的'文艺学'一词，也恰好是与此同时出现的。"① 基于上述看法，曹卫东教授在对文艺学学科进行反思时曾提到，中国的文艺学是从德国翻译过来的。他从德国狄尔泰的精神学科入手，将文艺学划入精神学科（包括自然学科和人文学科）之内，根据研究主题又划分为6门科学，东方学作为其中一门后来逐步演化出古典学的科学，而它本身其实就是一种文学理论文艺学，并且这种古典学的文艺学曾被"重建社会科学委员会"单列了出来。② 概括地说，文艺学经历了"精神科学—东方学—古典学—文学理论（文艺学）"的演变过程。但是，曹卫东的解释不够具体化，只是略略而谈。

对于"文艺学"一词的最早出现情况，后来很多学者都以浜田正秀的说法为参照，即文艺学一词最早可以在1843年麦登的《现代文学史》开篇中找到。但是，韦勒克有不同看法，他认为在《现代文学史》中根本找不到"文学科学"这一词语，书中只有"作为一种特殊科学的文学史"和"作为一种联系密切的民族科学的文学概念"的提法。③ 所谓"文学科学"，在德语中写作"Literaturwissenschaft"，表示系统知识的意思。下面我们以韦勒克的《批评的概念》、《批评的诸种概念》及竹内敏雄的《文艺学序说》为参照，对"文学科学"、"文艺学"一词的使用状况作一简单梳理，见表1-2。

表1-2　　"文学科学"、"文艺学"一词在德国的使用情况

| 1. 在德国，"文学科学"一词取代西方的"评语"术语，类似的术语还有"文学科学"，但是西方其他国家却没有广泛使用。 | 韦勒克《批评的诸种概念》中写道：为什么西方的"批评"一词传入德国，意思缩小，仅限定在"每日评论"这一意思中，最后又被"文学科学"这样的术语取代呢？这主要归因于"KRITIK"这一术语在法国就没有被广泛使用，曾一度受到排挤，对其意义限定。大约是在18世纪初期传入德国，仅限定指"每日评论"或者是"武断的文学观点"。而"文学科学"这样的术语取代了西方国家曾使用的"批评"术语的地位，这一术语在德国获得了成功。 |

---

① 董学文：《文学理论学导论》，北京大学出版社2004年版，第268页。
② 曹卫东：《认同话语与文艺学学科反思》，《文艺研究》2004年第1期。
③ 转引自谭好哲、凌晨光主编《文学之维：文艺学的历史、现状与未来》，山东大学出版社2003年版，第33页。

续表

2. "文学科学"这一概念据说是从法国传入德国的。	韦勒克《批评的概念》中曾提到,19世纪30年代,法国人J.J.安培在他的《论诗歌的历史》中提出"文学科学"(science of literature)这一概念,分为文学哲学和文学史这两部分。(张金言译本第30页)20世纪80年代,谭好哲、凌晨光的《文学之维》中也引用了相关的论述。
3. "文学科学"在西方其他国家没有得到通用,尤其在英法两国行不通,而提到这一术语的也只是个别案例。	在英国和法国的语言中,由于"science"科学这一词很大程度上与"自然科学"等同起来,因而"文学科学"这一术语已经不可能幸存下去了。个别案例:1898年,荷兰人缪勒在爱丁堡做的演讲题目为《文学科学》;罗马尼亚人德拉哥米赖斯库的著作《文学科学》(1928—1929);1950年,伊斯坦布尔出版的盖伊·米绍的《文学的科学引论》中,这种称呼又出现了。
4. "文学科学"这一术语在德国深深扎下根,后来还被当作反对占统治地位的文学史的新诗学和批评的口号。	"文学科学"在德国却得到通用,如1842年罗森克朗茨在评论几本书时"文学科学"的情况,在1865年出版的期刊上韦勒克又再次找到了这个词;1887年格罗斯的演讲题目为《文艺学的目的与方法》;1897年、1911年爱尔斯特的论著题为《文艺学原理》。(韦勒克的《批评的概念》,丁泓译本,第30、40页) 在德语中,"文学科学"被当作一种新的诗学和文学批评的口号,将矛头指向文学史。1908年,翁格尔主张研究"文学科学"中的哲学问题;1920年,西格蒙特著有《德国文学科学史》;1923年有《文学科学与精神史学季刊》及保罗·默尔克发表的《文学科学和文学史》。(韦勒克的《批评的诸种概念》,丁泓译本,第41页)
5. "文艺学"一词被用于文学史研究中。	1842年,"德国文艺学"一词在卡尔·罗森克莱茨的论文集中出现过,著有《1836—1842的德国文学学》;后来的维尔海姆·谢勒于1885年在他的格里姆论中也提到了这一用语。
6. "文艺学"一词首次用于著作标题。	1897年埃伦斯特的著作标题为《文艺学原理》,这也是"文艺学"一词首用于著作标题上的用例。
7. "文艺学"是一门建立在精神科学之上以文学为研究对象的年轻的科学。	20世纪,狄尔泰等人反对自然科学,摒弃"实证主义",企图将诗的创作置于精神性的层面来具体探讨。在这样大的方向下,德国文艺学迅速发展,可以说狄尔泰真正地开辟了"文艺学",但说他没有正式提出这一名称也未对其进行解释。20世纪20年代后,"文艺学"一词才开始广泛用于专著、论文及演讲的题目中。

从韦勒克的论述,我们看到了"文学科学"一词在德国文学研究界的使用情况。此外,我们也看到了竹内敏雄以一个日本学者的身份对"文艺学"这一概念在德国历史上的来龙去脉的梳理。总之,随着20世纪20年代后德国文艺学的迅速发展,"文艺学"一词也被引入其他国家逐渐开始传播和普及。

2. "文艺学"一词经日本中转传入中国

"文艺学"作为一个学术概念不是汉语中与生俱来的,而是从西方引进的。目前学术界将"文艺学"一词的来源问题大都归结为从俄文翻译或是从日语翻译过来的,但无论是俄国还是日本的文艺学,它们都是在德国文艺学思潮的影响下开始建立和发展的。

20世纪,随着西方思想的涌入和西方学术机制的运作,德国"文艺学"一词逐渐在其他国家得以传播。首先,我们需要明确的是苏联引入德国"文学科学"的前提是将文学看成艺术的一个门类,而且当时文艺为政治服务的口号在苏俄文坛占主导地位。研究俄国文学的专家周启超在瓦·叶·哈利泽夫《文学学导论》中译本的序言中,明确指出现代文学理论的发祥地并不像很多学者指出的是苏联,而应该是德国。他还特意举例论证了这一事实,德国文艺理论家卡卢尔·罗森兰茨的《1836—1832的德国文学学》于1842年出版,而苏联最早的文学理论教材鲍里斯·托马舍夫斯的著作《文学理论·诗学》于1925年出版,可见苏联文学理论比德国足足晚了83年。[①] 其次,20世纪30年代,日本受德国文艺学的影响,冈崎义惠等人倡导的日本文艺学主要是针对当时国文学将文学当作文献学研究而提出的一个反命题,在当时,整个日本文学理论界都是将文学当作艺术的一种来进行研究的,将德语译成"文艺学"。

文艺学作为一门研究文学基本规律的学科,与西方的英语中的"文学理论"(Literary theory)和德语中的"文学科学"(Literaturwissenschaft)密切相关。张法提出,这两个术语的差异性,首先表现在对美学的不同看法。"在英文中,美学是建立在知情意基础上的情感的美,而文学则是这种情感的外现,具体体现在文学体裁上。而德语中的美学,是作为一种艺术哲学来理解的,文学是艺术的一种,文学科学是对作为艺术的文学进行研究,而不是对艺术之学的研究,但是,它们在追求美表现美的目的上却达成一致。"[②] 对于这两个词语,韦勒克也曾明确表示,德语的"文学科

---

① [俄] 瓦·叶·哈利泽夫:《文学学导论》,周启超等译,北京大学出版社2006年版,"总序"第2页。
② 张法:《三个关键词和一个学科的演进——文艺学、文学理论与文化研究》,《文艺争鸣》2012年第1期。

学"与英语的"文学理论",他更倾向于用"文学理论"一词。因为,"科学"一词在英语中更加接近自然科学。如果从这层意思上来理解,那么,对文学的科学研究与人们所强调的文艺学的大致指向会背道而驰。他曾考虑用"文学研究"一词来替换"文学科学",但是由于前者并不包括批评和评价等思想,所以也是行不通的。而他所指的文学理论,其实是包括文学理论、文学批评和文学史在内的大的范畴,也就是今天所说的文艺学。[1] 19 世纪末 20 世纪初的西学东渐及五四新文化运动,西方的思想、观念、体系不断传入中国,对中国文艺学学科建设和发展起到重大作用。就"文艺学"这一概念而言,上述的两种西方模式以日本作为中转传入了中国:一种传入过来"文学概论"一词,如 20 世纪初日本学者本间久雄的《文学概论》民国时期在中国的传播和影响;另一种则以冈崎义惠的"日本文芸学"为基准,传入中国后变为"文艺学"。在新中国成立前后,之前从德国传入苏俄的"文学科学"也随着中国革命的高涨传入中国。如果将俄文中的文学之学翻译成"文学学",读起来拗口,觉得很别扭,而如果用"文学理论"来对接,则是以小译大,因为在苏联的学术体系中,文学科学则是包括文学理论、文学史和文学批评在内的一门科学。另一方面又考虑到苏俄学术体系中的文学是属于艺术之下的一个部门,二者是种属关系,所以中国的思想启蒙者用从日本引进的"文艺学"来对接。那么"文艺学"的由来也不是传说中的为了读起来通顺,而是将其理解为作为艺术的文学之学,再加上本身有"艺术学"一词的存在,所以"文艺学"没有必要理解为文学艺术之学。这样,"文艺学"一词便在中国固定下来,中国文艺学学科建设也不断走向成熟和发展。

因此,从词源学角度来讲,中国的"文艺学"也是个舶来品,它的发源为德国的"文学科学",随后经日本和苏俄传入中国。在中国现代"文艺学"概念的形成和发展过程中,日本同样起到了中间桥的作用。

(三)"文艺学"概念由古典形态向近代形态转型

人类社会的发展及文学的演变,它是一种过程,拥有自己的历史,它也展望未来,不断地发展嬗变。"文艺学"这个概念并不是凭空而来,它

---

[1] [美] 韦勒克:《批评的概念》,张金言译,中国美术学院出版社 1999 年版,第 31 页。

是随着文学实践活动的发展并经许多文学家、文学思想家、评论家的长期探索和实践一步一步逐渐形成的。中国文艺学有着悠久的历史和传统，从古典形态模式到现代的学术范型的转变历时两千多年了，伴随着外力的冲击和自身机制的转变，"文艺学"的概念也实现了由古典分散型模式向现代系统化学术范型的转换。

1. 概念萌芽——"论文"、"文论"

在西方，关于文学理论乃至美学的研究一般称为"诗学"，是对一般文学艺术理论的泛指。从古希腊到19世纪，随着文学实践的发展，文学理论从亚里士多德的《诗学》到黑格尔的《美学》及别林斯基的《诗歌的分类和分科》再到丹纳的《艺术哲学》，也相应地经历了一个历史变迁过程。在中国，文学的历史源远流长，与此同时产生的文学理论也具有悠久的传统。最早出现的文学样式是诗歌，相应地，对古代文学的研究也是以评论诗歌为起点的"诗论"。但是，我国古代"诗"的指示范围并不包括其他文学艺术形式，所以，关于文学艺术的理论我们称为"文论"，它经历了由广到狭、由浅到深、由含混到清晰的历史发展过程。

先秦时期，对于文学的研究并没有什么系统化的专著，各种理论思想大都零星地分散在《诗经》、《尚书》、《周易》等经典典籍和诸子百家的学术著作中，如《诗经》中对"颂"、"刺"这两个文学概念的提出，《尚书·尧典》中的"诗言志"说，《周易》中关于言、意、象关系的阐述，再如《论语·阳货》中的"兴观群怨"说，《孟子·万章》的"知人论世"说，《庄子》的"虚静"说、"心斋"说，等等。两汉时期，诗歌进一步发展，辞赋、散文、史记文学等文学样式日渐出现，文学评论家们总结了先秦以来诗歌、散文创作的经验，初步形成了较为成熟的诗文理论。如《毛诗序》可以称得上我国古代最早的诗论专著，是对诗歌的本质、作用及分类和表现方法等方面的理论经典的总结。此外司马迁的《史记》、王充的《论衡》虽然不是文学理论专著，但其中都包含了很多文学批评观点。可以说，先秦两汉是我国文学理论的萌芽期，为文学理论的发展奠定了基础。魏晋南北朝时期，文学不再是昔日的政治的附庸，而更加强调文学个体的独立，在这样政治交替、学术活跃的大环境下，文学理论也得到了进一步拓展，从一般的学术著作中分离出来，文学理论著作更是空前丰富。这一时期最突出的有曹丕的《典论·论文》、陆机的《文赋》、刘勰的《文心雕龙》和钟嵘的《诗品》。可以说，这一时期文学的自觉，使得对文学的研究也形成较为完整的理论体系，特别是一些纯文学理论著作的出现，使文学理论走向自觉独立的辉煌时期。隋唐至元代，国家统一，各种文学样式都得到了全面发展，进一步推动了文学观念的演变，从而使文学理论进入分化时期。隋唐宋时期，出现了以陈子昂、白居易、司空图为代表的诗论、诗话，如司空图的《诗品》、欧阳修的《六一诗话》、严羽的《沧浪诗话》等。中唐到宋，出现了韩愈、欧阳修、柳宗元等人的散文理论，宋元时期随着新型的文学样式——词——的兴起，同时也出现了以词为研究对象的词论，以李清照为代表，还有就是以唐传奇和元杂剧的创作经验为基础逐步发展起来的小说、戏剧理论。明清时期，文学繁荣昌盛，诗词、散文、戏曲各种理论逐渐综合，使得文学理论更趋向于系统化、专门化，诗歌方面如王夫之的《姜斋诗话》、叶燮的《原诗》，戏曲如李开先的《词谑》、李渔的《闲情偶寄》，小说理论以蒋大器和金圣叹的点评为代表，可以说这个时期的文学理论进入了成熟期。

中国文学历史绵延两千余年，古典文论经历了从先秦时期萌芽生长到明清的成熟，文学理论观念随着时代的更替不断地更新。可以说，古代文论的发展是以文学创作的繁荣为前提的，如果没有《诗经》，不会有诗论的产生；如果没有唐宋诗歌的繁荣，宋代又怎么会出现优秀的诗话呢。所以说，只有建立在文学现象之上并与之紧密结合，文学理论才能欣欣向荣，才会成为一棵常青树。

总之，从上述粗略的梳理中不难发现，我国古典的文学理论从先秦时期的萌芽逐渐走向明清时期的成熟。但我们需要注意一些问题。首先，应该明确对某一文学类型的个体研究与对整个文学进行的总体研究是不一样的，如果将其等同，难免会犯以偏概全的毛病。中国古代没有形成系统、完整的文艺学体系，只是零碎的、分散的理论，不存在严格意义上的文艺学著作。其次，在中国古代并无"文艺学"这一词语，对于文的诸种言说、评论、欣赏等的理论性研究，从严格意义上来讲最初叫作"论文"，后来又发展为"文论"。无论是"论文"还是"文论"，都涉及了关于文的诸种评论，也就是"文之论"的问题。"论文"一词出现归功于曹丕的

《典论·论文》，是指关于各种文学作品的评论。"文论"一词的出现最早应该追溯到魏晋南北朝时期的应场，刘勰的《文心雕龙》中有所论述，应场写过一篇《文论》，只是后来未能流传下来，可能他是最早使用"文论"一词的人。之后唐代的顾况也有一篇《文论》，虽然与应场的《文论》相比，内容很宽泛，但是为"文论"一词的传播起到了一定的作用。到明代，杨慎和袁宗道都曾写过《论文》，一篇从审美的角度来论文，一篇是典型的文学性层面的论文。到后来的屠隆的《文论》，对"文"的解释更加具体化，可以说是对从先秦的经史典籍、诸子散文到明代诗文各种文体的通称。他的《文论》与清代毛先舒的《文论》，在内容上虽然都未将小说、戏曲等列入其中，但是，可以说已经初具现代意义上的文学评论了。① 因此，我国古典文学理论应该用"文论"一词来概括，在漫长的历史过程中，它从一个普通术语发展成为理论范畴。

2. 近代转换——"文学研究"、"文学概论"

从晚清的"文学改良"到五四的"西学东渐"，中国开启了曾经闭关锁国的大门，走向了向西方学习的道路。随着西方思潮、观念、范畴的涌入，旧有的僵化的文论已经不适应新文学的发展要求并遭到了前所未有的质疑，在外力的冲击与内在机制的相互作用下，古典文论逐渐从"诗文评"的母体中挣脱出来并以新的方式开始成长、成形，最终实现了由古典到现代形态的成功转型。此间，不但学术思维发生了转变，而且一系列的命题、术语、概念、范畴等都发生了根本性变化。

中国传统文论长期处于封闭的状态，与社会结构和自身学术的变革要求相脱离。在这样的文化环境下，有识之士如梁启超、康有为、李大钊、胡适等，不满足于"生息于漆室之中，不知室外更何所有"的现状，渴望学习西方，呼吸新的文化气息。19世纪末20世纪初，随着文学革命的爆发，东西方文化发生了猛烈的碰撞，西方的文艺思想如春潮涌动，散漫于中国大地。在此期间，大量的文学理论著作被译介到中国，并用它来解释我国的文学现象。如徐念慈对小说特性的解释就以黑格尔的美学为依据，

---

① 王向远：《中日"文"辩——中日"文"、"文论"范畴的成立与构造》，《文化与诗学》第2辑，北京大学出版社2010年版，第87页。

还有梁启超提出的小说观念，王国维等现代文化先驱在西方哲学、美学方法的影响下尝试对中国文艺理论的研究，并在此基础上提出一些新的概念、范畴，使得近代的文学理论开始发轫。

20世纪初，在中西文化的碰撞与交流中，古典文论发生转型并形成了独立的学科，这种转变除了受大的文化环境和趋势的影响外，还与我国的大学教育制度的确立和完善密切相关。1898年，中国第一个高等学府京师大学堂成立，但因开设的课程依旧是传统的经学教育为主，所以还不算是现代意义的大学。1902年，张百熙曾起草了《钦定京师大学堂章程》，它是我国教育史上首次正式公布的学校教学体制。分为七科，第二科就是文学，但是因为一些原因，这个学制没有实现。两年后，清政府出台了由张之洞、张百熙、荣庆起草的《奏定学堂章程》，它是第一部在全国范围内实行的近代学制系统。而这两部学制是受日本明治维新时期学制的影响下出台的，可以说，它们的颁布标志着我国近代教育体制的确立。其中，《奏定学堂章程·大学堂章程》中对学科和门类进行了划分："第一，经学科大学分十一门，各专一门，理学列为经学之一门。第二，政法科大学分二门，各专一门。第三，文学科大学分九门，各专一门。第四，医科大学分二门，各专一门。第五，格致科大学分六门，各专一门。第六，农科大学分四门，各专一门。第七，工科大学分九门，各专一门。第八，商科大学分三门，各专一门"。而在文学这个大科下又划分出九小门，有"中国史学门、万国史学门、中外地理学门、中国文学门、英国文学门、法国文学门、俄国文学门、德国文学门、日本国文学门"[①]。再进行详细划分，我们发现在"中国文学门"下设定的第一门课程为"文学研究法"，而且对这门课程的教学计划及教学大纲都做了详细的说明。《文学研究法略解》对"文学研究法"这门课的具体内容作了详细的规定，有词章、修辞、文体等各方面的规定，涉及内容极其广泛。而教授这门课程的是致力于经学研究的姚永朴（1862—1939），1913年11月他受京师大学堂的聘请，担任文科教员。为了教授这门课，他亲自编写了讲义《文学研究法》，但他没有严格按照《奏定学堂章程》拟定的大纲来编写讲义，或许是因为那份

[①] 傅莹：《中国现代文学理论发生史》，上海文艺出版社2008年版，第13页。

大纲过于庞杂，而是根据旧有的文章学来编写框架的。《文学研究法》一共有四卷，目录如下：第一卷为起源、根本、范围、纲领、门类、功效，可以看成今天所说的本体论研究；第二卷是运会、派别、著述、告语、记载、诗歌，可以看成是文章流别；第三卷是性情、状态、神理、气味、韵律、声色，桐城"义法"的集中表现；第四卷是刚柔、奇正、雅俗、简繁、疵瑕、功夫，相当于今天的风格论。①《文学研究法》依旧以古代文论为主，在表述上大部分是对古典文论进行摘章引句。正如他的学生张玮在《文学研究法》序言中提到的，该书有点模仿刘勰的《文心雕龙》。但他的桐城"义法"已经初步具有现代文学理论的色彩，为后来的"文学概论"学术范式的形成奠定了基础，可以看成是"文学概论"的雏形。

"文学概论"本身也是一个外来词，随着日本明治维新时期学习西方的思潮，该术语早在19世纪末传入日本，然后我国学者又将其翻译过来，从而在文学研究界开始传播。在西方，"概论"一词是指对于一切学科进行总的论述，是一个用来表示对学科进行研究的概念，再加上文学研究的侧重点在于对文学的本质及其相关原理的探讨，所以，"文学概论"这一概念应运而生。甲午战争的惨败，使得中国人认识到自身的局限，积极主动地向西方学习先进的文化。特别是五四前后，中国学者致力于对外国著作的翻译，加强了中西文化交流与对话。在这样的文化背景下，文学理论界在20世纪20年代左右也迎来了自己的高峰期，大量的外国文学理论不断地被译介到中国，"文学概论"一词也随之进入中国并逐渐开始传播。"文学概论"第一次出现是在1912年出台的《大学令》中对学科及科目的规定中，在文学门下的八类中都要求开设"文学概论"科目。还有就是在《教育部公布高等师范学校课程标准》中，"预科"下明确要求开设文学概论课。② 这是"文学概论"首次作为课程名称被写入现代教育制度中，至此可以说，我国"古代文论"通过"文学研究法"开始转型，而到"文学概论"，已经初步具备了现代文学理论的学术范型。随着现代教

---

① 程正民、程凯：《中国现代文学理论知识体系的建构》，北京大学出版社2005年版，第12页。

② 舒新城：《中国近代教育史资料》中册，人民教育出版社1981年版，第653、737页。

育制度的改革，之前的京师大学堂改为北京大学，"文学概论"课程也逐渐进入北大中文系。1917 年 12 月 2 日，"文学概论"第一次成为北大的必修课，被划分到中国文学门科目中，而且在《北京大学日刊》上公开发表。同年 12 月被刊登在《北京大学日刊》上的《文科大学现行修正案》中，文学概论的必修课地位不变，只是课时被修改为一单位和三单位。① 到 1918 年 9 月 14 日，《北京大学日刊增刊》在中国文学门科目中，"文学概论"作为第一门课程出现，但奇怪的是，在 9 月 26 日刊载的中文本科的学期课表中却没有再看到"文学概论"这门课程，因为当时找不到可以教授这门课的教员。直到 1920 年，周作人担负此重任，课时为二学时，在《国立北京大学学科课程一览》中都有明确记载，在北大中文系课程的新目录中文学概论与文字学、小说史、文学史概要等占有并列的地位。此后很多学者开始讲授文学概论课程，如 1920 年，鲁迅一边讲授《中国小说史略》，一边又以日本厨川白村的《苦闷的象征》为素材讲授文学概论课；1922 年，张凤举也讲授过这一课程；"文学概论"也被当作大一的必修课，后来严锲、徐祖正也教授此课。1939 年，"文学概论"被教育部列为选修课。30 年代，由于当时文学基本观念问题不再被看成是学问，这一科目曾在北大中文系课程中消失，后来到 1946 年再次出现，由常凤瑑教授。其他高等院校也随之自行安排教学计划，相继开设此课，如梅光迪早在 1920 年在南京师范学校开设了这一课程，以英国温彻斯特的《文学批评原理》为讲授内容。后来，他还根据自己的讲义编有《文学概论》（1920），但是清华大学的中文系早期是没有开设文学概论的，直到后来并入西南联大才出现。40 年代，杨振生、李广田等人在西南联大教授文学概论课程，而且在《国立西南联合大学文学院中国文学系学程说明书》中对文学概论的课时作了具体要求。②

随着文学概论课程的开设，对应的教材异军突起，20—30 年代文学概论、文学理论的书籍大量出现，形成了一股学术热潮。此时盛行的文学概

---

① 程正民、程凯：《中国现代文学理论知识体系的建构》，北京大学出版社 2005 年版，第 6 页。

② 杜书瀛、钱竞主编：《中国 20 世纪文艺学学术史》第三部，中国社会科学出版社 2007 年版，第 120 页。

论可以分为两种：一种是直接翻译过来的，如日本间久雄的《文学概论》等；另一种是在西方文学理论的影响下而自行编纂的文学概论教材。长期以来，我们都将1921年伦达如的《文学概论》看成是第一部直接以"文学概论"命名的教材。但是在2010年发现的梅光迪的文学概论讲义，要比伦达如的早一年，所以说，中国第一部文学概论，应该是梅光迪的文学概论讲义。此后相继出现了许多文学理论教材，如刘永济的《文学论》，潘梓年、马宗霍、沈天葆、田汉、赵景深、马仲舒等人的《文学概论》，余鸣銮的《文学原理》，等等。后来有部分学者尝试着建立中国式的文学概论，如张崇琛的《文学通论》、薛祥绥的《文学概论》企图对中西方资源进行有机的融合，而真正意义上以中国传统为资源的是程千帆的《文论要诠》。在这些教材中，无论是文学概论，还是文学原理、文艺新论等不同的名称，都是关于文学研究的论著，大部分都是对西方文学理论的效仿。至此，"文学概论"作为一门学科名称已经固定了下来，相应的文学概论教材也从萌芽走向发展。

总之，随着"西学东渐"及五四新文化运动，中国传统的文论已经不再满足新文学的发展要求，势必要求建立新的理论与之相适应。在内外各种因素作用下，中国文艺学由古典形态向近代形态转换，相应的概念也发生了变化：从最初的"论文"、"文论"到近代"文学研究法"再到"文学概论"，可以说，现代文学理论初具范型。正如叶易所说，概念、范畴的建立与文学观念有着密切的联系，只有文学观念不断地更新，才会有新的范畴概念的建立和拓展。外来文艺思潮、概念、范畴的不断涌入，对于中国古典形态的"诗文评"向现代形态的"文艺学"的转型具有重大影响。

第三节　日本作为中国现代文艺学形成和发展的"中间人"

20世纪初，西学东渐已经成为一个不可抵挡的潮流。在此期间，西方一些近现代的思想、观念、体系、方法等逐渐东传，而日本因自觉地吸取西方先进的智慧资源，成为东西方文化的汇聚点。具体到文艺学领域，日本成功的近代转型刺激了同时代的中国自觉向日本看齐,随后大量的西方文艺学著作以留学生为媒介人,逐渐被译介到中国,这在一定程度上刺激了中国文艺学由古典形态向现代形态的转型。可以说,在西方文艺理论传入中国的过程中,日本发挥着不可低估的桥梁作用。因此,中国现代"文艺学"概念的形成和发展与日本具有深刻的渊源关系。

(一) 日本作为"中间人"的可能性和必然性

中日作为一衣带水的邻国,无论是在政治、经济、文化交流还是民族习俗等方面都有很多共通之处。在近代历史的发展进程上,中日两国都曾经历了上百年的闭关锁国,一个在明治维新之前,一个在戊戌变法之前。随着16世纪到18世纪中叶的西方耶稣会教士的东传活动,中日两国迎来了第一次"西学东渐",这也是历史上东西方文化的首次碰撞。但是,因为两国先进人士对待西方文化的态度存在巨大的反差,从而也导致两国出现了不同的局面。对于日本来讲是个契机,对于中国来讲则是个冲击。因此,日本近代化成功的先例及中国自身的迫切要求,使得日本作为东西方文化交流的"中间人",具有一定的可能性和必然性。

1. 可能性分析——日本成功的先例

19世纪中期,面对西方列强的入侵,日本被迫打开国门,由传统向近代转型。随着传教士东来,西方先进的文化如潮水般涌入而来,日本积极应对,虚心学习,从而较早地完成了近代化历程,从一个贫穷落后的小国而一跃进入列强之林。

首先,日本成功的近代化历程,成为中国学习的榜样。从历史上看,天主教耶稣会传教活动进入日本要稍早一些。当时的日本正处于分裂征伐的时代,各地方大名为了扩军作战纷纷与传教士联系,传教活动在日本迅速发展起来。随着传教活动的盛行,东西方文化交流也逐渐加强,从而迎来了学术界称为的"拉丁文明"时代,在日本则以"南蛮文化"为主要内容进行传播,如在天文学、地理学、航海术等方面产生了重大影响,从而为"兰学"的产生奠定了基础。18世纪兰学兴起,日本人从研究西方科学领域逐渐扩充到西方社会思想领域的研究。在此时期,大量的西洋著作被翻译过来,可以说,日本学者对西方的思想、学术、文化等基本上持肯定的态度,从而促进了兰学在日本的发展。到了德川幕府时期，政府虽然出台了一些镇压政策，在一定程度上抑制了西方文化的传播，但后来逐渐看到了兰学在日本统治中起到的作用，转而支持和保护，兰学也被统治阶级赋予"公学"之名，在相当长的历史时期内推崇和宣扬。可以说，兰学家作为日本近代思想的启蒙者，率先向西方学习，从而促使日本传统文化向近代文化转型。兰学的传播让日本人重新认识到了西方文化的先进性，从而促使了改革思潮的兴起，推动了日本走向以西欧为典范的近代化的道路。

其次，日本文艺学的近代转型，无论是理论上还是意识上都超越了同时代的中国。从16世纪到明治维新时期，日本一直没有中断与西方文化的联系，到19世纪明治维新运动，政府在军事、交通、宗教等领域都进行了相应的改革，特别是在社会文化领域，积极提倡保持学习西方先进文化的优良传统。在此主流形势的引导下，西方文化大规模地传入日本并对其本土文化造成一定的冲击。面对这股大规模的西学风潮，日本积极应对，为日本文化从传统向近代转型奠定了基础。

具体到美学、文艺学领域，日本传统的文艺是一个庞杂的混合体，其中"美"没有作为一个独立的部门从艺术中分离出来。"传统的日本文艺带有浓厚的东方特质，即文学与艺术'仅仅是通过创作和享受而成立的，含有广泛的陶冶人的作用'，它是一个带有伦理、宗教成分的综合文化价值领域。"[①] 也就是说，在日本传统的文学领域，文艺学或是美学并没有形成独立的体系，这种文艺学思想则泛化于日本传统的艺术之中。然而，明治维新时期，随着西方哲学思想和美学思想的大量涌进，日本思想启蒙者开始意识到西方的"美的"理论的独立性与日本传统艺术的综合性的不同，于是，他们在大量翻译西方文艺著作的基础上，尝试着将美看成是一个独立的部门而进行的论著。在日本，首次将美学看成是一个独立的部门的是西周。他在孔德、穆勒的思想影响下，编写了《百一新论》、《美妙论》等美学著作。如果说西周提出的"善美学"在日本第一次对美学进行重新定位，使其从日本传统之混杂状态的文艺思想中独立出来，那么，

---

① 彭修银、李颖：《日本作为输入西方文艺思想的"中间人"对中国现代文艺学的影响》，《文艺理论研究》2007年第4期。

随之而来的中江兆民和菊池大麓分别对西方美学著作的翻译则进一步阐明了艺术之美的灵魂所在。① 可以说,明治维新后大量对西方美学著作的翻译和介绍,不仅加强了东西方文化的交流,而且也加快了日本新型文艺思潮产生的步伐。此外,还有夏目漱石、坪内逍遥、森鸥外等文艺理论家在西方思想的启迪下,引进了现实主义、浪漫主义等先进的理论。在他们的影响下,学界开展了一系列的文艺理论活动,从而为日本文艺学的近代化奠定了基础。从东西方文化交流方式来看,日本文艺学的近代化以明治前期、中期、后期为界大致经历了以下几个阶段:第一,前期的思想启蒙。随着西学东渐的盛行,大量的西方著作被翻译过来,日本传统的艺术在一定程度上受到西学的冲击,然而这种刚刚传入的西方艺术并没有形成独立的体系,日本旧有的传统艺术也不能与新的美学思潮相适应,使其处于游离状态,所以,这一时期的美学思想并没有成熟,更多的是启蒙作用。第二,中期的批评意识。经过十年多的发展,日本逐渐从"欧化时代"转向了"批评时代",此时的美学的理论和艺术的实践紧密联系,而美学思想的任务则是专门针对艺术实践活动进行指导和批评。第三,后期的反思倾向。由于日本文艺学内部存在的矛盾,使得文艺学近代化出现了反思的倾向。② 此时,日本学者更多是站在本民族的艺术实践上来吸收西方先进的思想。可以说,在东西方艺术交流中,日本文艺学演绎出不同的轨迹。

总之,日本较为成熟的内部机制为其近代化的顺利完成奠定了基础。具体到文艺学层面,日本较早实现了近代转型,无论是理论的深度还是广度,都令同时代的中国刮目相看。可以说,日本成功的先例一定程度上刺激了中国自觉地学习西方先进文化,日本作为一个成功的典范,自然成为中国的首选对象。

2. 必然性分析——中国迫切的要求

在中国,西学东渐的过程可以分为两个阶段:第一阶段是明末清初,西方思想随着西方传教士利玛窦来华而进入中国;第二阶段是晚清,以留

---

① 彭修银:《中国现代文艺学、美学形成过程中的"日本因素"》,《陕西师范大学学报》(哲学社会科学版) 2012 年第 2 期。
② 彭修银、李颖:《日本作为输入西方文艺思想的"中间人"对中国现代文艺学的影响》,《文艺理论研究》2007 年第 4 期。

学生为主要媒介进入中国。西方天主教进入中国，随之而来的是西方各种学术思想和科技的传播，同时，大量的翻译著作输入中国，虽然不是中国学者主动吸收西方文化，但也从此拉开了西学东渐的帷幕。然而，与日本不同的是，此时的传教正是处于明王朝相对统一时期，所以文化坚固的防线很难被突破，面对传教士带来的西方先进的文化，绝大部分中国封建知识分子接触到的认为是"奇技淫巧"之类无用之物。虽然后来在一定程度上加以信任和利用，但是因为西学并不能巩固封建政权而被彻底排斥。可以说，西学在中国的传播一波而三折。在此期间，虽然一些"开明之士"在一定程度上认同西方先进的文化，但是中国人长期以来妄自尊大的思想致使他们一直保存着民族优越感和自豪感，仍然以"天朝上国"自居。于是，东西方文化交流最终在其强烈的虚荣心下被归结为"西学中源"，再加上长期的历史发展过程中所形成的"自我中心论"认知传统，最终导致他们鄙视周边民族，排斥摄取一切外部文化。这种骄傲自大、故步自封的心态使中国经历了上百年的闭关锁国，中西文化中断多年，封建制度日渐衰微，经济、文化、技术等方面与其他西方国家更是无法比拟。直到1840年鸦片战争的爆发，西方列强轰开帝国大门，清王朝腐败无能，旧有的文化受到前所未有的冲击。在危机四伏、面临亡国的情况下，中国先进的知识分子充分认识到了向西方学习的必要性和紧迫性，自觉开始了向西方学习的艰难历程。此时，中国知识分子对西方文化的态度由盲目排斥，转变为积极主动地寻求一条"救国救民"的道路。具体到文艺学领域，随着19世纪末20世纪初的西学盛行，大量的西方著作被翻译过来，对旧文学造成了一定的冲击，旧有的理论模式不再适应新文学的发展，而且在当时如何进行新文学的创作、鉴赏和批评等活动成为迫切需要学习的新内容。基于这样的要求，中国文学理论界将目光投向了善于吸收外来文化而成功转型的国家——日本。

　　西学的传入，中国文艺理论由古典形态向近代转换，除了受当时历史环境的影响，也与清政府的文化政策密切相关。如果说第一次"西学东渐"主要以传教士为媒介，而第二次则主要将派遣留学生来作为中西文化的交流的手段。在内忧外患下，清政府先后派几批留学生赴美、英、法、德等西方资本主义国家学习，他们对中国经济、军事、政治、文化、思想等发展作出重大贡献。直到 1894 年的甲午中日战争，中国战败，彻底打破了国人一直以来的"天朝上国"的虚荣感。他们认识到了学习外来文化的重要性，也开始重新审视日本这个邻国，企图汲取日本成功的经验使中国走上一条自强之路。清末的张之洞在《劝学》中也提到日本是一个小国，而它成功主要原因得益于留学生，于是，他积极倡导向日本派遣留学生来学习其成功的经验。毛泽东也曾指出："日本人向西方学习有成效，中国人也想向日本人学。"① 总之，从救国到发展文艺，中国将站在时代前沿的留学生当作近代化的先导力量，而将日本看成是中国学习西方的捷径和桥梁。

因此，中国通过日本这个"中间人"来学习西方的文艺思想、理论，既是一个契机，也是一种必然。第一，日本成功的近代化历程令中国人惊讶，为中国人向西方学习树立了榜样。特别是他们对西学著作的翻译和介绍，值得中国学习和借鉴。"日本人对于外国的文化并不视为异端，不抱抵触情绪和偏见，坦率地承认它的优越性，竭力引进和移植。"② 具体到文艺学领域，就是日本善于将西方的先进文艺思想与本国的民族传统文化相融合，从而促使日本文艺学的近代化转型。第二，在文学理论著作的翻译方面，之所以选择转译日本，一方面是因为中日几千年来深厚的民族文化交流底蕴，日语与汉语无论是构词还是文法上都相类似，省时不费力，这从另一侧面使中国学者翻译日本著作成为可能。另一方面，日本在译介西方文艺理论著作时，并不是全盘照抄，而是将西方纯粹的文学理论变成工具和手段为其所用，将那种抽象的东西变得更加通俗易懂。从这个角度来看，以日本为中介来学习西方文艺理论，比直接向西方学习难度要小很多。第三，从中国自身来讲，战争的惨败使人们认识到了故步自封的弊端，同时也意识到学习西方思想的紧迫性和重要性，再加上中日两国共同的历史命运，中国自然将学习的对象锁定于日本这个民族。总之，近代日本作为输入西方文艺理论的"中间人"既是一种可能也是一种必然。

---

① 毛泽东：《论人民民主专政》，《毛泽东选集》第 4 卷，人民出版社 1991 年版，第 1470 页。
② 马茜华：《日本吸收外来文化探微》，《山东农业大学学报》（社会科学版）2006 年第 2 期。

（二）日本"中间人"作用下中国文艺学概念的现代转型

中国现代形态的文艺学概念的形成经历了一个漫长而曲折的过程，19世纪末20世纪初的西学东渐和新文化运动，推动了中国古典形态的"诗文评"向现代形态的"文艺学"的转型，此时，西方的"文艺学"概念也通过日本传入中国，基于这样的文化场，现代形态的文艺学逐渐在中国开始确立和普及。

1. 文艺学作为学术话语——最初含义明确

"文艺学"这一概念并不是中国与生俱来的东西，在前面的章节我们已经尝试着对"文艺学"一词的来源作相关考证。它最早诞生于德国的"文学科学"，当西方文化猛烈冲击东亚文化圈时，在19世纪30年代左右传入日本，当时的日本为了反对传统的国文学研究而提出"日本文艺学"，在经过屡次的争议讨论之后，"文艺学"一词在日本存活了下来并表现出强大的生命力，随后，"文艺学"这一概念也逐渐在日本得以确立、传播和普及。

首先，文艺学一词通过日本这个桥梁传入中国。中国经历了一次次的战败命运之后已经认识到了自身的局限，再加上同时代的日本相对于中国而言顺利地完成了近代化的历程，在较短的时间内，从一个贫穷落后的弱小民族一跃而起，进入世界强国之列。这一巨大的转变，在一定程度上刺激了中国向西方学习的意识，于是兴起了向西方学习的热潮，开始从生产技术、政治制度到思想文化层面大范围的摄取。19世纪末20世纪初，清政府大量派遣出洋学习人员，到德国、英国、法国、美国等西方列强留学。一方面，政府出台政策支持公费留学，为中国更好学习西方提供了有利的条件；另一方面，还有部分先进人士自费到国外留学，这也强化了学习西方的浪潮。但是，因为考虑到我国与日本相邻及留学费用的问题，所以很多学生选择留学日本。据相关史料记载，从1896年到1930年，清政府当局和国民政府选派赴日留学的人数逐年增加，而且递增的数量也非常大。与同时期到西方国家的留学人员相比较，赴日留学人员占有很大的比重。其中，诸如鲁迅、周作人、陈望道、成仿吾、周扬、胡风、叶以群、蔡仪、林焕平等文艺理论家先后到日本留学，学习西方先进的文化，"文芸学"一词也随着这批留日学生传入中国。日语"文芸学"中的"芸"，指的是"艺"的意思,如《新日汉大辞典》中"芸"的词条为:"1. 学问技术,如'芸文、芸术'等;2. 擅长技艺的才能,如'芸人、芸者'等。"① 其中,"芸术"是文艺、艺术的总称,"芸人"指的是艺人,此外,"芸"还读作"yi",通"艺"。② 因此,日语"文芸学"传入中国用"文艺学"一词对接,此后,"文艺学"这一概念逐渐在中国开始传播、普及和确立。

其次,"文艺学"一词在20世纪50年代正式登台。"文艺学"作为学术用语是20世纪50年代才出现于中国文学理论界,在"五四"之后的短短几十年曾出现的文学理论著作浩如烟海,但我们以50年代之前的文学理论教材、辞书和专著的名称作为重点考察对象,几乎没有"文艺学"一词的出现,大都以"文学概论"、"文艺理论"等词来命名。如40年代的朱志泰与顾仲彝合著的《文学概论》(1945)、张长弓的《文学新论》(1946)、蔡仪的《文学论初步》(1947)、林焕平的《文学论教程》(1947)、蔡仪的《文学底基础知识》(1949)等等,大都围绕文学的基本问题展开论述,有的也涉及了文学创作和批评方面的知识,但均未出现"文艺学"一词。正如朱立元在《新中国成立60年文艺学演进轨迹》一文中写道:"笔者迄今尚未在民国文献,特别是在大学课程、学术团体、期刊名称乃至文艺、百科词典中发现作为学科名称的'文艺学'。"而到了50年代中后期,随着苏联文学理论对中国的影响,大量的著作被翻译过来,"文艺学"这一术语也陆续进入教材及辞书之中。

据可查的文献资料,"文艺学"一词最早出现在1950年苏联蔡特林著、任白涛译的《文艺学方法论》中。作者重点介绍了马克思主义以前的文艺学史料汇编的问题及文艺学中的相关问题和研究方法,虽然小标题中出现"文艺学"一词,但全书并未对其进行释义,只是在第一章开头提到"文艺学中的方法是为着最完全的达成文艺科学所追求的目的之方法"③。

---

① 尹学义、顾明耀主编:《新日汉大辞典》,北京出版社2000年版,第1369页。
② 同上书,第1409页。
③ [苏]蔡特林撰:《文艺学方法论》,任白涛译,上海北新书局1950年版,第1页。

1951年，苏联阿拉伯莫维奇、季莫菲叶夫著，曲秉诚、蒋锡金合译的《文学理论教学大纲》的绪论中写道："文学理论是研究文艺的社会性质、特点、发展规律、社会作用的科学，是研究分析文艺的原则与方法的科学。"① 这里并未出现"文艺学"一词，但当时的中国是以"文艺学"的内涵来对接从苏联传过来的"文学理论"一词。

1955年由缪朗山翻译《苏联大百科全书选译》的《文学与文艺学》的小册子，对文艺学的定义为："文艺学——是论述文艺的科学。文学作为一种特殊社会意识形态所固有的特点，决定了文艺学与其他科学并立而且有其独立的地位。……在其历史发展过程中，文艺学的几个独立部门便逐渐划分出来了：（一）文学理论，它探讨艺术方法、风格、体裁等等问题；（二）文学史，其任务在于根据口头的和文字的具体文献的研究以发现文学历史过程的客观规律性；（三）文学批评，指对现代文学作品的解释和评价而言。"②

1957年，李树谦、李景隆的《文学概论》是一部文学理论入门著作，在绪论中出现了"文学科学"一词，"研究文学的科学叫作文学科学。我们通常也因文学是艺术的一种，而且它在许多方面与其他艺术有共同性而把它叫作'文艺科学'或'文艺学'，包括文学理论、文学史和文学批评三个独立的部门"③。同年，冉欲达、霍松林、钟子翱等也分别著有《文艺学概论》，大都认为文艺学是研究文学的现象和规律的科学，其中，霍松林的书虽以"文艺学"为名，但全书正文并没有出现"文艺学"一词。

50年代末，部分苏联文艺理论家来中国教学，根据自己的讲义编写专著，如毕达可夫、谢皮洛娃、柯尔尊等人的文艺学著作均被翻译过来，他们都将文艺学看作是研究文学的科学，包括三个分支，在体例的编写上也大致相同，分别从文学本质论、作品论和发展论来展开论述。苏联模式的文学理论对我国文艺学的建设具有重大影响，在后来出现的一些由中国各个大学的文艺理论教研室所编著的文艺学教材中，对文艺学的定义均采

---

① [苏] 阿拉伯莫维奇、季莫菲叶夫：《文学理论教学大纲》，曲秉诚、蒋锡金译，东北教育出版社1951年版，第1页。
② 缪朗山译：《文学与文艺学》，人民文学出版社1955年版，第9页。
③ 李树谦、李景隆编：《文学概论》，吉林人民出版社1957年版，第1页。

用上述释义,具有明显的苏联痕迹。

直到 60、70 年代,中国的文学理论界基本上以蔡仪的《文学概论》和以群的《文学的基本原理》为轴心,认为文学理论应包括本质论、作品论、发展论、创作论和批评鉴赏论这五部分。以群在其著作中没有直接提出"文艺学"一词,只出现了"文学的基本原理",在他看来,"文学的基本原理,顾名思义,讲的就是文学现象中原本存在的一些道理,它以一切文学现象为对象,从而阐明文学的性质、特点和规律的科学"。[①] 总之,这两部全国性的统编著作虽然没有完全摆脱苏联模式,但是对于构建中国特色的文艺学学科体系具有重大影响。

总之,80 年代之前的文艺学论著大多数是名不副实,虽然出现了"文艺学"一词,但大都是作为著作的名称或是在教科书的绪论部分和第一章中略作解释,使用的频率不高。当时无论是文艺学教材还是辞书对"文艺学"这一学科概念的解释都大同小异,都将文艺学划分为三个分支,是研究文学的现象及其规律的科学。因为文学作为艺术之下的一个部门,所以文艺学并不包括其他艺术门类如音乐、绘画等。此外,虽然"文艺学"一词在教材名称中多次出现,但是书中所阐述的内容大都围绕文学理论而展开,而这又不能将文艺学这个概念简单等同于下属的文学理论某一个分支。正如毛庆耆所言:"《文艺学概论》之类的名称,只表明书中所阐发的原理或理论可以适用于归属文艺学的文学理论、文学史、文学批评三个部门,并不表明有一囊括文艺学三个部门学科内容的著作。"[②] 因此,"文艺学"作为一个学科术语,其最初的内涵和外延是明确的,指的是关于文学研究的科学,而且是作为一个宽泛的概念来被使用的,这也是今天学界所公认的一种有关文艺学概念的解释。

2. 文艺学作为学科名称——而后概念模糊

大致来讲,在 80 年之前,文艺学这一概念并没有被广泛使用,最初的内涵和外延也是明确的,在 80 年代后,随着文艺学学科名称的建立才得以大面积的传播和使用,这一概念的使用出现了混乱的局面。

---

① 以群:《文学的基本原理》,上海文艺出版社 1979 年版,第 1 页。
② 毛庆耆:《关于文艺学概念涵义问题的讨论》,《毛泽东文艺思想研究》2005 年第 1 期。

首先,"文艺学"作为课程名称及学科名称的确立。1949年之前,"文艺学"作为学科名称在大学中文系的课程中找不到,它是新中国成立之后才被列入文学系课程中的。1949年10月,《各大学专科学校文法学院各系课程暂定规定》(以下简称"规定")中明确提出,中国文学系的主要目的培养学生的文学理论和文学史方面的知识。1949年,《人民日报》曾有"文艺学与艺术学"的提法。1950年9月,由中央人民政府教育部颁布的《高等学校课程草案》(以下简称"草案")出台,《草案》中在文学系下的课程设置中出现了"文艺学"一词,从《规定》中的中国文学系课程第三位到《草案》中上升到了中国语文系课程第一位。① 总之,《草案》的颁布可以看成是作为课程名称的"文艺学"被列入现代教育学科系统的开端。然而,这里的"文艺学"说仅仅当作文学理论而言的,不包括文学史在内。1953年,在黄药眠的带领下,北师大成立了全国首个文艺理论教研室,而且还编写了全国第一个《文学概论》教学大纲;1956年开设了第一个研究生班;到1983年,又成立了全国第一个文艺学博士点。后来,据钱中文在"全国文艺学博士点学科建设学术研讨会"中说,从1983年博士点成立到1996年共培养了8个文艺学博士。② 总之,黄药眠先生为中国文艺学学科建立和发展作出了重大贡献。1986年12月,在国家教务社会科学发展研究中心的倡导和鼓励下,全国高校第一届文艺学学术研讨会在海南岛海口市召开,多所重点大学的教授及文艺理论研究者共同参与,综合考虑当下文艺学建设中的诸多问题,来考察中国现代文艺学的走向和趋势。③ 随后会议又在重庆等地召开,他们在总结以往经验的基础上,尝试着构建中国现代文艺学体系和形态。奇怪的是,1992年11月,国家技术监督局出台的《学科代码表》中,没有用"文艺学"这一概念,而是在"750文学"这一学科代码和学位名称项下设置了"750文学理论"。还有"《国家社会科学基金项目课题指南》中所使用的课题名称

---

① 张法:《"文艺"一词的产生、流衍和意义》,《文艺研究》2012年第5期。
② 张瑞德:《全国文艺学博士点学科建设学术研讨会》,《暨南学报》(哲学社会科学版)1996年第3期。
③ 程正民、程凯:《中国现代文学理论知识体系的建构》,北京大学出版社2005年版,第221页。

大部分情况下不用文艺学,只是在'中国文学'这个大项下设置了'文学基础理论中的重大问题研究'(2001)、'文艺理论基础问题'(2002)、'文学理论与文学批评理论创新研究'(2003)、'文学理论基本问题研究'(2004)等小项"[①]。可见,"文艺学"作为学科名称并没有统一。直到1997年由国务院学位委员会出台的《授予博士、硕士学位和培养研究生的学科、专业目录》中,在文学门类下设置了"中国语言文学"、"外国语言文学"、"艺术学"和"新闻学"这四个一级学科,而在"中国语言文学"下又设了八个二级学科,有文艺学、汉语言文字学、中国古代文学、中国现当代文学、语言学及应用语言学、中国古典文献学、少数民族语言文学、比较文学及世界文学,其中文艺学的学科代码为"101"。可见,"文艺学"作为中国语言文学之下的二级学科在学术界得到最权威、最具代表性的学科界定,主要指文学理论,对文学的本质及其相关规律的研究为重点。总之,20世纪80年代中后期,现代形态的文艺学学科在中国才得以建立和发展。

其次,20世纪80年代后,随着西方文学理论再次涌入及中国特色的文艺学学科体系的确立,"文艺学"这一概念的内涵和外延与之前相比发生了巨大的变化。大致可以分为以下几种情况:

第一,从传统意义上对"文艺学"这一概念进行释义,认为文艺学仅仅是对作为语言艺术的文学的研究,又称为"文学科学"或者是"文学学",即对三个分支的统称。

1981年十四院校编写的《文学理论基础》绪论中将文学理论归属到社会科学的学科之中,与其他两个分支一起构成"文艺学",也叫"文学科学"。[②] 再如易健、王先霈编的《文学概论》(1983),童庆炳著的《文学概论》(1984)和《文学理论导引》(1988),闵开德等编著的《文学概论》(1986),刘安海著的《文学理论要略》(1986)以及童庆炳主编的《文学理论教程》(1992)等,他们对文艺学的定义都大体相似,无实质性区别。

---

① 毛庆耆:《关于文艺学概念涵义问题的讨论》,《毛泽东文艺思想研究》2005年第1期。
② 十四院校《文学理论基础》编写组:《文学理论基础》,上海文艺出版社1981年版,第1页。

1986年，在《中国大百科全书·中国文学分卷Ⅱ》中，杜书瀛对文艺学的定义为"研究文学的性质和特点及其发生、发展规律的科学，属于社会科学的范畴。……一般认为文艺学有三个组成部分：文学理论、文学史、文学批评"[1]。这一说法得到了颇具权威的大辞典的支持在一定程度上加速了其传播的步伐。

1986年，曹廷华的《文学概论》在绪论部分对文学理论的研究对象和学科性质作了简单介绍。在他看来，"文学理论是属于社会科学范畴的一门学科，它与文学批评和文学发展史共同构成了文艺学，而文艺学作为狭义来讲，指'文学学'"[2]。

1987年，吴调公主编的《文学学》，摒弃了"文艺学"一词而采用"文学学"，更加说明文艺学的研究对象仅仅是文学而已。正如他说，"文学学又称为'文学科学'，或者语言艺术科学，是一门以文学为研究对象，以揭示文学基本规律为目的的科学"[3]。

1988年，唐正序、冯宪光主编的《文艺学基础理论》明确指出，文艺学作为一个外来词，它被翻译过来应该是文学学，但是由于长期的约定俗成取了文艺学之名，而且他还特别强调"作为社会科学的一门学科，文艺学不以其他艺术形式为研究对象，只研究作为语言艺术的文学，是一门关于文学的科学"[4]。

1989年郭正元编著的《文学理论基础教程》、1987年方可畏、严云受主编的《文学概论》中及1991年的《文学百科辞典》中大都将文艺学视为文学科学，对文艺学中的文艺作狭义解释。

1999年，刘安海、孙文宪主编的《文学理论》，认为文艺学与文学科学等同，"是一门研究文学的学问，应该成为'文学学'，但是考虑到汉语的构词习惯称为'文艺学'，包括文学理论、文学批评和文学史三个分支"[5]。

至21世纪，诸如陶东风主编的《文学理论基本问题》，顾祖钊著的

---

[1] 中国大百科全书总编辑委员会等编：《中国大百科全书·中国文学卷》第二卷，中国大百科全书出版社1986年版，第970页。
[2] 曹廷华：《文学概论》，高等教育出版社1986年版，第1页。
[3] 吴调公：《文学学》，百花文艺出版社1987年版，第1页。
[4] 唐正序、冯宪光主编：《文艺学基础理论》，四川大学出版社1988年版，第1页。
[5] 刘安海、孙文宪主编：《文学理论》，华中师范大学出版社1999年版，第1页。

《文学原理新释》，谭好哲、凌晨光主编的《文学之维：文艺学的历史、现状与未来》等著作，依旧从文学学意义上来使用文艺学一词，大都将文艺学等同于文学学，并将文艺学当作一个广义的范畴，包括三个分支。

第二，扩大了文艺学这一概念的内涵和外延，将"文艺学"与"文艺科学"等同，不仅概念混淆，而且将其外延扩大到包括文艺理论、文艺批评和文艺史在内。这种情况其实最初是将"文艺"作广义理解，包括文学与艺术，文艺学自然就是以文学与艺术为研究对象的科学。

1980年出版权威大辞典《辞海》对"文艺学"界定为"研究文艺的各种现象，从而阐明其基本规律及基本原理的科学，亦称'文艺科学'。它主要包括文艺理论、文艺史、文艺批评"[①]。

1987年，王向峰主编的《文艺学新编》，又叫作"现代文艺科学原理"，书名中主标题是"文艺学"，副标题是"文艺科学"，他很明显地将这两个概念混淆。一直以来，文艺学作为一门研究文学的科学，包括三个分支，如果将其主观地理解为"文艺科学"，也就是文学艺术之科学，难免会将其研究对象的范围扩大，由文学变成了文学艺术。所以，从这个层面来理解，"文艺学"这一概念也会变得含混不清，使用起来更会混乱不堪。

1987年，由苏联波斯彼洛夫著、邱榆若等译的《文艺学引论》，在第一章就提出了文艺学是一门研究文学的科学，与语言学一同构成了语文科学，作为艺术学科学之下的一个部门，它的研究对象不仅仅是文学，而且是世界上一切文艺创作，但他基本同意三个分支的划分。

1988年，吴中杰在《文艺学导论》中对文艺学的研究对象作了特殊的解释："文艺学是以人类的文学艺术活动为自己的研究对象，包括三个分支：文艺理论、文艺批评和文艺史"[②]。他还指出，文学与其他的艺术形式的规律是一致的，那么作为总论，完全有理由将它们一起来研究，这里他将文艺学看成是文学与艺术的研究的统称。

1989年，郭育新和侯建主编的《文艺学导论》中对文艺学的释义，"文艺学是一门研究文艺现象的科学，它以古今中外大量的文艺实践为依

[①] 辞海编辑委员会编：《辞海》，上海辞书出版社1989年版，第4027页。
[②] 吴中杰：《文艺学导论》，复旦大学出版社1998年版，第1页。

据，从而阐释文艺的本质和规律"①，内容也大致围绕文艺理论、文艺史和文艺批评展开。

1989年赵润峰著的《文学知识大观》中，对文艺学的定义为："文艺学，亦称'文艺科学'，即研究文艺的各种现象，并阐明其基本原理和规律的科学，包括文艺理论和文艺批评和文艺发展史。"② 1988年李锦屏在《文艺知识大全》、1997年钱仲联等人主编的《中国文学大辞典》以及2007年董大年主编的《现代汉语分类大辞典》等辞典中对文艺学均作了相同释义。总之，上述解释扩大了文艺学概念的内涵和外延，使得文艺学本来明确的概念变得越来越模糊。

第三，文艺学概念复杂的广义和狭义之解。如果将文艺学仅仅从文学学这一概念层面来使用，可以分为广义和狭义两种解释。广义的文艺学则是指上述第一种情况，而狭义的文艺学，则仅仅指文学概论，或是文学原理一类的名称。此外，如果将文艺学的研究对象扩大到除文学之外的其他艺术领域，那么，此时广义的文艺学指上述第二种情况，而狭义的文艺学仅仅指文艺理论。这种用文学理论或者文艺理论一类的名称来取代文艺学，难免会使种属概念模糊不清。

1986年，黄世瑜主编的《文学理论新编》中写道："文学理论是研究人类社会的一切文学现象，阐明文学的性质、特点和基本规律的一门社会科学，包括三个分支。"③

1987年，王向峰主编的《文艺美学辞典》中，文艺学的词条为"研究文艺的基本特征、发展规律及一般原理的科学"④。这里，对文艺学这一概念分别从广义和狭义来理解，认为广义的文艺学是包括三个分支在内的总称，即文艺理论、文艺批评和文艺史，而狭义的文艺学仅仅指文艺理论。

1987年，李衍柱、朱恩彬在《文学理论简明词典》中将文艺学作广义和狭义的理解。广义的文艺学指文艺科学，是一门以文艺现象和规律为研究

---

① 郭育新、侯建主编：《文艺学导论》，高等教育出版社1989年版，第1页。
② 赵润峰：《文学知识大观》，时代文艺出版社1989年版，第771页。
③ 黄世瑜主编：《文学理论新编》，华东师范大学出版社1986年版，第3页。
④ 王向峰主编：《文艺美学辞典》，辽宁大学出版社1987年版，第20页。

对象的科学，包括文艺理论、文艺史和文艺批评；从狭义来看，也就是以文学作为研究对象，包括文学理论、文学批评及文学史。① 1991年，胡敬署等人编著的《文学百科大辞典》中对文艺学词条的解释与上述大同小异，一种将其研究对象文艺作广义理解，另一种狭义层面仅指关于文学的研究。

1989年，郑乃臧、唐再兴编的《文学理论词典》中第一个词条总名为"文艺学"②，可是在大的词条下出现的基本理论概念不是"文艺学"一词，而是"文学理论"。这里，他将文学理论等同于文艺学。同年，安振兴等人编著的《文艺学引论》在绪论部分将文艺学等同于文艺理论。再如2009年，狄其骢、王汶成、凌晨光的《文艺学新论》也将文艺学等同于文学理论③，这里的文艺学是将文学史和文学批评排除在外的，仅用来指文学理论或文艺理论。

2010年，朱立元在《美学大辞典》中对文艺学这一词条分别作了广义和狭义的理解："狭义的文艺学指文艺理论，而广义的文艺学则指关于文艺理论、文艺批评、文艺史、文艺理论史、文艺批评史及文艺美学在内的一切以文学艺术为研究对象的科学"④。

此外，关于文艺学这一概念的内部分支问题也出现不统一，有的沿用了最初的三分法，有的在此基础上拓展为四分法或五分法。如1984年时，韦勒克、沃伦的《文学理论》被刘象愚等人翻译过来，作者首先区分了文学与文学研究的区别，并且将文学研究看成是一门知识或者学问，而后又将文学研究分为文学理论、文学史、文学批评三个分支。后来，诸如童庆炳、王一川、南帆、以群、葛红兵、毕桂发等著名文艺理论家都基本上采用这种三分法。1987年，吴调公在《文学学》中主张用文学学代替文艺学，而且还将这一体系分为四个分支：文学理论、文学批评、文学史、文学批评史。1992年，胡有清在《文艺学论纲》中对文艺学的定义，和其他学者基本一样，文艺学作为研究文学的科学，包括三个分支。⑤ 1992

---

① 李衍柱、朱恩彬主编：《文学理论简明辞典》，山东教育出版社1987年版，第6页。
② 郑乃臧、唐再兴主编：《文学理论词典》，光明日报出版社1989年版，第1页。
③ 狄其骢、王汶成、凌晨光：《文艺学通论》，高等教育出版社2009年版，第1页。
④ 朱立元、邱明正主编：《美学大辞典》，上海辞书出版社2010年版，第4页。
⑤ 胡有清：《文艺学论纲》，南京大学出版社2006年版，第1页。

年，童庆炳主编的《文学理论教程》第一章就指出，文艺学包括五个分支，在上述三个分支的基础上增加了文学理论史和文学批评史。① 后来王臻中的《文学学原理》、秦家伦的《文学理论与文学实践》中也同样出现五个分支的分法。

总之，在 80 年代上半叶之前，"文艺学"概念的所指是单一的和清晰的，仅仅指文学这一领域，并不包括其他艺术形式。而 80 年代中后期，文艺学一词被广泛使用的同时也出现了概念含混不清的局面，但今天学界大部分人以最初的含义来对接文艺学这个概念。

综上所述，"文艺学"这一概念正是在日本"中间人"的作用下在中国确立和传播的。自"文艺学"一词传入中国后，它的发展经历了一个漫长而曲折的历程：文艺学自身经历了从普通术语——概念范畴——学术话语——学科名称的历史的逻辑的演绎。但是随着时代的变化和发展，文艺学概念也经历了从明确到含混的演变，而概念间的模糊性势必导致文艺学学科定位的混乱，因而不利于文艺学学术用语的规范和学科体系的建设。

（三）中国现代文艺学形成和发展中的日本中介作用

西方文艺学对中国的影响不仅仅停留概念、术语层面上，就文艺学领域而言，留学生在受西方先进文化的影响下，输入中国的不仅仅是"文艺学"概念这类东西，而且也将西方先进的文艺思潮、文艺观念、文艺理论、方法和体系等一同传入中国，对中国文艺学的转型与中国现代文艺学学科体系的形成造成了显著的影响。

1. 西方文艺学传入中国的路径

众所周知，中国现代文艺学的建立和发展历经了一个漫长而曲折的历程，文艺学的现代转型，这主要归因于西学东渐和新文化运动。西方大量的学术传播，在一定程度上对中国旧有的分散的古典文论造成重大冲击，刺激了文艺学由古典形态向现代形态的转型。在这一过程中，日本发挥着"中转站"的功能，推动了中国文艺学及其学科体系的建立和发展。

19 世纪末 20 世纪初，西方的文艺学概念、术语及文艺思潮、理论的传入主要通过留学生这个传播渠道，以翻译著作的方式在中国进行了广泛

---

① 童庆炳：《文学理论教程》，高等教育出版社 1992 年版，第 3 页。

的传播。20世纪初，中国大量地派遣留学生，很多文艺理论家都曾出国学习，有的留学欧美，有的留学日本，迎来了中国近现代史上第一个留学高潮。在西方，他们充分地受到先进思想的沐浴，等到学成归国后，积极从事中国文学理论的建设和发展，使中国文学理论获得进一步发展。据李喜所在《近代留学生与中外文化》中记载，近代到国外留学的人数达到四万多。其实，到30年代，出国留学的人数早已超过了五万多人。在与日俱增的留学生中，因为各种因素，选择到日本留学的人数较多。具体到文艺学领域，20世纪初到日本留学的先进知识分子比比皆是，他们对于中国现代文艺学的建设和发展起到一定的推动作用。如周作人于1906年到1911年留学日本，成仿吾于1910年到1921年留学日本，张资平于1912年到1921年留学日本，郁达夫于1913年到1922年留学日本，郭沫若于1914年到1923年留学日本，陈望道于1915年到1919年留学日本，田汉于1916年到1922年留学日本，穆木天于1920年到1926年留学日本，丰子恺于1921年到1922年留学日本，还有周扬、胡风、叶以群、蔡仪、林焕平等文艺理论家都曾在20—30年代留学日本。按照传统的观点来看，留学生的主要作用体系在政治、经济方面，然而在近代文化转型期，这些留学生吸收西方先进文化从而影响了中国近代思想的变革，他们在这方面作出了不懈的努力，构成了近代文化的一项重要内容。

此外，西学东渐主要得益于翻译文学的发展，近代翻译活动的盛行无论对于日本还是中国而言都是一股强大的推动力。20世纪初，我国对于西方思想、术语、概念、体系的引进和传播主要是通过翻译外国著作来实现的。在文艺学领域，西学东渐的途径主要有两种情况，一种是从西方直接引进，另一种是通过日本引进。后一种又分为以下几种情况，一是将日本翻译的西方文艺学理论著作转译为中文，二是将日本学者关于西方文艺理论著作的研究翻译为中文，三是通过日译本来转译苏联文艺理论。其中，从日本间接输入占主要地位。具体而言，就是将西方的文艺学著作通过日本这个中介国转译过来，对于中国文艺学的转型和发展起到重大作用。

欧美前奏。20世纪20、30年代，中国留学生一部分赴英、法、美、日等国留学，充分受到资产阶级思想文化的沐浴，随着西方思想的东传，国内文艺理论界也迎来一个翻译西方文理论著作的热潮。如1923年商务印书馆出版的英国温彻斯特（C. T. Winchester）著的《文学评论之原理》，由景昌极、乾坤新翻译，梅光迪校对，初版除了国家图书馆收藏，在武汉还有武汉大学、华中师范大学馆藏，而1935年版本较为常见，如北京、福建、湖南、云南、江苏、江西、浙江、重庆、台湾等地都有收藏，在一些论文中常常出现的书名是《文学批评之原理》。1926年，由商务印书馆出版的美国人蒲克（G. Buck）著的《社会的文学批评论》（*Social Criticism of Literature*）。1930年由宋桂煌翻译的英国韩德生（William Henry Hudson）著的《文学研究法》（*An Introduction to the Study of Literature*），初版由上海光华书局出版，1931年再版，目前较为常见的是1933年的版本。1933年，陈介白、刘共之翻译了德国叔本华的《文学的艺术》（*The Art of Literature*）。1935年9月，美国人韩德（T. W. Hunt）著的《文学概论》由上海商务印书馆出版发行，翻译者为傅东华。40年代，英国普列查特著的《文艺鉴赏论》由胡仲持翻译过来。类似的欧美文艺学著作大量传入，从整体上对中国的文艺思想进行革新，对传统的文论给予重大的冲击，使中国先进人士充分认识到旧有文论已经不能适应新文学的发展，在西方文艺理论思潮的影响下，中国学者在20世纪上半叶也创作了大批文艺理论著作，在一定程度上加快了中国传统的文论向近代的文艺学转型的步伐。

苏俄模型。随着无产阶级革命文学的发展，20世纪20年代末，中国开始转向对苏俄文艺理论的译介，中国文艺理论的发展主要受苏联的影响应该在1949年前后。介绍苏联文艺理论较早的专著，如柯根著、沈端先译的《新型文学概论》（1929），罗森达尔著、张香山译的《现实与典型》（1937），卢那卡尔斯基著、雪峰译的《艺术之社会的基础》（1930），铎尼克著、焦敏之译的《文艺的基本问题》（1947），等等。50年代中后期，中国还邀请了苏联文艺理论家来华教学，他们的讲义随之传播开来。在中国文坛上盛行的苏联文艺理论著作，主要是季莫菲耶夫、毕达可夫、谢皮波娃、涅托希文和柯尔尊的著作，这些著作先后被翻译过来，使得中国文艺学的教学用书大都以苏联范式为模型。如蒋孔阳的《文学的基本原理》，刘衍文的《文学概论》，霍松林、冉欲达、钟子翱等人的《文艺学概论》，李树谦、李景隆的《文学概论》，等等。这几本50年代的文艺学著作，总体来讲，都直接取法苏联，无论是内容还是体制上都明显带有苏联的痕迹，但是这种苏联模式存在明显的教条主义倾向，不符合中国的实际，这样的局限性必然导致它们在中国是行不通的。

日本桥梁。20世纪初到五四运动前夕，留学生中去日本的人数最多，他们较早受西方文艺思想的影响，而且译介日本书籍成为时尚，他们习惯以日本为中介来学习思想文化。具体到文艺学领域，20世纪20、30年代，中国学者从日文翻译了大量的文艺学理论著作。第一种是对日本学者翻译的欧美文论的转译，如对温彻斯特著的《文学批评之原理》的译著，最初是通过本间久雄的著作而接触到的，后来将其转译为中文《文学评论之原理》。第二种是从日本学者那里翻译苏俄文学理论，如大江书铺出版的冈泽虎秀著的《苏俄文学理论》于1930年12月被陈望道翻译过来，鲁迅对俄文著作的翻译很多都是从日文转译过来的，如通过藏原惟人的日译本接触到了普列汉诺夫的《艺术论》，等等。第三种是对日本学者编著的文艺学相关著作的翻译，当时这是最主要的一种译书方式。如1921年厨川白村的《苦闷的象征》先后由鲁迅、丰子恺等人翻译过来；1922年，俞寄凡翻译了黑田鹏信的《艺术学纲要》；1925年，本间久雄的《新文学概论》由章锡琛翻译过来；1928年，张资平翻译了藤森成吉的《文艺新论》，因而有了孙俍工的《文艺鉴赏论》；1930年田中湖月的《文艺论》中的部分内容被翻译过来；1930年石民译注了小泉八云的《文艺谭》，同年小泉八云的《文学讲义》由惟夫翻译过来；1931年胡经之翻译了儿岛献吉郎的《中国文学概论》；1933年，孙俍工翻译了荻原朔太郎著的《诗学原理》，由上海中华书局出版；1936年廖苾光翻译了森山启的《文学论》；1937年，杨开渠翻译了小泉八云的《文学十讲》，这些可以看成是中国学者对日本文艺理论专著的翻译。此外，还有一些学者在对日本文论翻译的基础上进行编译，如任白涛编译的《给志在文艺者》，韩侍桁编译的《近代日本文艺论集》和《西洋文艺论集》。《给志在文艺者》于1928年由上海亚冬图书公司出版，其中收录了厨川白村、小泉八云、有岛五郎、里见弴等日本主要文艺理论家的论文。1929年，韩侍桁编译了《近代日本文艺论集》，这个论文集中一共收录了小泉八云、北村透谷、厨川白村、平林初之辅、高山樗牛、片上伸和林癸未夫七位文艺理论家的19篇重要文章。此外1929年9月，同样由北新书局出版了他的《西洋文艺论集》，其中主要介绍了英、法、美等西方国家的文艺理论和批评思想。还有鲁迅编译的《壁下译丛》也主要介绍厨川白村、青野季吉、片山孤村等人的20多篇论文，等等。随着日本译著的传入，西方先进的文艺理论思想也进入中国，因为日本的译著大都是根据西方的文艺理论进行整理和疏解，是对世界先进的文艺理论新成果的吸收，对西方各文艺观点的阐释、总结和概括，使抽象的东西变得具体化、通俗化，符合中国读者的需要，从而也为中国学者学习西方近代文艺理论提供了便捷之路。可以说，日本作为输入西方文艺理论的中转站，对中国文艺理论的发展具有重大作用。

20世纪40年代之前，从欧美、苏联及日本翻译过来的文学理论著作大概有一百多种，而其中以留日学生为主的日文翻译著作占绝大部分。可以说，近代留日学生不仅仅是中西文化交流的载体，同时也充当了中日文化交流的先锋。作为文化交流的产物和重要渠道，他们在西方新术语、概念的输入过程中，自觉充当了"二传手"的角色。这也从另一侧面说明了一个不容忽视的事实：日本是连接中国文艺理论与欧美、苏联文艺理论的桥梁和枢纽，作为吸收西方先进文艺理论的"中间人"，日本对中国文艺学由古典向近代的转型及构建中国特色的现代文艺学学科体系具有重大影响和意义。

2. 中国现代文艺学发展中的日本因素

如果说日本的文艺理论是通过对西方先进的文论加以吸收和融合而成，或者将其看成西方文艺理论重要的组成部分，似乎一点都不为过，因为日本文论的一些术语、概念、理论、方法、体系和思维模式都是从西方输入的，他们将吸取的外来资源很好地与本国的传统文论融合在一起，这也更充分地说明了日本自古就善于吸取世界先进文化来发展自己的事实。一千多年来，日本文学一直以学习中国文学为准绳，然而到近代，这种状况却发生了逆转，近代日本在吸收西方文化方面取得了丰富的成果，刺激了中国学者自觉向日本看齐。在文艺学领域，通过译介的方式传入中国的不仅仅是一些基本概念、术语，还有各种文艺思潮、观念、方法、理论体系和思维模式等，一同流布于中国，推动了中国现代文艺学的形成和发展。

20世纪初，中国学者比较集中地翻译了一些日本文艺理论家的著作，如厨川白村、小泉八云、本间久雄、夏目漱石、藏原惟人、青野季吉、平林初之辅等，他们的文艺理论和文艺思想陆续传入中国，对中国文艺学研究的观念、体系、方法都产生了重大影响。这一时期的翻译著作中，以厨川白村和本间久雄的著作为主，此外还有宫岛新三郎的《欧洲最近的文艺思潮》、《文艺批评史》、《现代文艺思潮概说》，小泉八云的《文学十讲》、《文学讲义》，吉江乔松的《西洋文学概论》，芥川龙之介的《文艺一般论》等。在文艺学的理论建构上，中国学者主要受厨川白村和本间久雄这两位文艺理论家的影响，通过大量的翻译，一方面使中国学者初步了解到了世界文艺理论及其研究的成果，不仅丰富了知识层面的东西，而且拓宽了他们的研究视野；另一方面，从方法论层面来看，他们先进的文艺思想、观点、体系建构、思维模式等，都直接影响了中国现代文艺理论体系的建构，从而也促进了中国近现代文艺思潮和文艺批评史的研究的发展。

首先，厨川白村的文艺思想对中国影响最大。厨川白村（1880—1925），在东京帝国大学学习时曾拜在小泉八云、夏目漱石、上田敏等人门下，是日本大正时代颇具影响的文论家。据有关资料记载，目前见到的他的文艺理论的最早的译文是《文艺的进化》（1918），由朱希祖翻译。他的《苦闷的象征》在20年代由鲁迅、丰子恺、汪馥泉、樊仲云（节译）、任白涛（缩译）等人翻译介绍到我国理论界，逐渐开始大范围的传播并引起强烈的反响。王向远曾在《中日现代文学比较论》中给予很高的评价，认为它与托尔斯泰的《文艺论》一起构成了"20年代在中国流传最早、传播最广、影响最大的两部外国文艺著作"[①]。《苦闷的象征》分别对文艺的起源、创作、鉴赏及其核心问题进行探讨。在文艺创作的本质上，提出了两种力的冲突，即"创作生活的欲求和强制压抑之力"，同时还提出了"象征主义"的表现方法；在文艺的鉴赏上，极力倡导"共鸣

[①] 王向远：《中日现代文学比较论》，湖南教育出版社1998年版，第268页。

的创作";在文艺批评上提出了"印象批评"、"客观批评";在起源上,认为文艺来自原始状态的人类的"象征的梦"。可以说《苦闷的象征》基本上涵盖了现代文艺理论的重要问题,建立了较为完整的理论体系。在20年代传入中国后,鲁迅、郁达夫、田汉、丰子恺、许钦文等人的著作中多次引用了"苦闷的象征"这一文艺观,后来这部著作还被当作文学理论教科书来使用,最重要的是中国20、30年代由中国学者撰写的《文学概论》之类的著作都明显受厨川白村的影响。如1927年由中华书局出版的田汉的《文学概论》,在谈到文学的起源问题上,在分析诸多关于文学起源的观点之后,以厨川白村的观点为基准进行归结。鲁迅的学生许钦文也明显受其影响,1936年在《文学概论》中,将革命文学的创作与"苦闷的象征"联系在一起,认为"因为苦于环境的恶劣,不得不谋改革,于是从事革命文学,作为实际革命的准备,固然由于苦闷的原因……"[①]在文学产生的问题上直接归结为苦闷,"为着发泄苦闷,其实是因为苦闷得不得不发泄了,这就产生出文学来"[②],而且在《钦文自传》中他多次提到自己深受这位文艺理论家的影响。再如1930年陈穆如的《文学理论》也在"文学的起源"一节中,大量地引用了厨川白村的文艺观,像"将厨川教授的起源论写在下面,以便作一个更详细的探讨"[③]。此外,郁达夫的《文学概论》(1927)、曹百川的《文学概论》(1931)、张希之的《文学概论》(1933)、隋育楠的《文学通论》(1934)、龚君健的《文学的理论与实际》(1936)等都受到厨川的文艺观的影响。后来《文艺思潮论》(汪馥泉译)、《欧美文学评论》(夏绿焦译)、《欧洲文艺思想史》(黄新民译)等几乎所有他的文艺著作都被翻译过来,影响了中国学者的文艺观,从而推动了中国现代文艺理论的形成和发展。

其次,本间久雄的《新文学概论》为中国现代文艺学体系的思维模式和理论建构提供了一种范型。《新文学概论》(后更名为《文学概论》)在思想上让中国学者较早了解了华舍斯特(美)、瓦纳(法)、勃鲁克(英)等西方先进的思想观点,因此接触到了美国温彻斯特《文学批评之原理》,

---

[①] 许钦文:《文学概论》,上海北新书局1936年版,第21页。
[②] 同上书,第16页。
[③] 陈穆如:《文学理论》,上海光华书局1930年版,第16页。

尤其是文学四要素的引入,即情绪、思想、想象、形式,这之后中国学者才直接对英文进行翻译的。在体例上对于我国二三十年代出现的《文学概论》著作提供了蓝本。他这本著作1919年最早用文言翻译过来,1924年由汪馥泉翻译,1925年张锡琛译本,后来曾多次再版。全书共十章:文学的定义;文学的特质;文学的起源;文学的要素;文学的形式;文学与言语;文学与个性;文学与国民性;文学与时代;文学与道德。"后编文学批评论"中有如下子目录:文学批评底意义、种类、与目的;客观的批评与主观的批评;科学的批评;伦理的批评;鉴赏批评与快乐批评。后来在1930年版本中分为四编:文学的本质;社会的现象的文学;文学各论;文学批评论。在他的《文学概论》的影响下,中国理论界在20、30年代诞生了诸多类似的文艺理论著作,但大多都是模仿本间久雄进行创作的。如1927年田汉的《文学概论》,全书一共两编:上编为"文学的本质"(绪言;文学的定义;文学的特性;文学的要素;文学与个性;文学与形式),下编为"社会的现象之文学"(文学的起源;文学与时代;文学与国民性;文学与道德),可以说田汉的著作无论是章节的安排还是小标题的拟定上都是他的仿版。在比较了诸如老舍的《文学概论讲义》、潘梓年的《文学概论》、陈穆如的《文学理论》、李幼泉与洪北平合著的《文学概论》、钱歌川的《文艺概论》、马仲殊的《文学概论》、曹百川的《文学概论》、王森然的《文学新论》、张崇玖的《文学通论》、赵景深的《文学概论》、张长弓的《文学新论》及张梦麟的《文学浅说》等一类的著作后,发现它们无论是体系框架还是基本观点都与本间久雄的《文学概论》惊人的相似。可以说,本间久雄的文艺理论著作以其开阔的视野、丰富的资源及独特的理论体系赢得了中国现代文艺理论草创者的赞赏,并为他们带来了灵感和模型。因此,本间久雄作为日本重要的文学史家、文学评论家,对中国现代文艺理论的思维范式和理论构架提供了模板,推动了中国现代文艺学学科体系的形成和发展。

再次,日本在介绍西方文艺思潮史、文学批评史等方面也起到了中转的功能。在文艺思潮方面,如1921年罗迪先翻译的厨川白村的《近代文学十讲》,虽然在这之前厨川白村的文章零零散散地被翻译过来,但这却可以看成他的专著的最早译本。厨川白村概述了欧洲近代文艺思潮的发展变迁，大致经历了古典主义—浪漫主义—自然主义—新浪漫主义的变化过程，尤其是他还将文艺进化的历程形象与人生的各个阶段对应起来，这一思想至今还在中国的美学、审美学研究中常常出现。《近代文学十讲》较早地将西方文艺思潮介绍过来，加速了中国文艺的发轫。随后王馥泉翻译的《文艺思潮论》译本也逐渐在中国开始传播，让中国学者充分地了解到西洋文艺思潮。厨川白村大体概述了欧洲两大思潮（希伯来和希腊思潮）的演化，在一定程度上提高了中国先进知识分子的思想觉悟。除此之外，还有本间久雄的《欧洲近代文艺思潮论》在中国也颇为流行，此书对西方文艺思潮进行了系统的历史梳理。在文艺批评史方面，对中国影响最大的当属于宫岛新三郎。他的《文艺批评史》、《欧洲最近文艺思潮》在30年代均被翻译过来，尤其是他的《文艺批评史》对中国影响最大，他以欧洲文艺批评为核心，勾勒了世界文艺批评的发展演变。1928年美子编译了此书，取名为《世界文艺批评史》，1930年黄清嵋的译本取名为《文艺批评史》，1931年高明还翻译了他的《欧洲最近文艺思潮》。随着外来思潮、流派的传入，中国学者深受启发，兴起了研究西方文艺思潮的热潮，最早的应该是1907年鲁迅在日本留学时写的《摩罗诗力说》，被称为中国人研究欧洲文艺思潮的开端；之后陈独秀于1915年在《青年杂志》上发表了《现代欧洲文艺史谭》；1920年罗迪先在《民铎》上发表了《最近文艺之趋势十讲》；1921年蒋方震的《欧洲文艺复兴史》出版等等，他们在日本文艺理论家的影响下注意到了西方文艺思潮的发展并着力开始研究。另外，有些学者还开始尝试探索我国民族文艺思潮的发展，如1944年蔡正华的《中国文艺思潮》。总之，作为一批舶来的论著，它们不仅为中国学者学习西方文艺思潮、文艺批评提供了一个平台，而且为中国近现代文艺思潮的发展奠定了基础。

然而，日本文艺理论作为二三十年代中国现代文艺理论的主导者却有着明显的西学渊源和广阔的西学背景，如厨川白村的《苦闷的象征》深受柏格森和弗洛伊德的影响，而本间久雄的《文学概论》则是对美国温彻斯特的《文学批评之原理》和英国哈德森的《文学研究入门》的借鉴。可见，日本文艺理论的一些概念术语、理论体系大都取自西方，而中国理论界则又以日本为准绳。正如张旭春所言："由编译、改写、挪用等手段构成的拿来主义是20世纪初中国以及日本知识界吸收西方知识的共同手段。"①
同时，这也反映出一个不容忽视的事实就是：西方文艺学的基本概念术
语、理论体系、研究方法途径等，都是通过日本这个桥梁传入中国的，相
应地，中国现代文艺学经历了一个"西方—日本—中国"的发生路径。因
此，日本作为中介国对于中国现代文艺学学科的建立和发展有着重大的作
用和影响。

结　语

众所周知，在人类历史发展的长河中，世界上任何一个民族或是一种
文明都不可能孤立地存在，势必与其他民族或文明相互交流、相互渗透，
通过对外来文化的借鉴和吸收使本民族传统资源得以优化，并逐渐走向成
熟。中日两国作为一衣带水的邻国，自古以来就有着深厚的民族文化交
流。一直以来，日本都是以学习中国文化来发展自己的文化，然而时至近
代，这种状况却发生了变化。20世纪初，西学东渐已经成为一个不可抵
挡的潮流，西方一些近现代的思想、观念、体系、方法等逐渐东传，在一
定程度上对中日两国旧有的文化体制带来巨大的冲击。然而，近代日本却
能积极应对，在吸取西方文化来发展本土资源方面取得了重大成就，从一
个贫穷落后的小国而一跃立于列强之林，这种成功的先例刺激了同时代的
中国向日本看齐。因此，近代日本作为东西文化的交汇点，对于西方思想
文化在中国的传播和发展扮演了"中间人"的角色。

具体到文艺学领域，随着19世纪末20世纪初的西学东渐和新文化运
动，西方新的思想、观念、体系、方法等逐渐被译介到中国，新的术语、
概念如雨后春笋般涌现。就像王国维在《论新学语之输入》中所说："近
代文学有一显著之现象，则新学语之输入是已。""文艺学"作为其中的
一个新术语，从词源学角度来讲，它不是汉语中固有的词汇，而是从日本
移植过来并逐渐在中国得以传播和定格。从这一层面来讲，中国现代"文

---

① 张旭春：《文学理论的西学东渐——本间久雄〈文学概论〉的西学渊源考》，《中国比较
文学》2009年第2期。

艺学"概念是一个舶来品，是中西文化融合的"混血儿"。在漫长而曲折的历史发展过程中，它大致经历了这样的演变轨迹：古代文论—文学研究—文学概论—文艺学。在外来思想的冲击和内在机制的作用下，"文艺学"这一概念经历了由古典向现代的转型。同时，"文艺学"一词自身也经历了从普通术语—概念范畴—学术话语—学科名称的历史的逻辑的演绎。中国文艺学界对西方知识的感知和捕捉，主要得益于日本这个"中间人"。不仅如此，日本文艺学对中国的影响，不仅停留在概念层面，而且也将西方先进的文艺思潮、文艺观念、文艺理论、方法体系等一同传入中国，从而从整体上推动了中国文艺学的转型及中国现代文艺学学科的构建和发展。

第二章

中国现代美学概念的形成与日本的渊源

引 言

明末开始,中国传统的封建社会发生转型,萌生了现代美学的基因。西方国家进入新的发展形态后致力于各个领域的发展与建设,包括美学领域。因此,通过借鉴西方已成系统的美学思想对中国传统朴素零散的美学思想进行结构性变革,实现中国美学话语形态由封闭向开放,由古典向现代的转换,顺应世界美学发展的潮流成为必由之路。在此过程中,日本由于明治维新提前走上了积极向西方学习的变革之路,而中国希望"力省效速",因此派大量学生去日本留学。日本成了中国学习西方的桥梁,这些留学生积极学习日语,并以此为中介了解日本的学术动态,向国内介绍西方异质的美学思想,给中国学术界带来了新的气象。中国传统零散感悟式的美学思想受到西方体系严密的美学思想的冲击,促使美学话语由古典向现代转换,建立了中国现代美学的学科体系。美国的费正清在《剑桥中国晚清史》中曾认为,"每一领域内的现代化进程都是用各该学科的术语加以界说的"①。因此,厘清在日本影响下中国现代"美学"概念的形成对中国美学发展有重要意义,有利于我们在对以往美学的发展进行反思后明确未

---

① [美]费正清:《剑桥中国晚清史》下卷,中国社会科学出版社1985年版,第6页。

来发展的方向。

在中国国内，虽然传统的美学思想古已有之，并有深厚的积淀，但"美学"作为现代形态的概念，则是在20世纪20年代形成，并进一步稳固发展。迄今，国内对日本现代美学概念、术语和思想对中国之影响的系统研究相对薄弱，材料掌握也不够充分。近些年，不少学者才注意和重视起东方美学，相关研究正日益加深。具体表现有如下几类：

（一）对中日为代表的东方美学思想的勾勒

代表性的成果有今道友信的《东方美学》（1980），作者以科学的视角分别论述了东方各国的美学特质，逻辑严谨，层次分明。由于中国和日本作为亚洲国家发展最迅速并对邻国的发展产生重大影响的国家，因此着重介绍中日两国的美学思想。邱紫华的《东方美学史》（2003）着重对东方各国美学思想的特质做出梳理，指出了各国丰富的美学传统和普遍的共性，用一节专门谈到《古代中国审美文化对日本美学的影响》，侧重古代中国美学思想对日本的渗透，对其美学观的形成产生了怎样的影响。

（二）对中日两国文化交流史的比较研究

在《中日文化交流史大系》（1996）中，分十卷从不同领域介绍了中日文化的交流历程，在艺术、思想卷中可看到零散的美学思想。在文学卷中着重介绍了王国维、鲁迅、周作人的文学思想。虽然说文学实践的全过程一定有美学思想有形或无形的指导，但从比较文学角度切入的居多。于桂芬的《西学东渐：中日摄取西方文化的比较研究》（2001）着重论述中日接受西方文化方式的差异，缺乏对彼此交流、互动、融合的论述。王宝平主编的《中日文化交流史研究》（2008）分不同门类概述两国的文化交流却未涉及相关的美学思想。盛邦和的《内核与外缘：中日文化论》（2010）用比较的方法从新的视角揭示了中日不同文化的特质及发展方向，提出中国文化更新得迟滞和日本文化更新得快速等特征。在冯佐哲的《中日文化交流史话》（2011）中，历时性地介绍了中日从秦汉到辛亥革命期间的交流历程，但只是简论。

（三）对"美学"概念源流演变的稠密分析

黄兴涛的《"美学"一词及西方美学在中国的最早传播》（2000）提

出了现代意义上"美学"这一名称从出现到自觉使用的过程,它是从日本引进后到 20 世纪初正式流行。朱立元的《美学是一门什么样的学科》(2003)从不同角度对美学学科的性质给予了界定。刘筵莉的硕士学位论文《"美学"概念在中国近代的缘起与演变》(2006)主要论述了中国由"美"到"美学"的发展过程。杜学敏的《美学:概念与学科——"美学"面面观》(2007)从多个方面对"美学"的含义作出梳理,并且表示虽然被动接受惯常的"美学"译名,但提醒读者注意"审美学"这个译名更科学。刘小健的硕士学位论文《"美学"概念在中国 20 世纪的演变》(2009)侧重比较中西"美学"内涵的差异,探讨在不同语境下对美学概念进行充实的不同路径。陈望衡、周茂凤的《"美学":从西方经日本到中国》(2009)正视了日本在我国美学发展中的学术中介地位,我国的留日学生认可了"美学"这个译名,不断译介欧美的美学著作并致力于理论层面的深化,在此过程中,影响了很多留日学生的美学思想。聂长顺的《近代 Aesthetics 一词的汉译历程》(2009)指出 Aesthetics 一词的汉译历程是在中、西、日文化互动间展开的。这一历程分为三阶段:第一阶段为普通词汇;第二阶段为西方教育著译中的课程译名;第三阶段为美学著译中的核心术语。其中第三阶段又分"美妙学"、"审美学"、"美学"三节。马正平的《百年来"美"字本义研究透视》(2009)、王宏超的《中国现代美学学科的确立——晚清民初学制中的"美学"》(2012)都有相关论述。

(四)对若干重要美学家的个案研究

金大陆、黄志平的《王国维、蔡元培与中国现代美学的缘起》(1990),张方的《王国维古雅说辨识》(1991)中分析了古雅说的实际内涵及理论特征,探讨了它的社会根基及历史意义。文章认为:古雅说在整个王国维文艺美学中显得较为成熟、充实,其价值只有境界说堪与比拟。王国维用自己广阔的学术视野和扎实的美学基础,为推进中国美学发展,发挥了举足轻重的作用,一些美学概念的内涵被他明确界定。由于他的学术地位,一些概念和术语得到进一步确定和拓展。郑德的硕士学位论文《蔡元培美学思想流变初探》(2007),介绍了蔡元培从与美学结缘到美学思想一步步完善成熟的过程。高海燕的硕士学位论文《吕澂美学思想的研究》(2008)

全面分析了吕澂的美学思想，特别是对他的美感论、美的态度、感情移入原理给予了详细描述。韩书堂的《中日近代美学学科生成源流考——兼论王国维美学新学语的来源》（2011）分析了"美学"的演变过程，对在时代转换语境下王国维的新语给予明确辨析。朱立元、栗永清的《陈望道与中国现代美学——写在陈望道先生诞辰 120 周年之际》（2011）指出陈望道1926 年所著的《美学概论》对美学的发展有重要意义，是我国马克思主义美学的开创之作。陈芳、张天曦的《王国维对中国美学的贡献》和杜卫的《王国维与中国美学的贡献》（2011）指出王国维在学贯中西的学术背景下用自己的远见卓识做出了对中国古典美学话语转型的尝试。张法的《回望中国现代美学起源三大家》（2008）主要论述梁启超、王国维、蔡元培三人不同的美学思想和美学路径及为美学发展做出的贡献。郑玉明、孙旭辉的《中国现代美学、文论与梁启超——全国学术研讨会综述》（2008），方红梅的《梁启超趣味论研究》（2008），《梁启超的美育思想与比较研究》，郭勇健的《在传统文论与现代美学之间——梁启超美学思想新探》（2011）都有翔实的论述。

（五）对近代输入的汉语日源词的统计分析

在这方面代表性的有冯天瑜的《新语探源——中西日文化互动与近代汉字术语生成》（2004），南京师范大学宋纯的硕士学位论文《基于统计的汉语日源词研究》（2012）都详细统计了汉语日源词，用科学的统计偏重对整个学科和生活用语的研究，对这一领域的研究十分准确。

（六）对美学学科体系建构的初步思考

在这一领域，一般是按美学名称的诞生、美、美感、美育、美学研究、美学流派来建构美学体系。吴世常主编的《美学资料集》（1983）较系统地搜集美学大家的言论，涉及吕荧、蔡元培在中西交流中的美学思想。王世德的《美学新趋势》（1986）中指出美学就是审美学，对中江兆民"美学"一词的译文进行了简单介绍。凌继尧的《美学十五讲》（2003）结合具体的艺术作品，特别是音乐、小说、绘画领域谈蔡元培的美育。刘纲纪的《美学与哲学》（2006）阐述了美学与哲学的互渗交流，以广阔的视角把握美学与哲学的流变，其中有特定的章节论述鲁迅的美学思想及马克思主义与中国现代美学，为笔者提供了相应的理论支撑。李建盛的《美学：为什么与是什么》（2008）也论述了现代性中国美学的发展，对20世纪初中国美学思想的发展作了相关论述。叶朗的《美学原理》（2009），回顾了中国近百年美学发展的历史进程。杨辛、甘霖的《美学原理》（2010）在第一章提到中国最早接受西方美学的学者实属王国维，论述了王国维《古雅在美学上之位置》、《〈红楼梦〉评论》中的美学思想。鄂霞的博士学位论文《中国近代美学关键词的生成流变》（2010）主要对美学及其他美学范畴的流变进行了梳理，论证严密，提到了日本的中介地位，但着墨较少。朱志荣的《美学原理》（2011）在"审美发生"的章节介绍了美学名称的由来，简略地介绍美学这一名称是由日译而来。韩德民在《美学建构与中国文化精神的现代诠释》（2011）中对现代美学思想的发展与中国文化精神的关系分析得很有见地，特别是"体"、"用"论争与现代文化转型的策略，"美学"向"中国美学"嬗变的多元尝试，"美育"与塑造现代国民性的努力，都涉及中国现代美学建立的问题，并结合当下提出美学的发展路径。

（七）对中日美学话语近代转型及其关系的系统化研究

黄兴涛的《清代西方美学观念和知识在华传播考论》（2000），刘悦笛的《美学的传入与本土创建的历史》（2006）着重论述了美学传入中国到形成有中国特色的美学的演变过程。夏洁的《留学生与近代中国美学学科的体制化》（2007）用相应的统计正视了留学生的作用，特别指出赴日留学生占整个留学生比重过半的事实，他们发挥着更大的作用。李欣复、刘洪艳的《中国现代美学发生论》（2007）依据发生学论述了留日学生和一些兼容并包的学者开始明确现代意义上的美学内涵，并为后来学者美学思想的丰富提供借鉴。王宏超的博士学位论文《学科与思想：中国现代美学的起源》（2008）论述了西方"美学"之名的诞生，美学在西方的内涵，传入我国与传统资源相结合后的形态与发展状况，并拓展了美学思想这一论域，但对日本的中介作用着墨不多。黄雁鸿的《晚清时期美学在中国的发展历程与早期留学生》（2008）提到了留学生在美学发展过程中的推动作用，但多为约略式的介绍，没有意识到大规模留日学生的重要地位。彭修银的专著《东方美学》（2008）和《近代中日文艺学话语的转型及其关系之研究》（2009）都在此领域做了深入的研究，阐明了一些以往在文艺学、美学领域被学界忽视的问题，为日本的中介地位提供了理论基础，有很高的学术价值。唐善林在《论中国现代美学建构内蕴的多元性》（2008）中指出现代美学家专注于艺术的实践，将审美与社会的启蒙等目的结合在一起，呈现出一种复合的包孕性特征。刘德林的《"西学中和"：中国现代美学初创阶段的另一种叙事》（2009）中摒弃了传统的"西学东渐"之说，强调他们在学习西方美学思想的同时也极力挖掘中国传统美学中的资源，用"和"的思想进行调和与升华。还有张法的《美学与中国现代性历程》（2006）。这些资料都为本章提供了较为广阔的视角和启示。

以上是国内的研究现状。在国外，日本对此领域的关注与研究相对较多。对西方国家来说，由于东方各国综合国力的提升，在世界舞台上日益占据重要的地位，因此它们给予较多关注，对东方美学尤其是中日的文艺理论、美学思想研究逐渐增多和深入，但是可被查找到的国外的系统研究成果不多。代表者如1987年10月出版的由蒋红、张唤民、王又如编著的《中国现代美学论著译著提要》，其中有日本近现代美学家的原文，可为笔者提供直接的参考资料。英国威廉·哈里斯1989年出版的《文学理论的形态——中国与日本》，美国詹姆斯·埃尔金斯1998年出版的《中日文学理论的交流与影响》，2000年《鲁迅研究月刊》第11期丸山昇的《日本的鲁迅研究》都着重从交流的角度来说明西方文学理论对中日理论在由古典向现代转换中所起的重要作用，对中日文化交流、现代美学学科的建构涉及较少，相对来讲更注重思潮，没能呈现系统、深入的研究成果。由王琢编的《中日比较文学研究资料汇编》（2002），收录了日本伊藤虎丸的《鲁迅的早期尼采观与明治文学》、藤井省三的《日本文学越境中国的时候》，从中可挖掘出一些有用的资源。滨下昌宏著、皮俊珺译的《非西学美学之日本美学成立的可能性》（2011）论述了近代日本美学对西方美学的吸收调和，日本美学有可能走上自成一家的独立发展道路。日本的神林恒道著、杨冰译《"美学"事始——近代日本美学的诞生》（2011），借助具体的艺术实践论述了日本近代美学的建立过程，阐释得十分细致。总的来讲，从一般的学科意义上论述了美学的发展历程及理论体系的结构，但在经日本之桥后中国现代美学内涵的丰富，学科的建立，各种概念、术语的萌芽演变及理论互动往往被忽视，中国现代"美学"概念的形成与日本的渊源这一领域研究相对贫乏，未能全面呈现这一现象的流变过程。

总的来看，现有资料从对"美学"概念、思想流变的梳理逐渐到理论层面上的深化，可为本章研究提供理论上的指导。同时，其对中国现代"美学"概念的形成与日本的渊源的一些基本问题，基本的脉络和曲折迂回的发展过程尚缺乏系统论述，这又为本章研究提出了挑战。

本章计划着重考察"美学"如何从普通名词到概念术语再到规范的学科名称以及核心术语的发展脉络。日本从唐代开始受惠于中国传统文化，所以它的文化里渗透有中国的特质。到了近现代，我们的学习也不全然是日本的成果，其中也包括我国文化固有的一部分和治学方法，只是日本提早学习而已，中国借鉴了哪些，日本起了何种程度的作用需给予明确的界定。日本依托汉学，克服着双重困难，实现着对西方美学思想的学习和用本国语言进行转述。日本起着启蒙与触发作用，外来美学思想的冲击，激活了中国现代美学的发展，中国学者对本土美学思想的挖掘得到开启，之后在中国的根基上继续发展。本章尽可能深入和全面地把握中国现代"美学"概念的形成与日本的渊源，并以相关艺术门类的实践作参照。逻辑构架按"美学"内涵的不断深化来搭建，并不是简单罗列而是突出最密切的问题，展示慢慢由个人话语上升为团体话语的"美学"的发展与西—日—中的美学互动。中国美学学科的创生、建立与发展的路径与日本相似，富于可比性。可是，在经由日本中介实现现代美学概念的移植、涵化和转换的过程中，所谓"西—日—中"三方互动的复杂情境究竟是怎样的？如何把握历史"现场"的复杂性及其断裂？日本近现代美学概念是怎样形成的？中国美学概念、思想、体系以及美学学科是怎样从封闭自足状态走向开放交流的话语形态的？我们又该如何评价这一跨文化迁移过程的利弊得失？凡此种种，都是本章需要正面解答的若干重要问题。

第一节　学西方之道
——日本美学概念的形成及学科确立

中国传统的美学思想散见于书论、画论、乐论等，以感悟性朴素的思想见长，尤其在文学、绘画、音乐三大领域更为瞩目。17—18世纪，在中国闭关锁国妄自尊大之时，西方国家纷纷走上资本主义道路。而中国的邻邦日本，后来通过明治维新走上变法图强的道路。中日甲午战争后，一向被忽视的日本让国人看到了它强大的综合国力，特别是先进的制度和文化给中国带来极大的震撼。爱国救亡的知识分子纷纷走上了向外国学习、不断反思自己、改变自我的道路。他们在对以往的历史进程的反思中，会有遗憾和不甘；勾画未来的发展时有想法和憧憬，但对具体的措施模糊不清，因此呈现既渴望又焦灼的心理状态。

在发现了这个被忽视的劲敌后，基于救亡图存之需，中国开始一反常态地向对手学习。日本是中国的邻邦，这是一个充满双重性和悖论的民族，具有温和又残忍、守旧又创新的特质。同时，其因受惠于亚洲的文化传统，又与中国在很多基本问题的看法上大体一致，如价值观念、情感表达、语言应用、人与自然的和谐关系等。人类各民族文化是交流互渗的，对于有亲缘关系的两种文化更是会呈现二者粘连的文化形态。对于"美学"概念与日本的亲缘关系，学界普遍给予认同，但对这一过程的详细把握和关注相对欠缺。特别对一些习以为常的美学用语，由于耳熟能详，运用自如，国人普遍没有意识到是经由日本而来的外来语，以为是中国本身自足而非借用。对美学形成有突出贡献的倡导者和组织者在美学学科建立中发挥何种程度的作用，此类研究也相对匮乏，对中国现代美学发展的脉络和法则与日本的渊源研究也不足，更缺乏体系性研究。从源头上去探寻，就是从根本上去阐释。因此，客观中立地研究，在大量分析的基础上捕捉蛛丝马迹，形成逻辑链条，把握美学建立这一动态过程与日本的关系是本章的基本准则。

人是爱美的，对美的追逐与研究与人的历史并存。学科意义上的美学出现较晚，以鲍姆嘉登的《一切美的科学的基本原理》（1750）为标志，学科历史也较短，因此对它的定义、研究对象和范围常常歧见迭出。如将美学定义为"有关美与艺术的理论的反省、思索，即感性认识的科学"。①现代欧洲语言中"美"这个形容词，就同好、适合、优秀等意思紧密相连，并包含着将触发观照对象一切感觉或精神"愉悦"的现象加以表现的意义。因此，"美"的表现里通常混杂着善、真、有益、快适等各种价值，成为一个极具包容性的概念。康德用"先验感性论"，席勒用"美学"来表示，虽然作为表示"美学"的名称还试用了德文 kalologie，kallilogia，kallistik，kalliasthetik 等词，但这些词都没有通用，而 Asthetik 一词却传到各国的语言中沿用至今。美学不限于通常所说的美（狭义），而是包括整个审美价值领域的科学。从这一点来说，这个惯用语很恰当。美学渐渐由研究美（广义）的东西发展成为关于美的科学的含义。它的译名也由 1735 年作为一个特殊科学的名称来使用，并逐渐明晰。从 1741 年"感性认识的规律"到 1742 年"感官鉴别的科学"，再发展为 1757 年"美的科学"。② 一个学科名词的诞生固然值得欣喜，但不断丰富它的内涵，并在实践过程中加以固定，构建学科发展的体系是更为复杂的过程，有更重大的指导意义。

　　对知识的渴求和对自身的忧患意识是日本民族一直以来的传统。它求知识于世界，非常敏锐地关注学术界的最新动态，并结合自身的特质将其融合为一种新质。从朝鲜、中国、印度等国汲取各种物质和精神的文明成果，自我消化后适用于自己的国家，并借此力量为依托，结合本民族的特质将知识等内化为自身。因此欧洲学术界相关著作出版后产生影响力时，日本会最快接收到这一信号，并在第一时间将著作译为日语出版，或者从其他语言的版本转译为日语出版，从中汲取为自己所用的知识。面对发达国家新的文化思潮，日本在崇拜之余会积极效仿，已经形成了一种学术习惯和自觉。西方新思想在日本的传播推广速度甚至高于在本国的发展，这是令人震惊的事实。日本更有一些特立独行的学术行为，如许多大学在哲学系之外另设有美学系、伦理学系，在他们看来习以为常，但在别国人

---

①［日］竹内敏雄主编：《美学百科辞典》，池学镇译，黑龙江人民出版社 1987 年版，第 116 页。

② 同上。

看来不需要如此细致，因为这几门学科是交融互渗的。日本的美学课程设置也常融为一体，先开设基础理论如哲学概论，而后是美学专论，从古希腊开始讲美学，但从另一个层面足见日本致力于学科体系建设和严谨细致的治学态度。正是由于它们的学术敏锐与自觉，中国才能受惠于这一中介。

美学这门学科，很久以来作为哲学的一个组成部分而存在。中江兆民曾认为日本无哲学，这一论述虽然过于绝对，但也指出了日本哲学思想发展的积弊，即积淀不深，没有根基性的东西作支撑，缺乏一种一以贯之的思想脉络。相比轴心时代的希腊和中国春秋战国的诸子百家时期，日本更多的是一种复制与移植，是后进国对先进国思想文化的崇拜，因此常笼统地吸收与采纳。日本对西方美学的学习亦如此，但由于东西方的意识形态、思想根基、文化语境的差异，不得不发生变形。变形的同时，就会看到日本思想文化发展中创造性的一面，它常能将知识揉碎消化，不单单是单向的仰慕与崇拜，而是二者相互作用，产生了打上本民族烙印的新质的文化形态。日本美学概念的形成及学科确立，同样遵循这一规律。

（一）"美学"名词的诞生

1. 西周创立的美学命名

西周被誉为"日本哲学之父"，他的思想开启了日本美学思想的萌芽。西周的美学思想是在接触到西方兰学并与中国传统美学思想交融、化合的产物。西周接受了良好的启蒙教育，祖父教授他汉学，他从四岁开始循序渐进地学习中国传统的儒家经典，包括四书五经，并能熟读成诵。如他所言："余也少而家庭之训诲，遵诸公之指导，以略得与闻圣贤之大道。"[1]他自己也沉浸在这些经典书籍带来的乐趣中。可以说，西周在汲取中国传统经典文化的同时，自己也沉醉其中，这对年少的他起着思想启蒙的作用。"年十六七，略得读《左传》、《史记》、《汉书》其他诸家之书，退而夷考诸宋学，其气象全然别矣。"[2] 西周汉学知识的根基很深，二十一岁

---

[1] ［日］大久保利谦编：《西周全集》第一卷，宗高书房1950年版，第3—5页。
[2] 同上。

(1850)学习儒学，二十四岁（1853）教授儒学课程。二十八岁（1857）学习英文，接触西方近代哲学与文化。当时的日本同中国一样比较保守，但在中国闭关锁国的时候，日本保留了荷兰这个向西方学习的窗口。西周受惠于此，三十三岁（1862）去荷兰学习实证主义哲学，掌握归纳法和实证方法论，自此西方学术由荷兰传入日本。在学习了中西哲学思想后，他有如下论述："孔孟之道与西洋哲学相比，大同小异、东西相通、符节相合。东土谓之儒，西洋谓之非卤苏比（Philosophy 日语之音译），皆明天道而立人极，其实一也。"[①] 他看到了中西方思想沟通的可能。西周精通汉学，认为东方的学问大多有一种归纳和实证的倾向。当时风靡欧洲的是实证主义理论，因此他选择性地接受契合自己思想的部分，表达出中西思想的共通之处。西周是学贯中西、具有宽广学术视野的哲学大家，对"美学"命名起了前导和推动作用，也是创制、翻译了许多至今仍在亚洲各国使用的汉字哲学术语的思想家。

Aesthetic 在 1850 年被鲍姆加登命名为"感性学"以来，西周为其从西方过渡到东方起到了传播和推动作用。东方研究现代意义上的"美"始于西周，他是西方美学思想最早的传播人和对美学最早的命名者。庆应三年（1867），他在私塾讲美学。明治三年（1870），他又在自办的私塾育英社中开设了"百学连环"课程，并亲自讲授。在《百学连环》中，他写到"Philosophy is the science of science，谓诸学之上之学。统辖诸学，如国王之于国民"[②]。在书中，作为哲学体系的一环，他介绍了美学（Esthetics），把这个英语词汇译作"佳趣论"，由于"知行思"对应"真善美"三个领域，"能使知成为真者要靠致知学，能使行成为善者靠名教，能使思成为美者靠佳趣论"。[③] 西周将"美"定义为外形的完美无缺，将美学从心理学角度等同于美好趣味之论。美学即感性学，西周将它纳入心理学进行阐释，这离它的本义更进了一步。同时，西周认为，一切学问应有各自的学术领域，因此将美学与其他的致知学、性理学、理体学、名教学、

---

① ［日］大久保利谦编：《明治启蒙思想集》，筑摩书房1967年版，第29页。
② ［日］大久保利谦编：《西周全集》第四卷，宗高书房1981年版，第146页。
③ ［日］山本正男：《东西方艺术精神的传统和交流》，牛枝惠译，中国人民大学出版社1992年版，第16页。

政理家的哲学、哲学的历史结合在一起,作为佳趣论而列为哲学的一个分科,对学科在结构和内容上有一定的充实和完备。在之前的美学理论的基础上,西周的《美妙论》出版,成为日本第一部美学专论,对美妙说的内涵和研究范围给予了界定。中国古代有丰富的美学思想和美学范畴体系,但这些零散的美学思想并未统一为一个学术名称。西周精通汉学,"趣"、"妙"等都可见中国传统美学思想的渗透。审美意义上"趣"的出现始于《孝经》、《庄子》。"妙"是中国传统美学重要的美学范畴,可以传达更深远的意味,始于老子。唐代的张怀瓘评书法,有神、妙、能三品,宋代的黄休复"四格"中的妙格就在于"笔精墨妙,自由运斤,曲尽玄微"[1]。它们在《世说新语》、《后汉书》和《说文解字》中出现时,最初的含义已经确定。随着时代的发展,被赋予更丰富的内涵,因此被西周选作对译西方术语的词语,自然而然。

明治五年(1872),西周系统地将自己的美学思想加以整理,取名"美妙学",为日本皇室学员讲课用,他将讲课的笔记整理《美妙论》。而介绍西方现今美术的是西周的《美妙学说》,作为哲学体系之一的美妙学是为了研究美术的原理。在西周看来,诗歌、音乐、绘画等都属于雅艺(Liberal Arts),都适用于美妙学原理。它们的共通之处在于排斥生硬的道理重视意趣的显现,正是由于 Aesthetics 具有诗性特征。其次,关于美的本质,他认为美是主客观的统一,美的要素既有存在于物中的要素,即客观事物自身的美;也有存在于人的主观要素,即由人的想象力赋予的。他还参照中国儒学传统提出"以和谐为美",但将其命名为"异同成文",即在差异中产生美。第三,关于美感,西周将美感看作美妙学的内部要素,即是人情,包含道德之情和美妙学之情,它是摒除利害关系的。西周对西方美学思想借鉴的突出之处在于,为得到美的感受,将善排除在外,这与我国传统美学思想大相径庭,是西方美学的突出表现。虽然他的美学思想有先进性,对美学的命名有开创性,但因为是给皇室成员讲课,所以他的思想只在权力的顶端传播,并未普及,在民间几乎没产生广泛影响。

---

[1] 陈望衡:《中国美学史》,人民出版社2005年版,第7页。

明治七年（1874），西周在《百一新论》中提出"百教一致"的观点。沿袭自己以往的美学思想，他将百教归一为哲学。西周的这种分类同样是借鉴西方的分类，并渐渐凝固确定下来，对哲学的分类有开创意义。而后"善美学"这个命名出现，"美学（现代意义上的命名）属于人性学（anthropology）的范畴，被称为善美学。善现于形为美，现于事为能，现于物之质则为好。"① 从这里的命名可以窥见，其源于中国儒家思想美善同一的传统。在中国传统美学思想中，善有绝对的话语权，审美范畴中的真和美是从善中生发的，善就是美。从西周美学与其他学科并列这一点来看，他吸收了中国传统美学和西方美学思想的某些方面。早期西周还将善从美中排除，如今又将其命名为善美学，可见东西方美学思想的冲突和对抗不是单纯地妥协，而是经历迂回曲折，有着漫长的发展过程。

西周的最大贡献在于他赋予西方的美学学科一个名称，把美学作为欧洲学问体系中的一个部门而给予它应有的学术地位，把美学理解为哲学的一个分支。因此美学的命名经由"佳趣论—美妙学—善美学"的发展，名称的厘定与修正说明了西周在一步步接近美学的本质，同时也表明了他受中国传统美学思想的荫庇之深。美学由于受时代的局限，其学科命名更多指的是美的意识，但也带来美学思想上的启蒙。由于身居高位，系日本皇室成员的任课教师，因此他的思想长时间未公开，导致影响力较少，甚至不为人知。他的学习和理解更多是把西方美学中与中日传统美学思想的共同之处提出来专门研究，局限就在于不同点被忽略和摒弃掉了。对此需辩证地看待，无须以现在的眼光要求古人。昭和八年（1933），麻生义辉编的《西周哲学著作集》出版，一些以往保密的资料得以公开，他对西周进行新的解读和定位，人们才一窥其思想的先进，明白他的美学命名和美学思想在学术界的地位。

2. 中江兆民的美学贡献

西周之后，对美学继续予以关注的是中江兆民。前文提到，中江兆

---

① ［日］神林恒道：《"美学"事始——近代日本美学的诞生》，杨冰译，武汉大学出版社2011年版，第42页。

民认为在日本的发展过程中没有哲学。对此不能作字面上绝对的理解，而应结合具体时代背景来理解：即他认可西方用思辨的方法有严密理论体系的哲学，拒斥日本那种与政治功用等目的粘连在一起的哲学思想。也就是说，日本虽有哲学但没有独创的哲学，更多的是创造性地移植哲学。在当时保守狭窄的学术空间下，中江兆民依旧推崇汉学。他主张挖掘汉学文化资源来对译西方的术语而非艰涩地使用新创的词。"理学家习用之辞语，意义极幽渺，译之甚难，倘博稽经、子、语录及佛典之类，定有相合者。"[①] 正是由于他对汉学的青睐，为后来的中国学者经由日本学习西方美学思想埋下了伏笔。

明治十六年至明治十七年（1883—1884），日本文部省派中江兆民翻译法国维隆（Veron）的《Aesthetique》，他将其译为《维氏美学》，这是"美学"第一次以此名出现。他用实证主义阐释了自己的美学观点。中江兆民认为，艺术之美和物自身的美是截然不同的，物自身的美在于外在的表现，艺术的美包含了作者自身内隐的感情，因此美学是讨论艺术上的美的。他的观点引起了后起之秀的森鸥外和高山樗牛的强烈反对，但这本书的实证主义美学倾向，对日本美学的走向产生了一定影响。

中江兆民的翻译并没有忠于原著，更多的是意译甚至是借维隆之口表达自己的美学观点。"所有一切由形而上学的空想家开创的各种学科之中，再没有比美学更糟的了，正由于这种美学对艺术的实际有害无益，因此有必要使它走上正确道路。美学，就是在一切技术之中，追求其所以成为美的原因何在的学问。"[②] 此外，中江兆民将美的感受归因于整齐、变化、平均、单纯和生气这五种。

中江兆民的突出贡献在于，他的译法是第一次在亚洲文化圈正式出现"美学"的命名，他所引用的是近代实证主义的美学体系，并且首次尝试探秘未知的"美学"领域。客观评价，他偶然创译了美学之名，但缺乏对

---

① 冯天瑜、[日]刘建辉、聂长顺主编：《语义的文化变迁》，武汉大学出版社2007年版，第344页。

② [日]山本正男：《东西方艺术精神的传统和交流》，牛枝惠译，中国人民大学出版社1992年版，第26页。

美学实质的把握，整个美学理论是十分单薄的。但在中江兆民之后，"美学"（德文 Aesthetik，英文 Aesthetics）译法得到学界的普遍认可，"美学"一词得以正式确认，而后又传到中国。日本美学思想在一步步地走向成熟，从这个意义上讲，中江兆民功不可没。

（二）"美术"作为中转

由于以上"美学"的命名并未能在民间造成广泛的影响和普遍的指导，因此会出现美学用法的混杂和随意，常与其他概念相叠来使用。比如，"美术"和如今我们统称的造型艺术不同，它在当时语境下有时涵盖所有的艺术门类，包括绘画、雕塑、音乐、建筑，还有诗歌、戏剧、表演等艺术；有时并不是指艺术，而是指美之学术，即"美学"。在中江兆民借维隆表达自己的美学观点时，巧艺中专门以美丽为旨趣的做法称为"美丽之术"（法语 L'art decoratif），对美术的界定和这一命名，除了森鸥外不受其影响，其他美学家或文学批评家如坪内逍遥的《美术论》都受其影响，这种作用是无法否定的。

1. 芬诺洛萨《美术真说》中的美学批评

"美术"一词原为日语汉字，翻译自奥地利维也纳总督拉依纳尔向世界各国政府发出的德文邀请照会。关于"美术"一词在日本形成的词源学考察及其芬诺洛萨的历史性影响将在第三章详细展开，此处仅作介绍性引入，不多赘述。

芬诺洛萨是美国人，对西方美学思想有深入的学习和创见，曾在东京大学讲授康德、黑格尔哲学。但他不遗余力地弘扬日本美术的价值，着重提出其美学意义，振兴日本美术的传统。"我曾在波士顿，作为一个哲学者研究美术并亲自实践。"[①] 明治十五年（1882），芬诺洛萨发表《美术真说》，由于出自西方人的思维，这本书带有美学思辨的思维方式。芬诺洛萨提到妙想说是美术的最高境界，妙想（idea）是美术的本质，它悦耳悦目，并能陶冶情操，让人趋于高尚，是意趣和形式的有机统一。而他在国画论中"迁想妙得"的观点，受惠于中国顾恺之的美学思想。与中国相

---

① [日] 神林恒道：《"美学"事始——近代日本美学的诞生》，杨冰译，武汉大学出版社 2011 年版，第 20 页。

同，偏重写意的日本画在妙想的表现上比西方更有优势。这些不同门类的"美术"，虽然各自的形式不同，但却有共同的善美内容，因此就富有意趣。各个分子微妙而紧密地连接在一起形成"妙想（idea）"的内在关系。"妙想"、"善美"、"迁想妙得"等的使用，可以看出身为美国人的他对东方特别是中国传统美学思想的推崇，他的东方艺术观正是以他的美学思想为基础生发出来的。

芬诺洛萨的《美术真说》从美学的立场出发，在美学批评方面率先做出示范，根据自己的美学观赋予美术更为重要的意义。日本学界普遍认为，日本美学的发源是从芬诺洛萨开始的，他的思想触及日本美术的内核。

2. 坪内逍遥《小说神髓》及其美学思想

坪内逍遥阐释了小说成为"美术"的原因。这里的美术不是单指绘画、诗歌、音乐等艺术门类，而是指"美之学术"，即美的艺术，有着"美学"的意义。坪内逍遥也是在这种意义上使用的，因此中国近代学术界也有如此称谓。

坪内逍遥从美学的角度对新时代的艺术进行批判，提出自己的建设性意见。当他看到《维氏美学》后，于明治十九年（1886）写《美学是什么》，明治二十一年（1888）讲演《美术论》。和同时代的美学家应答交流，也让他的美学思想不断深化。他认为，哲学研究依靠智力和理性，美术的研究则需要感性。正是由于美术能表现出用哲学界定不出来的东西，用语言难以表达的隐微情感或思想，它的研究才更有价值。他认为："哲学是将世上的无形的真理加以解剖、亦即是杀死之后给人们看的东西，而美术则是将这个真理活生生地总括起来给人们看的东西。"[1]

坪内逍遥在日本第一个引入西方文学理论，率先提出将"真"作为唯一的文学理念，深得西方美学思想的精髓。《小说神髓》有些观点虽然是零碎的拼凑，但坪内逍遥从美学的角度对日本艺术进行批判，同时也主张

---

[1] ［日］山本正男：《东西方艺术精神的传统和交流》，牛枝惠译，中国人民大学出版社1992年版，第39页。

艺术的自律性,即无功利,肯定艺术的独立价值,让艺术区别于有用与有效。一切激烈的变革需要层层渗透和深入,需要点滴积累和艰难推动,他的思想已经具有强烈的时代感和学术意义。

3. 二叶亭四迷合理误读外来美学理论

二叶亭四迷也认为美术上的研究应靠感情来体验,这样才能体会到意。他认为:"写意不写形是拙劣的,形意具备是好的,形意具备而且栩栩如生才是名人的作品。"① 这些理论是盲目模仿、套用别林斯基关于美术的观点,而后他开始一步步摸索建立适合日本国情和理论特征的美学体系。在他看来,美术的本义不仅仅是美的灵魂,美妙的思想就是为了扩大人们观照社会的视野。他还认为美术有不同的分类,如音响的美术、形象的美术和语言的美术,但都归于一类,即将这些人为制作的作品的内核抽象出来得到的东西就是美学。他还认为,学术是把形而下的事物变为形而上的事物,美术是把形而上的事物变成形而下的事物。

以实践为依托形成与美学思想的呼应,在经历西方文化的东渐后,日本慢慢采用"美学"的命名。总之,日本美学思想的发展经历了由启蒙时的全盘接受到激烈批评,最后到反思升华的过程,在交流甚至是在摩擦、碰撞中发展壮大。至此,"美学"作为一个学科部门的内涵和外延尚未明确,系统的美学还未形成,但一切都在积累、酝酿,等待着新的契机。

(三)"审美学"使用的并置

1. 森鸥外的"标准的审美学"

最早系统介绍西欧美学的是森鸥外。他与西周是同乡亲戚,少年时代第一次离乡就住在西周家,第一次婚姻也是西周做媒。因此森鸥外对西周相当敬重与信任,在美学思想的传承方面,西周有长辈对晚辈的引导与提携之恩。西周去世后,森鸥外还为其编写传记。他利用西周的许多文稿,编成了西周年谱及著述目录。这种亲缘关系导致他的美学思想启蒙是由西周开启的,他的美学思想不可避免受西周的影响。在汉字文化圈,森鸥外第一次将"美学"称作"审美学",这也表明"美学"固定为学科术语经

---

① [日]山本正男:《东西方艺术精神的传统和交流》,牛枝惠译,中国人民大学出版社1992年版,第48页。

历了曲折迂回的发展过程。

由于美学观点的不同,森鸥外极力反对中江兆民的思想。在《月草之叙》中,森鸥外表示:"文部省挑选了与其说是非形而上学派,毋宁说是非学问派之维隆美学委托中江笃史翻译是在明治十六年(1883)。这部译著对我国文学美术几乎没有产生任何影响。"① 由于意见不同,森鸥外多少有贬低之嫌,中江兆民的美学思想产生过一定影响,对"美学"这一命名的提出功不可没。而后森鸥外、大西祝、岛村抱月、大塚保治都将美学译为"审美学",即研究审美主体感知美这一活动规律的学科,日本美学界也普遍接受这一译法,并开始了以此为学科名称的教学活动。"如果美文学史家不通审美学,则有失美文学史家之名。"② 可见美学与审美学是放在同等地位并可相互替换的。

作为《栅草纸》的创刊人,森鸥外用美学理论对文章进行审视与批评,成为当时最优秀的评论家而名噪一时。他着重介绍西欧特别是德国美学,尤其推崇哈特曼的美学,认为哈特曼的美学最完备,是"标准的审美学",合乎美学价值及审美理想。"我以哈特曼美学作为批判的根据,这已经影响到了审美学这一学科在我国的价值以及哈特曼这位学者在我国的学术地位,这一点就算反对者也不能否认。(中略)从以大学为首的各级院校,或前所未闻地开始重视审美学课程,或初次开设审美学课程,直至今日审美学学者辈出,促成这一发展的可以说是明治二十二年至二十七年(1889—1894)我与二三名同志共同在《栅草纸》上发表幼稚论文的行动。"③ 他对自己的理论是十分自信,并不吝惜对自己美学成绩的夸赞,常在刊物上发表文章与其他学者进行理论争辩。森鸥外认为,文学理论批评应该以审美学的标准为尺度,以美的理念的标准作为划分文学艺术价值的依据。艺术的美不仅只是单纯的写实,必须贯穿着理想或理念。这场以当时西欧的新的美学以及哲学为根据的论争,在近代日本美学乃至哲学的发展史上有划时代的意义。随后在1892年至1899年,森鸥外相继发表

---

① [日]神林恒道:《"美学"事始——近代日本美学的诞生》,杨冰译,武汉大学出版社2011年版,第47页。
② 同上书,第51页。
③ 同上书,第50页。

《审美论》、《审美纲领》，成为哈特曼美学的转述者和传播者。他将审美学的研究对象限定于那些成为自然的客观实物及艺术品的美的主观印象的实物。1901年到1902年，森鸥外发表的《审美假象论》则超越了哈特曼的范畴，他参照康德的美学思想而建立了自己的美学理论。森鸥外主张美学应独立于伦理学和理论哲学，美的基础就在于主观的作用。他反对用道德的标准来评判美，强调美的独立价值。由于他的大力宣传，学术界对美学和审美有了一些明确的认识。

明治二十四年（1891）、二十五年（1892），庆应大学与早稻田大学相继开设美学课程。1892年9月，森鸥外在庆应私塾讲审美学。同时大塚保治与大西祝在东京帝国大学讲美学，但他们分属不同派别。森鸥外不仅作为美学学者对哈特曼的美学观点进行介绍，更重要的是作为一名教师对美学课程的讲授和自身美学体系的建构，这些无疑都推进了日本美学学科的发展。

2. 高山樗牛和他的美学专论

高山樗牛是日本最早的一位纯粹的美学家，对以艺术批评为对象的美学观点则相当明确，对哈特曼的哲学美学采取冷静客观的批判态度。他还认为悲哀的起因是社会的性情，快感的产生则属于审美的观念。

高山樗牛在1896年发表《创建东方的新美学》、《现今我邦的审美学问题》中认为，美学的研究得从历史入手。他明确指出，如今日本的审美学处于幼稚阶段，逻辑学、心理学等其他学科都有著作或翻译的书，只有审美学这门学科没有任何著作。对于前辈中江兆民，他和森鸥外一样持反对态度。他认为中江兆民翻译的《维氏美学》是个失误，译文非常粗糙，只能说明当时人们对这门学科的认识和理解不足。虽然高山樗牛的评论在一定程度上有夸大之嫌，但也指出了日本美学发展的步履维艰和这个学术领域的荒芜。他在明治三十二年（1899）8月发表的《评审美纲领》、9月出版的《近代美学》内容相对粗糙。《近代美学》第一章的绪言指出，美学最终属于标准科学，但在准确科学性上不如科学，因而对美学进行历史性研究很有必要。这是日本最早的美学学说，包含美感概念和美的享受论等。高山樗牛对美学的发展方向和最终归属以及美学的研究方法的表述都很有创见。

如今看来，以上学者的美学思想也许并不突出，但在当时的背景下，他们的思想都在一定程度上发挥过作用，产生过或大或小的影响，对美学学科的完善和发展所做贡献还是有目共睹的。

3. 其他学者在美学上的成绩

大西祝是明治中期美学的代表人物，对美和艺术的具体问题进行批判，夯实了美学的学术基础，并为其充分发展提供了良好的契机和充分交流的舞台，进而开拓了中期美学的学术领地。在他看来，必须把教育的基础放在审美学的理论上。"如果不以哲学的美学作为论据，归根结底是无法得出最终的判断的。"[①] 对于宗教、道德和美学的区别，他认为二者的根本不同在于美学的核心是美妙的观念，宗教和道德的核心是善的观念。1891年，他的《论审美的感官》就是他在心理学美学上更突出的贡献，文中提到视觉的重要性。明治三十一年（1898），大西祝发表《近世美学思想一斑》，将研究美学的方法分为"理想派"和"心理派"两派，并且介绍了桑塔耶纳《美感》中心理学派的美学。这些是继西周之后从心理学角度研究美学的延续，对美学内涵的把握愈加准确。

1901年，大西祝在东京专门学校讲授美学和其他与哲学相关的学科。虽然他英年早逝，但向学生所传播的美学思想，为他们提供了学术上的指导。岛村抱月、纲岛梁川、大塚保治等肩负着后来明治美学发展重任的人，都出自他的门下。

明治后期的美学思想进入了一种反思和自省，摆脱了初期的狂热盲从和中期的尖锐批评，而走向了一种冷静的自省，选择走上独立发展的道路。大塚保治就是这时期的典型代表。他于明治二十四年（1891）在东京大学哲学系学习美学，而后明治二十五年（1892）在早稻田大学讲哈特曼的美学，并发表了相关美学论文如《审美批评标准》和《美学的性质和研究方法》，提出"美学和文艺思潮最终不能两立"[②]，认为只要着力进行美学学科的研究，文学和艺术批评会自然而然地产生，将美学置于较高的学术地位。对美学应进行历史的研究，这样才能去确立具有体系性的美学

---

① ［日］山本正男：《东西方艺术精神的传统和交流》，牛枝惠译，中国人民大学出版社1992年版，第57页。

② 同上书，第84页。

研究，确立了自己类型学的美学立场。明治三十三年（1900），他就任文学部美学科的代主任和教授，作为老师，他大力传播本国的和自己的美学思想，被学界普遍认为创建日本美学真正的基础。

在美学方面继承大西祝思想的是岛村抱月，他对感情移入、共情等做了界定。明治三十五年（1902），岛村抱月发表了《新美辞学》，就是简单的艺术论，并将艺术论归纳为"美学的"。明治四十二年（1909），他在文艺百科全书中发表解释美学入门的专论《美学概论》，包含美学的来历、研究方法和目的，美的定义、范围、种类、实现等方面，已经有了学科体系的雏形，对美学进行着自己独立地思考与自省。未定稿的专著《美学》是大正元年岛村抱月在早稻田大学的讲稿，已成形的著作包含美学定义、研究方法和一些本体论。他强调美学的应用价值，指导人们学会利用美学思想进行批评鉴赏和创作。他对自己美学思想的宣传一贯激进，并以理想的理论形态要求自己，鞭策自己，为美学理论的深化做出自己的贡献。

此后，以美学为指导开始进行文学创作和批评成了发展趋势，如明治三十六年（1903）菅野永真的《审美学要义》、明治四十三年（1910）青木正儿的《美学讲话》，都为美学领域做出了应有的贡献。以上美学学者的努力建立了日本美学的基础，努力建构着美学学科体系，在方法上不断完善。在异质的美的文化传统中，西欧美学思想能够被理解、被接受、被引入，甚至采用西欧的方法用于本土结出了成果。

在这里需要指出一个普遍存在的问题，也是和中国美学发展上出现的同样的问题："必须指出，在我国（日本）现在通用的'美学'这个名称同样是不十分确切的，但是没有比它更好的词语，所以索性就作为 Asthetik 的译词通用这一说法。"[①] 也就是说从前还有审美学等其他译名，但由于约定俗成和人们的习惯还是认为美学更合适，虽然二者有交叉重叠的部分。黑格尔认为美学是艺术哲学，在陈望衡看来艺术是人类审美活动赋予的典范形式，只要是从审美角度看艺术，都可以看作是美学。审美（英译

---

① ［日］竹内敏雄主编：《美学百科辞典》，池学镇译，黑龙江人民出版社1987年版，第116页。

Aesthetic）不同于美感，但一般在美学用语上并不那么严格，比较宽泛，导致了"美学"和"审美学"的混用。

总的来看，日本依托汉学的基础，克服着双重困难，了解西方美学思想并用自己语言的表达美学的理解。学术发展过程是曲折而迂回的，而后才能实现螺旋上升式的发展。个人的一小步可能就是开拓学术疆域的一大步，以上的美学家都为"美学"概念的形成充实和固定做了一份学术上的努力。明治三十二年（1899）在日本东京大学课程表上"美学"正式出现，标志着日本美学学科的正式确立，大塚保治成为该校最早的美学教授之一。同年，东京帝国大学在世界上最早开设了美学讲座，作为学科门类的美学正式建立，并由心理学派发展到新康德学派。此后日本各大学陆续开起了美学课程和美学讲座，日本美学学科正式确立并日渐成熟，开始走上独立发展的道路。

第二节　借日本之桥
——中国美学实践的展开及学科建立

（一）借日本之桥学习西方美学的可能

中日传统文化的交流特别是日本对我国优秀文化的学习和移用是有据可考的，并对日本文化的形成发展产生了重大影响。日本曾二十次派出遣唐使来中国学习先进的文化，突出的留学生有晁衡。当他归国时，传言在海上遇难，李白曾有诗《哭晁卿衡》，可作为两国友好往来的明证。而后还有日本高僧空海、王羲之、王昌龄、欧阳询等作品在日本的传播都可看作是两国文化交流的不断拓展。江户时代以前，日本语中的"学问"就是指汉学，可见中国传统文化的根基之深、辐射力之强，因此日本在汉字文化圈的熏陶下得到的知识素养更加深了这种亲近感。

传统中国长期以来闭关锁国，鸦片战争成了转折的契机，被迫打开国门后给本国带来了巨大的创伤和深刻的反省，突然意识到邻邦还有一个劲敌，一种进步的方式，于是开始了向对手学习的历程。传统感性朴素的美学话语和范畴对美学的持续发展不能提供有益的滋养，对一些基本概念和学科的基本问题没有进行过严肃追问和科学考察。因此在内因外因的共同促发下，向外界学习，实现美学的转型则成为顺应时代发展的必由之路。

中日同属于"汉字文化圈"，但又不完全相似，也没有风格迥异到拒斥的程度。正如法国汉学家汪德迈曾说："共同使用汉字作为记录各民族口语的工具这一事实仍然是汉文化诸国聚合的一个强有力的因素。它从很大程度上消除了汉文化圈内部的语言障碍。"[①] 因此中日文化内核的共通性成了二者相互交流的基础，也使得日本成为沟通中西美学思想的桥梁，成为一种过渡文化。由于共鸣，在特定语境下对美学的特定说法获得了普遍的意义。作为西方话语的美学资源，它有能力越过这个语境并延伸到新的未知的语境中。

鲁迅先生曾在《拿来主义》中提到，外国的东西进入中国有两种方式：一是外国人"送来"，不管你愿不愿意要，也不管对中国有没有用的抛来；二是中国人"运用脑髓，放出眼光，自己来拿"。[②] 笔者以为，中国20世纪前对西方的学习是被动地接受，等待外国人送来，20世纪后是变被动为主动的学习借鉴，为我所用地拿来。学习西方的过程大致分为三步：第一是器物，第二是制度，第三才是触及最核心的部分，即文化的根本。这些思想引进中国后与中国本土思想相结合发生裂变与迁衍。而主动拿来的方式主要有以下几种：一种是官方外交人员的见闻；一种是留日学生的学习与回国传播；一种是对西方著作日译本的再译。本章着重论述的是后两部分，尤其是第二部分。虽然以政治分期来界定学术显得不够严密，但在两国文化互动的过程中，政治因素是主导因素。1937年，抗日战争爆发，留学热潮终止，因此本章主要论述1900—1937年这段时间中日"美学"的互动关系。而后中国更多采用直接学习西方与受日本触发后，寻求中国美学独立发展的道路。

在派留学生出国学习方面，清政府第一批留学生于1872年派往美国，而后光绪二十二年（1896）甲午战争后开始派往日本，成了最主流的"日本模式"。从1901年开始，留日人数逐年迅速递增，1905年赴日留学

[①] 冯天瑜：《新语探源——中西日文化互动与近代汉字术语生成》，中华书局2004年版，第102页。

[②] 《鲁迅全集》第6卷，人民文学出版社1987年版，第39页。

生有八千至一万人，到1910年依然保持着较多的人数，随后逐渐固定为一种主要的模式。这在当时是中国最大规模，同时也是世界最大规模的留学潮流。留学日本与留学欧美两种方式互为补充，前者为主流，后者是支流，共同推进我国美学学科的建立。当时留日的规模更大，方式更自由，沟通渠道更便捷广阔。留日的热潮不仅对美学，也对后文中所讨论的美术文学等诸多方面都产生了重要的影响。因此移植、衍生出的一系列日语词汇，渐渐化为中国的现代词语，具有良好的延展性。许多美学著作都是经由日译本转译为汉语，这种广泛性与普遍性是与其他国家学术交流的过程中无法企及的。任何学术的交流要以当时的社会文化为背景，之前日本崇拜中国文化，有极大的亲近感和共通的文化特质，为后来美学思想的交流提供基础和时代的氛围。美学交流有复合的性质，文学和一些艺术潮流是对生命最真切的表现，因此随着社会的转型，中国美学发生转向也符合常理。

在翻译西方书籍方面，张百熙指出："翻译东文，费省而效速，上海就近召集异才，所费不多，而成功甚异。"[①] 因此日本成了中国摄取西方科学文化的走廊。从1900年起，译书数量急剧增长，是输入西学最主要的来源。这其中教科书之类的居多，对国人进行的是基础理论的启蒙。中国翻译介绍西方书籍的数量顺序依次是天文历算、兵工类、格致类、法政类、社会科学及哲学类，也就是说中国在救国图强的时代背景下，以实用主义至上，从有形的器物类开始慢慢引进无形的思想与文化。美学的传播不是一蹴而就的，而是缓慢渐进的。与日本对学术的发展不遗余力不同，中国的借鉴学习相对是低效的，并未全情投入。

学习相应的哲学思想对艺术领域进行研究，本身就属于美学的范畴。因此，美学必须是立足于美和艺术的实际体验的基础去进行主体探索。亦即是说，美学应当是作为艺术精神的自我展开而进行的艺术实践（包括创作、欣赏等）与自我反思后产生的理论。对艺术精神展开的过程，也就必然存在对此进行反思而产生的美学。

美学的实践活动永远先于对美学理论的总结。在学习和实践中逐渐将艺术中的美提升，同时对美学的研究范围、美的特质有了更清晰的界定。

---

① 黎难秋：《中国科学文献翻译史稿》，中国科学技术大学出版社1993年版，第297页。

这些都经由日本这一中介，在文学、美术实践中实现"美学"从一个萌芽的学科名称到一个规范的学科术语的转变。因此，美学作为一门复合性的学科，"追求目标不在于该学问自身所具有的价值，而应着重看该学问在与其他文化领域互相渗透中所产生的综合价值"①。美学与艺术呈现粘连关系，美学思想和观念的传达必然通过艺术作品体现出来，因此，文学、美术领域的学习和实践是中国现代美学发展的重要内容。美学借艺术为武器，激发国人的精神，呈现的是百家争鸣的现实图景。

(二) 艺术领域中美术、文学的实践

1. 美术上的实践

"美术"是英语 fine art 的意译，1872 年由日本人译成日语汉字所得，后来传到了我国。明治九年（1876），日本首次创办了以西方美术教育为指导的工部美术学校，集中在东京美术学校和川端画校，川端画校是预科的性质。实际上工部美术学校的研究领域更广泛，Art 不仅指技术，而且包含"美术"，可以看作是在美学领域的实践。

在美术的学习借鉴上，留日学生日渐增多。陈师曾（陈衡恪）26 岁（1902）时和弟弟陈寅恪一起东渡日本，入东京弘文学院学习，与鲁迅是同学。留日期间，他与日本美术界人士结识并积极交流，并于 1909 年回国从事美术教育与研究。20 世纪 20 年代，他在理论上也开始引进日本成果。1922 年，陈衡恪参照日本中村不折、小鹿青云的《支那绘画史》写成的讲义《中国绘画史》出版，成为他在北京美术专门学校的讲义。他的美术主张、美学思想受到的日本影响是毋庸置疑的。国画大师齐白石扬名国内，对他画法的研究屡见不鲜，殊不知齐白石的成功同样离不开陈师曾作为伯乐的赏识。1921 年第二届中日绘画联合展开始之前，陈师曾认识了齐白石。齐白石当时穷困潦倒，只是一个普通村夫。陈师曾看到他的作品后大为称赞，提出带齐白石的画赴日本参展，后来齐白石在展会上赢得了巨大的声名，从此奠定了齐白石在美术界的地位。齐白石一直十分感激这位伯乐，反复表示："除了陈师曾以外，懂我画的人简直是绝无仅有。师

---

① [日] 山本正男：《东西方艺术精神的传统和交流》，牛枝惠译，中国人民大学出版社 1992 年版，第 12 页。

曾劝我自出意，变通画法，我听了他的话，自创红花墨叶一派。师曾提拔我的一番厚意，我是永远忘不了的。"① 可见齐白石的声名与画法的融通，同样受惠于中日的绘画交流。

岭南画派的创始人之一高剑父 1904 年赴日留学，1905 年以后多次来往中国与日本，长期在一些机构学习新日本画。影响他更大的是明治维新中期冈仓天心倡导的"新日本画运动"，他从竹内栖凤和桥本雅邦的绘画中汲取的灵感最多。从日本回国后，他和弟弟高奇峰竭力模仿他们的画风和画法。采用现代题材和写实的方法让传统美术重获新生，这是他孜孜以求的崇高目标，也丰富了我国的美术发展图景，引领着我国美术发展的潮流。

最为人熟知的就是后期被人尊称为"弘一法师"的李叔同，他是艺术领域的集大成者，在多个艺术领域都有极深的造诣。李叔同早年潜心学习中国传统文化，1901 年 21 岁时入南阳公学学习，师从蔡元培学习日语，为留学日本做准备。1905 年赴日留学，1906 年考入东京美术学校油画科，接受了系统的西方油画教育。明治时期日本美术界的领袖就是冈仓天心，当日本由于盲目崇洋陷入全盘西化的时代潮流中时，冈仓却主张保护和发展日本的传统美术，依托本土资源吸纳西画的优长，借鉴西方绘画的写实手法，从而实现东西方艺术方法的融合，创造新日本画。因此冈仓天心并没有介绍西画的发展动态。把法国印象派的外观描写引入日本的是黑田清辉、久米桂一郎，"西洋画在他们两位鞠躬尽瘁的努力下，日益引起人们的注意，将来必定能产生大量值得一看的作品"②。黑田清辉赴法国留学的 10 年正是法国印象派、后期印象派的全盛时期，黑田清辉感受到的和学习到的当然也是这一画风。日本以往的画家推崇的是古典的写实油画，黑田传来的是现代的新的流派，他把法国学院派与印象派绘画引进日本，形成了介于二者之间的"日本式印象派"，可见他对西画的创造性融合。明治二十九年（1896），黑田清辉开始担任东方美术学校西洋画的主任教授。而 1905 年李叔同赴日后，正是拜德高望重的黑田清辉为师。

① 陈振濂：《近代中日绘画交流史比较研究》，安徽美术出版社 2000 年版，第 162—163 页。
② 同上书，第 73 页。

李叔同1910年回国，利用在日本所学在多所高校任教，对中国画坛进行了革命性的变革。西洋油画经由日本这一中介被介绍到中国，并结合中国的绘画传统形成别具特色的中国油画。中国的美术借助日本这一中介开眼看世界，并积极学习、接受和消化，文学领域也表现出相似的路径。

吕澂1915年赴日留学，学习美术。因不满日本对华提出"二十一条"而罢学回国，他对美术、美学领域进行变革，始终保持着一位学科建设者的理性、客观。傅抱石曾去日本学习美术，对美学也有一定的研究。这些经历都为他们后来从事美术、美学的研究打下了坚实的理论基础。在王国维的理论著作中，"美术"出现的频率很高，其中又"以美术代宗教"的观点最为人熟知。他文章里的"美术"或与"美学"互用，"夫美术之源，出于先天，抑由于经验，此西洋美学上至大之问题也"①；或与"艺术"等同，"美术之务，在描写人生之痛苦与其解脱之道"。② 梁启超也曾将美术与美学互用，可见在美术的内涵和外延没有得到界定前使用得混乱和任意。而后王国维于1921年在《美术的进化》中认为，中国的图画是美术中最发达的，但不足之处在于创造的少，模仿的多。而西方的画家重视革新，各种题材都可以入画，在绘画领域和绘画方式上都比我们进步的多。在1907年的《中国美术变迁史》中，刘师培对美术内涵的界定基本等同于艺术。极力争取"纯粹美术"的独立地位与价值的是鲁迅，他在1913年称美术为国家的灵魂，因为外界的浮沉变化难以永恒，而这些艺术领域的作品和传达的艺术精神则生生不息，可以一直传承下去。鲁迅不断汲取美学营养，对木刻的推崇，对黑白和光与影的搭配，都是其美学上的探索。1913年，他在《拟播布美术意见书》中指出："美术诚谛，固在发扬真美，以娱人情，比其见利致用，乃不期之成果。"③ 1918年，陈独秀在美术革命中将混合空间、时间的艺术为美术，将音乐舞蹈等从美术中剔除，与现在的概念相吻合。

可以看到，美术的含义在实践中由含混到慢慢明晰、确定，对概念的内涵和外延的把握更加准确。在这样日益严谨的学术氛围下，可以产生一

---

① 王国维：《红楼梦评论》，《王国维文集》，北京燕山出版社1997年版，第226页。
② 同上书，第212页。
③ 《鲁迅全集》第8卷，人民文学出版社1981年版，第47页。

些规范的学术行为和理论，有利于本学科体系性发展。

2. 文学上的实践

文学是以语言为表现形式的艺术，从创作过程到鉴赏过程是完整的美学活动的体现，作家在创作过程中能体会到与万物并生的喜悦。翻译、介绍是两种不同文化接触的主要方式，由于学习借鉴日本的学科成了当时的时代热潮，汉译日语作品的多次再版，非常普遍，同时也为自己争取到广泛的读者。汉译日语文学的大量出版给中国传统小说带来了沉重打击，传统小说的发展空间日益受到压缩，实现变革是大势所趋。汉译日语文学给中国带来新鲜的气息，丰富着中国现代文学的表现手法并促进其发展。那些被编入商务印书馆"说部丛书"中的外国作品汉译版本一版再版，十分盛行。这些汉译本拥有众多的读者，影响之大难以评估。它们至少深刻影响了三代人，即同时（晚清）一代人、"五四"一代人、三四十年代人。冰心、巴金、李健吾，都曾在不同场合表达过年少最爱看的是《说部丛书》，由它而启蒙，产生对文学的基本认识，受过它的熏陶。这些热译与热潮除了国家政治救亡的目标，还有民众自身情感的需要和美学形态自身发展的需要，多种文化因素的混合发酵，使得两国的文化关系走向复杂。中日的美学和文学理论家试图描述彼此，进行着一些自发性的对话和交流。首先经过译介，其次尝试改写，再次进行模仿，到最后甚至产生互文的效应，小说和文学评论进行着互为补充的交互应答，发生着一系列的连锁反应，呈现出精彩纷呈的文学形态。

梁启超的小说实践可以看作是激昂的小说美学观。梁启超四岁开始读四书五经，九岁谙熟八股文，十二岁中秀才，十七岁中举人，走的是传统文人士大夫的科举取士之路。1898维新变法后他逃亡日本，大量阅读西方典籍，批判封建专制，鼓吹振作国魂。他的美学思想混于大量相关政治教育、文学的著作中。如他对小说作用的界定，认为它有"神力"，即熏、浸、刺、提四种功效。他希望借助小说让读者产生一种共情，达到净化心灵、立国人精神的功效，目的就在于唤醒麻木的国民，促使他们进行思想的更新，实现精神的傲然挺立。

可以说，20世纪初的中国美学发展，大都不是依托有完整理论体系的美学家，没有哪位纯粹是"为美学而美学"的，大都另有他意，和社会政治目的紧密联系的,但从梁启超朴素零散的美学思想中,依然能了解到他思想的开创性意义。他将美的重要价值明确提出,并赋予它很高的地位。"美是人类生活一要素——或者还是各种要素之中最要者,倘若在生活全内容中把'美'的成分抽出,恐怕便活得不自在甚至活不成。"① 还有一个关于美的论述有创新的意义,"美术所以能产生科学,全从'真美合一'的观念发生出来"。② 求真是受西方美学方法科学性的熏陶,标志着我国美学思想开始慢慢摆脱长期以来以善为美的道德束缚,将美学纳入客观理性的领域。

鲁迅的文学实践可以看作是生命强力的美学观,他经日本中介与西方浪漫派的理论契合,并深入学习其他哲学家的思想。1902年,鲁迅赴仙台学医,随后弃医从文。在此后的学习过程中,鲁迅翻译介了《罗生门》、《鼻子》等多部现代日本小说。他特别关注日本文学以及俄国文艺的发展动向,阅读了大量日本文学书,对森鸥外和夏目漱石都十分熟悉。后又开始关注新思潮派,接触了芥川龙之介。他的《摩罗诗力说》可以看作借浪漫主义阐发自己生命强力的美学思想。作为一个独立的个体,他需要的是用激昂的行动来对抗生命的委顿,彰显生的价值。在日留学期间,鲁迅接触学习尼采的美学思想并深受其影响,其美学思想的核心与尼采一脉相承。尼采的生命意志论、"超人哲学"都暗合鲁迅本身的思想,并由他进一步得以发扬。鲁迅的美学即力的美学,不停地斗争反抗,体验最真实的生命意志。"强力是表现为否定以及否定中的创造,精神之力的强大在于它能够直面虚无。"③ 尼采反抗美学上的平和、柔和,鲁迅同样蔑视媚俗、温和、中庸的审美趣味。因此相比,鲁迅喜欢嵇康更甚于同时期的阮籍,他喜欢嵇康直面一切的反抗精神,于是编《嵇康集》,校《嵇康集》。嵇康之不俯就、不妥协,符合了鲁迅心中铁骨铮铮的力的美学理想。鲁迅倡导的是在绝望中坚持,在悲凉中探索,直面绝望进而超越绝望,用反抗性的行动表示抗争。因为只有行动和反抗,才能激发生命力,才有实现希望的可能。尼采的超人即天才,天才是"精神界战士"。鲁迅的天才不是指

---

① 梁启超:《美术与生活》,《饮冰室合集》文集之三十九,中华书局1941年版,第22页。
② 梁启超:《美术与科学》,《饮冰室合集》文集之三十八,中华书局1941年版,第8页。
③ 吴志翔:《20世纪的中国美学》,武汉大学出版社2009年版,第103页。

才智上的超群,不是艺术审美方面敏锐的洞察、高雅的品位,而是一种强大的生命力,一种执着的意志力,一种超脱于流俗的个性精神。在鲁迅看来,平和不是一种好状态,而是勉强维持内在的平衡,无力、自欺、矫饰、怯懦,所以他称为"污浊之平和"。而意志超群的人才能改造精神世界,促进社会变革和进步。鲁迅的美学,表现了他对现存世界最决绝的抗争和对新世界最深切的期盼,是同时代最激进昂扬的美学,奏出了时代的最强音。

鲁迅十分认可厨川白村的观点,先后翻译了厨川的两部代表作《出了象牙之塔》和《苦闷的象征》,并为它们作序。鲁迅接受厨川白村的观点,主张艺术应表现出真实的个性,表现出内在的张力。鲁迅认为,这与美学上感情移入的学说有类似之处。

鲁迅在新思想、新理念的引进方面也许过于激进,但有着振聋发聩的效果。现代美学思想的传播发生了连锁反应,带来了一系列新的变化,开始对个体生命的关注,重视个人的价值和人格独立。这里的个人不是西方个性主义的同义转换,它更注重社会意义,关注弱者的命运和生存状态。七年的留日经历对于学者鲁迅吸收这些思想有先导作用。

王国维同样认同尼采的观点。在他看来,悲剧不仅能唤醒蒙昧的民众,更能唤醒天才。除了梁启超、鲁迅的作品受惠于日本美学思想或以它为中介引进的西方美学思想,团体的回报则表现在"五四"时期艺术特别是文学领域的创作和理论形态上。文学思潮是在审美意识基础上催化的文学意识,尔后萌芽发展,并对原有的美学思想进行认同或拒斥,实现创造性转化与融合的过程。

"五四"新文学运动,文学革命从理论倡导逐渐过渡到指导具体创作。尼采的日神和酒神精神,克罗齐的直觉即表现,柏格森的生命哲学,一度成为创造社文学思想的美学基础。作为文坛领袖的郭沫若,倡导用文学表现生命,并要利用文学表现由个人小我的苦闷上升到反映大我的苦闷,亦即社会、人类的苦闷。从被忽略的事物哪怕是毒草中,都能发现美的存在。郁达夫留学日本时接触到西方文学,并与佐藤春夫、葛西善藏交流,受日本私小说影响很大,结合中国的时代背景与自己的切身体会,写出了世纪末的颓废。他认为,艺术要实现外在形式与内在精神的统一,"文学艺术是人生苦闷的表现"①。郁达夫的美学观虽然偏重个人的内在体验,但也暗含着反映社会的需要。创造社成员都留学日本,他们的文学创作可以看作是移植日本的美学思想和文学理论在我国的尝试与实践。

鲁迅、许寿裳、苏曼殊、周作人、钱玄同、陈独秀、李大钊、郭沫若、郁达夫、成仿吾、田汉等几乎都是在明治末期和大正时期先后留学日本的。这是特定时代背景下的选择,他们的求学之路大都一致,从学习实学转向文学、美学。在日本留学的时代氛围影响了他们,并与感受到、学习到的东西产生强烈的共鸣,而后尝试融合,为我所用。不能说他们的文学、美学思想完全是受到日本影响,但日本环境、时代潮流和书籍都对他们产生了潜移默化的影响。少年期到青年期是最易接受外界新鲜思想的时期,留日的所见、所感、所学奠定了其学术思想的基调。留日经历也促使了他们文学、美学思想的萌芽及渐渐深化,是其美学思想成形的重要一环。

从一定意义上来讲,矫枉必过正。只有更强的变革性的力量,才能实现对以往强势思想的扭转,时代背景造就的他们,与社会联系十分紧密。由于西方美学思想的不停传播与渗透,东方由消极抵抗转变为积极接受,并利用这些工具和材料融解和消化。结合不同的文化背景和社会环境,诞生出新质。透过美学的实践活动,表达内心最精微的体会,最真实的情感,而通过这些实践活动,我们能触到这个时代的脉搏。现代的西方美学思想和我国有充分交流的空间,看似盲目跟风的模仿潮流和冲动下,实际上有理性不断提供支持和引导,是顺应时代发展的必然。本国同质的文化接触到异质的文化形态,一定有痛苦的斗争、抉择和难以融合的东西方美学思想的对立。异质的东西方的文化交流如此困难,必然经历曲折反复的发展过程。但在他们的奔走呼号和实践下,传统的美学思想开始松动,努力克服这种对立,必然导致美学思想更为丰富、全面的自我发展。

(三)美学术语的译介与传播

语言作为民族文化的浓缩,新词的创立必然带来相关领域的变化。中

---

① [日]厨川白村:《苦闷的象征》,鲁迅译,人民文学出版社2007年版,第9页。

日文化的共通性是由于日本受中国优良文化的荫庇，日语词汇中有一半取自汉语，基本意义都未发生变化。因此在经由它筛选、厘定西方的新学语，我们在引进时隔阂感不会太强，并能得到普遍的认可与传播。王国维1905 年在《论新学语之输入》也曾有过这样的表述："形上之学渐入中国，而又有一日本焉，为之中间之驿骑，于是日本所造译西语之汉文，以混混之势侵入我国之文学界……日本之学者，既先我而定之矣，则沿用之，何不可之有？处今日而讲学，已有不能不增新语之势。"[①] 古汉语中的词语都为日本学者所熟知，他们经常在古汉语的意义之上，添加新的外来意义，以此作为西方概念的译词，即转用词。这也为中日两国在美学术语上的借用、移用和交流提供了可能。以往对西方著作的翻译主要是他们口译、我们记录的模式，更多体现为一种被动与依赖。这种情况在20 世纪初开始有所改变，我国也能够发挥一定的主动性。

这些美学术语可以将其理解为文化的关键词，即中国美学发展中的关键词。雷蒙·威廉斯这样定义："文化关键词就是那些组建和表达民族文化中坚思想或核心精神的基本范畴。"[②] 由此来看，美学术语即美学关键词，它是文化核心内涵的高度浓缩。其在语言中外对接的发展中，合着时代的机遇，沿着各自的理路，发挥着重要作用。

日本一直受着汉字文化的恩泽和庇佑，积极吸收各个领域的中国文化，特别是儒家意识形态。至近代，则因受西方列强欺凌转而效仿西方，并最终跻身世界强国之列。日本国语研究所曾做过调查，在日本1000 个学术词中，明治以前的旧词，日本词占568 个，汉语词有203 个，如果加上普通的生活用词，一般是在一半左右。基于此，王力曾论述道："汉字在日本，简直像希腊文和拉丁文在西洋各国一样，它们可以被用来作为构成日语新词的基础。"[③] 1900 年以后，日语词汇被中国大规模引进，这必将带来思想文化领域的变革和一系列连锁反应。1911 年，黄摩西主编的《普通百科新大词典》，1928 年商务印书馆出版的《综合英汉大辞典》，都

---

① 付杰编校：《王国维论学集》，中国社会科学出版社1997 年版，第387 页。
② [英]雷蒙·威廉斯：《关键词：文化与社会的词汇》，刘健基译，生活·读书·新知三联书店2005 年版，第54 页。
③ 王力：《汉语史稿》，科学出版社1958 年版，第529 页。

是以日本编纂的辞书为蓝本,并在词典序言中指出中国的新名词大半都经由日本过渡输入而来。

1. "美学"的引进与翻译

日本的假名文字参与正式的行文书写,常和表义的汉字互为补充,承担表形和辅助表义的任务,这正是假名文字的特色。明治维新时,日本学科有了分化的需要,对学科名称的命名就成了紧迫的事。由于日语的词汇相对贫乏,借用古汉语词汇或是利用汉语构词法创造汉字新词,是解决这一问题的便捷方法。和字即为日本国字,它是以汉字造字法(如象形、形声、指事、会意)为原则进行造词,很多词都是中国固有的,但发生了转义。在日文中实词多用汉字,假名多表示虚词和词尾的变化,即汉字承担了基本的表义任务,负载了词语基本的内涵。

新学语的引进在形而上的科学研究方面较多,如对译学科哲学、美学(日语 bigaku)。同样这两个词也符合日语汉字词的主要构词方式,即修饰词加被修饰词,它们就是形容词加名词的组合。"学"和"感"成了日式词缀,如哲学、美学、美感、快感等。从1881年初版开始,日本不同版本的《哲学字汇》对 Aesthetic 的翻译也有差异,Aesthetics 经历了从美妙学到美学的发展趋势,表现出逐渐规范化的发展,让新词更加准确精练。余又荪在1935年对日本制译语一览中,将"美学"归纳为学科名。从最初的美妙学 Aesthetik,到后来翻译成的美学 Aesthetik,看出它内涵一步步明晰、固定,与现在通用的一致。除了美学之外,美化、美感、审美、美术、美意识、他律、自律同样是经由日本的翻译传入中国,并成为我们习用的美学术语,影响着我国美学学科的建构。

在中国学界,19世纪后期至20世纪初,国人开始听说美学的存在。1875年德国的传教士花之安在《教化译》中将其译为美学。1897年到1901年,国内陆续介绍美学的发展状况,包括使用现代意义上的美学概念,并对其内涵进行充实,介绍日本对美学课程的设置,"美学"与"审美学"的通用。在此之前,也有很多美学家考证美学名称如"艳丽之学"。19世纪末在对一些艺术现象的评论中也最早出现过"美学"的字样,但总的来看,这些命名只是不自觉地出现了,并没有作为现代意义上术语进行使用,是创制者都没有意识到的昙花一现,因此对它们暂且不做辨析。真正从现代意义上使用并产生广泛的影响力,对"美学"概念和内涵有深入探索的,当属王国维。美学在王国维那里是以广义上的"美术"为载体的美学,它具有宗教般的影响力和感召力,能以美惠及所有民众,渗透人心,培植精神之力。1902 年,桑木严翼的《哲学概论》由他翻译,并译 Aesthetics 为"美学"、"审美学",书中也译介了时至今日依然发挥巨大生命力的美学术语。王国维是否读过中江兆民的著作,我们不得而知,但王国维有着自身的学术敏感与自觉,译文"美学"也是顺理成章的事。在王国维的引进和推广之下,这些美学术语在美学界稳固地扎根,并最终结出丰硕的成果,他是中国现代美学发展的集大成者。一般新词的诞生会经历以下几个发展阶段,即官方认可、学界认可、约定俗成,渐渐将学术用语规范化。"美学"从日本输入到我国,影响和辐射了其他学科的命名,丰富了白话文的表现形式和学科体系,不仅具有学术价值,更具有思想启蒙的意义。美术、美学等学科名称的界定,为不同学科门类提供了分界。但创译新语是困难的,这种翻译后的理解和沟通更是相对的、有限度的。要达到很好理解与应用,需要循序渐进的过程,实现由浅入深、由粗到精的转化。

2. "美感"、"美育"的含义

美感,从"感性学"的命名就能知道其渊源,可以将其理解为有特别的感受能力和感受方式。日语词典中则将美感和快感并列,我国学者有的受其影响,有的则通过日本这一中介接受西方思想的渗透。

梁启超认为追求美的过程指引着人的发展。"美的作用,不外令自己或别人起快感,痛楚的刺激,也是快感之一。"[①] 这种思想和日本的美感定义如出一辙。梁启超最为人称道的是"趣味说"思想,即趣味是一个人的根基性的东西,失去了它,生活便毫无意义。通过艺术活动能够升华趣味,以此作为汲取趣味的方法,他将其定义为"第三种趣味"。它是最纯粹的审美趣味即是美感,并指向和谐美妙的人生。对于审美主体来讲,审美趣味的获得,与审美感知力密不可分。

鲁迅则强调形式美感即是"艺术带来的感应和震撼是藉由蕴蓄着力

---

① 梁启超:《梁启超经典文存》,上海大学出版社 2003 年版,第 122—123 页。

感、内涵着美感的形式达成的"①。审美形式成了创作主体与审美主体情感沟通、神思契合的中介。但鲁迅反对刻意的"为形式而形式",认为形式的依托是植根于生命本身的张力的,有生命力的充溢和精神的挺立,才能生出力的艺术。鲁迅也同当时的美学大家邓以蛰在公园交流文学、美学问题。在1924年的一篇日记中,他曾写道:"往晨报馆访伏园,坐至下午,同往公园啜茗,遇邓以蛰、李宗武诸君,谈良久,逮夜乃归。"② 可见他们是熟识的朋友,对理论的交流是十分深入的。

蔡元培理解的美感的普遍性,与康德本义有很大的偏差,系一种分享性。美感上交流融合的共通感具有普遍意义,并不特指对某些美的对象的共同分享。

吕澂认为以空明澄澈的心境观照外界才能获得美感。根据快感(美感)的纯度差异,美可以分为纯粹因快感而成立的"优美",以及从不纯粹的快感而成立的"悲壮"、"庄严"等。在他看来,生命最自然的流畅状态是始终保持着美感的,当保持不了就会中断。作为一种感情基础的一定是快感,就像在生活中都看到的树木泉水的样子,听到叮咚的泉水声,因为这最自然的生命呈现出的流畅之感而在心里激起了一种快感,便会赋予那树木泉水以美感。关于美育,吕澂曾在文中提到其兴起的时代背景,认为美育是在西方美术传入后萌生的。

王国维同样积极引进西方的美育思想,在1906年的《去毒篇》里,他提倡以美术代宗教,即用文学艺术陶冶人的情操,引领人达到澄明之境。他指出:"真者,知力之理想;美育,感情之理想;善者,意志之理想也。教育之事,亦分为三部:知育、德育(意志)、美育(情育)是也。"③ 用美育弥合人精神层面的断裂,体会最纯粹的快乐,让心灵得到蕴藉与升华。

而美育的译成,蔡元培功不可没。蔡元培没有留学日本,从1907年开始多次去西方留学,1908年至1911年留学德国,潜心学习哲学、美学

---

① 吴志翔:《20世纪的中国美学》,武汉大学出版社2009年版,第117页。
② 《鲁迅全集》第14卷,人民文学出版社1981年版,第496页。
③ 姜东赋、刘顺利选注:《千古文心——王国维文选》,百花文艺出版社2002年版,第208页。

等学科；1913年至1916年留学法国，继续对美学进行深造，并对相关美学思想进行整理。但他的日语功底很深，李叔同在留学日本前正是蔡元培教他日语，为他在日本的学习打下良好的语言基础。此外，蔡元培早期接触到一些日文版的美学书籍，即经日本转译的西方书籍，无疑对他产生了影响。加之，他为人治学一以贯之的兼容并包，和很多留日的文学家、美学家都有友好的往来和学术上的沟通交流，他对这些美学思想无疑是肯定的，并积极传播。蔡元培美学思想的理论背景在德国，但又和日本留学的王国维、鲁迅等学者不谋而合，共同为建立中国美学学科、提倡美育做出了最大的努力。由于自己热爱美学，他在北大当校长期间更是大力创办美学，聘请了很多当时知名的美学家前来任教。

美育由1901年蔡元培根据德语词组翻译而来。美育在日语词典中被定义为情操教育，而蔡元培将美育定义为熏陶感情的美感教育，可见日语中的理解和中国一致。除了译名，对美育进行系统研究和广泛传播的非蔡元培莫属。在德国留学期间，蔡元培对康德美学逐渐认同，仔细阅读了康德的著作，将美育作为连接现象世界和实体世界的中介。同时他强调非功利，对社会现实的物质性进行批判，力图让审美活动更纯粹，超越于现实生活。按康德的审美判断，现象界与实体界需要一个过渡，就是美（常将美与美感混用），对应于人的心理功能就是情感。当实用性被剥离，功利欲望被屏蔽后，纯粹的美才能得到袒露。

蔡元培是中国20世纪初美学研究和美育教育最有力的倡导者，他的美育思想正是服膺于现实的需要。1912年，作为教育总长的蔡元培将美育纳入教育方针，这一举措在中国教育史上，美育第一次被明确列入国家教育方针。这代表的是官方权威部门的声音，因此有制度意义。他特别强调美育的作用，即美育能让人的情感更加细腻深刻，不断充实自我。美育的第一目的是提高审美感受（包括感觉器官）的能力，亦即兴与观的能力，而情感与想象的培养应占主导地位。他还多次发表演讲，号召开展审美教育，并致力于美学理论层面的深化。由于蔡元培的社会角色丰富，在政治、学术和教育界都有德高望重的地位，经他的宣传号召，中国历史上掀起了前所未有的美学热潮：人们热议美学，发表着对这门新兴学科的见解；高校致力于美学学科的建设；社会各界力量开始兴办培养艺术人才的学校；美学、美育研究会竞相成立；报纸杂志纷纷发表与美学相关的文章；美学著作大量出版。毫无疑问，这股美学热潮对美学学科的建立有着催生和促进作用。

蔡元培毕生坚持着自己的教育理念，并努力实践。他在为人和治学方面显现出他的学识气度和包容的胸怀，为中国多个学科特别是美学学科的发展起到了重大的推动作用。如果说梁启超更多是一位积极改变、进取的英雄形象，王国维是沉浸在自己世界思考的书生形象，那么蔡元培呈现的无疑是一位浩然的谦谦君子。美学思想贯穿在他的生命当中，如同孜孜不倦的现代孔子，他将自己的博学、热情都致力于振兴教育上，并将美育贯穿生命的始终。

鲁迅同样赞赏美育并积极推广。和当时的同人们一样，曾致力于美学的思想家、学者都可以说是美学学者，都注重"立人"。1912年，鲁迅在教育部主办的讲习会上讲《美术略论》，但当时人们对"美术"、"美学"、"美育"并无太大的兴趣和学习热情，尤其在蔡元培辞去教育总长后，讲习会听众锐减，因此教育部打算取消美育。鲁迅则坚持美育的思想，不受外界形势的影响。他言辞激烈地表示了自己的愤怒："闻临时会议竟删美育。此种豚犬，可怜可怜！"[①] 7月17日，是他的最后一次讲演，听众一开始只有一位，后来仅有十位。可见美学思想宣传和美育普及过程中有中断搁浅和衔接，呈现出新锐事物从破土而出到蓬勃生长的过程的艰难。不过，正是有这些学者坚持不懈的推动，才会有后来美学学科的确立和美学发展的繁荣。

3. "游戏"、"无利害"的内涵

游戏（play）是现代美学的一个核心概念。康德视审美、艺术为一种自由的游戏；席勒认为感性与理性调和为一时，便会产生一种游戏冲动，即审美冲动；厨川白村认为，"游戏者，是劳作者的意向（Neigung）和义务（pflicht）适宜地一致调和了的时候的活动"[②]。而鲁迅认为，人只有在游玩的时候才是真正意义上的人，即他抛弃了利害关系的烦恼，进行纯粹

---

① 吴志翔：《20世纪的中国美学》，武汉大学出版社2009年版，第118页。
② ［日］厨川白村：《苦闷的象征》，鲁迅译，人民文学出版社2007年版，第12页。

的创造性生活，才能实现人格的傲然挺立。

20世纪强调审美的独立地位，与现实生活保持界限，即无利害性（disinterestedness）。康德极力将审美从科学、伦理等领域中独立出来，使它成为一个完全自律的领域。"无利害"原本是指审美主体在审美状态下摒弃个人私利，并对此加以积极肯定的态度。但在后期的理论发展中，这个概念被提到了最高的理论高度，指一种特殊的心理状态，一种空灵澄澈的状态。在此之后，现代美学主要在这个意义上来使用这个概念。蔡元培认为，审美观照的基本条件就是摒弃一切个人的欲望，即使欲望暂时存在也不被允许。

王国维也认为，无利害意味着一种审美自律，审美要排除现实生活中感性的欲望色彩的满足，进入一种澄明的境界。王国维完全接受以康德、叔本华为代表的自律性的现代美学，并根据无利害性的标准将艺术与日常生活明确区分开来。王国维表示："美之性质，一言以蔽之，曰：可爱玩而不可利用者是已。"① 实则是他对康德思想的同义转换。他眼中的美一定是超功利的，美的价值正在于无用而大用，看起来无用实则大用的特征，就是常见的美的表现形式，从而人使内在的精神特质得到挺立。王国维对叔本华的美学思想有极大的亲近，1904年，他在发表的《〈红楼梦〉评论》中，将生活的本质等同于欲望和痛苦，宝玉的名字也和"欲"紧密结合在一起。而消除这种痛苦的途径在于，经过审美之域稀释痛苦，用审美之眼超脱欲望和痛苦。将美和美感从琐碎的日常生活中完全独立出来，使它成为一种完全纯粹的知识和对纯粹知识的观照，从而确立了美学的自律性。"美之为物，不关于吾人之利害者也。……叔本华而分析观美之状态为二原质：（一）被观之对象，非特别之物，而此物之种类之形式；（二）观者之意识，非特别之我，而纯粹无欲之我也。"②因此王国维所谓的美学就是以无利害性概念为核心的西方现代美学。

4．"优美"、"壮美"的译介

相对于中国古典美学的"和谐"、"统一"这样相融无间、浑然一体

---

① 彭锋：《引进与变异——西方美学在中国》，首都师范大学出版社2006年版，第21页。
② 同上书，第26页。

的优美形态，力的崇高即为壮美，崇高体现了合规律性与合目的性的自我完善。王国维最早将这两个美学术语引入中国。优美为古典美学的标志，而壮美则体现的是现代美学的品格。在康德的美学中，优美与崇高的典型形式是自然而不是艺术作品，这是康德美学不同于西方现代美学的地方。王国维根据现代美学的惯例，将美区分为优美与壮美（即崇高），即它们都是无利害的，更纯粹的表现形态。王国维在《古雅之在美学上之位置》一文中提到："美学上之区别美也，大率分为二种：曰优美，曰宏壮。自巴克及汗德之书出，学者殆视此为精密之分类矣。"[1]壮美在产生之初会产生震慑压抑性的力量，激发理智的到场，彰显理性的力量，实现力的崇高。由一动一静所形成的一刹情境作为一个可观照的审美客体而呈现，这时超越功利欲望之上的纯粹主体凝固下来，意境于是就形成了，而欲望或意志被强制地驱逐出去，正是叔本华美学中的"壮美"特征。

对美学范畴、术语的论述浩如烟海，这里选择三组术语，因为这三组概念对中国现代美学内涵的丰富有标志性作用，系最核心的概念。有了这些基本概念和基本思想的支持，美学的具体形态也开始由古典向近代转换。

（四）学者推动下中国现代美学学科的建立

日本传统文化的根基浅，主要通过学习外来文化实现创造性转化，因此其反传统很彻底。而中国有深厚的传统文化的积淀，根基深，新事物引进时阻力大，难以维系，显现出守旧与创新二派激烈的斗争状态。在西方现代化进程中出现的中国美学，由于不断拓宽的理论视野，使得美学的内涵更富包容性。"美学"摆脱以往文艺理论和哲学思想的束缚，开始走向独立自主的学术进程。正是由于将"美学"作为一门独立的学科进行介绍和丰富，使之成为核心概念和学科范畴，"美学"才名副其实地成为现代意义上的美学。下面我们结合着当时有影响力的美学家，着重阐述中国美学经由日本这一中介学习西方美学，由零散走向独立统一、由理论到实践的转型过程。

---

[1]《王国维文集》，北京燕山出版社1997年版，第246页。

1. 承上启下的拓荒者——王国维美学研究的拓展

王国维用学贯中西的美学理论来阐释美学和审美精神。他沿袭叔本华的观点，将欲望看成苦痛的根源，又将美学（美术）视为苦痛人生之拯救手段。美学，这时是在广义上使用的，以"美术"为载体，它有宗教般的号召力和影响力，能让美浸润到人心，以此来塑造国民的精神。

王国维首先将西方美学引入中国，为我国美学理论的深化提供了标准和范本，催生了现代审美意识的萌发。他是20世纪中国现代美学的开启者，是使美学获得独立价值的第一人，如同旗手一样发起呐喊，他的美学思想建立起环环相扣层层相连的逻辑体系，时至今日，依然有重要的指导意义。他着力让美学获得相对的独立自主性，把它作为工具、被功利应用的可能性降到最低。"天下有最神圣、最尊贵而无与于当世之用者，哲学与美术是已。夫哲学与美术之所志者，真理也；真理者，天下万世之真理，而非一时之真理也。"[①] 即美学（哲学与美术）有高于常人眼里除功利目的以外的深远意义，它不自觉地滋养人心，对人和社会的发展有不可忽视的巨大推动作用。

在王国维的学术生涯中，结识罗振玉是他后期思想产生巨大变化的重要因素。罗振玉是中国的金石学家，是经史文字和甲骨文研究的代表性人物。甲午战争后，他意识到西方科学对推动人思想进步的重要性，于是通过日本间接学习西方，翻译日本的相关著作，并与许多日本的汉学家、史学家交流密切。1898年，罗振玉创建当时中国培养翻译人才的学校，主要翻译日语著作，也包含英语。同年，王国维赴上海《时务报》求职，认识了罗振玉并进入东文学社学习日文和英文。由于西学日益兴盛的社会风气，中国实现了从学习器物到制度思想的转变。在罗振玉的引导下，王国维深入汲取了日本美学思想。在罗振玉结识的日本人中，藤田丰八就是一位日本著名的汉学家，罗振玉聘他来华教书，教中国学生日文。藤田编辑杂志，并将日本出版的新书翻译成中文。王国维就在这位老师的指导下，开启了自己日语学习的生涯。王国维深厚的学识和悟性让身为教师的藤田

[①] 姜东赋、刘顺利选注：《千古文心——王国维文选》，百花文艺出版社2002年版，第54页。

欣喜不已,并介绍他学习更多先进的西方思想,这就为王国维学习研究西方美学思想提供了良好的契机。由于当时康德、叔本华的哲学著作没有中文译本,藤田便向王国维介绍日译版本的哲学著作,如新康德学派的哲学家文德尔班的《西方哲学史》日译本。因此,王国维的学习是在日文辅助下,经过了日本筛选、过滤的西方哲学思想。当遇到不懂的字词和概念时就向藤田请教,王国维也曾自述"自是始决从事于哲学,而此时为余读书之指导者,亦即藤田君也"[①]。藤田老师治学严谨,一心为学生的学习着想,尽自己最大的力量帮助学生。除了藤田,对他美学视野起到开拓作用的是同藤田一起来华任教的田冈岭云。田冈岭云是日本著名的汉学家和文学评论家,他也十分青睐康德、叔本华的思想,王国维在1899年通过他的文集,首次接触到两位西方美学大家的思想。王国维曾谈道:"二君故治哲学,余一日见田冈君文集中有引康德、叔本华之哲学者,心甚喜之。"[②] 这两位老师纯粹为了学术上的发展对学生倾尽全力让王国维很受感动,并激发了自己的学术热情。在两位老师的帮助下,他的治学领域指向更加明确和集中。他们两人都十分崇尚并钻研中国的传统文化。当时日本忽视汉学的研究,田冈岭云认为不能忽略具有博大精神的中国文化,广泛地研究汉学,实现中西的融合。两位老师不带任何情感偏见的态度,为他们和王国维交流以及思想的深入奠定了良好的基础。可以说,他们是王国维学习西方美学思想的启蒙教师与接触西方美学思想的领路人。一个人接受另一个人的思想,除了纯粹理智上的认同之外,更有个性气质上的吸引,叔本华描绘的人生困境与悲剧感的生活,就与王国维内心里存留着的忧郁感吻合。王国维曾回忆"读叔本华之书而大好之,自1903年之夏以至甲辰(1904)之冬,皆与叔本华之书为伴侣之时代也"[③]。王国维研究叔本华哲学,先看了一本英译本,又将尼采、康德的美学思想对照起来加以领会,再加上日本学者向他做过介绍并看过日译本。因此,他的学习并

[①] 王国维:《王观堂先生全集》第5册,台北文化出版公司1968年版,第1825页。
[②] 王国维:《静安文集续编》,《王国维遗书》第5册,上海古籍出版社1983年版,第19—20页。
[③] 王国维:《静安文集·自序》,《王国维遗书》第3册,上海古籍出版社1983年版,第331页。

不是对西方美学思想或经由日本翻译的美学思想的完全移用,而是对原有的美学思想进行创造性转化,既有认同的部分,也有拒斥的部分。他最认同的就是给他带来启蒙的康德、叔本华的美学思想,这是他在1902年至1907年深入学习的。

1901年,王国维在罗振玉、藤田丰八和田冈岭云的帮助下去日本留学,第二年因病回国。此后还几次去日本学习,并在日本居住过四年。这时,他经由日本了解西方美学思想的途径更加直接,深化了他对哲学、美学等学科的认识。日本的学术著作、报刊资料、学术潮流、哲学动向,都对他后期美学思想的形成产生极大的影响。他的思想又成为一种潮流传播开来,形成极大的辐射力,对当时的中国学术界有很大的作用。

"形式"是王国维积极引进并大力传播,此后在中国美学界固定下来的一个重要的美学概念。与人的功利性联系紧密的就是内容,它是事物的附加成分,依托外部呈现出方式不同的形式即为主导成分。美不同于善,仅仅形式本身的呈现就让人感到愉悦,审美是超越普遍概念的直接体察,这些思想都是对中国传统美学的冲击和有益的补充。正如康德对其定义:"在一个美的艺术的成品上,人们必须意识到它是艺术而不是自然,但它在形式上的合目的性,仍让必须显现它是不受一切人为造作的强制所屈服。因而它好像只是一自然的产物。"[①] 可见,康德认为形式有独立的审美价值。王国维赞同康德的观点,并指出康德所谓优美与崇高只适合于自然,不适合于艺术。艺术就是以第二形式表示第一形式,第一形式要通过第二形式进行表现,第二形式的突出和完备可能会遮蔽第一形式的呈现,这是它们之间的联系。第一形式不美经过加工第二形式可以很美,因此它具有独立的价值,第二形式的古雅才是真正的艺术形式美。王国维对美的形式的论述受康德影响很深,但康德并不常论述美自身,主要是论述审美的判断力,即强调美的主观方面,而王国维强调的是美的客观方面。可见他对康德的思想进行了创造性的借用和改造,并认为,由于脱离了功利目的,形式在某种意义上的地位更重要。

"古雅"和"眩惑"也是王国维提出的美学概念。"然天下之物,有

---

① 彭锋:《引进与变异——西方美学在中国》,首都师范大学出版社2006年版,第24页。

绝非真正之美术品而又绝非利用品；又其制作之人，绝非必为天才，而吾人之视之也，若与天才之所制作之美术无异者，无以名之名，曰古雅。"①古雅，即依托形式就能给人带来愉悦和蕴藉的感受，古色古香，优雅别致，凭借人力塑造的古雅同样超越利害关系。王国维将古雅作为一个独立的美学术语，在他看来，优美是对称、调和、和谐的形式，宏壮是无形式的形式，古雅就成了对形式之美的延伸，可以看出王国维对西方美学思想的借鉴与融合。除了古雅，王国维还自创了"眩惑"，在日常的生活中，人们会不自觉地堕入其中。王国维将其定义如下："若美术中而有眩惑之原质乎，则又使吾人自纯粹之知识出，而复归于生活之欲。"② 因此对于中国传统的戏剧经典《西厢记》和《牡丹亭》，他认为它不属于优美与壮美，而是属于眩惑。因为它引起了男女之间的爱，而他对一切美的体悟都必须要求的是摒弃一切个人之"欲"，即使是短暂的也要剔除。而眩惑并没有纯粹静观，只是想占有，用现在的话来讲其实就是庸俗。当看到图画上的一个水果，刺激了审美主体想吃的欲望，并没有看到它作为这一类的更具普遍性的特征。它没有显现出一种更直观的形式，反而刺激一种有利害的与欲望相连的快感。这种快感对审美不会带来任何好处，只会带来坏处，将美从无利害的纯粹领域带回到充满欲望的生活当中，不利于精神的净化。

王国维的《〈红楼梦〉评论》具有开创性，是中国现代意义上第一篇独立的美学论文，全新的语汇都是对现代美学思想的传达。他第一个用"悲剧"这个概念剖析红楼梦，从现代美学、哲学的高度揭示这部作品的新的价值，是一篇有系统性的论文，运用的研究方法、取得的学术成就都有承前启后的重要意义。王国维是文学和美学领域的集大成者，更是拓荒者，他开阔的学术视野给现代化领域也带来了更新。1904年以后，以美学视角切入探讨文学的人多起来了，如前文提到的鲁迅的《摩罗诗力说》，这些都推动着中国美学界的进步。王国维的这篇美学论文作为历史发展中的一个重要环节存在着。某种程度上说，美学可以看作文学艺术自身的一

---

① 吴志翔：《20世纪的中国美学》，武汉大学出版社2009年版，第62页。
② 王国维：《王国维文学论著三种》，商务印书馆2001年版，第5—6页。

种特殊哲学。美学是融合了感性与理性事物的生命诗学，和人们现实的体悟紧密相连。他的思想环环相扣，作为美学发展的一支，为后来美学的发展有参照和借鉴意义。

中国的美学缺乏思辨的成体系的思想，而这正是西方美学理性的优长。在过滤掉朴素、零散的感性观点，致力于规范的学术体系的建构上，日本起着中介作用。王国维率先采用现代科学研究美学的方法，将美学作为艺术的特殊哲学，显现出反叛精神更彻底、更纯粹的美学，实现交流融合。他借助西方的视野和框架看问题，虽然对康德和叔本华的美学思想有粗略概论和简单化的倾向，但在美学上的贡献和对美学基本理论范式的提供有重要意义，也让我们看到如何挖掘中国传统美学中的资源并与当下的美学思想实现良好的沟通、融合。

王国维开拓了中西文学、美学交流的新境界，使美学的研究由自发走向自觉。首先，他大力输入新学语，翻译传播新的概念。其次，他重视研究形而上学的学科，补充中国传统教育的不足，提高中国人的思维能力。再次，提倡学科独立，实现各学科的分类并走上科学发展的道路。王国维最先给中国美学提供了现代意义上的理论规范，是中国第一位现代意义上成系统、有深度的美学家，是美学独立成科的最早推动者。他的思想意味着中国20世纪带有新的时代气息的美学思想的发展，推进着中国美学的学术自觉。

2. 孜孜不倦的传授者——蔡元培为建立美学而进行的探索

中国美学学科是伴随着西方美学的介绍与引进而诞生发展的。1904年，以张之洞为代表颁布的《奏定大学堂章程》是"美学"正式进入中国大学课表之始。但由于时人对这门学科还很陌生，教什么和如何教都未可知，师资力量也相当匮乏，因此无法开展。1906年，王国维在《奏定经学科大学文学科大学章程书后》明确提出："定美之标准与文学上之原理者，亦唯可于哲学之一分科之美学中求之。"[①] 可见他为美学教育能够普及发出了自己的呐喊。在1907年的一些学科发展资料里，也出现了美学这门学科，但多为规划和纲领性的意见，以及对学部课程设置的规定，

---

① 《中国近代文学大系·文学理论集一》，上海书店1994年版，第218页。

但对美学课程的开设和教学并无确切资料证明课程的教学开展情况，缺乏落实的力度。

一门学科的建立往往与一个思想活跃、学者云集的文化中心有关。对中国而言，北京大学、清华大学自然是捕捉我国美学学科发展进程的最佳之所。这和日本美学学科的确立也有相似之处，即以全国知名大学里开设美学课程和美学讲座为萌芽，进而拓展到全国高校，深入普通民众内心，进而实现美学这门学科的独立发展。

北京大学哲学系自1914年9月创办之初便开设有美学课程，1916年显示这门课被剔除。但至于美学这门课是否真的开了，究竟是谁最先讲授了这门课，用的哪本教材，沿袭了哪些美学理论，暂且无据可考。

前文提到蔡元培在赴德国留学时，治学兴趣渐渐转向美学和美术史。"由于课堂上既常听美学的讲（演），于环境上又常受音乐、美术的熏习，不知不觉地渐集中心力于美学方面。"[①] 1916年12月，蔡元培被任命为北大校长，他兼容并包、唯才是用，给美学学科的发展提供了宽松自由的氛围。他在自己热衷的哲学特别是美学领域做出了难以磨灭的贡献，为哲学系增聘教师，拓展学生的学术视野。哲学系在当时成了北京大学最重要的一个系，学生们对新颖的哲学、美学思想很是喜欢，听课的人总是很多，先生们新颖的言论，总能引领时代的风气。1918年12月29日，《申报》刊登的"国立北京大学之内容"表明，在哲学系不同的专业中都开设有美学课程。

美学是一门来自西方的学科，它的建设发展必然以西方比较成熟的美学学科为参照。蔡元培几次赴美学的发源地德国学习美学和考察教育。他的美学专著和美学讲稿主要打算根据康德的美学思想和莱比锡大学摩曼教授的《现代美学导论》和《美学体系》等著作来编写。在翻译、编写西方美学家著作的同时，他没有盲目抬高与附和，同时给予中国传统美学合理的定位，能看到中国文学与艺术论著中闪烁的美学之光。他认为，"中国自古就有极精的美学思想，只是没有系统的组织，所以一直没有美学，

---

① 高叔平：《自写年谱》，《蔡元培年谱》，中华书局1980年版，第47页。

美学的萌芽，也是很早"①。此后，他在多次讲演中对美学学科的基本问题，如性质、对象、方法、历史等，做了全面的探讨，初步勾勒了西方美学发展的主要线索。

教育史上可考的美学课，是1921年蔡元培亲自在北京大学讲授的第一堂美学课。他认为："美育者，应用美学之理论于教育，以陶养感情为目的者也。"② 这次讲课非常成功，蔡元培的旁征博引、深入浅出让学生振奋，来旁听的学生挤满了教室，后来不得不换到更大的教室。在蔡元培的努力下，学生对美学产生了极大的兴趣和治学热情，一切都在萌芽状态后开始了蓬勃发展的历程。但这个课程的设置在当时尚处草创和摸索阶段，没有什么好沿袭的，一切都基于自己的理解和自身对美学框架的建构，因此易受到个人事务、身体状况和外界环境变化的影响，易于中断。蔡元培因为公务繁忙，曾经让中国美术奠基人之一的青年画家刘海粟教了一段时间，在没有可以借鉴沿袭的理论的情况下，刘海粟向蔡元培请教如何讲授这门学科。蔡元培说："要大胆，镇定自若，你的画笔会说话的。我不会画，都在讲美学，你遇到说不清楚的时候，画给他们看也很好。"③ 可见，蔡元培坚持对美学的教育必须立足于对艺术领域的实践与体悟，并且建议用直观的作品解释抽象的理论。可是当时能够胜任此学科并乐于讲授这门学科的教师，少之又少，并且还会受到一部分学者的误解与轻视，发展过程也是步履维艰。但北大的美学课可以看作是中国美学学科的雏形，在发展中初具规模。蔡元培还指出，要将对美学史、美术史、艺术学、心理学和具体的文艺实践及对作品的深入研究与美学理论的教学研究联系起来，相辅相成，互相配合。蔡元培将"美是什么"作为美学的基本问题，着重要把握美学的哲学品格，认为多学科的融会贯通有助于对美学知识的领悟与拓展，这些描述都是十分科学的。

1923年，另一位重要的美学家邓以蛰回国，受聘于北大哲学系，并开始在北大教授美学。邓以蛰有深厚的家学渊源和良好的传统文化积累，对

---

① 蔡元培：《蔡元培美学文选》，北京大学出版社1983年版，第122页。
② 同上书，第174页。
③ 刘海粟：《忆蔡元培先生》，《蔡元培纪念集》，浙江教育出版社1998年版，第208—209页。

自己的儿子邓稼先，他同样让他注重传统文化的积累与传承。此后的二十多年，北大哲学系的课表上内容丰富的多门美学课程，都由邓以蛰讲授。学贯中西的美学视野，让他能够驾驭这门学科，并深得学生喜爱。他的美学课程极大开拓了学生的学术视野，让他们对美学的认识也逐渐深化。在北大的引领之下，1925 年左右，全国许多高校纷纷效仿，都设置了美学课程。

　　清华大学美学学科的建立稍晚于北京大学，但随后的课程设置日趋成熟，理论积累愈加深厚，规模也不断发展壮大。哲学系是清华建立最早的五个系之一，在清华大学 1925 年西洋哲学组课程草案中，专门科的第一学年是基础课程，即西洋哲学概论或社会学原理。专门科第二学年是美育。在 1929—1930 年的《清华大学一览》中载有《大学本科学程一览》，"美学"作为课程名正式出现。1929 年，在建议中国文学系学生选修他系的学科中，美学列在首位，学分为 6 分。同年，在哲学系课程表的第三、四学年，设置的必修课有美学，学分为 4 分，开课教师正是在北大哲学系任教的邓以蛰。作为哲学系教授的冯友兰在 1931 年提到：哲学"依其内容分，则有研究价值之部分，如伦理学、美学等是"。[1] 即按照西方对哲学下属学科的设置，看出美学等对哲学的辅助与深化作用。在 1934 年的课程设置里，建议中国文学系学生选修他系的科目，中国美学史又位列首位，学分为 4 分。哲学系的美学课相对深奥，其目的在于使学生就哲学中的各部分进行深入的思考与研究，初、中级课程，专供本科学生学习。严密的论证方法和论证过程是中国传统美学思想所欠缺的，为了给学生弥补这方面知识的缺陷，清华大学为此开了很多深化学生理解的课程。哲学系第二学年的课程设置是入门级别的基础课，侧重对哲学发展全貌的勾勒。到了第三、四学年，则是邓以蛰教授的三门课程，学分都为 4 分，对中西方美学进行更深入的理解。到了 1936 年，学校对课程的要求又有了新变化，《清华大学一览》规定，三、四年级学生应选修研究部学程，课程设置与之前比基本相同。哲学系开始了研究生的教学工作，其课程依然由邓以蛰先生讲授。清华大学哲学系的教授阵容力量强大，特别是美学方面，邓以蛰先生的"美学"是最叫座的课程，学生热情很高，课堂气氛很好。

---

[1]　齐家莹编撰：《清华人文学科年谱》，清华大学出版社 1999 年版，第 118 页。

总的来看，清华大学美学课程的设置细致而合理，考虑到学生基础的差异，有阶层和梯度，是一个循序渐进、逐步深化的学习过程。从40年代开始，课程设置已经基本定型，新加开了专题如"康德美学"的学习，并鼓励基础理论成绩优异的同学选择学习，保证学生的接受和教学质量，美学学科沿着已经开辟出来的道路发展着，它的传播也遵循由基础理论到成体系的美学理论再到以各美学流派中美学家的理论为专题的学习过程。大学者，有大师之谓也。正是这些美学大师踏上中西兼通之途，对不同文化领域美学观念的接纳、转换、融合，才推动了中国现代美学学科的建立。

因此，在20世纪前10年，虽然有的教育机构将美学列为课程，作为学科制度的组成部分，但并没有可提供的资料证明其开班教学，以及给当时的学生带来何种影响。由于它是一门新兴的学科，作为学术主潮策源地的学校里，很多教师对这门学科都不明晰教什么及如何教，所以一些地方性的师资力量也难以驾驭这门学科，可能是从未开班，可能是开班规模太小或是中断。因此，中国现代美学学科在经过中断又衔接，大致形成于1920年左右。此后对"美学"的认识归纳看大致形成三种美学观点："第一，美学是关于研究美的科学；第二，美学是侧重考察人的审美意识的科学；第三，美学是从哲学层面来研究艺术的科学。"[①] 实际上正如美学发展呈现的那样，对美学定义的侧重点和角度不同，源于鲍姆加登感性学命名的尴尬，因此各种命名不能为所有人接受。多种看法、多种定义生发为不同的派别，丰富着美学的内涵，不断完善着美学学科体系的建构。

和日本一样，中国后来也出现了很多以"审美学"命名的专著。最开始出现这一名称，人们只认为是译文、称呼不同，并没意识到什么。由于英文中审美与美是一个词，在中文中是两个词。在长期研究中，中国美学学者渐渐意识到"审美学"命名的准确性，侧重对审美过程的考察，能够避免许多不必要的误会与混乱。但由于早已经约定俗成，大家耳熟能详的中文译名仍然是"美学"。因此，很多学者还是采用惯用的"美学"命名。

作为和中国联系最密切的邻国，日本不仅是地理意义上的，也是文化

[①] 黄柏青：《多维的美学史——当代中国传统美学史著作研究》，河北大学出版社2008年版，第262页。

意义上的。文化形态的相似与相关加之各种因素的发酵,将美学发展导向一种更为复杂的状态。由本质不同的两种思想通过交流而产生新的美学思想,其中有着辩证的发展过程,而这些全部展开的过程则是由许许多多不成熟的见解或者说是经过不断反复产生的苦恼和反思的艰难发展的历程。中国美学学科的发展呈现前赴后继的势头,经由日本这一中介学习西方美学思想由外而内地发生变革。后来的美学家都会对之前的美学有一定程度的继承认同或是反思批评。由守旧到革新,都展现了在外界学术条件成熟下的顺势而为,从而能突破原有美学话语体系的束缚,真正实现破旧和立新。美学的自我更新和转型,始终伴随着激烈的文化碰撞,是摸着石头过河的艰难探索。因此在日本影响下,中国美学概念的发展过程时间持久,交流范围更广阔,交流程度更深入。通过不同渠道,实现美学领域最大规模的交流与讨论。核子碰撞会发生裂变,同时释放强烈的能量,产生新的物质。美学思想领域的碰撞更是如此,它激活了更多学术领域,产生新的美学形态,形成众声喧哗的复调效应。厘清"美学"这一概念从译介到学科名称和核心术语发展的基本过程,是为了让我们对自己的美学思想和领域有一个界定和认知,并能认识到其不足与优长,理性客观地取长补短。

3. 厘清问题的尝试者——吕澂学科化美学专论的尝试

提起吕澂,很多人会知道他后期是著名的佛学大师;由于他潜心钻研美学的时间较短,因此他在美学上的贡献人们知之甚少。但在笔者看来他的美学智慧和他日后转而研究佛学有相通之处,与佛学中的体悟有相连之处。他是推动中国美学学科化过程中的重要一员,他的论著和思想对美学学科化的尝试有推动作用。他的《美学概论》是国内第一本以"美学"命名的书,更是中国第一本美学专著,有学科上的开创性贡献。

1915年,吕澂赴日本学习美术并潜心研究美学。由于留学日本时他年纪轻,这段经历带给他最深的印象和最强烈的刺激,对其以后学术思想的发展有奠基性的影响。吕澂主要是经由日本学者介绍学习西方心理学派的美学思想。他特别赞赏并沿袭立普斯的移情说,尤其注重从主体的美感经验、人本身的价值来理解美,并于25岁写成他的代表性专著《美学概论》。他切实以科学的态度对美学的性质、研究对象、审美态度等方面对美学学科进行了界定,发表了许多美学专论。虽然以现在的眼光看,立普斯的思想并不值得过分推崇，但在当时的时代背景下，这也是西方美学发展的主潮，是值得我们学习和借鉴的。因此声势浩大的"移情说"，对蔡元培、范寿康、邓以蛰、朱光潜等美学名家都产生过一定程度的影响。吕澂几乎全部吸纳了立普斯的美学理论，因此他也认为美学不应只是描述美感经验的心理科学，同时也要有哲学的方法，美学的形成应建立在科学的基础之上。

吕澂是第一个从学科性质的角度来界定美学的学者。以往的美学学者，由于救国图存，很笼统地将西方的美学理论拿来对百姓进行思想启蒙和社会改造。他则是对美学学科本身有一种思考和反省，积极探索美学的本质，用科学严谨的态度对其进行反思：美学的性质怎样界定，研究对象有哪些，美的本质究竟是什么。吕澂在介绍"美学"名称的由来时，也说零散的美学思想在古希腊哲学里，而后邦格阿腾（Baumgarten，今译鲍姆加登）将它命名为 Aesthetica，在 1750 年到 1758 年用拉丁文发表的《美学》里用的就是这个名称。吕澂考查这个名称的希腊语源，是"关于感觉的"意思，因此对这门学科可以理解为关于"感觉的认识学"，即关于美的学问，用感觉获得某种认识就是美。大千世界，我们对万事万物的感知与判断见仁见智，因此美学的原义就是感觉的知觉意义。同时，他也介绍了现在这个美学名词是中江兆民创译的，吕澂将中江兆民的美定义为一种观念。

吕澂认为，美是美学的研究对象，但是，"美之一概念颇空漠难指"。为什么"空漠"呢？他又进一步反思："美是依附于心理现象的么？但心理现象其实只是美感或审美意识（广义的美感）；美是凝聚于物象上面么？但物象只不过是美的物象或艺术，并不是美。这种形而上的依据也只是'美的观念或美的价值'罢了。"[①] 经过一番思考和辨析，他意识到原来生活中我们习以为常被当成实际存在的"美"，竟然只是一个相当限制的词语和形容词，离开了一些伴生的现象和观念，就会陷入空洞而无法阐释。这里，吕澂并不是要消解美学的意义，相反，他试图规范美学。他认为美学之为美学，是不能仅仅停留于阐释说明，更应该建立一种规范。

---

① 胡经之编：《中国现代美学丛编 1919—1949》，北京大学出版社 1987 年版，第 3 页。

吕澂的另一部专著是出版于 1931 年的《现代美学思潮》。他认为，虽然给美学一个确切的定义很难，但可以将其性质界定为以下四个方面：

第一，美学是一种"学"的知识。即知识是系统的、概论的，但统一于原理。第二，美学是种"精神的学"。精神现象侧重人内心的生命体验而非只是单纯的物质存在。第三，美学又是种"价值的学"。美的价值必须表现出生命或人格价值，美是对"生之肯定"，而艺术则是"生命的表白"。① 美是对最常态的生命力的彰显与表达。第四，美学是种"规范的学"，是研究美之所以为美的规则。他说："美学虽不能囫囵地说研究美，又不能偏重的说研究美意识、或美术、或价值，却可以说研究'美的原理'。"②

吕澂认为，审美态度是一种把生命对象化的特殊的"同情"。审美同情是指"我们在异己的物体中所感知到的或创造的精髓生活，在我们的人格中引起的积极的回响"③。审美态度也就是从审美对象中发现生命，把人的生命特质倾注于对象中。相当于美的观照，即一般的审美心胸，排除杂念干扰，超越各种羁绊的心理准备进行静观。吕澂非常谦虚在自己的著作末尾自述，他的专著主要参考摩伊曼的美学理论，并参照了几种日译本的西方美学著作。足见，他的美学思想是在日文的参照下进行的。

4. 融合各派的继承者——范寿康对美学发展的贡献

提起范寿康，有的人可能会比较陌生，但他是我国第一个接受系统哲学教育并获得哲学硕士学位的美学学者。和同时代的许多学者一样，他也曾赴日本留学，回国后专注于美学领域的研究。他的《美学概论》是他在上海学艺大学教美学时的讲稿。

一般人把艺术作品当作美的对象，但在他看来，"艺术作品实在不过是构成美的对象的材料罢了。所谓美的对象乃是由感觉的材料所构成的主观上的形象"④。而美的态度就是一种非功利的态度，除了追求美之外将一切欲望和需求排除，保持合适的审美距离去观照对象。他最重要的，也

---

① 蒋红、张唤民、王又如编著：《中国现代美学论著译著提要》，复旦大学出版社 1987 年版，第 8 页。
② 胡经之编：《中国现代美学丛编 1919—1949》，北京大学出版社 1987 年版，第 3 页。
③ 同上。
④ 同上书，第 11 页。

是受立普斯影响最深的就是感情移入。当我们接触到审美客体，要透过其表象看到本质，进行美的观照，警惕表面的迷惑而直接触碰到的对象的生命内核。将自我和审美对象进行交流应和，实现生命的流动和自由自在的活动，达到二者沟通相合的境地。对审美客体进行观照，主体常不自知的把事物的美当作事物本身的性质，这二者的结合迅速而且直接，使人认为这种性质只是被我们发现罢了，但事实上这种无意识的感情很难被觉察到。在全面观照下，当对象与自我实现深入的交流，对象才有生命和精神，也就是说在这时候对象才能获得美的意义。

在美和丑的问题上，范寿康认为，不能把快感当作区分美丑的标准。如同听音乐时，只有当觉得自己适应对象的特质，感受到一种生命的波动，并将这种波动移入对象，实现同一生命力的连接，才能获得一种自由畅快之感。可见二者达成一致，需要我们一方面观照物象，把感情移入物象之中；另一方面需要自我从内心感受到自由与活泼，感到生命的流动。这样，我们的人格的生命就被提高，就被肯定，这就形成美。相反，二者如果是矛盾的，在我们观照物象时，同样把感情移入物象之中，我们就会感到一种不合我们本性的生命波动，即强制性的力量。我们的人格的生命是被压抑、被强迫、被否定的，这就形成了丑。对于个人而言，审美的鉴赏力是和我们的人格共同生长的。

范寿康还在20世纪初倡导生命美学，而后了解到马克思主义，并进行了深入学习。在对马克思的思想有深入领会后，范寿康辩证地指出国人对中西文化应有的态度。既不能因为是本国的文化就盲目自大，全部吸收，也不能因为是外来的文化就嗤之以鼻，全盘摒弃。一定要辨别外来的思想哪些对中国的发展有促进作用，哪些对中国的发展没有裨益甚至是有害的，这需要我们去粗取精地去吸收与了解。在当时的时代背景下，他能敏锐地意识到这个问题，时至今日仍然有着启发性，提醒中国学者对西方美学思想的吸收切不可盲目照搬。

由于立普斯的"移情说"是当时德国美学的指导性理论，其地位堪比生物学中的进化论，因此当时的美学家对其都有深入的了解与探索，吕澂、范寿康、朱光潜都不可避免地受其影响。朱光潜用我国传统美学思想中的"同一说"、"交感论"来对应立普斯的"移情说"，"把我的情感移注到物里去分享物的生命"①，实现情感的共鸣。

当时的社会背景下，出于现实政治运动的考量，着眼点在"立人"，美学（包括美育）成为实现理想人格以致达成理想社会的重要的依托。王国维确定了很多美学范畴和美学用语，引用西方超功利观点界定"美"的属性和价值，为蔡元培宣告"美学"学科在中国的诞生奠定了丰富的思想基础。尔后吕澂、范寿康都为美学学科的完善和理论的充实做着自己的贡献，在美学的各个领域的探究都渗透着他们的努力，从传播知识，培养人才，到科学研究等方面逐渐成熟起来，实现现代美学学科的体制化。从他们开始，以"美学"命名的著作多了起来，有的专著虽然影响力不够大、覆盖面不够广，但意义重大，如同一粒石子激起的涟漪，这圈圈波纹就是辐射力，引领着后来美学学者的继续探索。正是有他们的开路，积蓄力量，才有30年代开始在我国美学界大放异彩的美学大家宗白华、朱光潜、蔡仪等。

这些拓荒性的人物，因其个性和独有的思维方式丰富着中国现代美学，发挥着独特作用。整个中国现代美学思想的发展完善，展现了西—日—中的文化互动发展，并从侧面观照出中国美学学科的发展史。美学并不再作为哲学体系的一个部门而被接受，而是成为一种带有生命诗学特点的独立学科，是在广义上以"美术"为载体的美学。他们将"美"这一概念从中抽出来，对美学的内在性质做了界定，将美学作为研究对象初步确立，逐步形成了有中国特色的理论形态。美学开始为艺术实践提供规范和理论依据，并逐渐被美学学者和普通民众接受，美学思想与艺术活动紧密地联系在了一起。

第三节　立中国之本
——中国美学体系的建构及中日美学的并生发展

（一）朱光潜、蔡仪的美学观与日本的关系

1. 朱光潜美学观的形成与日本的机缘

从20世纪30年代到新中国成立时，中国美学思想渐渐分化，形成不

---

① 《朱光潜全集》第1卷，安徽教育出版社1987年版，第233页。

同的派别的美学体系。20世纪四五十年代影响中国最深的美学"四大派",有两派的美学思想与日本都有渊源。提到朱光潜,人们大都将他的学术造诣与西方美学思想紧密联系起来,这是毋庸置疑的。但是,朱光潜美学思想的形成与日本也很有渊源,他与西周对美本质的定义基本一致。西周在那个年代表述得不那么清晰明确,但基本内涵是确定的。西周认为美的要素既有存在于物中的要素,即客观事物自身的美;也有存在于人的主观要素,即是由人的想象力赋予的,也就是和朱光潜定义的美学是主客观的统一一致。我们不能说朱光潜是学习了西周的美学思想,或许说明朱光潜与日本美学的机缘。

除了西周,对朱光潜走上美学之路及形成他的美学思想有重大影响的,笔者认为是日本的小泉八云,下文着重论述朱光潜和小泉八云的美学机缘。小泉八云即为赫恩,全名拉夫卡迪奥·赫恩,他的成长轨迹造就了他对异质文化的包容与理解,并以极大的热情去观察、研究异国的文化。他生于希腊,长于都柏林,在英国、法国、美国都学习过。1890年去日本任英语老师,第二年与小泉节子结婚。由于对日本文化的亲近与理解,1896年他加入日本国籍,并改名为小泉八云。后来他一直用这个名字活跃在日本乃至欧洲的学界,并引起中国学者对他的关注。他的身份与经历导致了他能以不同的视角审视异域文化,自在畅游于不同文化之间,并且用生动明快的语言向欧洲人们介绍、描述着日本。小泉八云游历了世界多国,最后定居在日本,毫无疑问是对日本文化的亲近。他在给好友的信中,小泉八云的名字排在他英文名字前面。他对日本的尊重、热爱、认同与描述是超过以往西方人的,他被优雅的日本文化深深折服。在他给在美国的女友比思兰的信中,他极尽溢美之词,觉得自己难以言传所受到日本的吸引,他对日本的艺术、日本之美是极其崇拜的。他曾说:"在日本自然是驯化的,它爱恋人,它为他用朴素的灰加蓝的色彩把自己打扮得像日本女子一样美。我在日本喜爱的是整个日本人民,我爱他们的神,他们的风俗,他们的衣着,他们的房屋,他们的迷信,他们的过失。我相信他们的艺术要比我们的先进得多,犹如,我以为在北斋(即葛饰北斋,日本浮世绘画家)和他以后的画家的一幅印刷复制品比我们一幅一万美元的画中的艺术更多,——不,比一幅价值十万美元的画中更多。我们是蛮族！我对此深信不疑，我但愿在某个日本婴儿的肉体中再生，那么对世界的美就可以像一个日本人的脑子那样去感觉了。"①

小泉八云的文字确实有极强的吸引力，透过这些文字可以感受到作者渊博的学识和细腻的审美境界。他的小说瑰丽却不失平易，娓娓道来，似真似幻，呈现出东西方文化交融的美学境界。他的文字灵动富有生命力，充满异域的神秘气息，用审美的眼看待这个世界，用心捕捉大千世界中的细节美。游历多国的经历让他有更包容的心态看待异质文化，赴日之前，他读了大量的书籍去了解日本，满心向往并沉醉于这种美，认为日本有其自身的魅力。同样，经由日本这一中介引起了小泉八云对中国及汉学的兴趣。他痴迷日文与汉字，认为它就是一种美的艺术，并认为本国文字相形见绌，只是一堆枯燥乏味的符号。他曾经在文中写道："你会明白街道上令人目不暇接的五光十色的景象，大部分是由于多得数不清的（各色）日文与汉字装饰一切的缘故。或许有一瞬间，你会想到用英文代替这些神奇的文字的效果，这个念头将给你可能具有的美感当头一棒。"② 他眼中的汉字和假名文字由于是一定数量的笔画构成，每一笔都包含优雅、匀称和微妙的线条艺术。同时也了解到日本对学生的汉字书法教育从童年就开始了，经训练达到熟练。他对日本人也是极亲近的，由于他们的朴实和善，将它称为"神之国"。对日本的描述中不仅有小泉初来乍到的欣喜，更重要的是他的接受、称赞与融入。他坚持写日记，记录着这个国家带给他的审美体验。他对日本的街道、气候、景色、庭院、服饰、书法、绘画、雕塑及风俗习惯等都有深入的研究，在赞叹之余，用充满着奇妙诗意的文字表达，因此读起来很有代入感，让人心旷神怡。

在随后几年，小泉有大学讲课任务。由刚来的第一年当英语教师到主持英国文学讲座六年，他深化着自己对文学、美学的理解。他曾表示，在给学生讲授后才觉得自己知之甚少。他努力思考，在讲稿中旁征博引，理

---

① ［英］小泉八云：《小泉八云散文选》，孟修泽译，百花文艺出版社2005年版，第8页。
② 同上书，第12页。

论性文章写得也如同散文一样平易晓畅，瑰丽唯美。如讲授拜伦诗歌，分析拜伦诗歌的意象、结构、语言、修辞时，能将具有学理性质的文章写得妙趣横生。分析雪莱时从生平入手去理解他的诗，他在因任本性自然而然中流露出他为人的呆傻，诗情空灵。对济慈，他着重分析其诗歌的表现特征，关于描写大自然的诗歌中意象的博大，崇高和别出心裁。对波德莱尔，指明其散文诗的特征，用哲理性的遐想给人耳目一新的感受。他很喜欢学生到访，学生对他经历的趣事也特别好奇，希望他分享给大家。他和学生有很好的互动与交流，常有直接坦诚的思想沟通。他的平易、广博极受学生欢迎。很多学生积极与他交流哲学，他指导学生看日译版的哲学著，作如斯宾塞的《第一原理》、英国实证主义哲学家刘易斯的作品。

小泉八云出生在希腊，而后归化日本。朱光潜先去当时属于英国殖民地的港大学习，后赴英国留学。地缘的影响使他对英国文学中很多作家的美学思想有深入研究，并形成兼容并包的美学旨趣。此后，朱光潜在英国留学时注意到了已经改名的小泉八云，这无疑是一种有趣的机缘。小泉八云在日本讲授的正是自己最熟悉的英国文学，这种与英国地域上的远离反而能促使他跳出一些樊篱，进行更客观的体察与观照。朱光潜对小泉八云从生命里流出来的酣畅淋漓的文字，是非常赞赏的。他对自己内心的想法被别人先说出来，既兴奋又有一些惭愧，因此会积极模仿与学习。由于他少时接受传统的儒家经典教育，1918年之后在港大期间视野更加开阔广泛，涉猎各个领域，特别是对国外文学作品和美学理论进行了大量阅读，虽赞赏审美移情，但也实现了多种理论的融合与互补。他擅长从实践中总结规律，从常人易于感受到的具体事物中进行详细阐释，让人们在无形中接受、认可他的美学思想。即使他在后期受到批评时也依然以谦虚严谨的治学态度，对自己的美学思想进行反思，并看到对手理论形态的优长，试图用他们的思维方式重新定位。

小泉用敏锐的直觉去感受体悟，尤其是在对日本的阐释中能抓住西方学者难以看透的精髓直指人心，对不同文化有极强的适应力。由于他左眼失明右眼高度近视，可以说长期生活在一片混沌里，但也锻炼了他敏锐的观察力，培养了他丰富的想象力。他由衷地热爱日本，对日本的热爱与对西方工业文明的厌恶一样长久。他一直都对异域的神秘风情非常向往，并有意识地借鉴擅长描写异域生活及对日本比较关注作家的作品。日本在此同样充当了一种中介，他的同事、妻子都对他认识日本提供了帮助。妻子小泉节子教给他日语，讲述本国的新闻逸事，作为他加工创作故事题材的来源，他的怪谈作品盛极一时。怪谈是类似中国聊斋一类的作品，将妖怪幽灵等奇人怪事作为故事的核心。小泉赴日后对日本的传说、怪谈很感兴趣，于是常让妻子寻找资料并讲给他听。他深入挖掘民间资源，车夫、农夫都可以成为给他讲故事的人，并用自己的理解实现对已流传作品的改编。他曾指出："一些故事都有中国渊源，比如说最明显的是《安艺之介的梦》，肯定是由中国传来的。不过这些故事的日本讲述者们为了移植它们，已经进行了从头到尾的润色和改造。"[1] 怪谈是日本借鉴中国传统典型的志怪小说、传奇加以改造后流行于日本的文学形式，因此它的发展是有中国的内核的，小泉对异域神秘的艺术门类有极大的亲近，源于他对美的追求和对现代工业文明的厌恶，这些神怪代表着未被现代工业侵蚀的传统的美，也促使他写出了许多优秀的作品。同样，由于父亲、祖父都是读书人，朱光潜从小被父亲严格要求熟读背诵儒家经典的书目。后来朱光潜读《史记》被父亲阻止，怕它的思想不纯正。但司马迁生动有趣，大气磅礴的表述反而吸引朱光潜，这些不经意地阅读，反而对他学习上的兼容并包有所裨益。朱光潜早年多为被动地学习，成年后回忆才明白这对于他传统文化的积累有举足轻重的作用，但这毕竟不是个人依自己兴趣的主动选择。朱光潜曾接受正规的八股文训练，这些八股文字干瘪、枯燥、了无生气，而当不自觉汲取到自由的富有生命力的文字时，他便自觉地跳出藩篱，尝试融通中西方文化。朱光潜崇尚富有生命力的文字也与当时的时代背景相连，他希望用充满力量的文字唤醒国人沉睡的精神。在港大学习期间，他开始注意到西方美学逻辑严密、注重思辨的特质。因此对于小泉八云大量的具有中国特质的怪谈作品，它的汪洋恣肆、浪漫离奇的想象，自然让朱光潜亲近、感兴趣并深深喜爱。他经常沉迷在小泉八云笔下浪漫的意境，新颖的情节，流畅的文笔之中，这又加深了他和小泉八云的

---

[1] Lafcadio Hearn. *Kwaidan*, Boston & New York: Houghton Mifflin Company, 1911, p. 3.

美学机缘。

朱光潜在英国留学时写的文章主要以美学为主,心理学和文学的知识储备为他的美学研究提供了基础,感受到的外物在人格中引起积极回响。在英国期间,为供养自己他常向国内的期刊投稿赚取稿费,长篇的批评《小泉八云》即是其中的一篇。朱光潜对他十分热爱,包括对他的生平、书信、作品、评论文章等都细细研究过,文章从不同角度介绍了小泉,十分全面,字里行间都流露出对他的赞赏。同时,朱光潜还对不同人描述小泉的文字给予品评,指出哪个作者的描述更准确,高度赞赏小泉书信中体现出的平易自然的美学特点。朱光潜也非常认可小泉的阐释方式,并激发了自己对一些美学问题的兴趣和强烈的学术热情,他曾写道:"他是最善于教授文学的,能先看透东方学生心理,然后将西洋文学一点点灌输进去。初学西方学问的人以小泉八云为向导,虽非走正路,却是快捷方式。在文艺方面,对于一个学习者来说,最为重要的就是兴趣,而且小泉八云所给予我们的也正是这种兴趣。对于我来说,最让人玩味的不是这些评论界的泰斗们,而是赫恩。"[①] 这个评价是极高的,朱光潜认为他构筑的文字世界有一种魔力让人不经意间被它吸引,称小泉讲英国文学的讲义为"最好的著作"。同时他也能意识到小泉的疏漏和狭隘之处,但也指出他的文学评论最能让人反复咀嚼,咂摸细品其中之味。他也率先指出小泉的血统,正是这种融合各个国家不同特质的血统,造就了他的魔力,在文字中体现出神秘的异域气息带来的美,又不会让人感到突兀和隔膜,反而呈现出和本民族共通的一种让人为之迷醉的美。此后,他将此文收录进自己的文集。作为美学大家,他有太多典范意义上严谨的美学论文,但他没有摒弃这篇文章,反而将它和自己的美学论文编写在一起,就是因为这里有他的喜好和偏爱。

《给青年的十二封信》是朱光潜初登美学殿堂的入门之作,是对其美学思想的普及。全篇共十二封信,有三封信提到小泉,可见对其影响之深。当时的美育精神即实现对人情性的陶冶,这些都是传统美育精神的延续,只是培养的方式、路径有所差异。《谈读书》可以看作是他美育思想

---

① 朱光潜:《小泉八云》,《东方杂志》1926 年第 23 卷第 18 期。

的一部分，重视对内隐的情感的陶冶，是他美学思想的汇合之处。情感是人丰富性的表现，同时能生发出情趣充实我们的人生。用情去感受，一切事物景象才可以富有生气，人生才能生发出更多的意蕴。通过各种艺术形式进行熏陶，滋养着人的情感，怡养情性，升华我们的感受，开阔视野，文学无疑是朱光潜认为的最合适的途径。《谈读书》作为给青年的第一封信，被摘录后作为中学课本的一篇文章，他的美育思想蕴含其中。巧的是，在朱光潜之前，小泉曾经写过题目和意旨都很相同的《谈阅读》。

朱光潜认为对书的选择，重质不重量，博而后专，读书在于读得精、读得深。"许多流行的新书只是迎合一时社会心理，实在毫无价值，经过时代淘汰而巍然独存的书才有永久性，才值得读一遍两遍以至于无数遍。"① 他指出，由于每个人的气质性格以及教育基础不同，无法开出必读书目。他只是从自己的兴趣出发，介绍了自己喜欢的书目。对外国作品的介绍中，他在提到歌德、莎士比亚、济慈、雪莱、拜伦、易卜生、屠格涅夫、陀思妥耶夫斯基、福楼拜、莫泊桑这些大家后，还提到了小泉八云（Lafcadio Hearn）关于日本的著作。可见他对小泉的喜爱与尊重，将他与我们熟知的世界文学大师置于同等地位。同样，在早于朱光潜发表的《谈阅读》中，小泉和朱光潜一样对消遣性的阅读进行了批评，指出有一定知识积累的人应以严肃的态度读书，不仅仅为了消遣而读书，也要理解到作品的深刻。小泉批评了一位英国科学家曾经开出的世界上一百本好书，因为好书的选择是个人的事，要按自己的天资、爱好，顺应内心的要求去选择。"归根结底，最了不起的批评家就是公众——并不是一天的公众，也不是一代人，而是好几个世纪的公众。没有什么评定像这种评定那么稳妥，因为那是一种亿万人的经验的成果。对一本好书的考验应该永远是经受了好几代人的意见的考验。考验一部伟大的作品是看我们读它一次就不再想读了或还想不止一次地再读。"② 可见，朱光潜的谈论的基本理路和小泉是完全一致、一脉相承的。

---

① 朱光潜：《给青年的十二封信》，广西师范大学出版社 2004 年版，第 3 页。
② ［英］小泉八云：《小泉八云散文选》，孟修译，百花文艺出版社 2005 年版，第 183 页。

在第八封《谈作文》中，朱光潜崇尚对待文章等要讲良心，全情投入。他用托尔斯泰的儿子 Count Ilya Tolstoy 在《回想录》中，提到父亲在写《安娜·卡列尼娜》时不厌其烦地将文稿改得面目全非来阐明对文学的热爱严谨态度。紧接着就提到小泉对自己作品的字斟句酌，反复修改，可见小泉在他心中的地位，他对小泉的文才与作文态度的钦佩。美学家不可绕过的就是对人生问题的探求，第十一封《谈在卢浮宫所得的一个感想》引用的罗伯特·勃朗宁（Browning）的长诗 Rabbi Ben Ezra 引起他对人生价值的思考，并在引用中插入自己的感受和评价，对知其不可为而为之的勇气表示赞赏。朱光潜反对将"效率"这种功利的标准作为评价事物的标准，最重要的是要表现出高尚的理想和伟大的人格。他将这封信看得很重，认为："假如我的十二封信对于现代青年能发生毫末的影响，我尤其虔心默祝这封信所宣传的超'效率'的估定价值的标准能印入每个读者的心孔里去。"① 朱光潜希望青年能深入自己从事的领域，细致地去探求。同样，小泉也很早在自己的理论作品中引用了同样几节内容并进行细致阐释，这是又一契合之处。

总的来看，在小泉八云与朱光潜的论述中有许多相似之处，他们的治学路径与对美育思想的探索有共同之处。他们都将自己的经历融合进自己的理论表述，对自己的思想进行平易畅达的表达。他们的身份特征在于，不仅自己创作研究，而且都在高校从事教学工作，对自己的美学思想有良好的传播推广作用。小泉八云作为编辑、记者、作家，练就了他纯熟的文字驾驭力；朱光潜是学者，能旁征博引，于亲切平易中致力于理论的深化。不同的是，朱光潜对理论上的深化挖掘更深、更加兼收并蓄，小泉在阐释之外加入了对文学作品从语言风格到美学思想的品评，符合自己评论家的身份特征和治学习惯。小泉是日本的阐释者，他的评论带有个人的体悟性特征，并提取西方思想中的要素作为丰富日本理论拓展的资源。虽然无法证明朱光潜对小泉八云完全吸收与参照，但小泉的小说、散文、文学评论他大都看过，对他的喜爱与赞赏导致不自觉地借鉴其思想、模仿其风格是极有可能的。在关注的焦点与论述存在共性这一问题

---

① 朱光潜：《给青年的十二封信》，广西师范大学出版社 2004 年版，第 57 页。

上，除了表明二者的思想契合之外，更多的是朱光潜对他的认同，并且沿着他的理路接着说，实现对同一问题的深入挖掘。在小泉这一"触媒"的作用下，朱光潜的美学思想终至中西合璧、深入浅出的境界，具有雅俗皆宜的代入感。

2. 蔡仪美学思想的形成与日本的渊源

客观地分析蔡仪美学思想并给予合理的定位是困难的，但作为美学发展的一环，了解日本中介在他美学思想形成中的作用，无疑可以深化我们对蔡仪美学思想的理解。

蔡仪于20世纪20年代末赴日留学，学业由于抗日战争而中断。和陈望道一样，他在留日期间第四年，开始逐步接触学习并接受马克思主义。他对美学产生兴趣，并进行学习与研究，也开始于日本。"1933年第一次出版日译的马克思、恩格斯关于文学艺术的文献，其中提倡的现实主义与典型的理论原则，使我在迷离摸索中看到了一线光明，也就是这一线光明指引我长期奔向前进的道路。"① 当时他对马克思主义的学习是在日文版本参照下进行的，还没有受到苏联官方的干预，思考和讨论相对自由。对当时陷入思维困顿的蔡仪来说，在马克思主义相关的理论著作中，特别是艺术学美学思想上的绝妙论述无疑让他茅塞顿开，给了他极大的精神慰藉。蔡仪还认为，以往美学各派并未揭示出美的本质，他在阅读表述艺术领域的相关问题中找到与自己思想契合的部分，尔后从文中的论述和恩格斯的书信中抽出了"典型"这个概念，发表了著名的"美是典型"、"美在客观"的观点。唯物主义理论是蔡仪美学思想深化的逻辑起点，现实事物的不同属性就蕴含着美。本质通过表象呈现出来，一般的普遍性通过特殊的个别性彰显其特质，这就可以称作典型。他极力寻求美的本质特征，并找到自己美学思想的理论基础，呈现出将事物分为个别与一般的唯物主义观。在当时的美学讨论中，他的美学话语作为主流，有权威的意义。他对自己的思想深信不疑并一以贯之，对其他的美学学者有排他性。蔡仪反对他人对马克思主义的阐释，认为自己是唯一代言人，并以唯物、唯心为标准对其他美学家的思想进行尖锐批评。马克思主义哲学，是他一生守候

---

① 蔡仪：《美学论著初编》上卷，上海文艺出版社1982年版，第4页。

的唯物主义立场。他还发表了《新美学》，"新"即体现在从现实中考察审美现象。

随后，蔡仪又用马克思的理论为自己美学思想提供理论支撑，进而发展成为"美的规律"。蔡仪偶然发现马克思的论述与自己的美学契合，于是着力研究马克思主义的理论。在有权威思想提供依据的背景下，他对自己的理论更加自信，对马克思主义的学习选取契合自己思想的一部分，然后进行拓展，拒绝承认并摒弃不合乎自己理想的部分，有选择地忽视自己的理论盲区。他的美学是一种认识论美学，即认为美是美感与艺术的基础。他的典型观与规律观，是相互对照与印证的。

蔡仪的美学思想相对机械板滞，暗合了国家意识形态，并以完整的理论形态呈现。他的美学思想在当时处于强势地位，将客观推向最大化，抗拒主观。实证上的欠缺辨析，同时缺乏对生命情感的关注。今天，我们在认可他的逻辑体系的同时，也要看到他的美学思想的僵化性。这种单一的非此即彼的二元模式，缺乏包容性，动态性与辩证性，易让人产生理论隔膜，认为它生硬不够亲切。在任何一门学科理论的发展中，"大错误比小真理更有分量"①。且论争本身可以促进美学家对同行美学思想的学习、了解并反思自己的美学思想，诱发新思想的产生。

即便如此，作为美学家的蔡仪依然值得我们尊敬。他一生笔耕不辍，20世纪40年代初逐步建立起自己的美学理论体系，并对自己的理论体系一以贯之。他对西方的美学思想的积极引进，对自己热爱的马克思主义的倾力奉献，可以看作是美学发展的补充与完善。其中，对美的本质的思考成了每一位美学学者不可回避的问题，作为第一性话语，这是由蔡仪开始的。

（二）中国美学体系的建构

鲍桑葵曾认为，中国传统的"审美意识还没有达到上升为思辨理论的地步……因此，我们虽然不否认它的美，但我认为这是另外一种东西，完全不能把它放到欧洲的美感自相连贯的历史中来"。② 虽然表述得有些尖

---

① ［德］文德尔班：《哲学史教程》，罗达仁译，商务印书馆1996年版，第30页。
② ［英］鲍桑葵：《美学史》，张今译，商务印书馆1985年版，第2—3页。

锐直白，但也确实指出了中国美学发展欠缺的部分。但在中国文化滋养中的美学发展同样有海纳百川的胸怀，既不盲目拒斥也不随意跟风。到了这一发展阶段，中国着手建构自己独立的美学学科体系，对美学体系的思索、组织和把握的特性本身就是西方美学固有的，因此在中国美学有了一定的基础后必然有着体系化的要求，进而减少传统理论中直接感性洞察的因素。对美学的反思本身就意味着本民族主体精神的发展，除了理论形态本身，作为思想体系的方法更是可以像工具一样借来使用。在中国特有的文化语境下，中国学者不再满足于单向度的翻译和介绍，而是重新挖掘中国传统学术资源，利用西方美学的概念、结构、方法实现创造性解读，"把译入中国的西方美学逐步转换为中国式的美学或中国美学（Chinisized or Chinese aesthetics）"①。但是，这一东西方精神的交流注定是长期和深广的。

同一时代的美学理论和艺术实践与创作有共同的源流。寻求东西方美学上的对等地位，建立在稳固的批判与反思寻求突破上。从超越直觉的、个人化的体悟深化到系统的、规范的理论方法。从思辨的、理性的反思开始，然后寻求美学方面的探索。美学是一门更具概括性和综合性的学科，对艺术领域进行系统的、理论的研究，有普遍方法的性质，才能使自身获得发展。在美学学科形成的过程中，由于急于汲取外界的新鲜知识，因此一切相关的美学思想都会向我们聚拢。当它有一定自己的形态后，就会将带有自身特质的思想向外扩张。东西方美学思想的交流与借鉴，是双方主体平等交流的过程，更是双方不断地对抗、反思、辩证发展的过程。因此暗含着某种规定，遵守着共同的秩序、共通的人类精神，能给我们自身对美学发展的理路提供很多有益的启示。由此，许多批评家转而向美学去寻求普遍的准则和理论根据，进行从笼统到细致的学科化尝试，将学科体系往更加系统的方向充实。

首先值得一提的就是陈望道。他曾去日本留学，并与很多日本学者有交流，留日期间开始接触马克思主义思想。当时在日学习的留学生，没有

---

① 聂振斌等：《思辨的想象：20世纪中国美学主题史》，云南大学出版社2003年版，第145页。

直接接触到原著，学习马克思思想的著作参照的是日文再译的版本，以一种间接的方式进行学习。1920年他翻译并出版了《共产党宣言》第一个中文全译本，是我国马克思主义美学的奠基人，得到了鲁迅先生和毛主席的高度赞赏。同时，他与俄国的美学家也有理论互动，特别是卢那察尔斯基从社会存在出发去分析美与艺术的思想。同时期所有的美学学者都致力于传统美学与现代美学、中国美学与西方美学的交流互渗，将美学与相邻的多种学科实现贯通。一切都在氤氲积累着，酝酿着中国美学热潮的到来。

上文提到的蔡仪，用典型贯穿唯物主义思想和认识论，搭建自己的理论构架，他的唯物主义美学体系一以贯之。蔡仪的美学体系，是在日本的中介下对马克思主义学习后的结晶，僵化地移用照搬，存在文化的隔膜与障碍。但他的美学体系与朱光潜、宗白华等的体系化尝试交相辉映，也为后来李泽厚以马克思主义为基础以"自然的人化"为核心的主体性实践美学、周来祥"美是和谐"的美学理论体系提供反思、创新的空间。为了避免美学的孤立发展，美学学者都拓宽着自己的研究视野。美学讨论有当时特定的时代背景，对国民进行思想教育的同时实现着理论深化。朱光潜后期的主体与客体相统一，王朝闻的马克思主义美学并注重对审美关系的研究，均旨在弘扬中国优良的美学传统。李泽厚的实践本体论，周来祥逻辑清晰地构建自己的美学体系，区分了古典与现代审美特征上的不同。蒋孔阳从人与现实的审美关系出发，超越了主客体二分的思维方式，实现当代美学发展的创新，完善着生存创造论的实践美学观。

作为日本通的小泉，带给中国学者对美学的关注的影响有普遍性。在二三十年代，影响中国最大的日本美学大家厨川白村就出自他的门下，他对小泉老师十分尊敬。他曾在1918年发表文章赞美小泉老师，称赞他不仅是讲诗，就连解释晦涩难懂的哲学思想，都没有用生硬的语言去进行讲解，体现出学贯中西、深入浅出的能力。第一章提到来自美国的芬诺洛萨对日本美术发展的影响不可低估，而小泉和他是朋友，两人有实际的交流沟通，小泉作品中的日本美术知识及渗透的美学思想来自于芬诺洛萨。小泉的思想在我国的《语丝》、《奔流》和《小说月报》上被介绍，给中国美学家、文学家的美学思想的形成与体系的建立带来理论参照。

正是之前的美学家对一些基本问题做了理清和界定，才让后来的学者认识到这门学科的价值，并试图以自己的思想和方式拓展这一领域，用不同的形式表现对美学意识和美学理论的反思，从个人话语走向集体的理论形态，从不同的路径进行系统化的尝试。这些自觉的理论反思以及系统化的尝试，切实推动着中国美学从零散、朴素的感性形态逐步向科学、理性的理论体系迈进。

（三）中日美学的并生发展

在时代潮流的影响下，中日美学家、文学批评家、作家等展开了互动交流，由此形成了两国美学并生发展的局面。对传统美学思想的认可，已经内化为一种民族精神，无意识地发挥作用，是抹不去的基色；而当外界力量进入，反求诸己，对自己反思认同才逐渐加深，对美学内涵的理解和界定才越加明晰。中日的美学互动过程并不是单向的，而是双向的沟通交流，进而实现自身内在的丰富和辩证的发展。权以影响最大的两位大师王国维和鲁迅为例。

王国维多次去日本，并曾在日本定居，因此与内藤湖南、铃木虎雄、狩野直喜等交往密切。内藤湖南是日本著名的汉学家，汉学功底很深，学识渊博的程度在当时少见。他对中国古代史有精到的论述，是在中日都享有盛名的史学家。他曾先后十次到中国，和他交往的学者，都是在中国学术界各个不同领域的翘楚，有罗振玉、王国维、严复、郑孝胥、郭沫若等。内藤湖南与王国维在性格气质、治学方向、诗歌的美学观上有很多的契合之处，因此经常就诗歌的美学问题进行讨论交流，对双方美学思想的深化有互相启发共同促进的作用。铃木虎雄也是日本著名的汉学家，他用日语将王国维的理论著作进行翻译，让日本学者了解到王国维其人及其美学思想，让日本学界感到惊艳，并促使日本学术界反观自身。狩野直喜被王国维称为日本近代儒宗，是日本中国学京都学派的创始人之一，十分推崇清朝考证学的治学方法，同时反思性地汲取西方中国学的知识，成果显著。此外，他还是日本开始研究中国小说、戏曲的第一人，类似于王国维，他能兼容西方美学与中国传统美学思想对中国小说和戏曲进行精辟的评论。狩野直喜也常和王国维讨论美学问题，始终以纯儒本色身体力行，并作为老师向学生传授他眼中的儒学思想。他一再强调，不管中国的儒教发展怎样，日本人不仅要重视它的地位价值，还要好好保护和学习传承，强调它能惠及百姓的重要作用。

　　总的来看，王国维广结日本的文人学者，处于这么多文人雅士之间，探讨美学问题是自然而然的。不管是跟着藤田丰八学日语、英语，并经由他介绍和指导学习康德、叔本华的哲学，还是与内藤湖南进行历史和诗歌美学的探讨，与狩野直喜交流中国古典哲学的美学思想，都开阔着自己的学术视野深化着自己的美学理论，并使他得以长期保持对日本学界的了解。与此同时，这些日本的汉学家和美学学者也能从王国维那里对我国美学的基本问题做出厘定，加深对一些问题的认识。王国维和这些日本学者互相启发，充实着彼此的美学思想，让自己的思想体系更丰富更扎实。

　　鲁迅经日本这一中介学习了很多文学的、美学的知识，但他从没有单纯模仿过，而是通过合理的误读选取为自己所用的东西，形成带有自己个人特质的美学思想。与此同时，日本学术界对鲁迅的重视和对他的小说美学、文学理论、政治思想的研究起步很早，也影响到他们一些美学思想的发展。鲁迅的作品最先被译成的就是日文，在日本受到各界人士的广泛称赞。日本学界也能敏锐地洞察出鲁迅创作的价值及意义，特别是在《狂人日记》中对迫害狂惊恐幻觉的描写与表达方式，开始涉足到当时中国小说家未能涉足的领域，有十分突出的超前性。鲁迅不仅译介小泉八云的作品，而且极为肯定小泉八云的创作。1929 年鲁迅在《奔流》上表达了对小泉的赞赏："日本比中国幸运多了。他们一面对外宣传日本的好东西，一面又得益于带来国外好东西的外来客。站在英国文学的立场上来看，小泉八云就是这样一个人。他的讲义是何等的简洁明了，何等的贴近学生生活啊……"[①] 30 年代之后，鲁迅成了日本最热门的文化符号，对鲁迅作品和他个人活动的关注与评论文章越来越多。山上正义也曾在自己的文中指出，鲁迅是"中国现代文学主流的唯一代表者"，可见日本学者对鲁迅的认识及定位是准确而明晰的。到了 30 年代中期，鲁迅各个小说包括小说理论的日文版，都在日本相继出版。例如《阿 Q 正传》的日译版本竟然达到 4 种，可见鲁迅成了日本国民关注的最重要的中国作家。鲁迅小说作

[①] 《鲁迅全集》第七卷，人民教育出版社 1991 年版，第 178 页。

品及杂文、美学思想专论，他傲然挺立的风骨和包孕的丰富美学思想，成为日本文学界、美学界最推崇的学习典范，当时的热潮一直持续至今，辐射力不断扩大，实现着对中国最具代表性作家美学思想的理解，并在交流沟通后积极实践。

留学日本时的鲁迅和日本的学术界人士有广泛而深刻的交流，将日本的文学作品、美学理论等进行翻译与引进，并筹办文学杂志，在日本期刊上发表自己的学术专论。回国后，鲁迅继续保持和日本文学界、美学界人士的友好关系。为他作品的翻译者细致地讲解其文化背景和社会背景，人物的设置及其意义，校阅并撰写注释。和对中国心怀善意的大批日本青年进行友好交流，并坚持翻译日本的小说、剧本、杂文和一些美学理论著作，实现着与这些学者的中日美学思想的并生发展，达到双方共同的充实和完善。

20世纪30年代以前，美学的发展侧重从创作实践中寻求发展趋势，30年代之后上升到理论自觉，即在美学体系的建构中实现审美本体的自觉，它的结构性转换以及革故鼎新的改造。中国与日本互动交流的过程拉开了序幕，由外界触发到创造性转化，中国准确明晰的美学理论体系不断建构，呈现与日本相对平行的学术发展状态。美学的活力就在于对人本身的不断唤醒，20世纪的中国美学实现着对生命本身的诗化解读，并成为一种存在方式，影响着人们日常生活的方方面面。

结　语

美国亚太大学的祝振华曾说："一个民族的知识分子由于不断地深入探讨'语义'，久而久之不但更丰富了那个民族文化的内涵，也把这个民族的文化发扬光大。"[①] 本章对"美学"概念的探讨本身，同样是对中国民族文化的一种传播。因此对一门学科概念的界定并不仅仅是普通意义上的翻译，而是在西学与东学碰撞、叠加的文化语境中，进行重

---

① 转引自冯天瑜《新语探源——中西日文化互动与近代汉字术语生成》，中华书局2004年版，第75页。

估、阐释，达到一种观照和交融。这种阐释本身也是对自身美学发展的观照与提升。

东方人偏爱以善为追求，长于感性的体悟。西方人则偏爱追求真，长于捕捉到客体本身的规律，理性地观照后，得到系统的理论。西方人相信言可尽意，因此常用严谨的语言将一些规律概念化，进行学科系统化的尝试。东方人则常认为言不尽意，讲求用心去体悟，捕捉到无法用言语表达清楚的深远意蕴。他山之石，可以攻玉，在时代的发展下中国渐渐看到西方的优长，即在建构理论体系方面的准确精密，于是转换着思维方式。中国的美学发展并不独立于社会，对西方思想有一定的包容和融合。20世纪初如王国维、鲁迅等美学学者的著述，就是在中西两大文化板块碰撞的缝隙里生长出来的美学萌芽，其中既有西方现代学术话语所带来的新奇的陌生化效果，又散发着经传统儒道文化精神烹调后熟悉的中国味道。中国传统思想里暗含着审美的感性，美学对于我们既陌生又熟悉，既有外来新语的冲击，对其中的感性体悟又相当熟知。在特定的救亡图存的时代背景下，美学与人生结合得非常紧密，被赋予太多的功能，成了寄托情怀甚至是实现政治目的的工具。

经过日本这一中介，中国现代美学概念得以形成，并呈现出三个方面的发展特征。首先，中西美学和文学思想在接触和撞击中初步融合与结合，呈现出建构现代美学学科的趋向，逐步形成了有中国特色的理论形态。对美学的内在性质做了界定，研究对象初步确立，"美"这一概念从中抽出来，作为一门学科有了独立的地位和价值。其次，美学中的许多概念和范畴开始有了明确界定，在引进西方学术话语后，结合中国美学思想建构有中国特色的学术话语。最后，引进西方综合、分析这些逻辑思辨的方法，利用理性科学的方法，系统地阐释理论，对理论进行提升和整合试图建立充实的美学学科体系，达到学术自觉。

以日本为中介，中国美学经其筛选的西方美学思想主要表现在两个方面：一方面是对日本美学家著作的移用，并参照日本模式开启中国美学教育；另一方面是借用、沿袭与反思、批判并存。从20世纪30年代开始，中国由强调"疗救"实现政治功利目的，到变得从容、平和很多，让美学学科达到一种学术的自律。当然，从精确描述到辨析、评论再到建立独立的美学体系，这一过程不是一蹴而就而是步履维艰的。历史上中日文化交流多为历时性的单向交流，共时性的双向互动非常之匮乏。包括近代中日学者间，事实也多是局部、小规模的交流，这在很大程度上限制着近代以来中国学习日本的深度与效果。因此，本章呈现的中日美学交流的事实材料，切不可理解为当时盛况的还原。

第三章

中国现代美术概念的形成与日本的渊源

艺术是人类文明的一个重要方面。中国引进西方文明，艺术自是不可或缺的一环，美术作为艺术各门类中举足轻重的一个分支，在西学东渐的过程中所占据的地位不容忽视。在西方美术传入中国的过程中，日本依然发挥着重要的中介作用。"美术"概念的传入，西方美术技法的普及，美术理论的发展，美术史的研究，也即中国由传统绘画向现代美术的转型中，日本都或隐或显地参与其中，为中国现代美术学的建立和发展奠定了坚实的基础。

第一节 近代日本美术概念的形成之考证

"美术"作为日本近代以来表达一个领域的固定名词是从西欧引进的。那么，"美术"一词是什么时间被引进、在什么情况下被引进、由谁最早引进并作为一个规范的"话语"使用，这就不仅是一个名词的引进问题，更关系到如何正确认识日本近代美术发生、发展等一系列关键性问题。

（一）日中学者对"美术"一词的考察

日本美术史学界普遍认为，日语中的"美术"一词，是根据1872年奥地利维也纳博览会总督、奥地利亲王依纳尔向世界各国政府发出邀请照会中附的一份德文展览分类分项的附件中"Kunstgewrde"一词译出的，并认为这是日本最早见到译文"美术"的文字。如由青木茂和酒井忠康编的

《日本近代思想大系·美术》在对西周的《美妙学说》一文的"注释"中写道:"fine art（s）'美术'一词,是在参加明治六年的维也纳万国博览会之际从德语中翻译过来的。而能见到的译文'美术'的文字,是明治5年1月太政官布告中增加的出品区分的说明。"① 日本当今著名的美术史研究专家北泽宪昭在《境界的美术史》一书中也多处讲到,日本语"美术"是刚刚取得政权的明治政府为了参加 1873 年在奥地利维也纳举办的万国博览会,根据德文译出。它的最早出现,是由维也纳给明治政府送来的 PROGRAM 的第二条出品分类第二十二区的德文 Kunstgewrde,将它用日语译出的"美术",在西洋是指音乐、画学、雕像术、诗学等。认为这个分类表的译文中的"美术"的使用,是 1872 年 1 月。② 另一位日本美术史研究专家东京艺术大学教授佐藤道信也持这一看法。他在《日本美术的诞生——近代日本的"语言"和战略》一书中写道:"'美术'一词,是在参加明治六年的维也纳万博会之际,根据德语 Kunstgewrde 译出,最初是作为出品区分名称来使用的。"③ 在他的《明治国家和近代美术》一书中的"美术概念成立的经过"也明确地写道:"'美术'一词,是作为参加明治六年的维也纳万博会之际的出品分类区分名而登场的。但明治十年代以前的'美术'一词的用例,它含有诗、音乐的情况较多。像现在限定为视觉艺术来使用,大致是明治二十年代以后的事。"④

中国学者陈振濂先生也有类似的看法,并在他的《近代中日绘画交流史》中"关于'美术'一词的语源"一节中进行了较为详细的考察。因考虑到这是中国学者的一种有代表性的看法,所以将其中的有关文字抄录下来。

　　　　（日本的"美术"一词）作为新创造的词汇,它是从德语中译过
　　　来的"外来语"。明治四年（1871）,奥地利维也纳准备筹备办万国

---

① ［日］青木茂、酒井忠康编:《日本近代思想大系·美术》,岩波书店 1996 年版,第 3 页。
② ［日］北泽宪昭:《境界的美术史》,"翻译语'美术'的诞生"及有关章节。
③ ［日］佐藤道信:《日本美术的诞生——近代日本的"语言"和战略》,讲谈社 1996 年版,第 19 页。
④ ［日］佐藤道信:《明治国家和近代美术》,吉川弘文馆 1999 年版,第 44 页。

博览会，由博览会总督、奥地利亲王拉依纳尔出面，向世界各国政府发出邀请照会，并附上一份德文的展览分类分项的附件。当年11月，这份照会及附件被译成日语。其中多处出现了"美术"一词，它可以说是第一次在日本露面。但因为是官方文书的译本，"美术"一词并没有进入日本社会并形成文化效应。

明治五年（1872），明治政府向下属各知事县会转发了这份邀请书的日译本，开始有目的地组织参加奥地利博览会的各种展品。在同时转发的副本即展览说明书中，对展览的分项有如下的说明事项：

第二十二区：作为美术的展览场所用。

第二十四区：展出古美术品及爱好美术者的作品。

又，第二种：各种美术品比如青铜器与烧画陶器各类形象等。

第二十五区：今世美术品。

此外，在第二条目中，对"美术"一词由日本译者作出如下解释：

[美术]在西洋是指音乐、画图以及诗学等内容。

其他的条目说明中还有一些，不费。日本学者认为："美术"一词在日本的传播，即在明治五年。因为它是通过政府发布通告，遍传全国社会各阶层，非比仅收藏于内府，它是具有社会性的。①

日中学者将出现在博览会文件中的德语"Kunstgewrde"译成"美术"，作为"美术"在日本登场的起点。从词源学的意义上来说，这一考察方式和结论是有道理的。但是，把"美术"作为用日本汉字来表述一个领域的专用名词，无论是从它形成的时间，还是从它作为一种规范性的学术话语使用，是不全面也是不准确的。实际上日本近代美术概念是伴随当时"美学"、"艺术"等概念的引进，以及日本美术制度形成而诞生的。下面我们将对"美术"一词的翻译、造词方法、分类标准及其内在联系等方面，进行多层次的考察，力图透过"美术"朦胧迷离的外在形态来把握其游移不定的内在本质，尽可能澄清人们在理解和使用上的混乱。

---

① 陈振濂：《近代中日绘画交流史比较研究》，安徽美术出版社2000年版，第64—65页。

(二) "美术"与"美学"

"美术"作为从西方引进的一个概念,它是与"美学"这个概念同时在日本登场的。而"美学"这个概念本身又是从西欧移植过来的,那么日语中的"美学"一词又是怎样产生的?美学与美术又是什么关系呢?东京大学文学部教授藤田一美在《致中国读者》中说:"关于'美学'一词的确定,也许西周是根据《论语》中'八佾篇'而创造了'善美学'这一译语,进而在强调日本传统的基础上提出了'美妙学'和'佳趣论'这些译语。'美学'一词是否为西周发明的,这一点尚待考察,但'美术'一词却是西周根据他的译语'雅艺'(Fine arts)改译而成的。"① 西周1869年在为创办的私塾育英社进行讲授的特别课程"百学连环"中,将"佳趣论"作为一门学科,并提出了与美术相近的"雅艺"这个概念。他认为诗、音乐、绘画、雕刻、书法都属于雅艺,而雅艺正是佳趣论研究的范围。1872年1月,由于要为日本皇室讲学,他又将"百学连环"中的佳趣论加以扩展,后经过整理成为日本最早的一部美学著作《美妙学说》。西周在《美妙学说》开头就写道:"哲学之中有一种叫作美妙学的学问,此学问与所谓的美术有相通之处,是研究美术的原理的学问。"在谈到美术所包括的范围时说:"在西方,当今列入美术之中的有绘画学、雕像术、雕刻术、工匠术这样一些内容。然而,诸如诗歌、散文、音乐以及中国的书法也属于此类,这些都适用于美妙学的原理。如果将范围再扩大一些,那么,舞蹈、戏剧等也可以划入这一范围内。"② 从以上可以看出,"美术"作为用日本汉字来表述一个领域的专用名词,并作为一种规范性的学术话语,至少在1872年1月就被使用。

另一位对美术这个概念作为一个规范学术话语使用的是中江兆民。中江兆民在明治时代初期,为配合日本文部省开展的启蒙教育,从明治初期到1901年翻译了法国哲学家维隆的《美学》,即《维氏美学》。这部译著充分表现了中江兆民的美学思想和艺术观。正如山本正男所说:"在他这部译著中,与其说是忠实于传达原著的思想,倒不如说他是在借维隆的大

---

① [日]冈仓天心:《说茶》,张唤民译,百花文艺出版社1997年版,第3页。
② [日]青木茂、酒井忠康:《日本近代思想大系·美术》,岩波书店1996年版,第3、4页。

意阐发自己的对美学和艺术的看法。"①

《维氏美学》分两大部分（1883年、1884年分别由日本文部省分上、下两册出版）：第一部分为"美论"；第二部分为"美术论"即"艺术论"。"美论"部分有："序论"和第一章"艺术（技术）的起源及其类别"；第二章"美的本源及其性质"；第三章"嗜好"（即"趣味"）；第四章"艺术之才"；第五章"艺术技巧"；第六章"美学是什么"；第七章"美丽之术与意趣之术"；第八章"艺术手法"。"美术论"（即"艺术论"）部分包括：第一章"美术的类别"；第二章"建筑术"；第三章"雕刻术"；第四章"画学"；第五章"舞蹈"；第六章"音乐"；第七章"诗学"；最后是"结论"。除以上内容，最后还附有"柏拉图的美学"。

> 由于这本书的原著者维隆是一位报纸编辑，而且这本书又是以对市民进行启蒙教育为目的而编写的现代哲学丛书中的一册，因此可以说这本书的内容是代表了当时所谓近代艺术思潮的。②
>
> 中江兆民将它翻译成日文，对于日本明治时代的启蒙教育无疑产生巨大影响，山本正男在谈到这本书对日本美术思想产生的影响时说："除森鸥外一人没有受其影响外，其他诸如坪内逍遥的《美术论》等，都可受到这本书启蒙作用和影响。因此，这本书在明治初期所起的作用是无法否定的。"③

明治初期，在一些美学和艺术理论中，把"美术"作为用日本汉字表述一个领域的专用名词，和作为一种规范性的学术话语来使用的，不能不提到1878年东京大学招聘来日的美国人芬诺洛萨的《美术真说》和日本的艺术理论家坪内逍遥的《小说神髓》。1882年5月14日，芬诺洛萨在东京上野公园内的教育博物馆，为"龙池会"做了有关振兴日本传统美术方面的讲演。在这篇讲演中，他猛烈地抨击了当时日本美术界出现的盲目

---

① ［日］山本正男：《东西方艺术精神的传统和交流》，牛枝惠译，中国人民大学出版社1992年版，第25页。
② 同上书，第29页。
③ 同上。

西方化的狂热风气：

> 日本美术远比时下低劣的西方美术优越。西方美术只是表面地机械地描摹身边的事物，却忘记了最重要的一点，那就是心灵和思想的表现。可见日本人却不顾这种优越性，鄙弃自己的传统绘画，由于对于西方文明的崇拜，而仰慕毫无艺术价值的现代西洋绘画，毫无意义地去模仿它们。这是何等令人痛心的情景啊！日本人应当重视自己的民族特性，恢复古老的民族传统，然后再考虑吸取西方美术可能对日本有用的东西。[①]

由于他出众的口才和惊人的胆识，说出了"别人不敢说出、却是人们共同的感受"（芬诺洛萨妻子玛丽·芬诺洛萨的回忆）[②]，使得他的这次讲演取得了极大的成功，也奠定了他在日本美术界中的地位。关于芬诺洛萨讲演的具体内容，后面将作详述。总之，他的讲演虽然是针对如何振兴日本传统美术而发的议论，但却将西方近代的"美术观念"传入当时的日本美术界，给当时的美术界以划时代的影响。

（三）"美术"与"艺术"

前面已经讲到，日语中的"美术"一词，是刚刚取得政权的明治政府为参加 1873 年在奥地利维也纳举办的万国博览会，根据 1872 年奥地利维也纳博览会总督、奥地利亲王拉依纳尔向世界各国政府发出邀请照会中附的一份德文展览分类分项的附件中"Kunstgewrde"一词译出的。从社会公众及政府行为的层面上来讲，它是日本最早见到的"美术"这个概念。

但这个概念显然又是对德语"Kunstgewrde"的误译。德语"Kunstgewrde"是由 Kunst（艺术）和 Gewrde（工业）两个词合成的。日语将"Kunstgewrde"译成"美术"，至少有以下两点需要加以说明：首先，在德文中"Kunstgewrde"相对应的"美术"包括音乐、绘画、雕塑、诗歌

[①] 转引自［英］M. 苏立文《东西方美术的交流》，陈瑞林译，江苏美术出版社 1998 年版，第 136 页。

[②] 同上。

等内容,也就是说,德文中"Kunstgewrde"是音乐、绘画、雕塑、诗歌等的总称。其次,由于 Kunst(艺术)和 Gewrde(工业)两个词合成的,实际上的意思应该是"美术工艺"。所以说,日语中的"美术"对德语"Kunstgewrde"实际上是一种误读和误译。

不过把德语"Kunstgewrde"误译为"美术",反而与日本汉字中的"艺术"概念相对接。在日本汉字中"艺术"包括以下内容:广义美术(画学、雕像术、音乐、诗学)、一般艺术(狭义美术、音乐、文学、演剧)、演艺、艺能、武艺、工艺、园艺。艺术和美术、艺术的广义和狭义之间往往相互包含,互为指涉。①

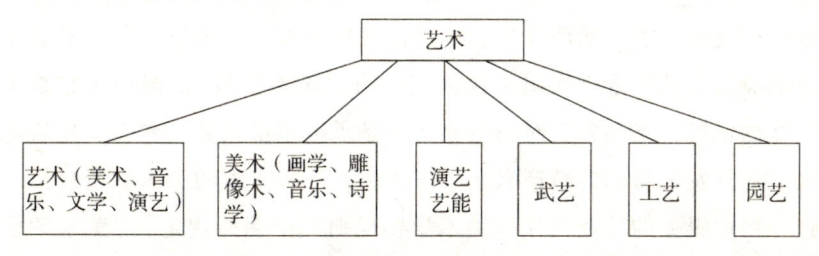

```
                    艺术
    ┌──────┬──────┬──────┬──────┬──────┐
  艺术    美术    演艺   武艺   工艺   园艺
(美术、  (画学、  艺能
音乐、  雕像术、
文学、  音乐、
演艺)  诗学)
```

古代汉字中"藝術"的"藝",俗字为"萟"。"萟"是播种的意思,由于播种后生长出好的树木而从中又引申出"才干"的意思。"術"是"行"和"求"的合字,意指方法、事业、学问、技艺等。"藝術"组成一个词后,"藝"一词又指"礼、乐、射、御、书、数"六艺,六艺又分文艺和武艺两类。明治"美术"将武艺分离出去,主要指文艺或叫美的文艺,即是指绘画、音乐、雕塑、文学等。这样明治初期的"美术",实际上是作为各种艺术的总称。后来坪内逍遥在《小说神髓》中将美术分为"有形的美术"和"无形的美术"。"所谓有形的美术指绘画、雕刻、嵌木、纺织、铜器、建筑、园林等。所谓无形的美术指音乐、诗歌、戏曲等一类。"②

以上可以看出"美术"一词在日本的出现,是在 19 世纪 70 年代初期到 20 世纪初期。在此期间"美术"一词语义上发生的一系列变化,即"艺术"向"美术"转向、一般艺术向视觉艺术的转向。

---

① [日]佐藤道信:《明治国家和近代美术》,吉川弘文馆 1999 年版,第 162 页。
② [日]青木茂、酒井忠康编:《日本近代思想大系·美术》,岩波书店 1996 年版,第 16 页。

（四）日本近代美术体制

"美术"概念的成立又与这一期间美术学校的建立和美术展览分不开。明治时期以"美术"命名的最有影响的两所学校是"工部美术学校"和"东京美术学校"。

"工部美术学校"是1876年日本工部省开设的一所美术学校，也是日本最早的美术学校。这所学校当时聘请了意大利画家安东尼奥·丰塔内西（Antonio Fontanesi, 1818—1882）主持学校的西洋画科、雕塑家拉古萨（Vincenzo Ragusa, 1841—1927）教授雕塑、建筑学家凯普莱蒂（Giovanni Vincenzo Cappeletti, ? —1887）教授装饰艺术。从他们教授的内容来看，都是纯视觉的艺术，而像文学、音乐已被排除在"美术"之外。从这个意义上来讲，工部美术学校属于视觉艺术的"美术学校"。但由于它是工部省设立的学校，工部省当时的主要任务是承担包括铁路、矿山、建筑等一切大工业开发为目的的殖产兴业，作为由工部省主管的美术学校自然也是为这一目的服务的。在《工部美术学校规则》中明确规定："美术学校是学习欧洲近代的技术来补助我日本国原来百工之不足。"[①] 工部美术学校的美术教育，实际上是以实用为目的的技术教育。

以西洋美术教育为主旨的工部美术学校创立不久，美术、工艺上的国粹主义势力开始抬头，致使西洋派的工部美术学校在1883年被废除。4年后，1887年明治政府在东京设立了东京美术学校。东京美术学校作为由芬诺洛萨和冈仓天心领导的国粹主义运动的成果，当初主要传授日本的传统画法、传统雕刻法和传统工艺技术。与西洋派的工部美术学校相比，它属于传统东洋派的美术学校。两个学校虽然在办学方针和志向上截然不同，但将"美术"这个翻译来的概念作为其学校的名称是相同的。另外，1889年东京美术学校正式开校时，设置的绘画科（日本画）、雕刻科（木雕）、美术工艺科（金工、漆工），都是典型的作为视觉艺术的美术。

作为视觉艺术的"美术"的形成，还有一个重要的政府行为，就是"国内劝业博览会"。1877年也就是工部美术学校成立的第二年，在东京的上野公园举办了第一回国内劝业博览会。在《国内劝业博览会出品区分

---

① 转引自［日］河北伦明《近代日本美术的流变》，岩波书店1996年版，第156页。

目录》中,将"美术"限定为视觉艺术的造型艺术来使用,并对此进行了分类。不过这时的"美术"包含的也十分广泛。在第一回《明治10年国内劝业博览会区分目录》中,美术包括"雕像术"、"书画"、"雕刻术及石版术"、"写真术"、"百工及建筑图案、装饰"、"陶磁器及玻璃的装饰"等六大类;《第二回国内劝业博览会区分目录》中,美术包括"雕镂"、"刊刻"、"书画"、"百工的图案"四大类;《第三回明治国内劝业博览会部类目录》中,美术包括"绘画"、"雕刻"、"造家、造园的设计图"、"美术工业"、"版、写真及书法"五大类;第四回将"美术工业"类改为"美术工艺";第五回将"绘画"类分设为"日本画"和"西洋画"。具体分类见表3-1:

表3-1　　　　国内劝业博览会美术分类①
（根据吉田光邦《万国博览会研究》,思文阁出版社1986年版）

第1回（明治十年　东京上野）	第2回（明治十四年　东京上野）	第3回（明治二十三年　东京上野）	第4回（明治二十八年　京都冈崎）	第5回（明治三十六年　大阪天王寺）
[第3区　美术] 第2类　书画 第1类　雕刻 第1属　由金石、黏土或亚土制作的物类偶像等 第2属　雕镂、铸造 第6类　嵌装 第3类　剞劂 第4类　写真 第5类　工案	[第3区　美术] 第3类　书画 其1　各种书画 其2　油、画 第1类　雕、镂 其1　金土、木石、陶磁、雕像及铸造各种石膏模型 其3　货币赏牌印刻 其2　金属、木石、牙甲的雕镂物及杂嵌刻碑等 第3类 其4　莳绘漆画烧绘等 其3　织出绣出染出的书画	[第2部　美术] 第1类　绘画 其1　土佐派、南派、北派、四条派、杂派 其2　油画 第2类　雕刻 木竹雕刻、牙角介、甲雕刻、金属雕刻、塑造 第4类　美术工业 其1　金工 其2　铸工 其3　漆器 其4　陶磁、玻璃、七宝 其5　织物、绣物等 其7　各种美术工业	[第2部　美术及美术工艺] 第18类　绘画 其1　着色画、水墨画 其2　油画 其3　水彩 其4　其他 19类　雕刻 木雕、牙雕、角雕、金雕、玉石雕 漆雕 塑造 第21类　美术工业 其2　金属器（锤工、铸工、象嵌、布目象嵌） 其1　漆器	[第2部　美术及美术工艺] 第55类　绘画 日本画 洋画 第57类　雕塑（包括所有材料的雕塑） 第58类　美术工艺 其1　美术工艺品 1—1　金工 1—2　漆工 1—3　木竹牙角介甲工 1—4　陶磁、玻璃、七宝 1—5　染织及刺绣

---

① 转引自［日］佐藤道信《明治国家和近代美术》,吉川弘文馆1999年版,第162页。

续表

第1回（明治十年 东京上野）	第2回（明治十四年 东京上野）	第3回（明治二十三年 东京上野）	第4回（明治二十八年 京都冈崎）	第5回（明治三十六年 大阪天王寺）
	第2类 刊、刻 其1 木板及其书画 其2 石板、铜版、铅版及其书画 第4类 百工图案 其1 工艺上制品的图案及其雏形 其2 建筑上装饰的图案及其雏形	第5类 各种版照相及书类 其1 木版、石版 其2 篆刻 其3 照相版 其4 书 第4类 其8 图案 其6 家具 第3类 造家造园的图案及其雏形	其3 陶磁、玻璃、七宝 其4 织物、绣物等 其5 各种美术工艺 第22类 各种版照相及书 其1 木版石版篆刻 其2 着色照相 其3 书 第21类 其6 美术工艺 第20类 造家造园的图案及其雏形	1—6 各种美术工艺品制版印刷照相 其2 美术工艺的图案及其模型 第59类 美术建筑图案及其模型

无论是工部美术学校、国内劝业博览会也好，还是东京美术学校也好，都是将"美术"限制在视觉艺术范畴之内，其"美术"主要是指视觉艺术或造型艺术。但将具有视觉艺术意味的"美术"作为日本近代一个官方的制度性规定，还是1907年文部省开设的文部省美术展览会（以下简称"文展"）。"文展"规程（"文部省美术展览会规程"）的第二条中明确写道："展出的美术作品应为日本画、西洋画及雕刻三科"。"日本画"、"西洋画"、"雕刻"这三种视觉艺术实际上就形成了日本近代美术的体制。

第二节 芬诺洛萨的东方美术观

芬诺洛萨（Ernest Francisco Fenollosa, 1853—1908）出生于美国马萨诸塞州，1874年以各科平均99分的成绩毕业于哈佛大学。芬诺洛萨在哈佛大学哲学科主要专攻黑格尔的哲学和斯宾塞的社会进化论，毕业后在波士顿美术馆工作时，曾在波士顿美术馆附属美术学校学习过美术。1878年，他受日本政府招聘，从波士顿来到日本的东京，在东京大学讲授政治学、经济学和哲学等课程，后来在他课程中又增加了美学，并对日本的美术产生了浓厚兴趣。芬诺洛萨由于外籍教师的有利身份和丰厚的经济收入，在日本各大城市广泛地搜集日本的古美术品。在搜集日本古美术品的同时，一方面拜日本当时著名的美术鉴定家狩野永真为师，学习对日本美术的鉴赏；另一方面又有他当时两位学生冈仓觉三、有贺长雄作为他的助手，热心帮助他进行文献研究。这一切使芬诺洛萨很快就成了一名"日本美术通"，并以他的聪慧和理论家特有的敏感，对日本美术提出了独特的见解。

1882年4月，他应当时日本国粹主义美术团体日本美术品评论会"龙池会"的邀请，加入了该组织。同年5月14日，他在东京的上野公园内的教育博物馆，为"龙池会"做了有关振兴日本传统美术方面的讲演。讲演的内容由大森惟中根据笔记译成日文，并以《美术真说》为书名发表，在日本美术界广泛传播。这一时期，芬诺洛萨还被正式接受为狩野派的门人，并被授予狩野永正信的雅号。正像英国当代著名东方美术史学家苏立文所讲的，"此时的芬诺洛萨已经成为日本的宠儿，有着极大的权威。他是保守派人物和民族主义者的核心，是岌岌可危的土佐派和狩野派传统画家的希望，是争取传统日本美术复兴的斗士"①。1886年，他被日本政府任命为文部省美术教育调查会委员，参与日本美术行政方面的筹划工作。同年9月以美术调查员的身份到欧美，考察欧美各国的美术学校和博物馆。翌年他回到日本，除建立"日本帝国博物馆"、创办东方美术杂志《国华》、筹建东京美术学校外，还负责日本全国宝物调查局的统筹工作和办理古美术调查保存的事务性工作。由于他对日本美术的卓越贡献，1890年7月，明治天皇破格为他授勋，授予他四等瑞宝章。他接受了这一伟大殊荣后，回到自己的国家，就任美国波士顿美术馆东方美术部主任的职务。从此也结束了他在日本的辉煌日子。尽管在1896年再次来到日本，并在日本定居了5年之久，但其社会地位、政治影响和美术方面的号召力以及经济收入等，无一可与昔日相比。1900年，他应邀到美国讲学后，一直未返回日本，直至1908年去世。

---

① ［英］M. 苏立文：《东西方美术的交流》，陈瑞林译，江苏美术出版社1998年版，第138页。

"芬诺洛萨的时代"已经过去,对于现在的我们来说,只能是对它的追问。对于"芬诺洛萨时代"的追问有两种:一种是追问芬诺洛萨做了些什么,说了些什么;另一种追问是芬诺洛萨是怎样说的,怎样做的,这样做这样说对不对、应该不应该?

(一)芬诺洛萨的"妙想说"

芬诺洛萨美学思想集中体现在1882年5月14日在上野公园教育博物馆为"龙池会"所做的讲演《美术真说》中。《美术真说》的中心内容虽然是有关振兴日益衰退的日本传统美术和振兴日本传统美术的论述,但这些论述建立在一定的美学基础之上。

在这篇讲演中,芬诺洛萨明确提出,人类的一切文化都是"人力"的成果,也就是我们今天说的"人化自然"的成果。其中以"供给人在生活中必需的器物"为物质文化,主要是满足人的物质上的需要。以"娱乐人心,使人的气质和品格趋于高尚为目的"的则是精神文化。而被世界各国称为"美术"(包括音乐、舞蹈、绘画、雕刻、诗歌、建筑、戏剧等)的这种东西既能满足人的精神需要,又有一定的实用性,所以它是一种"善美"。他认为,人们需要美术"正是由于它有实用之处,所以它是善美的。而美术正是善美的,所以它能成为适合于适用之物"[①]。也就是说,美术的功能性是由美术的本体性决定的,美术的本体结构决定美术的功能结构,而美术的功能结构又制约美术的本体结构,即美术是什么决定美术做什么,美术做什么又制约美术是什么。美术就是在"是什么"和"做什么"的相互关系中不断向前发展。不过,要真正解决美术做什么,首选必须回答美术是什么。美术是什么即给美术下定义,回答它们共同的内容或旨趣。他说,在各文明国家自然发展起来的"美术"很多,如"音乐、诗歌、绘画、雕刻、建筑、舞蹈等"。这些种类不同的"美术",虽然使用的媒介不同、表现手法各异,但都具有一种"纯然共同的、互有关联的性质或资格"。也就是说,它们都具有"在美术上构成善美的内容"和"能成为美术的真正的旨趣"。因此,在美术发展的历史进程中,对美术的本质有各种主张,有的认为美术的本质在于"技能之精巧",有的认为美

[①] [日]青木茂、酒井忠康编:《日本近代思想大系·美术》,岩波书店1996年版。

术的本质在于"模仿自然",有的认为美术的本质在于"所描写之物使人的心情产生愉悦",等等。芬诺洛萨认为这些主张都具有片面性或者是谬误的,都未能揭示美术的本质,或者说只是揭示了美术的部分特征,而不是美术的全部。如:第一种观点认为美术的本质是"技术之精巧",事实上技巧仅仅是美术的一个"部件"而非整体,而且技巧也不是美术所特有的,其他非美术也需要有技巧,因此这种观念是非常错误的。第二种观点认为美术的共同特征是"模仿自然",这种观点也是站不住脚的。"我们只要稍微留心一下各个国家和民族的美术,就知道美术并不属于写生的部类,而是存在于所摹写的物件的性质之中","并非一切模仿自然的东西全都是美术"。第三种观点,即把"所描写之物使人的心情产生愉悦"看作是美术的本质,也是大有问题的。美术固然能够"由于它的优美而使人感到愉悦",但人们"从其他事物中获得愉悦之处也不在少数"。因此,这个定义也"明显地不足用来区别美术与非美术"。① 那么,究竟什么是美术的本质呢?芬诺洛萨明确地指出,美术的本质是"妙想(idea)"。"妙想"是由两方面构成的,即"旨趣和形状"的有机统一,"旨趣的妙想和形状的妙想应该始终相互协调而构成一个单一的妙想应该使人感觉到这是一举而并成的"。美的艺术应该达到这种和谐的统一,但事实上这两者往往又不能很好地统一起来。从美术发展的历史来看,有时形状的妙想大于旨趣的妙想,如现实主义作品;有时旨趣的妙想大于形状的妙想,如浪漫主义作品。从美术的种类来看,有偏重于旨趣的妙想,也有偏重于形状的妙想。"诗以旨趣的妙想为主,而以形状的妙想为次。而音乐则正与此相反,它以形状的妙想为本,而以旨趣的妙想为末。"至于绘画则介于诗与音乐之间,旨趣的妙想与形状的妙想达到和谐的统一,"旨趣与形状互相密切不可分,而且不偏不倚、保持两者间的均衡。正如车左右的两个轮子,不能轻重不均"。②

芬诺洛萨关于对美术本质的看法显然是受到黑格尔美学思想的影响。黑格尔认为"美是理念的感性显现",美的艺术应该是理性内容与感性形

---

① [日]青木茂、酒井忠康编:《日本近代思想大系·美术》,岩波书店1996年版。
② 同上。

式的和谐统一。不同的是，黑格尔认为绘画是感性形式大于精神内容，即形状的妙想大于旨趣的妙想，诗、音乐则是精神内容大于感性形式，即旨趣的妙想大于形状的妙想。真正能够达到精神内容和感性形式和谐统一的是古希腊的雕塑。从艺术发展的类型来看，象征型艺术是感性的物质形式压倒精神内容，浪漫型艺术是精神内容压倒物质形式，只有古典型艺术才真正达到了精神内容和感性形式的和谐统一，即感性的物质形式充分表现理性的精神内容，因此古典型艺术是最美的艺术，达到了审美的最高理想。

芬诺洛萨的"妙想说"与中国的"意境论"也有相似之处。"意境说"是中国古典美学和古典艺术的最高范畴。中国的古典艺术追求的是情与景、意与境的统一，即旨趣的妙想与形状的妙想的统一。但实际的艺术作品中有的偏重于境胜的，有的偏重于意胜的，即王国维所说的"有我之境"和"无我之境"。

芬诺洛萨之所以将"妙想"作为美术的本质特征和最高范畴，原因有三：第一，他认为美学史上有关对美术的本质的主张，在某种程度上都存在谬误或片面性，都不能说明美术的本质特征，因而对美术必须有一个较为科学的定义，而"妙想"是最能说明美术的本质特征的。第二，"妙想"融合了东西方艺术史学中的概念。它不仅适合于西方艺术，也适合于东方艺术。在以往的西方艺术史学中，其写作观念、叙述方式、基本概念和价值尺度等都是西方的，而且形成了一套话语系统和范畴体系，如再现、表现、优美、崇高、浪漫主义、现实主义、自然主义、表现主义等。这些概念只有在西方讲得通，一旦移用于非西方艺术就只不过是一种比拟而已。这种情况，不仅导致西方学者研究东方艺术的尴尬局面，而且使东方艺术一直处于世界美术的边缘。芬诺洛萨以"妙想"作为评价美术的最高标准，实际上给东西方艺术交流和对话搭起了一个平台，建构了东西方艺术对话和交流的开放文化语境。第三，更重要的是，"妙想"这个概念最适合评价绘画艺术，特别是最适合他要振兴日益衰退的日本传统美术。

（二）芬诺洛萨的美术批评

芬诺洛萨认为，"妙想"是美术具有的共同特征，也是美术的最高范畴，同时也是评价美术的最高标准。就绘画来讲，要达到这个最高标准，或者说要达到"妙想"的至高境界，还必须具备绘画之所以是绘画的条件或属性。那么，什么是绘画的基本条件和属性呢？芬诺洛萨提出了绘画艺术的两个基本条件，一个是"凑合"，一个是"佳丽"。所谓"凑合"，是指部分与部分之间的有机结合。他说："绘画作品的画面各个部位的布置必须恰当。这样才能将人的心目吸引住、使之聚集到一点上，而这样一来，其余的部分也就在同时使人做到综观全局。"①"佳丽"是通过"对比与次序"产生出来的艺术效果。于是他把绘画必备的两个基本条件或属性"凑合"和"佳丽"，与构成"妙想"的两个基本要素"旨趣"和"形状"相结合，便产生了绘画的八种标准，即绘画艺术的"八个格"。这八个格是：

1. 图线之凑合；2. 浓淡之凑合；3. 色彩之凑合；4. 旨趣之凑合；
5. 图线之佳丽；6. 浓淡之佳丽；7. 色彩之佳丽；8. 旨趣之佳丽。②

这八个格是绘画本身必须具备的，但要达到这八个格，"使人们得到唯一圆满的感觉"，还要看画家的能力，即画家"自由自在地体会并加以安排的能力"和"把以上诸格一举适用成功的能力"。芬诺洛萨把画家的这两种能力分别称作"匠心之力"和"技巧之力"。绘画必备了"八个格"和"两种力"才算得上是善美的作品。

芬诺洛萨确立绘画基本理论后，接着对日本绘画的现状作了一翻描述。他说："自西方油画传入日本以来，日本的显贵缙绅们对油画的新奇大为赞赏。因此，反过来对日本固有的绘画加以蔑视，从而开始摈斥日本传统画家。由于这一原因，使得油画在日本日益昌盛，几乎形成压倒日本画之势。"并明确指出日本画比西方的油画优越，"日本绘画确实比低级的西方近代绘画优越得多，西方绘画仅仅是机械地描摹日常所见的事物，却忘掉了最重要的一点，即对于'妙想'的表现。现在日本人却轻视自己传统美术的优越性，反而崇拜西方文明，羡慕并无多大价值的西方现代美

---

① [日]青木茂、酒井忠康编：《日本近代思想大系·美术》，岩波书店1996年版。
② 同上。

术，这是多么可悲的现象啊！"于是开始了他对日本绘画与西方油画之间的孰得孰失的评论。按照芬诺洛萨的观点：第一，西方的油画比起日本画更像是写实，但写实并非绘画善美的基本条件。由于西方油画把主要精力放在写实上，致使失去了绘画的本质——妙想，是近代以来绘画的退步。日本也一样，应举、北斋也陷于此弊。第二，油画中有阴影，日本画中无。作为图像文本的绘画有其阴影理所当然，但绘画无阴影未必有碍。过于拘泥科学而被阴影束缚，便不能发挥"妙想"。日本画以墨色的浓淡代替阴影，更能妙思天然，使人感动。第三，日本画有轮廓，油画中无。实物本无线，但在不受实物支配的绘画中，增加线条之美，更能充分发挥"妙想"之长处，使妙想达到更精确的地步。连欧美画家近年也似乎使用轮廓线了。第四，油画的色彩虽比日本画优丽浓厚，但色彩并不是绘画的全部要素。专注于色彩而去掉了"妙想"，便一无所得。第五，油画复杂，日本画简洁，然而正因为简洁，所以容易做到凑合，从而也就容易表现出作者的妙想来。① 总之，日本画除色彩之凑合、色彩之佳丽，不如西方油画外，图线之凑合、图线之佳丽、浓淡之凑合、浓淡之佳丽、旨趣之凑合、旨趣之佳丽都胜于油画，从而也最能表现美术的本质——妙想。所以他说日本画优越于西方的油画，并号召日本画家"应当重视自己的民族特性，恢复古老的民族传统，然后再考虑吸取西方美术可能对日本有用的东西"。

芬诺洛萨的美术批评及振兴日本传统美术的主张，不仅对当时的日本美术界盲目西方化的狂热是一支清醒剂，而且唤起人们对新的美学原则的追求，掀起了明治维新以来日本艺术批评的新高潮。正如山本正男在《东西方艺术精神的传统和交流》一书中所写的，芬诺洛萨的美术批评"在当时还处于混沌状态的日本艺术理论和实践领域里，确实是一道光芒四射的曙光"②。

（三）芬诺洛萨对文人画的批评

芬诺洛萨在他讲演《美术真说》中论述了东方绘画特别是日本画与西方油画之间的优劣后，转向对文人画的批评。

---

① 参见刘晓路《日本美术史话》，人民美术出版社1998年版，第162页。
② [日] 山本正男：《东西方艺术精神的传统和交流》，牛枝惠译，中国人民大学出版社1992年版，第109页。

日本的文人画也称"南画",是 18 世纪由中国传入日本的。它是以中国文人画的艺术理念作为指导、摄取以南宗画为中心的明清绘画诸样式发展起来的一种绘画形式。文人画在日本的展开大致经历了三个时期,即 18 世纪前半期、18 世纪后半期和 19 世纪前半期。第一个时期从日本的享保到延享、宽延。这个时期为日本文人画的草创期,它主要是模仿中国明清的一些绘画作品和学习中国文人画画谱、画论、艺术理念。这个时期的主要画家有祇园南海(1677—1751)、服部南郭(1683—1759)、柳泽淇园(1704—1758)和彭城百川(1697—1752)。这些画家、画论家都精通汉诗、汉文,是能诗、能文、能画、能刻、能音乐的全才,而且在生活上都放荡无赖,具有很强的在野的文人意识。在绘画理念上,反对狩野派的粉世主义,提倡中国文人画艺术的批判精神。第二个时期从日本的宝历、明和、安永、天明到宽政。这个时期为日本文人画的辉煌期或称黄金期。这个时期不仅出现了像池大雅(1723—1776)、与谢无村(1716—1783)这样一些著名的文人画画家,而且出现了桑山玉洲这样的文人画论家。池大雅、与谢无村的画风与中国文人画相似,作画取材于山水、花鸟、人物,重在主观挥洒,自抒性灵,不拘泥于客观的描写。桑山玉洲的画论《玉洲画趣》、《绘事鄙言》在 1790 年、1799 年出版后,对后来日本的文人画产生了重大影响。第三个时期从文化、文政到天保。这个时期也被称为第二个黄金期。这个时期的著名文人画家,关西的有浦上玉堂(1745—1820)和田能村竹田(1777—1835),关东的有立原杏所(1785—1840)和渡边华山(1793—1841)。在文人画论方面有田能村竹田的《山中人饶舌》(1834)和渡边华山在 1840 年与其弟子椿椿山之间以文人画为中心内容的往复书简。这些书简既是以文人画而展开的画论,也是日本近世文人画终结的决算书。19 世纪末 20 世纪初期,由于受到写实主义手法为主的西洋画风的猛烈冲击,日本的文人画,因不合时宜而开始走下坡路。

芬诺洛萨对文人画的批评和指责,也正是文人画衰落时期。文人画与当时日本传统绘画狩野派、土佐派的命运相同,处在衰退的边缘。那么,为什么芬诺洛萨不尽余力地为振兴狩野派、土佐派摇旗呐喊,而对具有东方血型的、真正代表东方艺术精神的文人画进行激烈的指责和攻击呢?其真实的目的又是何在呢?对此,我们必须就芬诺洛萨攻击文人画的理由和目的进行分析后，才能做出回答。

芬诺洛萨反对和指责文人画的理由有四点：第一，文人画（南画）与文学紧密结合，其"妙想"不是绘画之"妙想"，而是文学之妙想。他说："文人画不拟天然之实物，此差可赏阅。然其所追求者，非画术之妙想，实不外文学之妙想。"① 第二，文人画无视写实，不注重表现事物的真实性和造型的准确性。第三，文人画以水墨为尚，缺乏绘画主要要素线条的佳丽和色彩的凑合。第四，文人画是中国传入的，它在宋、元时代形成，18世纪传入日本后，有明显的守旧主义的倾向，而且已经失去了它生长的土壤和发展的环境。

关于他指责文人画的目的，我们可以从他在《美术新说》的最后一段话见出："文人画非真正的东方画术。若不平息对其鼓励之，则真诚之画术兴起无期。譬如，油画如磨盘顶石，文人画为其基石，真诚之画术如介于其间遭碾轧。"②

这里芬诺洛萨对文人画的批评和指责，表现出了他对西方油画批评时同样的理论基础和意图。他一方面将中国美术和日本美术作为一个统一的东方审美系统来看待，另一方面又将文人画作为东方审美系统中一种"单独的美的运动"对待。继而又将东西方两大审美系统放在同一个美学的视野里，以同一个普遍的准则来进行评价。前者，他从"妙想"这个东方美术具有的普遍性原则入手，论述了文人画的低劣。后者，他将文人画排除在东方"画术"之外、把文人画与西方油画看成是阻碍复兴日本传统绘画的绊脚石，应该加以排除。

芬诺洛萨对于文人画的指责和对文人画的价值所做出的结论暂且不谈，这里主要就他所说"文人画的妙想并不是真正绘画之妙想，实际上只不过是文学之妙想而已"，我们可以清楚地看出芬诺洛萨对东方艺术理解的局限性。大家知道，文人画是古代东方哲学、美学、宗教、文学、书法等多种文化形态滋育出的一种独特的艺术，它追求的是一种综合性的价值，而这正是东方艺术所具有的共同的特征。正如山本正男所说："一般

---

① 刘晓路：《日本美术史话》，人民美术出版社1998年版，第162页。
② 同上。

的东方艺术大多具有这样一种倾向或特点，即追求一种综合的价值，换句话说，也就是广泛地把'生'的全体价值作为追求的目标。像日本的茶道等等就是把这种艺术手段加以综合化，从而产生出一种综合的艺术。这种综合艺术，正是由于艺术手段本身的综合化而产生的……现在我们姑且将文人画的艺术价值究竟如何暂时放在一旁，只就文人画所具有的综合性这一点来说，作为东方艺术的表现特点，也决不应当加以忽视。"[1] 对一个终生研究东方美术和对东方艺术抱着极大热情的西方学者来说，他对文人画的价值所做出的结论及其刻薄的讥讽，我们虽不能不感到莫大的遗憾，但也不能以此过多指责。以他所具有的西方美学思想，要想来充分理解东方艺术的特性，的确是勉为其难。

（四）芬诺洛萨的开放的美术史观

在对芬诺洛萨的美术批评和对文人画的批评的分析中，已经涉猎到他的艺术史方法运用于研究东方美术史时的率直陈述。在他的美术批评中，他认为无论是东方艺术还是西方艺术，都具有"属于艺术所共有的、互相联系着的一种资格——'美术的妙想'"，存在着"美术之普遍性的组织或逻辑"。这一方法在他对美术史的研究上得到了充分的体现，"他主张在研究美术史时，不应当只重视那些技巧上的问题或文献的研究，而应当以放在对美术的普遍原则上"[2]，即"美术的妙想"在所不同时代、不同民族所展现的美的历史。在他看来，美术是一个"持续的力"，美术的历史就是想象力的历史。"想象力"作为一个普遍概念，可将世界不同民族、不同时期的艺术包容其内。他在《东亚美术史纲》的"序言"中谈到美术史的哲学基础时说："全世界人类的美术作品都归结到一处，这就是当前时代的特点。在当前时代，可以把各种美术作品看成是由一个单一的精神的、社会的努力的无限的变形。"换言之，他认为"美术的普遍的组织或者说逻辑（a universal scheme or logic of art）都已变得很明显，因此，不论是亚洲的美术形式，未开化民族的美术形式，乃至儿童的美术活动，全都与欧洲的各流派一样，可以简单地用一句话来概括"。这就是说，"所

---

[1] ［日］山本正男：《东西方艺术精神的传统和交流》，牛枝惠译，中国人民大学出版社1992年版，第129页。

[2] 同上书，第114页。

谓美术，就是一种使物质变形或变貌的想象力，因而所谓的美术史就是这个力（Power）的历史、而不是这个力所影响到的物质的历史"。① 接着他在叙述古典美术与哥特式美术、希腊美术与亚洲美术以及威尼斯美术与现代法国美术的相同之处后，明确地讲道："我们认为越是接近现代，这种类似之处就越增多。大体上来看，东西方的美术发展，虽走过了不同的道路，但最终将会归结到一点上去。"因此，他认为研究东方美术史应该"从普遍的观点出发进行考察"。芬诺洛萨的这种东西方美术一致的思想，不仅仅是一个研究美术史的方法问题，而且是涉及文化整体的问题，即从世界美术的格局中考察东方美术史。就像田中一松在日译版《东亚美术史纲》的"跋"中指出："本书中，芬诺洛萨的构想是将中日美术从世界史的观点来做宏观性论述，以宏大的规模来建立体系。"② 芬诺洛萨一方面积极地实现了将西方美学思想运用到对东方美术史的研究中的可能性；另一方面抱着将东西方美术乃至东西方文化融合在一起的伟大理想，将东西方艺术精神的交流作为两个主体精神对等交流的过程，并运用这种思想方法来研究东方美术史，这在"西方中心主义时代"无疑具有开创性意义。

芬诺洛萨晚年，从对日本的研究开始转向于对日本美术的母体——中国美术的研究。芬诺洛萨对中国美术的研究主要放在唐代以前的绘画。这一方面是与他贬低文人画的思想倾向有关，另一方面与他提倡的开放的艺术史观有关。在他看来，宋元以来，由于文人画的发展和明清时代长期对文人画的模仿，使得中国绘画艺术走向了衰败。文人画在他的眼里无论如何是不能进入美术史的。从开放的美术史的史学观念来看，中国唐代以前的美术史正好与世界美术发展历史——太平洋美术时期、美索不达米亚美术时期、印度传来的初期佛教美术时期和希腊式佛教美术时期相对应。芬诺洛萨在这里调动了东方与西方两大美术史料的资源，彼此观照，交叉渗透，不少地方发人所未发，显示了他艺术史方法的先进性。但另一方面，由于他对中国美术史实掌握有限，致使他在重构、评价中国乃至整个东方

---

① 转引自［日］山本正男《东西方艺术精神的传统和交流》，牛枝惠译，中国人民大学出版社 1992 年版，第 114 页。
② ［美］芬诺洛萨：《东洋美术史纲》（下），森东吾译，东京美术出版社 1981 年版，第 317—318 页。

美术事实的框架、依据和标准时力不从心。从而也使得其论点、论据上都显得牵强附会，在美术的史实上出现了错误。诚如刘晓路所批评的："事实上，当时所谓太平洋美术只不过芬诺洛萨的空想而已，实在并不存在。美索不达米亚美术和中国美术并行发展，对中国没有影响。佛教美术虽然从印度传来中国，但在中国特别在敦煌以东的内地取得适应中国风土的发展。所谓希腊式佛教美术以写实为特征，但以写实为特征的雕塑在秦始皇陵兵马俑中已经成立。那个时代比健陀罗的希腊式佛教美术还早300年，与真正的希腊美术几乎同期。"①

不过，尽管芬诺洛萨对中国美术的历史理解有偏差，但却不能否定他在研究中国乃至东方美术史上的杰出贡献。在芬诺洛萨以前，无论是中国，还是日本都未曾有过将中国美术史放在世界美术史中进行考察。芬诺洛萨把东方美术的发展和西方美术的发展进行历史研究和比较研究，并寻找它们可能汇通的线路，可以说，这比他作为日本美术的爱好者和保护者所立下的功绩要大得多。正是芬诺洛萨开创了东方美术史研究的道路，促成了中国和日本绘画史从封闭走向开放、由古典形态向现代形态的转换。

（五）芬诺洛萨对明治中期日本美术批评的影响

在日本学术界，一般把明治时期的艺术思潮发展过程划分为三个阶段来进行阐述：1. 明治前期（明治初年至明治十年代中期）为欧化时期；2. 明治中期（明治十年至二十年代末）为国粹时期；3. 明治后期（明治二十年至明治末年）为创造时期。这种划分从艺术思潮的发展过程来看应该说是非常得体的，但以这种划分来说明明治时期的艺术精神所反映的美学思想，自然要依据各个阶段的情况来显示。在这方面，山本正男先生做出了成功的示范。山本正男把明治前期的美学思想称为"启蒙时代"，明治中期的美学思想称为"批评时代"，明治后期的美学思想称为"反思时代"。② 依据山本正男的这种划分，芬诺洛萨的美术批评应该是处在启蒙时代与批评时代之间，是启蒙时代最后一位启蒙思想家和批评时代第一位

---

① 刘晓路：《芬诺洛萨热爱的东方美术》，《美术学研究》第2辑，长江文艺出版社1998年版。

② ［日］山本正男：《东西方艺术精神的传统和交流》，牛枝惠译，中国人民大学出版社1992年版，第8页。

美术批评家。这样说并不是仅仅依据他所处的时代界限，而是从他对"批评时代"给予的影响来说的。作为启蒙时代最后一位启蒙思想家，他结束了所谓欧化时代美学理论与艺术之间的悬隔，由前期所肩负的启蒙的使命转到新的批评使命上来。作为一位批评时代的批评家，他开创的美术批评的正确方向，影响了几乎一个时代的批评家。

批评时代的特点是，这个时代的美术理论和艺术论，不再是作为哲学体系的一个组成部分被接受，而是作为一种给予美术实践、美术批评以准绳，并给美术活动打下理论基础的学问，从实际需要出发被接纳的。也就是说，这个时代的美学思想和艺术理论是与这个时代的美术创作、美术批评紧密地联系在一起的，它指导这个时代的美术活动。批评时代这一特点正是芬诺洛萨在《美术真说》中提出的美术批评的方向所致。正如山本正男所说："《美术真说》中提出的艺术批评的方向，正好与当时在文艺、绘画、演剧方面出现的新运动相一致，因此，很受当时的新学派的欢迎。诸如坪内逍遥的《小说神髓》、《美术论》，二叶亭四迷的《卡托柯夫氏美术俗解》、《小说总论》，外山正一的《日本绘画的未来》、《演剧改良论之我见》等等。一时出现了许多艺术论和批评，而这些大部分都是继承了他的艺术批评的方面的，并且于后来唤起人们再次要求新的美学思想的新思潮。"[①] 又如："由芬诺洛萨阐明的方法，最先为艺术批评的先驱者坪内逍遥、长谷川、二叶亭四迷、外山正一等人所继承，进而又由大西操山、森鸥外、高山樗牛、纲岛梁川等人加以落实。还有，诸如大村西涯、久保田米迁等美术家也积极地进行美学的研究，并留下了成果。上述这些名家们多数都同时进行批评活动和实践活动，他们的卓有成效的光辉业绩至今还在吸引着我们深切的关注。"[②] 从以上可以看出，芬诺洛萨的美术批评不仅指导了这个时代的美术活动，而且也影响了一个时代的美术批评家的美学思想和批评实践。

值得说明的是，这些批评家接受芬诺洛萨的影响，更多的是接受了他的美术批评的方法和确立的美术批评的方向，而不是某一个具体的美术观

---

① [日] 山本正男：《东西方艺术精神的传统和交流》，牛枝惠译，中国人民大学出版社 1992 年版，第 36 页。

② 同上书，第 38 页。

点或主张。相反，在很多情况下，他们对他的美术观点是持批评态度的。如坪内逍遥一方面说他自己的关于美术本质论是从芬诺洛萨的讲演中找到了理论根据，他说："最近有一位美国的知识渊博的人士来到日本东京多次讲了美术的理论，批驳了世间原有的谬论，我从他那里学到了很多东西"。另一方面，他批评芬诺洛萨把美术的目的说成是"以娱乐人心目、使人的气质与品格趋于高尚为目的"的观点，"提出了'美术的目的应当仅仅在于娱悦人心目、使其妙处进入出神入化之境'，认为美术本来'就与其他实用技术不同，它不应该是从一开始就为此立下规矩，然后按此规矩进行制作东西'，因此他认为'使人的气质向上这不过是美术偶然起到的作用而不应该认为是美术的目的'"。① 又如外山正一在芬诺洛萨讲演之后，于明治二十三年4月在明治美术会以《日本绘画的未来》为题的讲演中，对芬诺洛萨将日本的传统绘画狩野派作为东方的"真诚画术"表示不满，他说："在日本有一派人受到外国人的吹捧之后，就妄信当今宇宙之间真正的美术只有日本才有"，而实际上，这种绘画"表达不出他们的感情而只能画出物的外形，只是排列出一些线条并分别施以颜色"。② 真正的日本画应该是表现时代精神、能表达日本人真情实感的绘画。还有像大村西涯、山口静一对芬诺洛萨的文人画的批评和指责不但不以为然，而且对文人画给予了极高的评价。

（六）芬诺洛萨对中国美术史研究的贡献

我国研究日本美术的著名学者刘晓路先生，1996年3月20日在美国哈佛大学解释他将演讲题目"芬诺洛萨和美国人热爱的日本美术"改为"芬诺洛萨热爱东方美术——从《美术真说》到《东洋美术史纲》"道："这次的演讲题目原来是如同海报显示的《芬诺洛萨和美国人热爱的日本美术》（E. F. Fenollosa and America's Love for Japanese Art），但很抱歉，由于以下三个原因请容许我改为现在的题目。一、众所周知，芬诺洛萨越研究日本美术，越把目光转向日本美术的母胎——中国美术；二、至今，日美学者在研究芬诺洛萨时，把重点放在芬诺洛萨对日本美术史的贡献

---

① ［日］山本正男：《东西方艺术精神的传统和交流》，牛枝惠译，中国人民大学出版社1992年版，第38页。

② 同上。

上，无疑取得了许多成果，但是芬诺洛萨对中国美术史的贡献却大大地被忽视了；三、遗憾的是，至今中国学界对芬诺洛萨名字鲜为人知。因此，虽然作为中国学者进行关于芬诺洛萨的讲演还是第一次，但我的不成熟见解如果能对日美的学者及其他中国的学者少许参考，不胜荣幸。"① 的确，芬诺洛萨作为一名著名的研究东方美术的学者，特别是作为一位日本美术的爱好者、保护者和批评家，早已被日本各界人士所熟知。同时他也为中国美术研究做出重大贡献。芬诺洛萨这个名字在中国学界知者甚少，至于他对中国美术史研究的贡献更鲜为人知。对于一位终生研究东方美术的外国学者不应该就此而被遗忘，特别是他的东方美学思想和对东方美术史研究的贡献不能就此被遮蔽。近代以来，中国一些留日艺术家、艺术理论家受芬诺洛萨东方美学思想、东方美术史观的影响，为中国美术由古典形态向现代形态转换做出了各自的贡献，芬诺洛萨功不可没。

芬诺洛萨对中国美术史的研究主要在他晚年所著的《东亚美术史纲》一书中。该书自1912年用英文出版后，1913年又分别出了德文版和法文版，1919年由森东吾翻译成日文，分上下两册，1921年在日本出版。该书虽以东亚美术史为题，实际上内容只是中国、日本和朝鲜的美术史，其中，重点放在中国美术史上。因为他不懂中文，这对于他研究中国美术史是一个极大的限制，而且他具体研究中国美术史时，主要关注的是唐代以前的绘画。因此，就其对中国美术史研究本身而言，很难说有太大的价值。但和他的美术批评对日本明治中期的美术批评的贡献一样，他对中国美术史研究的贡献，主要表现在他的美术史研究方法和开放的美术史学观。他在《东亚美术史纲》的"序言"中写道：

> 以往关于中国美术的著述和论文，与其说是美术本身的研究，不如说是文献资料的研究。它是"历史的历史"即"记录资料的历史"（a "history of the history"），没有努力将作品按照美的性质来分类。本书

---

① 刘晓路：《芬诺洛萨热爱的东方美术》，《美术学研究》第2辑，长江文艺出版社1998年版。

的著者，试图将中国各时代的美术作为各自独立的东西，来解释其特殊的文化和特殊的样式美，从而打破中国文明数千年没有脱离死的水准（dead level）这一旧来的谬见。①

这段话虽然是为他研究中国美术史的动机发表的议论，但也明确地道出了他关于美术史的写作模式、叙述方式和价值尺度，表明了他的美术史学观。

前面已及，芬诺洛萨在研究美术史的方法问题上，表达了与他在美术批评时同样的意图。他主张在研究美术史时，不应该只重视对那些文献的研究或美术样式的研究，而应该按照美的性质来分类，从美术的普遍准则来对已经过去了美术事实进行评价。美术史应该是在一个统一的"美的性质"下来显示各个国家、各个民族的特殊的美术史。他说，世界上"多种多样的美和多种多样的暗示可以存在着数百万种结合方法。迄今为止，人们曾试着进行过许多种结合方法，历史对此都进行了记录。然而，在人们所进行的这众多的努力之中却是有着某种秩序的，那就是在人类精神和社会环境中人们所做的努力都有着相似之处"。中国美术的发生、发展、运动的历史轨迹，与世界美术史中的"美索不达米亚美术时代"、"希腊美术时代"、"印度佛教美术时代"处在类似的发展阶段，而且"越是接近现代，这种类似之处就越增多"。② 美术史学，是重构、评价过去了的美术事实的框架、依据和标准，是评价美术史实的价值尺度。简单地说，是解决应当如何写作美术历史的问题。以芬诺洛萨这一开放的美术史学观念写出来的中国美术史，既可以说是中国美术史中的世界美术史，也可以说是世界美术史中的中国美术史。因此，从这种意义上讲，芬诺洛萨对中国美术史的研究，不仅对中国美术史做出了贡献，而且对世界美术史做出了贡献。

---

① 刘晓路：《芬诺洛萨热爱的东方美术》，《美术学研究》第 2 辑，长江文艺出版社 1998 年版。
② [日] 山本正男：《东西方艺术精神的传统和交流》，牛枝惠译，中国人民大学出版社 1992 年版，第 131 页。

第三节　冈仓天心的美术史观

　　冈仓天心（1862—1913）是日本明治维新时期著名的美术活动家、美术史论家和新美术运动的领导者。日本当代著名的美术史论家河北伦明说，冈仓天心是日本明治时代文艺复兴的伟大天才。① 由于他毕生的精力都献给了日本近代美术事业，所以被誉为"日本近代美术之父"。②

　　冈仓天心文久二年（1862）十二月二十六日出生在横滨本町五丁目一个商人家庭。冈仓天心有兄弟三人，他排行第二，幼名觉藏，15岁时改名觉三，天心是他中年时的号。1877年16岁时进入东京大学文学部学习。1880年毕业后在日本文部省从事日本古代美术的收集和保护工作。1884年与当时在东京大学讲学的美国学者芬诺洛萨等人组织复兴日本绘画的"鉴画会"。1890年任东京美术学校校长，兼任日本帝国博物馆理事、美术部长等职。1898年辞去东京美术学校校长职务，与桥本雅邦、横山大观等画家组建"日本美术院"，开展新日本画运动。1902年，他的第一部用英文写成的系统阐述东方文化的著作《东方的理想》，在伦敦的约翰·马来出版社出版。1904年被美国波士顿美术馆聘为东方部部长、顾问，同年他还出版了《日本的觉醒》。1906年他的《茶之书》在美国纽约的弗克斯·达费尔德出版社出版。从1904年起他还先后兼任日本"文展"审查员、国家保存委员会委员、东京帝国大学教授等职。1911年，他被美国哈佛大学授予文学硕士学位。1913年9月2日在日本赤仓山庄病故，时年51岁。

　　冈仓天心并不是画家，他本人没有在日本近现代美术史上留下美术作品来证实他是一位伟大艺术家的史迹，但他的美术理论和批评为日本近现代美术创作及其发展起了导航作用。他在日本近现代美术史上的伟大业绩主要通过他的美术活动、领导的美术运动和通过他的理论指导当时的美术家的创作去实现自己的理想。他对日本近现代美术界的贡

---

① 《明治百年美术馆》，朝日新闻社昭和四十二年版，第426页。
② 刘晓路：《日本美术史话》，人民美术出版社1998年版，第164页。

献主要表现在：古代美术作品的保存收集；创立东京美术学校；建立日本美术院，开展新日本美术运动；向西方介绍东方艺术思想；日本美术史讲义。

（一）冈仓天心与芬诺洛萨

冈仓天心是芬诺洛萨的学生，在学生时代他一方面当芬诺洛萨的日语翻译，另一方面帮着芬诺洛萨研究日本古代文献，协助芬诺洛萨编辑中国和日本美术的系列图册，使芬诺洛萨能够在很短的时间里了解中日古代美术历史发展的一般情况。更重要的是，这个时期他在芬诺洛萨的影响和熏陶下，形成了一种强烈的民族主义文化意识，与芬诺洛萨一道发动了民族化运动，从事日本美术复兴事业。17岁大学毕业后，作为当时日本文部省最年轻的官员，他于1881年至1882年夏天和芬诺洛萨到日本全国各地，在寺庙中找出了一件又一件古代的佛像木雕和青铜雕刻等美术杰作。1884年2月，他与芬诺洛萨组织"鉴画会"，保护和弘扬日本的传统美术。同年11月他与芬诺洛萨被任命文部省"图画教育调查委员会"委员。1886年9月至1887年10月，他与芬诺洛萨一道作为调查委员去欧美，考察欧美各国的美术学校和博物馆。1888年他与芬诺洛萨被日本宫内省任命为"临时全国宝物调查委员会"负责人。1889年起，他与芬诺洛萨主持东京美术学校的工作。1890年芬诺洛萨离开日本后，他继续推行芬诺洛萨发动的民族化运动。1904年由芬诺洛萨力荐，他赴美国接替芬诺洛萨的波士顿美术馆东方美术部部长职务。可以说，冈仓天心的美术活动和学术工作都是伴随着芬诺洛萨进行的。

虽然冈仓天心是在芬诺洛萨的影响下积极开展日本美术的复兴事业，但比起芬诺洛萨来，他有着更加广阔的视野，甚至在一些重大问题上跟他老师有严重的分歧。

1. 他不同意芬诺洛萨把一百年以前就已经绝灭的狩野派绘画作为日本绘画的基本美学精神来振兴，明确指出，狩野派不能"代表我美术"。他说："狩野派的气骨百年前既绝灭，圆山四条派亦衰颓不振。如何改良它们呢？图体的改良是其一。图体历来囿于一定范围，如狐狸、兔子、鲤鱼、山水。但不应以此代表我美术，相信人物、历史、风俗为来日可大撰之画题。又，笔意改良亦一问题，如浓淡，浓未必可取，淡未必应斥。古之画色彩虽言浓厚之，然仅比今之画甚失于淡泊而论耳。"①这里，不难看出他与芬诺洛萨在对狩野派的评价上的明显分歧。芬诺洛萨认为狩野派绘画符合色彩之凑合、色彩之佳丽、图线之凑合、图线之佳丽、浓淡之凑合、浓淡之佳丽、旨趣之凑合、旨趣之佳丽，因此最能表现美术的本质——妙想。所以他说日本画优越于西方的油画和文人画，并号召日本画家应当重视狩野派绘画的这一古老的民族传统，从而来振兴日本美术。

2. 在对于明治初期美术现象的分析中表现出与芬诺洛萨的不同。日本明治维新初期西方文化的强劲冲击，使得当时的美术创作向两个方向变化，一是自卑而崇洋，二是保守而排外。前者，从理论和创作上将西洋写实主义推向了极致，把美与科学、艺术与产业相混同，将低级的石版画作为伟大的艺术典范。后者，是由此产生本位主义和民族孤立主义的文化意识，对外来文化加以排斥，使得传统的日本绘画走向了无意义的形式主义。对于激进的欧化主义和传统的保守主义，冈仓天心都表示强烈的不满并进行了严厉的批评，但他不像芬诺洛萨那样武断贬斥西方美术。正像刘晓路先生所说的，"他指责过洋画运动，但只是指责它追慕'最低潮阶段的欧洲艺术'，对西方美术非但从未排斥过，而且还主张与西方同步。他赞扬早期洋风画家司马江汉、亚欧堂田善的尝试'见出自由无束发展的契机'，肯定工部美术学校的探索'对于攻破至今仍阻碍进步的风格主义的坚壳是成功的'，并且批判国粹派'陷于自由主义、程式化和无意义的反复中'。上述种种，与芬诺洛萨的偏颇过激观点形成鲜明对照。"②

3. 比起芬诺洛萨来，他更能以开放的心态接纳西方美术。他不仅号召日本画家要吸收西方美术的因素融入新的日本画创作中去，而且主张要在日本发展西方的油画。"他在欧洲旅行时曾经充分地研究了西方绘画的历史和环境，并且意识到在日本普及西方绘画是不可避免的趋势。他甚至

---

① [日] 冈仓天心：《日本美术史》（讲义），转引自刘晓路《日本美术史话》，人民美术出版社1998年版，第166页。

② 刘晓路：《日本美术史话》，人民美术出版社1998年版，第165—166页。

希望日本艺术家能对油画的发展作出自己的贡献"。① 为此他还在东京美术学校设立西洋画科,聘请从西洋留学回国的黑田清辉为西洋画科的主任教授。

(二)从"鉴画会的讲演"看冈仓天心的美术教育思想

在冈仓天心的美术活动中,很大程度上是在从事美术教育活动,可以说冈仓天心是近代日本美术的教育家。这不仅是指他做了近9年(1890—1898)的东京美术学校校长,而且是指他的整个美术活动都是伴随着美术教育而展开的。冈仓天心的美术教育思想主要表现在以下两个方面:

1. 普及美术知识,提高国民保护古美术的意识

前面已经讲到,冈仓天心大学毕业后,受日本文部省的指派,与芬诺洛萨一起到日本各地对古社寺中秘藏下来的美术品进行调查。在调查的过程中,由于当时人们对保护古美术品的意义认识不足,使调查遇到不少的阻力,并发生了所谓"公开法隆寺梦殿观音像事件"②。对此,冈仓天心深切地感觉到,要保护日本优秀的古典美术品,就必须重建整个国民的艺术意识。为此,他一方面将日本秘藏的古美术品向公众展示,另一方面向人们普及美术的一般知识,甚至为游客做向导,讲解日本传统美术对世界美术发展所作的贡献。另外,还多次举办传统日本绘画狩野派、土佐派、四条派和"浮世绘"画家的作品展,让人们了解更多的日本的传统绘画。1884年11月,他还建议文部省设置图画教育调查会,明确提出保护日本古文物应该与美术教育结合起来。冈仓天心这一全民美术教育活动,为他后来的振兴日本美术打下了一个广泛而深厚的基础。换言之,正由于有了这种全民的美术教育,才实现了日本美术的全面复兴。

2. 开放自由的美术教育思想

1887年11月6日,也就是冈仓天心与芬诺洛萨从欧洲考察回国后的第三天,他为"鉴画会"进行了一次"归朝报告"的讲演。这次讲演的

---

① [英] M. 苏立文:《东西美术的交流》,陈瑞林译,江苏美术出版社1998年版,第145页。
② 法隆寺是推古天皇十五年(607)前后圣德太子创建的寺院。法隆寺中的梦殿观音像(救世观音)属中国北魏式佛像,不仅具有重要的文物价值,而且具有极高的艺术价值和美学价值。但由于宗教上的原因,这尊佛像一直被封存。冈仓天心在对日本古美术的调查与保护的过程中,为重新确立其美术的自律价值,用强制的手段将这尊佛像公之于众,从而引起了当时学界、宗教界和不少民众的不满,以致发生了"公开法隆寺梦殿观音像事件"。

内容成为东京美术学校美术教育的基本路线。东京美术学校创建于1887年10月，1889年2月在芬诺洛萨和冈仓天心的管理下开始正式运营，1890年冈仓天心任校长，正式全面主持东京美术学校的工作和担任"日本美术史"课程的教学。冈仓天心的讲演记录发表在《大日本美术新报》上。在他讲演之前，芬诺洛萨的演讲中，用比喻说明日本美术与西方美术的关系是，"在山顶上的一条泉水往下流形成的两条河"①。冈仓天心的演讲是对芬诺洛萨观点的深化，他说："正如先生（芬诺洛萨）所说，东西方的美术是二流同源，就这一点，我想再说说，有烦诸位听之。在美术渐渐为世人注意的今天，世人所讨论的最重要的问题是，应该吸取东西方美术中哪些东西。"② 接着他对当时美术界出现的四种观点进行讨论。这四种观点是：

第一，纯粹的西方论者；

第二，纯粹的日本论者；

第三，东西方并重论者即折中论者；

第四，自然发展论者。

冈仓天心在讲到"纯粹的西方论者"时，明确指出"主张纯粹的西方画法对我们日本不利"。他说："现在的情形是在风俗、制度、衣食以及建筑等各个方面，竞相吸取西方的残羹剩汁，一说起西方文化并无善恶是非之分，完全照搬采用。至于东方则被视为野蛮。所以在美术上兴起这样一种潮流后，就出现了纯粹的西方美术论者。在他们的学说里：除了西方画法之外，其他一切都不足称为绘画；除了西方的雕刻之外，其他的就不是雕刻。……在他们的论文中不插入'因此在欧美各国'这样的句子，是非常少见的。"③ 在冈仓天心看来，这种纯粹西方论者，实际上并不了解西方，西方美术的追随者，未必真正知道欧洲的美术。"欧洲各国制度沿革不尽相同，宗教风俗也不一样，因而，在甲国成为是的东西，在乙国也许就是非的东西。"而且，也没有一个"统一"的欧洲，在"乌拉尔山的西边，大西洋的东边，虽然有意大利、奥地利、法兰西、日耳曼和大不列

---

① 《鉴画会芬诺洛萨先生演讲的笔记》，《大日本美术新报》第49号。
② 《鉴画会芬诺洛萨先生演讲的笔记》，《大日本美术新报》第502号。
③ 同上。

颠，但却没有听说过有欧洲的东西，美术也是如此。"在冈仓天心看来，作为一个整体的欧洲美术实际上是不存在的，日本美术家必须注意到这一事实，不要轻易地模仿西方。美术与社会现象一样，"应以过去的传统作为根基，并非突然生成的优昙花。它的性质由人种的物质、风土气候以及社会制度决定的，不能移往其他时代，也不能用于其他国家，是当时当地人所特有的。……即使眼下交通便利、国家联系紧密，相互之间也不能混合，也不能谋求混合。"因为，"他们（西方）是在希腊、罗马基础上建立和治理自己的国家，我们（日本）是以支那、印度的基础而建立起今日的组织。……假如在日本真的产生了所谓的纯粹西方美术，那么就得采用西方的风韵，髻发不得不变成紫色，眼睛也将变成绿色，最终就得不到精神，也无异于失去了本国国民。全球将来的文明必将同等对待世界上的事物，保持各国的特点，谋求世界的完整性。有如桃红李白皆为天下之春。西方的东西要看是不是适合本国，不要盲目就去采用实施。"①

对于如何挽救纯粹模仿西方美术而带来的日本画的衰退局面，冈仓天心提出了两种方法："一是研究古代大家何以成为大家的原因，以美学原理为基础谋求改良；二是从东方尤其是从日本画的传统中探索新的画法"。他还特别讲到，在日本人盲目吹捧西方美术的时候，西方人正在向东方学习。并引用当时巴黎美术大学教授、著名美术史论家丘拉缪一段话："谈美术历史的人，只说发生在欧洲各国的美术沿革，常常因此而有失偏颇。将来的美术理论必须把东西方美术并列来谈论。而且，谈论中，西方美术应以希腊为主，东方美术应以日本为主。"②

在对纯粹的西方论者进行了批评后，冈仓天心接着对纯粹日本论者提出了质疑。他说，所谓的纯粹的日本论者口口声声说日本固有的东西，"可日本固有东西究竟在何处呢？上古日本美术还未知晓，从美术定型至今日的沿革可以说一些变化万端，不能断定什么是日本固有的。天平的美术源于三韩、延喜的美术受唐朝文化影响、东山的兴盛是基于宋朝的禅味、桃山的灿烂是以朝鲜征战和荷兰的关系为基础。元禄享保品尝了明人

---

① 《鉴画会芬诺洛萨先生演讲的笔记》，《大日本美术新报》第502号。
② 同上。

的糟粕、天明宽政追求清人的风致。日本固有的东西究竟在哪里呢？"而且经历了三百余年的锁国已经过去，现在恰好进入世界发展的同步时刻，人们应该顺应这一变化。"在贸易上顺应外国的需要，精通外国的事情、生活，同世界形势一起变化。所以仅仅是保存原有的东西是不能够立足于当今世界的。"①

至于东西方并重论者，无非是一种非常机灵的想法，即"今天倒向东，明天倒向西"，最终一事无成。②

既然以上三种论点都不能成立，那么就只能是第四种论点——自然发展论。"自然发展论就是基于不论东西美术差异的道路上，有理之处便取之，美好之处便研究，根据过去的沿革随着当前的形势发展。意大利大家中该参考的就参考，油画手法该利用的地方就利用，而且还要通过实验发明，探索具有现在性和未来性的方法。这是鉴画会身体力行的主张，是我等所不能怀疑的。日本的美术家们，美术是我们共有的天地，难道还要拘于东西方的差异吗？宗派是有障蔽的宅屋，唯有心胸洞开，精神开阔才能进入美术的最高境界，我坚信这一点。美术事业，上关系到国家的荣耀，下关系到贸易的增减，各位的责任重大。这是各位诸君应尽的义务，他日担子更重。希望你们养足精神期待他日大成的到来。我对此坚信不疑。"③冈仓天心的"自然发展论"，实际上是他在东京美术学校坚持的开放的美术教育思想。

1895年，冈仓天心在东京美术学校讲演中有这样一段意味深远的话："我们并非如某些论客所非难的那样，一味排斥西洋画，而毋宁说是首先巩固日本美术之历史基础，而后考虑吸收西洋美术之精华。"于是，东京美术学校1896年增设西洋画科和图案科，1897年增设塑造科，加强了西方美术教育，并派遣留学生去西方留学。至此，东京美术学校作为近代教育机构，机能非常健全。冈仓天心以他的思想教育了整整一代人，培养出以横山大观、下村观山、菱田春草等为代表的一批优秀画家。他们日后成

---

① 《鉴画会芬诺洛萨先生演讲的笔记》，《大日本美术新报》第502号。
② 同上。
③ 同上。

为日本画坛的主将。①

（三）从《日本美术史》看冈仓天心的美术史学观

东京美术学校正式开学后的第二年（明治二十三年），绘画科设置了两门重要课程，一门是芬诺洛萨的审美学，一门是冈仓天心的日本美术史。

冈仓天心的日本美术史（《美术史讲义》），是他作为临时皇国宝物取调委员，对全国的美术品进行了调查，在调查基础上赋予它以体系，而形成的日本最早的日本美术史。

现存的冈仓天心的《美术史讲义》有三个版本：一个是1925年美术院版《天心全集》；一个是1940年六艺社版《冈仓天心全集》第四卷；另一个是1944年创元社版《天心全集》第六卷。冈仓天心在东京美术学校任职时为绘画科的学生讲授过三遍日本美术史，现在的《美术史讲义》以上三个版本是根据1891年9月到1892年9月听课学生的笔记整理编辑而成。

冈仓天心的《日本美术史》在当时来说具有开创性意义，因为在当时日本还没有一部能称得上美术史的书。冈仓天心的《日本美术史》还有一个最重要的特色，就是他认为美术史不仅是对过去美术历史发展、美术史迹的考证，而是要考虑它对现代美术的创作给予的借鉴或指导性的意义。他在其"讲义"的开头就讲道："世人把历史作为编辑过去事迹记录为目的，即为死物，是最大的谬误。成为历史的东西，存在我们的身体中，成为我们继续活动的东西。……研究美术史重要的不是把过去的东西记录下来，而是为继续创作未来的美术。"② 就"从历史中表现出来的现实态度"和"历史中的时代精神论"这点来说，冈仓天心的《日本美术史》与福泽谕吉的《文明论概略》、田口卯吉的《日本开化小史》有着相同的意义。

冈仓天心《日本美术史》提出了以下一些重要观点。第一，在"讲义"的"序论"中，他提出了美术是其精神内容大于物质形式的观点。

---

① 刘晓路：《日本美术史话》，人民美术出版社1998年版，第167页。
② ［日］冈仓天心：《日本美术史》，《天心全集》第六卷，创元社昭和十九年版。

"美术，精神锐利观念占先时兴旺，相反，只顾追求物质形式（形体）必定衰颓。"并举出美术史上例子来说明这一问题。他说："奈良初期，因有其精神，所以兴盛。后来追求其形，使之衰退。弘仁时代追求精神，到延喜和形式相结合，形成了兴盛时期，到源平时代追求形式而衰颓。镰仓时代光长一派由于精神新锐而兴盛，到了第二期由于对形的追求而衰退。东山亦周文，形虽没有达到完美的境界，但其精神新锐而为兴盛。"第二，提出了美术的发展不能离开它所依附的独立自存的文化系统，美术"伴随着（文化）系统才能进化，脱离了系统必然灭亡"。第三，提出了美术是时代精神的代表，"美术代表它那个时代的精神，特别是代表当时的思想"。①

在《日本美术史》中，冈仓天心从美术需要与鉴赏的角度考察了日本美术样式的嬗变，以及社会的审美理想与美术的发展。他在"平安时代的美术"一章中写道："奈良时代的美术主要在宫中贵人中流行，到了天平时代范围虽逐渐扩大，但仍超出不过宫廷和僧侣这个范围，在这个时代美术思潮与上流社会是审美趣味相统一的。如果从美术发展的阶段性来看，天平是僧侣、延喜是贵族、镰仓是武士家、德川是普通人。浮士绘作为下层社会的美术到现在还普遍存在。其实外国的美术也是这样，由上流渐渐流入到平民，随各个时代的性质而异。因此，我们要根据各个时代的性质来谈论美术的发展。"②

在《日本美术史》中，还体现出冈仓天心开放的美术史观。他将日本美术放在日本与中国、东方与西方等各个复杂的文化语境中来考察。他在《日本美术史》中提出了大陆（中国）美术与日本美术的交流的问题。他说："如果我们不存在偏见的话，日本的美术是从支那美术中移植过来的。虽然我们输入外国文化，包括西洋文明的希腊、罗马的文明，但作为'我物'之论，我们主要是受支那的影响。我国模仿隋、唐的文物，再加以混化融合，然后成为我物。"③

冈仓天心开放的美术史观还表现在他1894年在中国考察后回到日本

---

① ［日］冈仓天心：《日本美术史》，《天心全集》第六卷，创元社昭和十九年版。
② 同上。
③ 同上。

时所作的演讲中。1894年7月，冈仓天心到中国考察，历时半年（同年12月回国）。这次中国之行对冈仓天心的思想及其后来的美术活动产生了重大的影响。他在北京、开封、洛阳、西安等地考察完后，经过有名的蜀道到达成都，然后顺江而下到上海，从上海回到日本。1895年，他根据在中国对一些史迹的考察与见闻，为当时的"东邦协会"做了"中国见闻"的演讲。他的演讲概括起来主要包括四个方面的内容：第一，将中国龙门石窟的雕塑与日本法隆寺的释迦、药师寺金堂三尊等进行了比较，提出了"美术样式论"这样新的重大的理论问题，并开拓了"日中美术交流史"等新的知识领域；第二，通过对中国地理环境、自然气候、风土人情以及政治、经济、文化等宏观的考察分析，提出了"江、河文化论"或"南、北文化论"；第三，认为中国美术与日本美术相比，更接近欧洲美术；第四，认为日本美术虽源于中国，但最终还是作为一个独立的"日本美术"存在。冈仓天心的这些结论和观点，今天看来的确显得有些武断或者是存在一些谬误，但在当时来看却是非常重要。而且他以此为基础形成了著名的"亚洲一体"的思想。

（四）黑格尔艺术哲学对冈仓天心的影响

现在东京艺术大学附属图书馆藏的1886年出版的英译本黑格尔的《美学讲义》，是日本最早的一部英文版黑格尔《美学讲义》。这部英译本黑格尔《美学讲义》是何时、以何种方式引进购入的，现在无法考证。但据近年来日本著名的美学家、东京艺术大学教授武藤三千夫先生的考证并指出："东京艺术大学附属图书馆藏的1886年出版的英译本黑格尔的《美学讲义》，在1891年4月在东京美术学校的登记本上登录过。"这说明黑格尔的这部英文版《美学讲义》至少是在1891年4月以前进入东京美术学校的。而且武藤三千夫先生还根据该书的某些地方写下的有关读书的体会内容和笔记，断定冈仓天心直接而且非常认真地读过这部著作。[①] 另外，冈仓天心这个时候已是东京美术学校的校长并担任《日本美术史》课程的教学，他给学生讲《日本美术史》课程，不能不读黑格尔的美学。而且，

---

① ［日］神林恒道编：《日本的艺术论——传统与近代》，米勒卢王书房2000年版，第227页。

他这个时候还担任芬诺洛萨为东京美术学校学生开设的"审美学"这门课的日语翻译。芬诺洛萨本人就是一个"黑格尔主义者",他讲"审美学"必定会讲到黑格尔的美学。冈仓天心在进行日语翻译的时候,一定会先去读黑格尔的英文的原文。

冈仓天心的《东方的理想》,原名是"The Ideal of the East with Special Reference to the Art of Japan"(《东方的理想——关于日本美术》),1903年2月由英国伦敦琼玛莱出版社出版。《东方的理想》的日文版是1922年由日本美术院编辑出版《天心先生西文著作抄译》时收入,后来又有了岩波文库版、六艺社版、筑摩书房版等。

从冈仓天心《东方的理想》的基本内容和使用的基本概念、范畴来看,明显受到黑格尔《美学讲义》的影响。如《东方的理想》把中国与印度两个文明归结为一个统一的文明即"亚洲一体"的观点、日本文化在这两个文明中独自展开的观点,以及关于日本美术史时代特征的划分、艺术类型的分类方式都受到黑格尔《美学讲义》的影响。

在艺术类型的体系建构及其划分上,是以黑格尔的艺术类型建构模式为归趋的。我们知道,黑格尔的艺术类型说是建立在"美是理念的感性显现"的理论之上的,不同的艺术类型是美的本质的具体展开。在黑格尔看来,美的艺术应该是精神的理性内容和感性的物质形式达到和谐统一,即感性的物质形式能够充分地表达理性内容。黑格尔把人类艺术发展划分为三个类型,即象征型艺术、古典型艺术和浪漫型艺术。在这三种类型的艺术中古典型艺术是最理想的艺术,也是美的艺术。因为在他看来象征型艺术是物质形式大于精神内容,这一类型主要是指东方的建筑艺术,如埃及的金字塔就是属于这种类型的艺术;浪漫型艺术是精神内容大于物质形式,这种类型的艺术主要是指西方近代的浪漫主义艺术,如近代的诗歌和音乐等;只有古典型艺术实现了他的审美理想,即精神内容与物质形式达到和谐统一,这一类型的艺术主要是古希腊的雕塑。冈仓天心在《东方的理想》一书中,对艺术发展类型的划分基本是直接或间接地套用黑格尔三大艺术类型模式。他说:"把东方艺术说成象征主义时代,不如说是形式主义的时代,它是物质或者是物质的形式法则支配艺术精神的时代。……日本艺术的第一期,即从它诞生到奈良时代的初期这一期间，由于把形式和形式美作为优秀艺术的基础，所以它属于象征型艺术的成员。"① 关于古典型艺术，他说："把美作为精神和物质的统一的追求，是所谓的古典期。……在巴卢特隆神殿菲狄阿斯和布拉枯西特勒斯的不朽的石雕，是古典型艺术的最纯粹的表现。在东方以这个阶段为代表的是北传佛教的第二流派。具体地说，姑布达朝印度的影响之后，唐代和奈良达到了最高峰。"② 冈仓天心把"东方的浪漫主义"和"近代人的个人主义"与黑格尔的"浪漫型艺术"相对应，并将"足利时代以降的日本精神"作为这一类型的代表。他说："近代人的生活与思索如同潜藏的火焰，从古典主义的贝壳里冲冒了出来，一口气燃烧化为精神自由的东西。精神把物质征服了。……这就是近代精神、近代观念，也就是浪漫主义。……浪漫主义是主观的、理想主义的。足利时代以降的日本精神是彻底的主观的，同时也是理想主义的。"③ "日本艺术，可以说足利的巨匠时代以来，丰臣时代、德川时代毫无例外地显示了堕落的兆候，大致属于东方的浪漫主义的理想，即精神的表现作为艺术最高的准则。"④

以上可以看出，冈仓天心的《东方的理想》明显地受到黑格尔艺术类型体系的影响。另外，冈仓天心在书中论述足利时代艺术的"东方的浪漫主义"性格时，有关自然美的问题，也是受到黑格尔自然美论的影响。他说："所谓美是宇宙普遍存在的原理，如星空的灿烂、鲜花色彩的艳丽、彩云的飘动、溪水的流动……。宇宙有灵，人与自然亲和无间、相互依存，人在观照宇宙的生命时也在观照自身。"⑤ 这里关于自然美的论述，与黑格尔的《美学讲义》中把自然美分为"无机的自然美"（如天体、矿物的美）和"有机的自然美"（即有生命体的植物、动物的美）相类似。

（五）关于寻找"第三条道路"——冈仓天心的艺术理想

冈仓天心在《东方的理想》最后一章"明治时代"中写道："明治时

---

① ［日］冈仓天心：《东方的理想》，讲谈社1976年版，第83—84页。
② 同上书，第84页。
③ 同上。
④ 同上书，第85页。
⑤ 同上书，第86页。

代的最初的（美术）再建运动，是由美术协会（指'龙池会'）指导的对古代的巨匠们作品的保存和模仿。这个协会因为是贵族和鉴定家们组成的，所以每年召开古代名作展览会和举行具有保守精神的作品展览会。所谓保守主义，无疑是指形式主义和无意义的反复模仿。另外，德川时代后期渐渐占据日本画坛的西洋写实派艺术的研究，……美与科学混同、文化与产业混同、对西洋的知识热望和深深的赞叹之情，把最低级的着色石版画作为伟大的艺术理想的标本。"因此，日本需要"努力开辟创设艺术表现的第三地带（第三条道路）"。这个"第三地带"就是以芬诺洛萨、冈仓天心为轴心，聚集狩野芳崖、桥本雅邦等热心画家的鉴画会的运动。鉴画会一派后发展到东京美术学校，把东京美术学校作为中心，积极开展冈仓天心开创的新日本美术运动。

冈仓天心虽然提出在日本的美术教育中，西方油画应该占一席之地，并希望日本的画家能对西方绘画的发展做出自己的贡献。但他最终的理想是"创造一种材料、技法和主题完全日本风格的绘画，这种绘画充分吸取西方写实画风的优点，使之具有时代感，又能满足日本传统装饰趣味的审美要求"①。

1898年，冈仓天心辞去东京美术学校校长职务，同时，以桥本雅邦为首的17名主要教授和横山大观、下村观山、菱田春草等一批优秀学生也分别联名辞职和退学。同年，冈仓天心与一些在野的教授创立了日本美术院，继续担负起20世纪日本画坛的新使命，来实现他的艺术理想。1900年，他在"关于日本美术院发展的报告"中，将自己的艺术理想归纳为六点：

  1. 无论是日本传统画法还是西洋画法，画家都要完全消化吸收，成为自己艺术的一部分，而不是一种借用的手段；

  2. 要精通古代名家的画法；

  3. 画家必须将感情贯注作品之中以使绘画具有生命力；

  4. 没有完美的技巧画家不可能表现自己，但创新更重要；

---

① ［英］M. 苏立文：《东西美术的交流》，陈瑞林译，江苏美术出版社1998年版，第145页。

5. 画家的艺术必须具有崇高的品格；

6. 必须注重历史绘画，特别是日本传统风俗画"浮世绘"的研究，以促使其不断进步。①

冈仓天心这一审美理想虽产生于"鉴画会"和"东京美术学校"时期（芬诺洛萨时代）的复兴日本传统绘画运动，但真正实现则是在"日本美术院"时期的新日本画运动。所谓新日本画运动，是指日本画的现代化运动。在芬诺洛萨时代，日本画只是一个传统意义上的概念，是作为一个与西洋画相对立的概念提出来的。其美术运动的主要任务只是振兴日本传统绘画。但到了冈仓天心领导的新日本绘画运动，新日本画就不是在技巧上与西洋画的区别而提出来的，而是从艺术哲学的层面、从时代的审美理想提出来的。也就是说，冈仓天心的艺术理想是建立在传统与现代、继承与创新、民族性与世界性统一基础之上的。新日本画运动是一个独立自主的艺术运动，就像冈仓天心所说的，从事新日本画运动的"这一派画家，自由是他们最大的特权。它意味着创作自由，充分发展自己的个性，一味模仿自然、模仿过去巨匠的作品，就意味着自杀"②。正是这种具有时代感的"自由精神"，鼓舞和激励一代"天心派"青年艺术家的新日本画创作，实现了冈仓天心的最终理想，即"创造一种材料、技法和主题完全日本风格的绘画，这种绘画充分吸取西方写实画风的优点，使之具有时代感，又能满足日本传统装饰趣味的审美要求"③。

第四节 西方现代美术传入中国过程中日本的中介作用

19世纪下半叶，西方列强的船坚炮利摧毁了清政府的"天朝上国"的迷梦，清政府被迫结束了闭关锁国的状态，开始睁开眼睛看世界。而与

---

① 转引自［英］M.苏立文《东西美术的交流》，陈瑞林译，江苏美术出版社1998年版，第146页。

② 《明治百年美术馆》，朝日新闻社昭和四十二年版，第428页。

③ ［英］M.苏立文：《东西美术的交流》，陈瑞林译，江苏美术出版社1998年版，第145页。

中国隔海相望的日本，在明治维新后主动吸收、融合西方文明，开始了自己的"文明开化"，在短时间内便取得西方资本主义国家一二百年才取得的成就。由于地理以及文字上的便利条件，比中国先行一步的日本自然成为中国向西方学习的"桥梁"，在政治、经济、文化等多个方面，日本都扮演西方文明输入了中国的"中间人"的角色。在学术领域，日本自然也是中国向西方学习的重要途径。

艺术是人类文明的一个重要方面，中国引进西方文明，艺术自是不可或缺的一环，美术作为艺术各门类中举足轻重的一个分支，在西学东渐过程中所占据的地位不容忽视。在西方美术传入中国的过程中，日本依然发挥着重要的中介作用。"美术"概念的传入，西方美术技法的普及，美术理论的发展，美术史的研究，即中国由传统绘画向现代美术的转型中，日本都或隐或显地参与其中，为中国现代美术学的建立和发展奠定了坚实的基础。

（一）"美术"概念的传入与普及

恰如鲁迅先生1913年在《拟播布美术意见书》中所说："美术为词，中国古所不道，此之所用，译自英之爱忒。"①"美术"一词现在被广泛使用，而且并非专业性的学术术语，但它并不是中国土生土长的词语，它的传入也经过较长的一段时期。"美术"是伴着西学东渐之风进入中国的，但由于多种因素的制约，它并不是直接由英语中的 art 或 fine art 译为中文的"美术"，而是转站日本，而后才登陆中国。

中国和日本本来都没有"美术"一词。中国古代与"美术"大致相对应的有"书画"、"丹青"、"图画"等词，日本表示"美术"的有"唐绘"、"大和绘"、"倭绘"、"男绘"等。约在19世纪下半叶，日本开始注重西方文明的引进，并借用汉字翻译、创造了大量的词汇，"美术"就在这个时期在日本出现并逐渐被广泛使用。

1868年，日本开始明治维新，大力倡导西方文明，推行"文明开化"政策，在政治、经济、文化等各方面都不遗余力向西方学习，在美术领域也是如此，不仅聘请西方专家到日本讲授建筑、雕刻、绘画、工艺技术，

---

① 郎绍君、水天中编：《二十世纪中国美术文选》，上海书画美术出版社1999年版，第10页。

而且陆续派出大量的留学生到欧美等国家专修美术。

"美术"在日本出现大约在19世纪70年代。1873年，维也纳万国博览会，日本代表团受西方国家的启发，在给本国政府的报告书中呼吁在日本国内设立美术馆、开办美术学校。

1881年，日本国内举办第二届劝业博览会，福田敬业作了名为《美术概论》的报告书，对"美术"一词的语源、分类、基本含义等做了非常详细的综述。

1882年，美国学者芬诺洛萨发表《中国及日本美术诸时代》和《美术真说》，引发了日本国内是继续入欧还是回归传统的争论，开始了日本传统美术的复兴运动，并关闭了"工部美术学校"。"工部美术学校"的寿命很短，但是却在日本社会上掀起一股学习西方绘画的高潮，"美术"一词也在日本毫无争议地存活了下来，并显示了强大的生命力。"美术"这个概念逐渐在日本传播、普及并确立，并逐渐取代了日本本土的"唐绘"、"倭绘"等概念，统称为"美术"。

中国在经历了一次次丧权辱国后，终于意识到西方现代文明的优越性，意识到向西方学习的必要性和迫切性，而此时的日本却已在政治、经济、文化等各方面取得了长足的进步。19世纪末20世纪初，清政府经历了向西方学习先进技术、政治制度、文化思想几个阶段，陆续向外派遣留学生，同时也有不少人自费到国外深造。这一时期的留学生部分前往欧美国家，但由于地理和留学费用上的原因，大部分留学生东渡日本学习。据相关资料记载，1896年，清政府选派13人赴日留学，1901年274人，1903年1300人，1905年8000人，1906年12000人，到30年代，以各种方式到日本留学的已达5万多人次。这其中，赴日专修美术的人次也逐年增加，如李叔同、黄辅周、曾延年、高剑父、陈抱一、王震、关良、汪亚尘等人都曾到日本专修美术，鲁迅到日本先学医后转学文，周湘、李毅士、徐悲鸿等人先到日本后又留学欧美国家。"美术"一词也正是由这批旅日留学生传入中国。

现存早期有关美术的文字记载可见于王国维的作品，如《〈红楼梦〉评论》中，"美术"便频繁出现。"故美术之为物，欲者不观，观者不欲"，"美术之务，在描写人生之痛苦与其解脱之道"，"美术之价值，存与使人离生活之欲，而入于纯粹之知识。""《三国演义》之作者必为兵家，此又大不然之说也。且此问题，实为美术之渊源问题相关系。如谓美术上之事，非局中人不道，则其渊源必全存经验而后可。夫美术之源，出于先天，抑由于经验，此西洋美学上至大问题也"。① 1905 年，李叔同的《图画修得法》中多次出现"工艺美术"一词，并称法国为"美术国"。

1907 年，刘师培发表《中国美术学变迁史论》、《论美术援地而区》、《论美术与征实之学不同》。其中，在《中国美术学变迁史论》中，刘师培写道："夫音乐、图画诸端，后世均视为美术。"②

1908 年，鲁迅在《摩罗诗力说》中说："由纯文学上言之，一切美术之本质，皆在使视听之人为之兴感、怡悦，文章为美术之一，质当亦然。"③

1913 年，鲁迅《拟播布美术意见书》中首先提出"何为美术"，美术"即用思理以美化天物"；其次介绍"美术之区别"，将美术进行了多重分类以示区分；再次鲁迅提出了"美术之目的与致用"；最后提出"播布美术之方"，并将其途径分为"建筑事业"、"保存事业"、"研究事业"。④在这一时期，除了文化精英层展开了有关"美术"的讨论外，在社会上还创办了大量的美术专业院校、美术学会，以及大量有关美术的刊物，这一系列事件加速了美术在社会大众层的传播和普及。

19 世纪末 20 世纪初，清政府开始了教育体制的改革，废科举，兴学堂，引进西式教育，并在学校中开设美术教育，但当时还称为"图画手工"课，如两江师范学堂，1906 年后开设图画手工课，教授中国画、用器画、西画。继两江师范学堂后，陆续有保定优级师范学堂、浙江两级师范学校等均开设图画手工课，由于当时中国还缺乏西画人才，早期教授西画和用器画的主要为日籍教师，如盐见竞、亘理宽之助、吉加江宗二等人分别在两江师范学堂和浙江两级师范学校授课，另外还有从日本归来的美术专业人才，比如李叔同从日本留学归来后在浙江两级师范学校内教授绘

---

① 王国维：《王国维学术经典集》，江西人民出版社 1997 年版，第 49—72 页。
② 刘师培：《中国美术学变迁论》，《刘师培全集》第三册，江苏古籍出版社 1997 年版，第 434 页。
③ 《鲁迅全集》第 1 卷，人民文学出版社 1981 年版，第 71 页。
④ 郎绍君、水天中编：《二十世纪中国美术文选》，上海书画美术出版社 1999 年版，第 10—13 页。

画和音乐。

1909年，南京举办了第一届"南洋劝业博览会"，据当时参加博览会的姜丹书回忆说，在博览会上设有美术馆，"名播世界的余沈寿女士之意大利皇后像，即赫然陈列于美术馆这也"①。1912北京政府设"美术调查处"，由鲁迅负责。同年，教育部公布《专门学校法令》中定有"美术专门学校"，可见此时"美术"这一概念已得到官方认可。

也在1912年，日本留学归来的周湘、张聿光、乌始光、刘海粟等人在上海创办"上海图画美术院"，设绘画课，它是我国现代美术教育史上第一所正规的美术专门院校。刘海粟等人在"上海图画美术院"中使用人体模特，引发了当时的一场大论争，这场论争也加速了"美术"在社会中的普及。

继上海图画美术院之后，20世纪初，还相继创办了私立南京美术专门学校、私立上海艺术大学、私立武昌艺术专科学校、私立苏州美术专科学校，四川美术专门学校等多所美术专科学校，为中国培养了一批中西绘画人才。

在创办美术专科院校方兴未艾之际，大量的"美术会"和美术社团也纷纷成立，如1912年，苏州创办"苏州美术会"；1916年，留日学生陈抱一、汪洋洋、严志升等人在日本创办"中华独立美术协会"；1921年，萧公权、汪英宾、谢列等人创办了旨在振兴中国西画艺术的晨光美术会。这些美术协会在社会上都曾产生过极大的影响。

辅以美术院校和社团的成立，以"美术"冠名的刊物也相继问世。1918年，上海中华美术专门学校出版的《中华美术报》创刊；同年，上海美术学校主办的《美术》报创刊，评论近代欧洲的艺术，并介绍各种艺术流派。这些刊物成为讨论、传播"美术"的阵地。

"美术"一词在各方面的推动下，逐渐进入中国人的视听，并被大众接受。但"美术"的最初使用并不规范，使用范畴有很大的伸缩性，"美术"有时专指工艺，有时等同于"艺术"，有时又超出"艺术"的范围。

王国维使用的"美术"或指"文艺"，如"美术中以诗歌、戏曲、小说

---

① 姜丹书：《姜丹书艺术教育杂著》，浙江教育出版社1991年版，第390页。

为其顶点。"或与"美学"互用，如"夫美术之源，出于先天，抑由于经验，此西洋美学上至大之问题也"。或与"艺术"等同，"夫美术者，实以静观中所得之实念，寓诸一物焉而再现之。由其所寓之物之区别，而或谓之雕刻，或谓之绘画，或谓之诗歌、音乐"。① 由王国维的使用情况来看，"美术"最初作为一个译词传入中国，其使用存在很大混乱和任意性。

1905年，李叔同在《图画修得法》中说："若以专门技能言之，图画者美术工艺之源本。……又若法国自万国大博览会以来，不惜财力时间劳力，以谋图画之进步，置图画教育视学官，以奖励图画。而法国遂为世界大美术国。"② 在此，李叔同将图画与美术区分，而将美术与工艺连用。此时，李叔同将"美术"视为"工艺"，与我们现在所说的"美术"仍存在很大的差异。

1907年，刘师培在《中国美术变迁史论》中界定的美术涵盖面基本上等同于"艺术"，"夫音乐、图画诸端，后世均视为美术。皇古之世，则仅为实用之学，而实用之学即寓于美术之中。舞以适体，以强民躯。歌以和声，以宣民疾。而图画之作，有为行军考地之必需，推之书契既作，万民以昭，衣裳既垂，尊卑乃别，则当此之时，设实用而外固无所谓美术之学也。"③ 刘师培将音乐、图画、舞蹈、书法等均视为美术。

1913年鲁迅在《拟播布美术意见书》中，"由前之言，可知美术云者，即用思理以美化天物之谓。苟合于此，则无问外状若何，咸得谓之美术，如雕刻、绘画、文章、建筑、音乐皆是也"。④ 通过刘师培和鲁迅对"美术"的界定看，当时普遍的观点认为，"美术"与"艺术"通用，包括绘画、雕刻、建筑、文章、音乐等多个艺术门类。

1918年，吕澂和陈独秀提出了"美术革命"。吕澂在文章中说："窃谓今日之诗歌戏曲，固宜改革，与二者并列于艺术之美术，（凡物象为美之所寄者，皆为艺术 Art，其中绘画建筑雕塑三者，必具一定形体于空间，可别称为美术 Fine art，此通行之区别也。我国人多昧于此，尝以一切工

---

① 王国维：《王国维学术经典集》，江西人民出版社1997年版，第49—72页。
② 郎绍君、水天中编：《二十世纪中国美术文选》，上海书画美术出版社1999年版，第2页。
③ 刘师培：《刘师培学术全集》，中共中央党校出版社1997年版，第434页。
④ 郎绍君、水天中编：《二十世纪中国美术文选》，上海书画美术出版社1999年版，第11页。

巧为艺术，而混称空间时间艺术为美术，此犹可说；至有连图画美术为言者，则真不知所云矣。）尤亟宜革命。"[1] 这时吕澂已将美术和艺术分而论之，并视美术为艺术之一类，将音乐、舞蹈等从"美术"中剔除出来。这与我们现在所说的"美术"概念的涵盖面已基本吻合。

（二）中国美术研究的发展

西方美术对中国的影响，不只停留在"美术"概念的层面上，通过日本留学生传入中国的不仅是"美术"概念，还带来了美术观念，美术研究的理论、方法和途径，并在方法论层面上促使中国人的形式逻辑和理性思维的发展，促进了中国美术理论、美术批评和美术史的发展，从整体上促进着中国美术研究从古典形态向现代形态的转型。

中国古代绘画和绘画评论已经有很高的成就，但是绘画理论秉承中国传统感悟性的思维方式，以直觉体验、艺术感悟性的评点、鉴赏居多，散见于一些书论、画论中，缺乏系统性理论著作，更是缺乏统摄中国几千年绘画史的史学著作。由于历史原因，中国对国外美术的发展历史和现状更是知之甚少，也就谈不上研究西方美术史和美术理论著作了，直到19世纪末20世纪初，西学东渐，西方翻译作品的大量涌入，这种状况才有所改观。在这一过程中，日本发挥着不可或缺的桥梁作用。

20世纪初，中国对西方美术史和美术理论的引进，一条途径是直接把欧美学者的美术理论和美术史著作翻译成中文，如严复将英国人倭斯弗的《美术通诠》翻译为中文，并连载于1906年和1907年的《寰球中国学生报》上。另一条途径则是将日文的理论著作翻译而来，这又分为两种情况：一种是将日本学者研究西方美术的理论著作译为中文；另一种则是将日本人翻译的西方理论著作转译为中文。20世纪初，中国学术界对西方美术理论和美术史的了解主要是通过这两条途径，而且第二条途径占主要地位，发挥了主要作用。20世纪二三十年代，中国学者、艺术家翻译了大批日本美术理论著作。尤其是板垣鹰穗、木村庄八、中村不折、小鹿青云等人的美术理论作品和美术思想陆续被介绍到中国，深刻影响了中国美术研究的观念、体系和方法。这一时期的翻译作品，主要由鲁迅翻译板垣

---

[1] 郎绍君、水天中编：《二十世纪中国美术文选》，上海书画美术出版社1999年版，第26页。

鹰穗所著的《近代美术史潮论》，萧石君译板垣鹰穗的《美术的表现与背景》，赵世铭译板垣鹰穗的《近代美术史概论》，丰子恺整理田敏的演讲《现代的艺术》、节译中宗太郎的《近代艺术概论》，郭虚中译中村不折、小鹿青云的《中国绘画史》，洛三译木村庄八的《少年艺术史》。这一系列译著在两方面促进着中国美术研究的发展：一是译著本身在知识层面丰富了中国人的视听，使中国人了解了世界美术及美术研究的成果；二是译著所使用的美术观点、研究方法、途径等在方法论层面上启发了中国美术学术界，使中国美术学术界在研究过程中有一定章法可循，为中国近现代美术思潮和美术史的研究奠定了理论基础。

板垣鹰穗的著作《美术的表现与背景》介绍了希腊思潮，基督教寺院形式，达·芬奇的人与艺术，法兰西大革命与国民美术，印象派的作品等。这部著作考察的是不同时代的艺术作品与其时代的社会文化背景的关系，如时代与作品的关系、作者与作品的关系、作品与前后时代作品的关系。这种将艺术作品与时代背景相联系、把艺术发展放在社会文化的背景中考察、审视的研究方法，与中国传统只着眼于作品本身而不及其余的感兴式的点评、鉴赏迥异，为中国学术界提供了新的美术史和美术批评的研究的方式和途径，深刻影响到中国后期的学术研究和理论著述，使中国的美术理论研究臻于科学、完善。

鲁迅译板垣鹰穗的另一部著作《近代美术史潮论》系统介绍了古典主义、浪漫主义、写实主义、印象主义、理想主义、形式主义等艺术流派，以及马蒂斯、毕加索、勃拉克、柯柯斯等现代艺术家。另外此书还阐释了近代美术向现代美术演进的过程及现代美术的思想根源和必然性。在鲁迅将这部著作翻译介绍到中国以前，中国美术界已经对西方现代美术主流派有了一定了解，这些流派也或多或少影响了中国艺术家的创作实践，但这部著作却在理论层面提升了中国对现代美术及各流派的系统认识，并拓展了中国人的眼界和思维方式。

木村庄八的《少年艺术史》分为古代之话、中世之话、近古之话、近世之话，从文化史、宗教史的角度探讨了艺术的发生、演进，阐述了希伯来精神、基督教精神对古代艺术和中世纪艺术的深刻影响。而板垣鹰穗的《近代美术史概论》则对西方近代美术史，包括启蒙运动时期、19世纪前半期、19世纪后半期、第一次世界大战后的时期的美术史做了详细的介绍及评价。这两部著作的时代划分方法为中国撰写西方美术史提供了借鉴，并为中国美术史的研究提供了方法和途径上的参考。

正是这样一批从日本舶来的论著，不仅使中国人了解了西方古代、近现代的艺术发展史、美术思潮，而且还带来了美术理论的研究方法、研究途径等，为中国近现代美术学科的全面发展奠定了基础。

出版于1926年的郭沫若的《西洋美术史提要》是中国关于西方美术史的一部较早的著作，将西方美术史分为滥觞时代、古典美术、中世美术、文艺复兴期之美术、十七八世纪之美术、近代美术。从其历史划分来看，明显以板垣鹰穗的《西方美术史》为蓝本，另外，此书还参考了矢代幸雄的《西洋美术史讲话》中的论述，提出西欧美术在精神上的三大要素的观点，即古典要素、哥蒂克要素、北欧哥蒂克要素。

在翻译引进西方美术史的同时，中国学者也开始了著述中国美术史、绘画史。

姜丹书在浙江第一师范任教期间撰《美术史》，包括中国美术史和西洋美术史两部分，涉及自上古至近代诸流派，还包括建筑、雕刻、知音、书法、工艺美术等门类，在西洋美术史部分还涉及印度和东方其他国家的美术。姜丹书在撰《美术史》之前，未曾到过日本，但是他曾在两江师范学堂学习，师从盐见竞、亘理宽之助等日籍教师。除去《美术史》，姜丹书还著有《艺用解剖学》、《透视学》、《西湖模型》等技法理论研究书籍。

郑旭1929年出版《中国画学全史》，将中国古代画学划分为实用时期、礼教时期、宗教时期、文学化时期。从其划分来看，郑旭明显将绘画放在时代的思想文化、政治、宗教等社会大背景下，将艺术发展与时代背景相联系。

这一时期的美术理论著作还有史翰著《中国美术史》，滕固著《中国美术小史》，王钧初著《中国美术的演变》，郑午昌著《中国美术史》、《中国画学全史》、《中国壁画史研究》等。这样一大批美术理论著作的出现弥补了中国古代美术史方面的空白，对我国古典传统美术也是一次系统的梳理和总结。

中国美术史和美术理论研究的发展是西学东渐的结果，通过著作翻译情况来看，日本继"美术"概念传入中国后，依然是西方学术思想登陆中国前重要的中转站。这一时期美术著作的大量问世，表明中国正由古典传统绘画向近现代美术转型，可以说是中国现代美术学的起步阶段。

（三）中西美术比较研究的起步

中国古代虽然没有"美术"一词，也没有美术史和美术理论的系统研究，但不容忽视的是中国古代的绘画和画论已有很高的成就，是中国传统文化的一笔宝贵财富。西方"美术"概念、美术观念、美术理论的传入，必然会与中国的传统文化产生冲突。在冲突的过程中互为消长，在消长中，中西绘画家频频接触，开始对话。也正是在这种背景下，中国人重新审视了中国绘画的艺术价值，经中国绘画与西方美术互为参照，挖掘中国画在世界艺术画廊中的价值，并展开了中西绘画的比较研究。

中国本没有"国画"这一概念，西方美术传入后，与西画相对照中国传统绘画被称为"中国画"、"国画"，并将国画纳入世界美术的轨道加以研究、审视。

徐悲鸿在1920年发表《中国画改良论》。在文中徐悲鸿指出："中国画在美术上有价值乎？曰有，有故足存在。与西方画同价值乎？曰，以物质之故略逊。然其趣异不必较。凡趣何存，存在历史。西方画乃西方之文明物。"[①] 在中西比较的基础上，徐悲鸿提出中国绘画改良的方法途径。

曾经留学日本的郑锦在其讲演录中对中西绘画有个约略的比较。郑锦认为中国"绘画起源与西洋之异趣"，"绘画发达与西洋各国之殊途"，"研究方法与西洋根本上之不同"。[②]

丰子恺在1930年发表《中国美术在现代艺术上的胜利》中将东西文化进行了比较，"西洋文化的特色是'构成的'，东洋文化的特色是'融合的'；西洋是'关系的'、'方法的'，东洋是'非关系的'、'非方法的'"，"这种传统照样出现在美术上，故西洋美术与东洋美术也一向有着不可越的差别"。在丰子恺看来东洋美术显著地影响着西洋美术。丰子恺

---

① 郎绍君、水天中编：《二十世纪中国美术文选》，上海书画美术出版社1999年版，第39页。
② 同上书，第48—49页。

在文中分为两节：(1)"现代西洋画的东洋画法，即东洋画技法的西渐"；(2)"'感情移入'与'气韵生动'，即东洋画理论的西渐"。[1] 丰子恺在文中详细论述了西方印象派和后印象派在题材、技法、思想等多方面受中国传统绘画的影响，另外，还论述了西方近现代美学中移情说与中国的"气韵生动"是相通的，借此强调中国美术思想的先进性。

郑昶在1934年发表《中国的绘画》中也探讨了国画与世界画学的关系，将中西绘画进行了比较研究，强调了"国画本身之奇伟高贵"，并应"宜速自觉而奋起"。[2] 中西绘画的比较研究是随着"美术"的发展与传入而兴起的一种美术研究方法。这种研究方法融中国传统绘画与世界美术研究于一身，比较其异同、优劣，在碰撞中挖掘中国传统绘画的艺术价值。

早期中西绘画的比较研究文章散见于艺术类刊物，缺乏系统性的理论著作，但这毕竟为中国后期的中西绘画的比较开拓了思路，奠定了基础。

中国"美术"概念的传入，及与之相伴而来的美术理论、美术史研究和中西美术比较研究的发展，追本溯源然是西学东渐的产物，但是要了解西方美术如何传入中国，并促使中国由古典绘画向现代美术转型，日本是不容忽视的中间环节。

---

[1] 婴行（丰子恺）：《中国美术在现代艺术上的胜利》，《东方杂志》1930年总第27卷第1号。
[2] 郎绍君、水天中编：《二十世纪中国美术文选》，上海书画美术出版社1999年版，第53页。

第四章

中国现代文学思潮概念的形成与日本的渊源

引 言

讨论中日交流史，很多内容值得一提。单就中日的文化交流来说，日本文学的生成就是从中国汲取养料的。中日古典文学之间有着深刻的渊源关系，如日本的《万叶集》与中国的《诗经》，日本的《浦岛子传》与中国唐代的传奇小说等，都有着诸多的相似之处。日本最初以学生的姿态从中国博大精深的文化中学习借鉴了丰富有益的内容。

不过自中日甲午战争爆发后，中日关系发生了微妙的变化，中国一改往日的高傲姿态，开始认真地关注日本社会的发展。1896年6月15日，作为中国官方派遣留学的重要一步，13名留日学生抵达日本东京。在这以后，更有大批青年东渡日本。不论是以探究明治维新的成功经验为目的也好，抑或是想通过日本来学习西方文化也好，总之，一股由中国先进知识分子和青年学生掀起的留学热潮在涌动。中国留学生们不仅学习自然科技、人文科学，而且翻译出版书籍，尤其是兴办了一大批中日文报纸杂志，这些书刊和当时国内的形势紧密结合，以思想革命、启发民智、反对帝国主义侵略为目的，带有强烈的爱国主义色彩，推动了中国知识界及部分国人对日本的了解，促进了资产阶级民主革命思想的传播。

王向远先生认为，中国现代文论有三个外来渠道，即欧美、俄苏和日本。据他的统计，"从20世纪初直到1949年，中国共翻译出版外国文学理论的有关论文集、专著等约有一百一十种。其中，欧美部分约三十五种，俄苏部分约三十二种，日本部分约四十一种，日本文论接近百分之四十"。[①] 由此可见，对于日本现代文论的翻译、整理和研究不仅有益于中国对日本现代文学进行深入的研究，而且也有利于进一步思考中国现代文论的建构与日本的历史渊源。将比较零散的论述集中在一起，对其进行梳理，并且结合具体的发展情况对其进行新的解读。这一项工作对于中国现代文论的多元性研究有着不可估量的作用，也是一个关于中日文论关系研究的很有价值的课题。

目前，国内出现了一些专著涉及日本现代文论的研究，如王向远的《中国现代文学比较论》第三章将中日文论作了比较研究，叶渭渠、唐月梅的《中国现代文学比较论》，林少阳的《中国现代文学比较论》等。王向远教授的论述主要从中国现代文艺理论对日本现代文论的接受角度，描述了日本近现代文艺理论的特征，同时也对中国二三十年代译介日本文学理论的状况进行了介绍。叶渭渠、唐月梅的《日本现代文学思潮史》，基本上是从思潮史的角度描述把握日本文学思潮的发展脉络，对日本现代文学理论有较多的描述。艾晓明的《中国左翼文学思潮探源》是从思潮史角度描述中国左翼文学的发展变迁。在国内学术刊物发表的论文中，有关日本文论的研究多与中国现代文学关系密切，或者说大多从接受的角度来研究日本现代文论的。比如黎跃进的《变异与渗透——自然主义文学在日本与中国》、汪星明的《日本无产阶级文学运动对"左联"的影响》。也有少量的研究日本文学流派的论文中涉及日本现代文论，如何乃英的《日本新感觉派文学评析》、靳明全的《日、欧自然主义文学比较》、魏大海的《日本现代小说中的"自我"形态——基于"私小说"样式的一点考察》等。

除国内资源外，还有很多外来资源可以作为研究中日文论的参考资料。由于日本比较重视对本国的近现代美学的研究，因此在日本出现了不少的研究成果。如金田民夫《日本近代美学序说》、山本正男《东西艺术

[①] 王向远：《王向远著作集》第5卷，宁夏人民出版社2007年版，第175页。

精神的传统与交流》等。中国对日本近代以来美学成果的介绍与研究在20世纪20年代前后是比较活跃的,如译介了高山林次郎《近世美学》(1920)、黑田鹏信《美学概论》(1922)、《艺术学概论》(1922)。厨川白村《苦闷的象征》(1924)及藏原惟人的马克思主义艺术理论,对中国现代美学艺术理论的发展有一定的推动作用。

在日本学习西方的过程中,日本依据其民族标准,将西方文化去粗取精地进行筛选,然后再根据现代的日本精神和日本的现实需要进行适当的改造,实际地拉开了日本和西方的距离,形成了日本文化独立的审美价值。作为一种西方文化与本土化相结合的一个典范,日本以它独有的优势在某种程度上充当了一种文化传播的中介,为中国学习西方文艺理论打开了方便之门。日本文化对中国留学生产生了很大的影响。在日本文化的合力之下,中国留学生结合个人的学养和趣味,形成了不同的创作风格和文学流派,从而形成了中国现代文学多姿多彩的局面。

关注中日近现代文学思潮的渊源关系,可以从崭新的视角去审视文学理论中有关传统与现代、东方与西方之间的矛盾性与相互融合的特点。在思考与探索的过程中,兼收并蓄其中的有益因素,力图使自由的主体精神能够得到充分的交流与展开。克服深层的内在矛盾,更好地规范中国文学理论的学术话语。分析中日文学思潮发生契合具体的历史背景、发展流变的过程,通过反观中国现代文学思潮的历史发展轨迹,有助于探讨日本在中国现代文论建构进程中的特殊作用。通过思考与探索,对于建设有中国特色的文艺理论体系具有重要的指导意义,有助于我们进一步完善和发展当代文论体系,更好地促进当代文艺实践和文艺事业的繁荣。

第一节 日本:中国关注的"他者"

中日两国间的文化交流和相互影响的渊源颇深。在近代以前,中国文化主要向日本"输出",中国的文学、艺术、宗教等对日本文化产生了极为深刻的影响。但是日本自19世纪中叶明治维新变革成功以后,就在政治、思想、经济、文化等各个领域进行了全面的改革,一跃成为东方强国。近代中国的许多有识之士,看到了日本的新面貌,纷纷主张转向日本，向日本学习。

中国新文学作家了解认识西方的文学思潮，往往绕不开日本这个"中介"。西方文学思潮经由日本的介绍和传播，在中国浸透了中国作家独特的审美体验，并根据现实的需要进行了相应的取舍和改造，形成了独具中国特色的现代文学思潮。因此，研究中国现代文学思潮和日本的渊源关系就具有一种独特的意义。

（一）日本成为传播的"中介"

日本是中国的近邻，日本所具有的种种优势使它成为中国派遣留学生的首选之地，这也为中国接受日本文学打开了方便之门。

关于日本的种种优势，王国维在《论新学语之输入》中是这样描述的："十年以前，西洋学术之输入，限于形而下学之方面，故虽有新学新语，于文学上尚未有显著之影响也。数年以来，形上之学渐入中国，而又有一日本焉，为之中间之驿骑，于是日本所造译西语之汉文，以混混之势而侵入我国之文学界。……至于讲一学、治一艺，则非增新语不可。而日本之学者既先我而定之矣，则沿而用之，何不可之有？"[1] 无独有偶，张之洞在《劝学篇下·游学第二》中也指出了游学日本的种种好处："一路近省费，可多遣；一去华近，易考察；一东文近于中文，易通晓；一西学甚繁，凡西学不切要者，东人已删节而酌改之。中东情势风俗相近，易仿行，事半功倍，无过于此。"[2] 梁启超在1897年发表《变法通议》，其中有《论译书》一节提到了翻译日文书籍的种种益处："日本与我为同文之国，自昔行用汉文。自和文肇兴，而平假名片假名等，始与汉文相杂厕。然汉文犹居十六七。日本自维新以后，锐意西学，所翻彼中之书，要者略备。其本国新著之书，亦多可观。今诚能习日文以译日书，用力甚少而获利甚钜。计日文之易成，约有数端。音少一也；音皆中之所有，无棘刺扞格之音，二也；文法疏阔，三也；名物象事，多与中土相同，四也；汉文居十六七，五也；故黄君公度谓可不学而能。苟能强记，半岁无不尽通者。以此视西文，抑又事半功倍也。"[3]

---

[1] 王国维：《论新学语之输入》，《教育世界》1905年第96期。
[2] 张之洞：《劝学篇下·游学第二》，中州古籍出版社1998年版，第116—117页。
[3] 梁启超：《饮冰室合集·饮冰室文集之一》，中华书局1989年版，第76页。

中日甲午战争之后，中国出现学习日语、留学日本、翻译日文书籍的热潮。中国新文学史上有三个大型留学生群体：苏俄、欧美、日本，其中以日本留学生的群体规模最大，人数最多。郭沫若就曾经指出："中国文坛大半是日本留学生建筑成的……中国的新文艺是深受了日本的洗礼的。"[①] 日本文学一方面学习古代中国和近代的西方，另一方面日本人自身的改进，因而产生了许多富有日本特色的新质。中国作家在日本留学期间，学习日本文学，并通过日本这个"中介"间接地学习西方的各种文艺思潮。实际上，日本这个"中介"的确在相当程度上影响了中国作家对西方文学的接受。

"对于日语而言，以古汉语词汇翻译西洋概念是一种双重借用：西洋概念是借用的，中国古典词也是借用的。"[②] 日本人学习和借用汉语的传统由来已久，故在翻译西洋概念的时候，很自然就挑选出原意与西洋概念基本吻合而又能够比较贴切地传达出主要含义的古典汉语词汇。正如汉语言文字学中有词义的引申一样，日本在对译西洋概念时，如果借用的汉语词汇无法精准地概括意思时，往往将汉字词的原意加以引申。当原有的古典词汇已经不能解释西洋概念的意思时，聪明的日本人就果断地采用"移花接木"的做法，只是保留汉语词汇的基本词形，根据表达的需要为原词注入新的含义，以后在传播的过程中受到大家的广泛认同而逐步确定下来。

日文的一些专门术语，主要是在翻译西洋概念时产生的。可以说，日本是西方文艺思潮引入中国的"中介"。就连现代汉语中的"思潮"、"文学"、"艺术"以及"艺术思潮"、"文艺思潮"、"美术思潮"等词语，也是直接从日文中引来的外来词。只是在日文中，对这些词语的翻译借用了汉语古词或词素，其意义已经发生了变化。日本的思潮研究肇始于对欧洲艺术思潮的译介，最早者为中江笃介，但没有使用"思潮"的术语。"思潮"一词最早由日本的英国文学研究专家户川秋骨于1896年1月写的《今年文海中的暗潮》中出现。日本最早系统性地研究艺术思潮的人是厨

[①] 郭沫若：《郭沫若文集》第16卷，人民文学出版社1990年版，第53—54页。
[②] 冯天瑜：《新语探源——中西日文化互动与近代汉字术语生成》，中华书局2004年版，第350页。

川白村，他在1912年出版的《近代文学十讲》一文，就从史的角度介绍了欧洲18世纪末到19世纪文学思潮的发展概况。文中重点介绍了自然主义文学思潮兴起的时代背景，创作特征，以及历史发展的进程。不仅如此，他还简要地介绍了新浪漫派、象征主义、唯美派等"非物质主义"文学思潮。

日本著名美学家竹内敏雄著有《文艺思潮论》，明确提出了自己的文学思潮观，对日本的文学思潮研究和中国的日本文学研究都产生了深远的影响。不管是在《文艺思潮论》一文中，还是1974年版的《美学事典》和1979年版的《美学总论》中，"精神潮流"一词以不同的方式出现来注解文艺思潮的定义，"尽管三个定义之间的时间跨度近40年，但其认识是一致的，后面的定义所加以具体化表述的内容，即文学思潮所具有的历史性、超个体性、动态性和抽象性等本质特征的内容，在《文艺思潮论》中早有阐释。竹内氏定义的核心在于把文学思潮界定为一种'客观精神'"[①]。

近代日本风行的各种新兴文学思潮，大多是从西方引进的，并非日本原创。周作人曾经指出："日本文学界，因为有自觉肯服善，能有诚意的去'模仿'，所以能生出许多独创的著作，造成20世纪的新文学。"[②] 在选择中学习和接受，成为日本借鉴西方文艺思潮的显著特点。日本对外来思潮的汲取并非简单地照搬照抄，而是根据需要经过了认真挑选的，这也对中国作家间接接受西方文学思潮提供了有益的帮助。

（二）借鉴与选择：洋为日用

正如前文所述，在明治维新时期，日本大力发展近代教育，形成一股文明开化的风气。这一时期了解西方，宣扬启蒙思想成为文化发展的重点。在科技启蒙的同时，制度启蒙与思想启蒙也随之展开，以福泽谕吉为首的思想家通过各种途径积极地宣传天赋人权的理念，宣扬平等自由的思想。应该说，明治时代标志着日本旧文学向近代新文学的转变。日本从明治时代开始，经济模式全盘西化，日本美学和艺术思想也被纳入全面西化

---

① 卢铁澎：《文学思潮与文学风格——竹内敏雄文学思潮观辨正》，《国外文学》2000年第2期。
② 《中国新文学大系·建设理论集》，上海文艺出版社2003年版，第283页。

的发展进程，这样一来，导致日本传统美学和艺术精神失去了以往赖以生存的人文心理土壤。

经过文学改良和新文化运动的洗礼之后，原有的封建统治秩序被彻底打破，随着思想的解放和新文化的传入，日本文学有了新的发展，而日本近代的文学理论和文学批评也迎来了一个崭新的时代。日本现代文学评论家吉田精一在《近代文艺评论史——明治篇》中就曾提到日本明治时代以后才出现职业批评家，而且文艺评论也才开始成为独立的门类。推动日本近代文学理论运动的著名人物坪内逍遥，他创作的《小说神髓》为近代日本文学理论带来了一些富有见地的思想。明治二十年代前后，日本涌现出诸如坪内逍遥、二叶亭四迷、森鸥外、北村透谷、高山樗牛等一批理论家，他们作为日本艺术批评的先驱者，所进行的文学评论活动和提出的文学理论推动了日本新文学的发展。坪内逍遥积极地主张艺术价值的自律性，二叶亭四迷翻译介绍了一些俄国的文献给日本的艺术批评和艺术实践提供理论上的支持，而森鸥外则是承袭了哈特曼的哲学思想进行了不少批评活动。高山樗牛"作为最早的美学专门家有着一种矜持和含蓄，但他以艺术批评为对象的美学观点是相当明确的。当时，他对曾经风靡一个时代的哈特曼的哲学美学采取冷静客观的批评态度，并为了超越哈特曼作出了他的努力，最终产生了一种历史主义的见解即带有新时代倾向的经验科学思潮"[①]。在各种文学理论著作中，有较大影响力的是坪内逍遥的《小说神髓》、二叶亭四迷的《小说总论》、森鸥外的《文学论》、高山樗牛《艺术和道德》等。

日本近现代文学基本是遵循文学艺术的内在规律来发展运行的，期间出现了众多文学思潮和文学流派，它们之间的相互制约和相互消长，成为日本现代文学发展的主要推动力。刘大杰认为，"西洋文明的采用，在中国这个衰弱的民族的体质上，有些时候受不住，有些时候起了意外的反应。"而日本"这个民族在体质的康健上，对于外来文化能吸收，能消化，能发生力量，他们不因为外面重大的摇击，而使头脑发昏。"[②]

[①] ［日］山本正男：《东西方艺术精神的传统和交流》，牛枝惠译，人民大学出版社1992年版，第72页。

[②] 贾植芳、周立民选编：《我的日本印象》，复旦大学出版社2005年版，第44页。

可见，日本现代文学理论的发展也离不开日本人的自觉意识。纷繁复杂的矛盾，让日本人看到了科技文化方面与西方存在的巨大差距，在日本强迫欧化的初期，他们抱着一种非常自卑的心态全面照搬西洋知识。但是等到学习进入一个相对稳固的时期后，敏锐的日本人就看到了盲目照搬的危险，于是便在有所选择的基础上，逐步表现出日本所固有的民族特征。既然有了清醒的认识，日本在学习西方理论、翻译西方文艺理论著作的时候，自然就会考虑到本民族自身的实际情况，选取最具有普及意义的知识。日本人懂得实用主义，知道只有那些简单而又具体的知识才比较容易引起人们的学习兴趣，也会比较容易被人们学习和掌握。学习西方理论最简便的方法就是由日本的理论家们以通俗易懂的形式翻译西方的理论著作，对广大民众进行"文明开化"教育。日本人娴熟地运用翻译的技巧，扩大西方理论在国内的影响力。例如1883年中江兆民翻译的《维氏美学》就对日本的许多文艺理论家产生过影响。

实际的文学创作往往要求有具体的文学理论作指导，具体文学理论的产生又要借助作品分析的手段，而文学作品也是文学批评活动指向的对象，因此，具体的文艺批评、文学理论通常都是和文学创作紧密联系在一起的。

现代日本的许多美学家、文艺评论家，同时也都是作家，他们不仅按照自己提出的理论要求进行文学创作，同时又在具体的文学创作中实践自己的理论主张。日本的文论家具有很强的知识"嫁接"能力，他们一面去粗取精地吸收西方优秀的文艺理论成果，一面回归日本古典文学的传统，在理解西方文艺理论的基础上补充日本民族所特有的理论品格，进一步地延展和扩充文学理论的阐释空间。正是有了这种孜孜不倦的努力，在某些领域、某些理论问题上，日本人能够另辟蹊径，提出他们独到的见解。从本间久雄的《文学概论》中可以看出作者在介绍西方的文论时也带有了自己的一些观点。北村透谷的《内在生命论》，不仅受到美国的爱默生思想的启发，也有浓厚的老庄思想影响的痕迹。长谷川天溪的自然主义文学理论，既借鉴了左拉等欧洲自然主义的主张，又融进了日本传统的"物哀"的审美观念，从而提出了"暴露现实之悲哀"、"幻灭的悲哀"的理论命题，使日本自然主义文学独树一帜。① 周作人在《日本近三十年小说之发达》一文也曾经借用英国人在《亚细亚美术论》中对日本人的评价："他们几百年来，从了支那的规律，却又能造出这许多有生气多独创的作品，就可以见他们具有特殊的本色同独一的柔性（Docility）。"②

可以说，日本人把好学和擅长学习的特点发挥得淋漓尽致，他们不仅吸收了西方文化中的精华，而且在实际的运用过程中加入了他们自己的创造。

（三）历史的契合：日为中用

著名东方文学专家季羡林先生，将人类历史上的文化分成四大体系：中国文化体系，印度文化体系，波斯、阿拉伯伊斯兰文化体系和欧洲文化体系。这四类古老的文化体系，都对世界文化产生了巨大的影响，它们之间又是相互影响，相互联系的。中国人以"中国"为"中"来区分东南西北，在中国西边的称为西方，在中国东边的称东方。1840 年鸦片战争之后，中国乃至整个亚洲都受到西方殖民主义者的侵略与压迫。中国人乃至亚洲人不得不用"欧洲视角"来重新确定地理方位。后来，"西方"就专指欧洲和美洲，"东方"则指中国、日本、朝鲜、越南、缅甸等国，日本和中国同属于"东方"这是一个不争的事实。

由于中日两国交往频繁，因此，文化上的相互影响就不可避免。中国古代文化尤其是唐代的诗歌，对日本文化的影响非常深远。公元 8 世纪，日本开始采用汉字标记日语的读法来创作，如公元 759 年编写成的《万叶集》。日本的诗歌，有用汉文写的，也有用日文写的，用日文写的诗歌，最著名的是俳句。俳句在形式上与汉诗没有相通之处，但在内容上则与中国诗有着许多共同点，都受到佛教禅宗的影响。中国古代的文艺理论家讲"象外之象，景外之景"，要求诗人写诗要"不著一字，尽得风流"等等，这些理论，也许在西方人看来难以理解，但日本人却能心领神会，日本的俳句就是最能表现这种意境的文学样式。日本的许多叙事作品，或取材于印度神话，或采用中国典故，将儒、道、佛三家的思想杂糅在一起，比如《源氏物语》这部百万字的巨著中，就既有儒家思想又有佛家思想。

---

① 参见王向远《王向远著作集》第 5 卷，宁夏人民出版社 2007 年版，第 177 页。
② 《中国新文学大系·建设理论集》，上海文艺出版社 2003 年版，第 282 页。

文艺观念、审美原则、创作方法、理论范畴等作为体现文学根本性质及其特征的基本要素，它们的具体内容、表现方式以及相互之间的关系转变，构成了文艺理论的多样化形式，并且在特定的历史阶段，体现出特定的时代特征。这些要素的形成和发展不仅受到文论内在"自律"因素的制约，而且在很大程度上还会受到一定社会经济、政治、文化等外部"他律"因素的影响。因此，要研究中国现代文学思潮与日本的渊源关系，就不能避开留日艺术家在特定时代对中国现代文学思潮的流变所产生的实际影响和推动作用。

中日比较文学研究学者贾植芳在阐述中国留日学生和中国现代文学的关系时，曾这样说过："从清末起，到日本去过的作家大约有四代人。第一代从1898年戊戌变法失败开始陆续东渡日本，由寻求救国真理转向从事文艺运动的。这代人中，除梁启超、章太炎外，大多数都是在日本留过学的，如王国维（1902）、鲁迅（1902）、周作人（1906）、苏曼殊（1903）、陈独秀（1902）、钱玄同（1906）、欧阳予倩（1902）、夏丏尊（1905）、欧阳予倩（1902）、杜国庠（1907）等。……第二代是1911年辛亥前后赴日本的，由从事各种专业学习转向搞文艺，如郭沫若（1914）、郁达夫（1913）、成仿吾（1910）、张资平（1912）、田汉（1916）、郑伯奇（1917）等。第三批是在"五四"以后去日本留学的，他们已经受着新文学的洗礼，到日本以后决定了自己的人生道路，如穆木天（1920）、夏衍（1920）、丰子恺（1921）、谢六逸（1920）、彭康（1920）、朱镜我（1920）等。第四代是在大革命失败以后去日本，或为流亡，或为留学，继而从事文艺活动的，如任钧（1928）、胡风（1929）、周扬、（1929）楼适夷（1929）等。……第一代人从日本回国发起了新文学运动，第二代人回国推进了新文学运动，第三代人回国后一部分人继续从事文学运动，一部分则由提倡'革命文学'而转向搞政治，第四代人回国后一律参加了左联——从文学革命到革命文学，再进而左翼文学运动。留日学生所起到的作用以及他们的特点，是很一贯的。"[①]

[①] 贾植芳：《中国留日学生与中国现代文学》，《山西师范大学学报》（社会科学版）1991年第4期。

日本文化对中国的留学生产生了很大的影响。很多旅居日本的中国作家，丝毫不掩饰对日本文化的喜爱之情。周作人就认为日本"总是一个第二个故乡，有时想到或是谈及，觉得对于一部分的日本生活很有一种爱着"①。即使是在日本的旅馆住宿，周作人也会认为"这比向来住过的好些洋式中国式的旅舍都要觉得舒服，简单而省费"②。而郁达夫更是发出了这样的喟叹："若再在日本久住下去，滞留年限，到了三五年以上，则这岛国的粗茶淡饭，变得件件都足怀恋；生活的刻苦，山水的秀丽，精神的饱满，秩序的整然，回想起来，真觉得在那儿过的，是一段蓬莱岛上的仙境里的生涯。"③ 从最初的痛苦不适到心态逐渐趋于平和，很多作家在经历了适应期之后，能够以一种不同的眼光去发现日本的特质。茅盾1928年7月至1930年4月居住于日本，在这期间创作了长篇小说《虹》，七个短篇小说，以及其他一些散文和文艺论著。他的作品从不同角度反映了日本社会的真实情况。胡风寓居日本期间，曾参加东京"艺术学研究会"的活动，受到日本学者的影响，解决了社会观与艺术观的矛盾问题。蒋光慈1929年夏天东渡日本养病，不仅和藏原惟人、藤枝丈夫、藤森成吉等进步作家有往来，而且很多俄文版的马克思主义理论书籍都是从藏原惟人处借来阅读学习的。

有不少进步人士在日本成立了社团，在学习日本文化的同时也进行新的艺术尝试。如1919年5月成立于福冈的夏社，是以郭沫若为首的中国留日学生的爱国团体。在此期间，郭沫若"第一次看见中国的白话诗"，并开始了新诗创作。

1921年，郁达夫与郭沫若、成仿吾、张资平、田汉等人以实际行动响应国内的文学运动，在东京发起、成立了中国现代文学史上著名的社团——创造社。他们举起了"为艺术而艺术"的文学大旗，推动了文学革命向艺术自觉地发展。其中，同年出版的郭沫若的诗集《女神》、郁达夫的小说集《沉沦》成为"创造社正式宣告成立的号炮"。1921年6月8日成立于东京的创造社，前期主张"为艺术而艺术"，成员有郭沫若、郁达夫、张

---

① 贾植芳、周立民选编：《我的日本印象》，复旦大学出版社2005年版，第14页。
② 同上书，第16页。
③ 同上书，第131页。

资平、田汉、成仿吾、穆木天、郑伯奇等，1926年7月在日本成立了出版部分部。1929年8月下旬蒋光慈等成立了太阳社东京支部。1930年以群、任钧、谢冰莹等筹备组建立了东京的中国左翼作家联盟东京分盟，创办有《东流》、《文化斗争》、《文化之光》、《诗歌》等刊物，1936年春解散。1936年春成立于东京的中国留日戏剧协会，曾公演《洪水》（田汉）、《姨娘》（白薇）、《孩子们》（高尔基）、《复活》（托尔斯泰）。1936年夏成立于东京的文海文艺社，出版《文海》月刊，得到郭沫若、秋田雨雀等的支持。

在日本成立的社团作为自由聚合的团体，有各自的理论主张和鲜明的特点，是中国现代文学或者文艺理论的宣传阵地，在一定程度上影响中国文艺理论的发展。创造社成员大部分在日本留学，接触了欧美浪漫主义文学和日本文学界流行的浪漫主义以及现代主义新思潮，所以他们对浪漫主义情有独钟，但其主旨仍然与写实主义有相通之处，也重视文学思潮积极的反抗性、革命性等社会功能，并且关注并反映当时中国的现实需要。创造社在1924年进入其发展的第二个时期以后，就提出了"革命文学"的口号，倡导社会主义的写实主义，主张建立无产阶级革命文学。

人本身就是特定文化的载体，是外来文化的接受主体。外来文化的影响只有通过人才能发生作用。正如鲁迅在《"圣武"》中所说："新主义宣传者是放火人么，也须别人有精神的燃料，才会着火；是弹琴人么，别人的心上也须有弦索，才会出声；是发声器么，别人也必须是发声器，才会共鸣。"[1] 正是由于中国现代学者们的积极努力，才促进了中日两国现代文学思潮的交流和发展。

第二节　中日个人主义思潮的交汇

中日同处于东方文化圈，两国之间的相似之处使得中国新文学作家会在学习日本的过程中会不自觉地借鉴和仿效日本在文学上所取得的成就。中国著名的新文学家如鲁迅、周作人、郁达夫等，借助日本这一开放的

---

[1] 鲁迅：《坟·热风·两地书》，浙江人民出版社2002年版，第298页。

"港口"不仅瞭望到了西方丰富的文学资源，而且还汲取了日本文学的丰富养料。只不过，日本并不是简单地将西方文学思潮与理论原封不动地传递给中国的作家们，日本在引进西方文学思潮与理论的时候就已经做出了选择。西方近代确立的个性主义，是一种以个人为本位的历史本体观。个性主义途经日本到达中国的时候，所包含的张扬个性与改造民族精神相统一的特点，在中国的特殊国情下被赋予了"启蒙"与"救亡"的双重功能。

（一）日本的"个性之光"

西方资产阶级的个人主义，是随着资产阶级的兴起和发展而随之兴起和逐步得到发展的。它的发展可以分为几个阶段：文艺复兴时期的个人主义、启蒙运动时期的个人主义和现代西方资产阶级的个人主义。

尼采的个人主义开创了现代西方个人主义的根本方向，从而确定了20世纪至今西方资产阶级个人主义的基本原则，使得个人主义发展到了一个前所未有的崭新阶段。尼采认为，人与一切其他事物有着本质的不同，人的本质就在于人的不确定性、未完成性、未定型性和无限可塑性。在这里，人的无限潜能得到充分的肯定，人具有自我创造和自我超越的能力。人只有不断地通过自我超越才能达到对于自我的创造。人通过自我超越和自我创造来实现人的自身价值。尼采个人主义的最核心部分是关于个人的个性的表现问题。但是对于个性的关注，并不是从尼采开始的。早在文艺复兴时期，新兴资产阶级的人文主义者，就主张人的个性解放，他们用人性反对神性，认为神性束缚了人的个性的发展。他们认为人应该按照自己的天性和需求过自由自在的生活，而不必受到其他外界条件的限制和束缚。

启蒙思想家们以爱尔维修为代表提出了把个人利益放在核心地位的功利主义的个人主义。他们从人的趋乐避苦的本性出发，并把这称为"自爱"原则，即人是自私的，认为功利主义的个人主义是永恒不变的"人性"。功利主义的个人主义始终把个人利益放在首位，最终必然会导致利己主义。不过，尼采的个人主义与文艺复兴和启蒙运动时期的不同观点有所不同，他继承了德国浪漫主义的"新个人主义"。这种个人主义主张"差别性个人主义"，认为个人应该成为独一无二的、不可替代的个体。尼采把个人的个性、自我价值和内在精神等看得高于一切。尼采的个人主义思想中最突出的价值或者说具有的积极意义在于：强调了社会发展中个人的个性、创造性、自我超越性。尼采认为社会就是由一个个活生生的具有独特性的个人组成，每一个人因为自身的个性而与众不同。

"个人主义这个概念早先被明治时代的日本知识分子创造出来，以翻译西方自由派和国族主义理论上的 individualism 的。在 19 世纪和 20 世纪之交介绍到中国来后，这个词很快变成了中国有关自我话语领域的特定标志。"[1] "大正时代"的日本已经实现了"维新"的目标，社会语境也发生了变化。这一时期，提高和发展精神文化被视为人类生活的最高目的。个人主义、自由主义也在理想主义背景下重新被发现。知识分子的追求目标逐步超越政治功利而转向关注人类的精神本身。他们不再一味地追求西方强烈的启蒙主义理性精神，而是转向了个体，转向了对自我生命的体认。寻求"非理性"等"感性的近代精神"使得日本掀起了一股"文化主义"的思潮。以表现"自我"、"生命"、"非理性"等为特点的西方现代思想引起了日本作家的强烈共鸣，西方的尊重个性、推崇天才、重视自我的观点获得了日本作家的广泛认同。这一时期，尼采、弗洛伊德、柏格森、叔本华等西方主观唯心主义哲学家受到了日本文化界的极力追捧。一时间，德国的"狂飙文学"、自然主义、唯美主义、象征主义等各种现代文学思潮在日本文学界此起彼伏。不过，日本文学家并没有被一时的热闹场景冲昏头脑，相反地，他们高度重视文艺的审美价值，重视文艺的自身规律和特性。他们依据本国文化认同心理和民族个性，批判地继承与发展了各种现代文学思潮，形成了有日本特色的文学流派，其中包括唯美派、白桦派、"私小说"等。1910 年 4 月，《白桦》杂志创刊，之后的十余年间，是白桦运动的全盛期。武者小路实笃、有岛武郎、志贺直哉等白桦派同人，满怀激情地用文学创作来解析人性之善恶，希望引导个性往健康的方向发展，他们的创作实践在日本文学界引起了极大的反响。武者小路实

---

[1] 刘禾：《跨语际实践：文学、民族文化与被译介的现代性》，生活·读书·新知三联书店 2008 年版，第 113—114 页。

笃、有岛武郎、志贺直哉、长与善郎等白桦派代表人物，高举理想主义的旗帜，用文学创作展示人性的善恶，呼吁个性的自由发展。自然主义与唯美主义作为西方文学史上的两股截然不同的文学思潮，在"大正时代"的日本也同样受到了青睐。

日本用创作实践重新诠释了"个人"的价值和意义，使个性主义在途经日本的时候获得了更加丰富的内涵。

(二) 改良人性与"人"的发现

胡适在《易卜生主义》一文中曾经明确指出，真正的个性主义必须把自由意志和责任感统一起来。"五四"个人主义的主流价值观依然是儒家的思想，重视个性的发展和精神的独立，具有儒家积极进取的精神。其终极追求不是个人的私利，而是为保全社会和全人类的利益而积极地寻找出路。

20世纪初，中国个性主义思潮开始涌动，除了其他的原因以外，与留日的中国新文化先驱们在日本受到个性主义思潮的熏陶也有一定的关系。戊戌变法失败后亡命日本的梁启超，最先认识到个性主义思潮对于重塑日本国民精神的特殊意义。因此，梁启超认为要想让一个国家强盛，"新民"是当务之急，他提出"故今日欲言独立，当先言个人之独立，乃能言全体之独立"[1]。梁启超对"个性"问题的高度重视，为中国个性主义思潮的发展开了先河。梁启超认为，要使国家强盛就必须让个人和全体获得人格上的独立。后来1902年在《新民说》一文中，他进一步阐述了"自由"、"自尊"、"自爱"等问题，讨论了个人自尊与国家自尊的关系。梁启超提倡"个性"，他的努力为个性主义思潮在中国的传播奠定了基础。

"五四"新文学运动高举反封建的大旗，以有力的形式宣扬个性主义，追求个性解放成为新文学作家的共同主张。个性主义文学思潮在五四时期的中国得以大规模展开。陈独秀、李大钊、胡适等新文化先驱以《新青年》为宣传个性主义思潮的阵地，热情地宣传个性主义。在《新青年》的最初6位编辑同人中，除胡适1人留美外，其余5人（陈独秀、李大

---

[1] 梁启超：《饮冰室文集·十种德性相反相成义》，中华书局1936年版，第44页。

钊、高一涵、钱玄同、沈尹默）都曾经留学日本。日本的个性主义文学思潮深深地影响了中国作家，他们在某种程度上不仅接受了日本的理论主张，而且在具体的消化吸收过程中又增加了自己的新发现。"五四"文学在相当程度上可以看成是个性主义的文学。在个性主义文学的形成过程中，周氏兄弟可谓功不可没。周作人在《人的文学》中指出："人道主义，是从个人做起。要讲人道，爱人类，便须先使自己有人的资格，占得人的位置。……用这人道主义为本，对于人生诸问题，加以记录研究的文字，便谓之人的文学。"① 这篇文章成为个性主义文学思潮的理论纲领，显示了强大的力量。

怀着科学救国梦想赴日留学的鲁迅，在日本新思潮的激发下，终于意识到科学改造国民性才是根本。他在日本发表的一系列文章，如《文化偏至论》、《摩罗诗力说》等重点都宣传了个性主义。"今为此篇，非云已尽西方最近思想之全，亦不为中国将来立则，惟疾其已甚，施之抨弹，犹神思新宗之意焉耳。故所述止于二事：曰非物质，曰重个人。"② 鲁迅留日期间，正值日本"尼采热"的高峰。鲁迅推崇尼采，把尼采视为鼓吹个性解放的典范。尼采思想以及意志哲学在日本学术界的兴盛感染着中国新文化先驱者，他们的极力宣传为中国新文学个性主义思潮的形成奠定了重要的思想基础。鲁迅在《摩罗诗力说》和《文化偏至论》中从欧洲最新思潮代表的角度介绍了尼采。鲁迅跟当时的日本文学界一样，把尼采视为跟西欧近代文明相对立的"文明批评家"，并且根据尼采的思想归纳出理想人类的性格，如严于自省，倔傲的坚强意志等，并且鲁迅还从尼采的超人说中引申出了"掊物质张灵明，任个人排众数"的主张。日本的伊藤虎丸教授曾指出："鲁迅从尼采那里接受的决不是对立于'科学'的'文学'或'宗教'……而是变革创造文学、思想、秩序、组织的人的主体性。这是他通过尼采撷取的欧洲近代文明的'神髓'。"③ "鲁迅则通过尼采，找到了东方所没有的、代表着近代西方精神特征的'个人主义'，

---

① 《中国新文学大系·建设理论集》，上海文艺出版社 2003 年版，第 195—196 页。
② 鲁迅：《坟·热风·两地书》，浙江人民出版社 2002 年版，第 42 页。
③ ［日］伊藤虎丸：《鲁迅、创造社与日本文学：中日近现代比较文学初探》，孙猛等译，北京大学出版社 2005 年版，第 53 页。

在其中看见了'真的人'。"① 鲁迅通过学习得到的最深切的体会莫过于"是故将生存两间，角逐列国事务，其首在立人，人立而后凡事举；若其道术，乃必尊个性而张精神。"② "鲁迅借助尼采宣传个人主义思想，更侧重于国民精神的改造，他想以此求得国家独立。同其政治作用相比，这个特点更带有鲜明的文化或文明批评的色彩。……如果硬要在日本文学里寻找和鲁迅类似的作家，那只有二叶亭四迷和夏目漱石。其理由之一，就是因为他们在个性上有这样共同的特征。"③ 鲁迅认为文学可以发现人性的光芒，是真的猛士能够自由地发出内心的"呐喊"，并且他相信文学艺术和科学、国家并不对立。从深层意义上来说，鲁迅正是看到了国家贫弱和科技落后的根本都源于国民性的弱点，于是他才大胆地奋力疾呼，要通过改造国民的劣根性才能真正引起疗救的希望。

中国新文学的发展道路的探索需要有强有力的理论做指导，鲁迅已经认识到需用文学来改造愚弱的国民，而白桦派宣扬的改良人性的主张仿佛是黑暗中的一线光明，让鲁迅产生了强烈的共鸣。鲁迅最早翻译的一篇白桦派作家的作品是武者小路实笃的剧本《一个青年的梦》，他高估评价了作品在思想上的优点，认为"思想很透彻，信心很强固，声音也很真"④。周作人提出的"人的文学"观，也应该说是受到过白桦派理论主张的启发的。在《人的文学》中，周作人提出了"利己又利他"的主张，既不同于车尔尼雪夫斯基的以获得自己良心和道德上的满足为原则的合理的利己主义，也不同于否定自我欲望和自我发展的托尔斯泰的人道主义，而是直接受到日本的白桦派观点的影响。

郁达夫曾在《〈中国新文学大系·散文二集〉导言》中评价"五四运动"时说："五四运动的最大成功，第一要算'个人'的发见。从前的人，是为君而存在，为道而存在，为父母而存在的，现在的人才晓得为自我而存在了。我若无何有乎君，道之不适于我者还算什么道，父母是我的

---

① [日]伊藤虎丸：《鲁迅、创造社与日本文学：中日近现代比较文学初探》，孙猛等译，北京大学出版社 2005 年版，第 244 页。
② 鲁迅：《坟·热风·两地书》，浙江人民出版社 2002 年版，第 49 页。
③ [日]伊藤虎丸：《鲁迅、创造社与日本文学：中日近现代比较文学初探》，孙猛等译，北京大学出版社 2005 年版，第 246 页。
④ 《鲁迅全集》第 10 卷，人民文学出版社 2005 年版，第 192 页。

父母；若没有我，则社会，国家，宗族等那里会有？"① 在这里"我"成了中心，成了其他一切的基础，没有我便没有其他一切。郁达夫在《艺文私见》一方面表明对"天才"的推崇，另一方面也强调了文艺的"真"性，强调文学的个体认知。以此为基点，他所谓的"个性"就特别强调Individuality，即个人性，要求以自我为中心去审视世界，而不是站在世界的立场上去审视自我，体现了"个性解放"的时代精神趋向。创造社同人"自我表现"文艺观在五四新文学的历史语境中独树一帜，把新文学创作的中心转入对个体的真实表现。郭沫若就在《生命底文学》一文中写道："生命底文学是必真、必善、必美的文学：纯是自主自律底必然的表示故真，永为人类底 Energy 底源泉故善，自见光明，谐乐，感激，温暖故美。真善美是生命底文学所必具之二次性。"②

应该认识到，文化传播作为一种社会性行为，它不像一般的信息传递，表现出从输入到输出的简单复制过程。人作为文化传播的中介不可能不受到社会、历史、政治、经济等因素的制约。人要通过期望、目的来表现主体意识和自我价值，就必然会对传播对象进行自觉或不自觉地取舍和发挥，以满足自身的需要。虽然中国的文学思潮受到了日本的影响，但是这种影响并没有改变中国的文学思潮在学习中不断选择和不断创造的特点。

第三节　中日浪漫主义思潮的交汇

创造社作家是五四时期最张扬个性的群体，他们高举浪漫主义旗帜，提出了从事文艺的活动是本着内心的要求的观点。他们的创作大都"显示出他们对时代和社会的热切的关心"。创造社的成员排斥模仿，鄙视不努力，要求对艺术保持一种非常严肃的态度。这与西方浪漫主义相去甚远，与日本的人生浪漫派的关系更为接近。日本人生浪漫派的代表人物北村透谷认为，诗人和文学家要高举理想的大旗，批判非人性的现实，要为了梦想而与现实进行斗争。中村新太郎称为"人生的浪漫主义"。如同日本的

---

① 刘运峰编：《中国新文学大系·导言集》，天津人民出版社 2009 年版，第 132 页。
② 彭放编：《郭沫若谈创作》，黑龙江人民出版社 1982 年版，第 205 页。

人生浪漫派将浪漫的艺术情怀与浪漫的时代精神结合起来一样，创造社作家将时代使命与本着内心要求从事创作的艺术观念统一起来，始终关注着外在的现实人生，强调文学对于时代的使命。

(一) 浪漫主义溯源

浪漫主义（Romanticism）一词源于南欧一些古罗马省府的语言和文学。作为一种手法，浪漫主义始于古希腊。而作为一种文学流派，浪漫主义最早诞生于德国。通常对浪漫主义的划分有广义和狭义之分。

从广义上讲，浪漫主义泛指从古至今具有浪漫主义特征的文学，是指一种创作方法。作为创作方法和风格，浪漫主义在表现现实上，强调主观与主体性，侧重表现理想世界，把情感和想象提到创作的首位，通常用热情奔放的语言、超越现实的想象和夸张的手法来塑造理想中的形象。如中国屈原、李白的诗歌，德国的歌德和席勒、法国的雨果和乔治·桑、英国的拜伦和雪莱等人的作品中都具有鲜明的浪漫主义特色。浪漫主义的创作手法表现在文艺理论上，则是以唯心主义哲学为基础的表现论，其最早源头则是柏拉图的"灵感说"和"迷狂说"。后来，朗吉努斯又提出要注重人的主观心灵和情感。希腊文论家斐罗斯屈拉塔斯，提出了想象说，进一步继承和发展了柏拉图和朗吉努斯的浪漫理论。而直接继承柏拉图理论的则是普罗提诺，他把柏拉图的客观唯心主义和基督教神学、东方神秘主义糅合在一起，创造了新柏拉图主义，并提出了文艺创作的"放射说"或"流溢说"。文艺复兴时期，人的个性得到张扬，人的创造力、想象力也得到前所未有的激发。与此相应，文学领域也展开了一场声势浩大的精神解放运动。浪漫主义最早主要表现于德国的狂飙突进时期。施莱格尔兄弟在18世纪最后几十年中成为德国浪漫主义的领袖。施莱格尔兄弟编辑的刊物《雅典娜神殿》，在推动浪漫主义运动的宣传和理论建设方面起了重要作用，被称为耶拿派浪漫主义。他们要求个性解放，主张创作自由，提出打破各门艺术界限。但他们的浪漫主义理论带有浓厚的主观唯心主义和宗教神秘主义色彩。德国浪漫主义的另一个派别是"海德堡派"，代表人物有阿尔尼姆、布伦坦诺和格林兄弟等人。他们重视民间文学，深入民间收集民歌和童话，对浪漫主义文学的发展起到一定的积极作用。除此之外，霍夫曼、荷尔德林、歌德、席勒等人的创作也在德国浪漫主义文学中占有重要的地位。在英国，浪漫主义的主要代表人物是"湖畔派"的诗人柯勒律治、华兹华斯和骚塞。华兹华斯在《抒情歌谣集》再版序言中把诗歌看作"强烈感情的自然流露"，而这篇序言后来也成为英国浪漫主义诗人的宣言。19世纪初，英国浪漫主义文学的代表是拜伦、雪莱和济慈等人，他们抨击封建教会势力，表现出争取自由和进步的民主倾向，在艺术上发展和丰富了浪漫主义诗歌的形式和格律。在法国，浪漫主义的先驱是卢梭，他宣扬感情至上和人的本性善良。一批作家对他的"回归自然"的口号作出积极的响应，在创作中描绘大自然的美好，抒发对大自然的热爱之情，表现出对乡土的深深依恋。法国早期浪漫主义的代表是夏多布里昂。他的创作缅怀过去的理想，宣扬宗教的威力，表现出浓厚的消极思想与情绪。斯塔尔夫人发表的著作《论文学》和另一部著作《论德国》，提出了浪漫主义民族主义的问题，奠定了法国浪漫主义的理论基础。雨果的作品气势恢宏，具有强烈的理想主义色彩，表现了对中下层人民群众的深切同情，堪称法国以及欧洲浪漫主义文学的杰作。19世纪初俄国诗人茹科夫斯基打破古典主义的规范，创作了许多优美的抒情诗和叙事诗，有力地促进了俄国浪漫主义的兴起。作为俄国浪漫主义文学的卓越代表，十二月党诗人和普希金、莱蒙托夫的早期浪漫主义创作，不仅赞颂了反对专制、争取自由的精神，而且还高扬革命的激情。东欧浪漫主义文学以波兰革命诗人米尔凯维奇和匈牙利革命诗人裴多菲为代表，他们的创作具有鲜明的爱国主义精神和浓郁的民族特色。

　　从狭义上讲，浪漫主义特指具有明确的理论纲领，从18世纪末19世纪30年代这一时期在诗歌、小说、戏剧创作上均有代表作品的西方浪漫主义思潮。作为创作方法，浪漫主义没有时空的限制；但作为思潮和运动，却有着特定的历史时间限制。浪漫主义在它的发源地欧洲慢慢普及，最终形成一种世界性的思潮。浪漫主义思潮在文学、美术、建筑、音乐等艺术领域都有所体现。作为文艺思潮，浪漫主义产生并风行于18世纪末至19世纪初的欧洲。其时正值资产阶级革命的时代，资产阶级处于上升时期，要求个性解放和情感自由，在政治上反抗封建主义的统治，在文学艺术上反对古典主义的束缚。适应这样的现实需要，浪漫主义思潮应运而生。浪漫主义受到启蒙运动理念的影响，是对于启蒙时代以来的贵族和专制文化的颠覆,以艺术和文学反抗自然的人为理性化。浪漫主义文学流派一经在欧洲主要国家形成后,很快就传播到整个欧洲乃至美洲,甚至影响到亚洲,进而形成了世界性的浪漫主义文学思潮或运动。19世纪中期以后,欧洲的浪漫主义文学逐步被现实主义文学所取代。

作为一种带有极强整合力量的浪漫主义文学思潮,不仅在西方世界表现出巨大的生命力,而且在传入东方世界时,对东方的文学也产生了极大影响。

(二) 日本的"人生的浪漫主义"

在20世纪初期的英美,浪漫主义思潮已经处于颓势,新古典主义、形式主义等占据了主导地位。与此相反,浪漫主义成为19世纪末期日本文学的主潮,一直到20世纪初还留有一定的影响。

日本在明治维新之后就掀起了一个译介欧洲文学的热潮。英国的莎士比亚,法国的凡尔纳、大仲马和雨果,俄国的屠格涅夫、托尔斯泰,挪威的易卜生等人的作品被译介到日本。随着西方的各种文学思潮和流派源源不断地被介绍到日本,不仅充实了日本文坛,而且为日本读者带来了全新的阅读体验。从19世纪末到第二次世界大战结束为止,日本人用了七八十年的时间,走过了西方文艺复兴以来四五百年的文学历程,这不得不说是一个令人惊讶的速度。写实主义、批判现实主义、浪漫主义、自然主义、人道主义、唯美主义等西方文学史上曾出现过的主要的创作思潮,在日本都有不同程度的延续和发展。

更为难能可贵的是,日本文学家们在介绍和吸收西方文学思潮的时候,始终保持一种冷静的心态,并不是原封不动地照搬照抄,而是始终从本民族的特点和实际的需要出发,将西方文艺思潮与本民族特有的文化观念、文学传统、审美趣味融合在一起,经过改造形成日本独有的风格。日本浪漫主义大致可以分为三种:一是以幸田露伴、泉镜花为代表的古典风格的浪漫主义;二是以森鸥外、伊藤左千夫为代表的感伤浪漫主义;三是以《文学界》、《明星》两个杂志为中心所展开的浪漫主义思潮和运动。

北村透谷(1868—1894)、岛崎藤村(1872—1943)、枢口一叶(1872—1896)等文学青年于1893年创办了《文学界》杂志。这些人大都受基督教的深刻影响,主张个性自由,追求人格的独立,渴望建立确立自我价值的真正意义上的近代文学。作为《文学界》的核心人物，北村透谷在《内在生命论》一文中，强调自由与民主，强调个人尊严，并且把表现和阐释"内在的生命"作为近代文学的核心。他排斥江户时代庸俗的功利主义文学，认为文学要表现人的真实个性。在《何谓干预人生》中，北村透谷反对当时为"国家主义"服务的所谓"干预人生"的功利主义文学，认为文学应高举理想的旗帜，同现实的虚伪和非人性进行斗争。1898年1月，《文学界》停刊后，青年诗人与谢野宽（1873—1935）于1899年创立"东京新诗社"，次年创办了该社的机关刊物《明星》。以《明星》杂志为中心的一批年轻诗人形成了日本诗坛的另一个浪漫主义团体——明星派。这个团体致力于日本传统的和歌的近代化。

正是由于日本文学家们的努力，日本才形成了不同于西方的浪漫主义、自然主义和唯美主义。日本浪漫主义兴起于资本主义上升时期，主张打破封建的束缚和压迫，以人的尊严为基础，彻底尊重人性，以发挥人和人的力量取代借助神的力量。具体的表现如：国木田独步就很欣赏英国华兹华斯的"唯情论"主张，他认同华兹华斯"自然与人生的和谐"的观点，相信只有达到自然与人生的和谐才能真正地领悟人生，了解自然。受华兹华斯的影响，国木田独步热切向往自然生活和自由的状态。森鸥外也模仿西欧作家善于从中世纪和民间传说中取材的方式。德富芦花则把西欧浪漫主义文学特有的追求理想的激情作为他所倡导的"新兴文艺"的中心主题。岛崎藤村则崇尚自然，在作品中流露一种精神觉醒的特质，抒写自然的浪漫情怀。早在鉴真东渡的时代，中国上千年的传统文化就扎根于日本，对日本产生了不可磨灭的影响。中国道家美学中的"无为而无不为"的思想与"无用之用"的观念，着眼于人的全面发展，宣扬主体的精神自由。虽然有些日本浪漫主义作家曾一度皈依过基督教，但最终都放弃了这种信仰，倾向泛神论，渴望人与天地自然的合一，如北村透谷的《万物之声与诗人》、《内部生命论》等。

从价值取向而言，不管是西方还是东方，作为文学观念形态上的浪漫主义有融合之处。日本的一些文学家，理论和创作手法代表着真正的近代浪漫主义的自由精神。如北村透谷深受拜伦、雪莱等西方浪漫主义诗人的影响，他不甘于现实的残酷，希冀在现实的世界中找到抗争的力量,可以说在他身上恰恰体现了基督教人道主义精神、和平民主的观念与中国传统的"物我合一"哲学思想的契合。但是他的思想和创作又在某种程度上存在着精神至上和神秘主义倾向,因而,最后滑向了宿命论的虚无主义。

(三)浪漫主义在中国的蜕变

日本对西方浪漫主义文学的介绍,所选作家作品大都以反叛性、挑战性为特色,如拜伦、雪莱、歌德等,日本浪漫主义不仅起到过滤和中介作用,而且直接影响到中国新文学的浪漫主义色彩。西方浪漫主义的超脱感、神秘感,与西方的宗教信仰和哲学背景有关,而中国的实际情况却和西方不同。众所周知,基督教是西方浪漫主义的思想基础,也是浪漫主义作家获取灵感的源泉,因而西方浪漫主义文学主张逃避现实,用虔诚的心皈依上帝。而深受泛神思想滋养的中国人难以接受基督教式的"一神"信仰。中国浪漫主义诗歌奠基人郭沫若的诗歌中往往将诗人的自我形象无限夸大,达到一种神我合一和人神平等的境界。作者把自己与天地、与整个大自然融为一体。在《凤凰涅槃》中更是把主体与客体交融在一起的泛神论思想发挥到了极致。此外,郭沫若还接受了在日本深受欢迎的泰戈尔、惠特曼、歌德等人的具有泛神论倾向的浪漫主义风格。

在中国浪漫主义文学的发展过程中,前期创造社起到了一定的积极作用,他们的创作堪称中国浪漫主义文学史上一道最为亮丽的风景线。综合来看,创造社的浪漫主义主张大致表现在两个方面:一是张扬了废旧立新的狂飙突进的精神,具有"敢叫日月换新天"的磅礴气势,如郭沫若的《女神》;二是展示了知识分子灵魂与心灵深处的彷徨和苦闷,弥漫着浓重的感伤气氛与忧郁情调,如以郁达夫的自叙传为代表的一大批自我抒情小说。由于创造社大多数作家长期居住在国外,深受外国文学思潮的影响,他们怀念祖国的"思乡病"在归国后不仅没有得到治愈,反而更加重了对现实的失望。国内外两种不同现实的反差,让他们产生一种强烈的改变现状的激愤之情。在变革现实的过程中,处处碰壁使知识分子们要么选择逃避,要么选择抗争,创造社所具有的反抗精神和破坏情绪恰好迎合了当时社会的需要而大受欢迎。

浪漫主义文学成为19世纪末20世纪初日本文学的主潮,日本译介了许多西方浪漫主义作家作品,留日的中国作家较多接受浪漫主义的影响,西方浪漫主义思潮也是经由日本被介绍到中国的。日本对西方浪漫主义作家作品的译介给中国留日作家创造了良好的氛围。中国最早引入欧洲浪漫主义思潮的是鲁迅。1907年,鲁迅在他的长篇文言论文《摩罗诗力说》中系统地介绍了19世纪伟大的浪漫主义诗人拜伦、雪莱、普希金、莱蒙托夫、密茨凯维奇和裴多菲。鲁迅的根本目的在于通过译介这些诗人,给中国文艺界以新的启示,从而呼唤中国能够出现"不惮于前行"的"精神界战士"。"北冈正子在作了比较后说:'就内容而言,可以说《摩罗诗力说》几乎照样取自《雪莱》。不过《摩罗诗力说》把感应自然的是人的心和向人生之谜挑战的诗人的心合为一体加以叙述,这点不同于《雪莱》。'这就是创造。"① 另外鲁迅的《摩罗诗力说》第四、五节的材料主要取自《文艺界之大魔王——拜伦》,不同于作者木村鹰太郎更多地注重反叛精神,鲁迅张扬的是拜伦重独立、爱自由的人道主义色彩,表现了鲁迅对待被奴役者的一种"哀其不幸,怒其不争"的情感,鲁迅以《摩罗诗力说》来宣传他自己的文艺主张,增加了木村鹰太郎著作中所没有的内容,可以说做到了"青出于蓝而胜于蓝"。

而创造社作家推崇的浪漫主义更是可以联系到日本以北村透谷为代表的人生浪漫派。创造社作家是"五四"时期最张扬个性的群体,他们高举浪漫主义旗帜,提出要发自内心地去从事文学创作。创造社作家始终关注着外在的现实人生,强调文学对于时代的使命,他们立足于外在的时代使命与浪漫主义本着内心要求从事创作的艺术观念统一起来了。源于西方的浪漫主义思潮,经过日本的"传递"最终在中国得到回应的时候,其内在的特点已经发生了某些转变。与西方浪漫派的空灵感和神秘感不同的是,中国的浪漫主义更多了一种民族使命感和感伤的忧患意识。当中国的文学运动直接与反帝斗争的任务联系在一起时,创造社早期的"艺术至上"的主张显然不能满足时代的需要。在"大革命"的狂风暴雨中,创造社后期的思想发生了转变,自觉放弃了原有的个性,进一步推动文学与革命的结合。因此,中国的浪漫主义文学并未经过充分的发展就很快转向了"革命文学"。

---

① 王锦厚:《五四新文学与外国文学》,四川大学出版社1996年版,第102页。

郑伯奇在《〈中国新文学大系·小说三集〉导言》中说:"歌德而外,海涅,拜伦,雪莱,基慈,恢铁曼,许果,斯宾挪莎,太戈儿,尼采,柏格逊,这些浪漫派的诗人和主观的哲学家也是他们所最崇拜的。其次,因为各人的偏向,有人喜欢淮尔特,也有人喜欢罗曼罗兰。这虽似乎偏向到两个极端,然而,在尊重主观,否定现实上,却有一脉相通之点。象征派,表现派,未来派,也都经创造社的同人介绍过。这些流派,实在和浪漫主义在思想上,是有血缘的关系。"① 正是有了日本的影响,中国新文学的代表们才能在更为广阔的空间里产生新的思想,提出新的理论主张,创造出代表中国特色的新的文艺形式。

第四节　中日现实主义思潮的交汇

近代以来深受西方文学思潮影响的日本在汲取西方文学新潮方面给中国做出了很好的榜样,中国的许多文学家都先后在日本学习并吸纳了日本文艺新潮的精华。现实主义作为中国20世纪文学思潮中最为强劲的一支,对中国现代文学的发展产生了很大的影响。由于国情的不同,虽然中国和日本的现实主义文学思潮都经历了不同的变迁,但是两者之间还是存在着千丝万缕的联系。

(一) 现实主义溯源

作为文学的一个专门术语,现实主义最早出现在18世纪德国的剧作家席勒的理论著作中。但是,"现实主义"作为一种文艺思潮、文学流派和创作方法的名称则首先出现于法国文坛。法语中的 Realisme 一词,来源于拉丁文 Realistas（现实,实际）。

在法国,现实主义之称始于19世纪50年代。韦勒克在《文学研究中现实主义的概念》一文中追溯了现实主义术语在欧美各国的发生史,认为这个概念在文学领域的具体运用是1826年。法国一作家撰文宣称"忠实地模仿自然提供的范本"的"信条日益增长",这种信条将是19世纪的写实文学。而这个术语的流行与画家库尔贝和小说家尚弗勒里的积极应用

---

① 刘运峰编:《中国新文学大系导言集》,天津人民出版社2009年版,第102页。

有关，库尔贝将自己被拒绝的作品贴上了现实主义的标签而引发了一场论战，文艺史上称为"现实主义大论战"。尚弗勒里1857年出版题为《现实主义》的文集，捍卫现实主义信条。同时其友人迪朗蒂又推出文学评论杂志《现实主义》，虽然该杂志只出了六期，但其极具论战性的文风产生了广泛的影响。尚弗勒里在《现实主义》序言里称巴尔扎克是现实主义方法的创始者之一，并同时列举了狄更斯、萨克雷、果戈理、屠格涅夫等一批英国和俄国作家的名字，企图给现实主义提出某种纲领性的东西。欧洲一个以"现实主义"正式命名的文艺流派和文艺思潮，由此诞生。

现实主义挑战的是浪漫主义的艺术成规，迪朗蒂和尚弗勒里继承了30年代普朗什抵制浪漫主义的思想，尖锐地攻击雨果、缪塞、维尼等浪漫派作家，因此现实主义是作为浪漫主义的对立面出现的。韦勒克在《文学研究中现实主义的概念》一文指出："现实主义明确地反对浪漫主义的自我膨胀和颂扬、对想象的强调、象征的方法、对神话的关心以及万物有灵的观念等。……现实主义摒弃了古典主义的'理想性'：它把'典型'解释成社会的典型而不是普遍的。"①

现实主义是文学批评和文学研究中最常见的术语之一。广义的现实主义，泛指文学艺术对自然的忠诚，最初源于西方最古老的文学理论，即古希腊人认为的艺术是对自然的直接复现或对自然的模仿的朴素的观念，作品的逼真性或与对象的酷似程度成为判断作品成功与否的准则。而狭义的现实主义是一个历史性概念，特指发生在19世纪的现实主义运动。现实主义发端于与浪漫主义的论争，最终在与现代主义的论战中逐渐丧失了主流话语的位置。现实主义在19世纪30—40年代形成并取代浪漫主义，具有社会历史发展和文艺本身发展的深刻原因。19世纪自然科学领域的三大发现和空想社会主义学说的传播，都促使进步作家用客观的、批判的眼光来观察世界。他们不再满足于浪漫主义文艺的主观理想和个人的叛逆精神，而是把目光投向文艺复兴、启蒙主义时代面向现实的传统和古典主义文学的讽刺倾向。法国的巴尔扎克、德国的霍夫曼、俄国的普希金等一批

---

① ［美］R.韦勒克：《文学思潮和文学运动的概念》，刘象愚选编，中国社会科学院出版社1989年版，第248—249页。

原来用浪漫主义方法创作的作家都转向现实主义，并成了各国现实主义道路的开拓者。19 世纪的批判现实主义思潮既是对历史的继承，又是对现实的创新。它汇总了 18 世纪以前的文学经验，补充了文艺复兴时代现实主义历史具体性之不足，摆脱了古典主义的理性原则，克服了启蒙时代现实主义的说教成分和浪漫主义的主观性。它从文艺复兴文学中接受了性格描绘的具体性，从古典主义和启蒙时代文学中接受了社会分析因素，从浪漫主义中汲取激情，但它逐渐丧失了前代文学中特有的乐观主义，却沾染了无法摆脱的悲观主义。19 世纪的批判现实主义一方面是文艺复兴和启蒙时代现实主义特点的有机结合，另一方面又在新的历史条件下得到了更好的发展。在世界文学史上，19 世纪的批判现实主义文学，成了欧洲资产阶级文学艺术发展的最高峰。

现实主义经过泰纳、恩格斯、别林斯基直至 20 世纪卢卡契等理论家的发展和巴尔扎克、托尔斯泰等伟大作家的文学实践而达到高潮。现实主义理论日趋完善，形成一套完整的话语体系。

第一，客观地再现社会现实是现实主义术语的最根本的意义。现实主义理论强调披露真实，戳穿伪饰现状的意识形态。现实主义"客观再现当代社会现实"的理论含义在卢卡契的论述里得到了最深入的阐释。卢卡契写了大量的论著，如《现实主义历史》（1939）、《巴尔扎克，司汤达和左拉》（1945）、《伟大的俄国现实主义者》（1946）、《欧洲现实主义研究》（1948）、《当代现实主义的意义》（1958）等来回应现实主义在 20 世纪遭受的挑战。首先，卢卡契提出了对现实进行整体描写的现实主义艺术要求，所谓整体描写就是反映社会—历史的总体性，追求文学描写的广度，从整体的各个方面掌握社会生活；向深处突进探索隐藏在现象背面的本质因素，发现事物内在的整体关系。其次，卢卡契并没有把现实主义的客观性理解为排除任何主观因素的纯客观性，他不是把反映社会现实的文学视为一面静止的镜子。卢卡契肯定了主观认识的重要性，强调客观性和主观性的统一、外在世界与内心世界的统一。

第二，典型论成为现实主义理论的一项核心内容。典型论要解决的即是文学人物的特殊与一般的关系问题。黑格尔和谢林为典型论的传播奠定了美学基础，黑格尔认为性格是理想艺术表现的真正中心。据韦勒克的历史追溯，典型术语的最初使用者是谢林，意指一种像神话一样具有巨大普遍性的人物。浪漫派首先广泛使用这个概念，典型概念从浪漫主义转移到现实主义，与巴尔扎克和泰纳的使用相关。在《人间喜剧》的序言里，巴尔扎克自称为社会典型的研究者，泰纳则频繁使用此术语讨论社会阶层人物的性格，使之逐渐演变成现实主义最重要的理论概念。

第三，历史性作为现实主义理论中的可行性准则。恩格斯在《致玛·哈克奈斯》的信中提到过，现实主义的意思就是要真实地"再现典型环境中的典型人物"。简单地说，现实主义的历史性维度即是要求真实摹写复杂的社会关系，并且反映出复杂的社会关系的矛盾运动过程。现实主义的历史性要求，实质上是以社会分析为核心，即以摹写人的社会经验和社会本身的结构为艺术原则。因为广阔的神会生活具有广阔的审美可能性，人物与社会之间有着错综复杂的关系，只有运用历史的眼光，重视社会分析，才能探索人的复杂的内心世界，才能真正把握人物命运的发展动向。

可以说，欧洲的现实主义文学，从 18 世纪的朴素的现实主义到 19 世纪的批判现实主义，都是自然而然地、是静悄悄地走上历史舞台的，不论是巴尔扎克和狄更斯，还是萨克雷和果戈理等，都没有大张旗鼓地宣扬过"现实主义"。除了后来的俄国以外，欧洲的现实主义都没有系统的理论阐释，只是作家们在自己作品的前言、后记或私人通信中才会谈到自己的一些创作主张。

（二）"模写人情"与"为人生"

中国对写实主义思潮的最初接触与了解并不是直接地取自西方，而是间接地通过日本这个"中介"，"写实"、"写实主义"是日本学者根据西方的"realism"一词译出的汉字词汇。梁启超十分擅长从日本输入新名，他在 1902 年撰写的《小说与群治之关系》一文中，就把小说分为"理想派小说"和"写实派小说"，最早向中国引进"写实"一词。

"写实主义"这个日译汉字词汇的输入，在一定程度上加深了中国文学家对"realism"的理解。不能否认，中国作家对写实主义精神的理解是通过日本得以深化的。在中国"五四"新文学诞生前，主导日本文坛的是写实主义思潮。尽管写实主义在 20 世纪初年以后慢慢地向自然主义演化，但无论在日本还是在中国，人们都普遍认为写实主义是包含自然主义的。中国新文学的骨干人物，如陈独秀、鲁迅、周作人等，大都留学日本，日本对欧洲包括写实主义在内的文学思潮的介绍要比中国早若干年，所以中国首先从日本引进写实主义是很自然的。

　　日本写实主义理论的代表人物是坪内逍遥，他的理论对中国写实主义理论的形成产生了最直接的影响。坪内逍遥在《小说神髓》中认为，不论是神话、传奇还是寓言小说，实际上都遵循着一个进化的规律，随着人类文明程度越来越高，文学作品中的"荒诞不稽"的成分就会越来越少。他认为近代小说应该积极地刻画出人生世态的真实面目，对感情的描写要排除任意造作的成分，以严肃的旁观态度进行如实的模写。倡导写实主义的中国新文学作家不同程度地接受了坪内逍遥的这种理论主张。在中国现代文学史上，最初倡导现实主义创作方法的是陈独秀。陈独秀在1915年发表的《现代欧洲文艺史谭》一文中，较早地使用了"写实主义"一词。1915年，陈独秀在《警告青年》中对青年提出了六条要求，其中一条就是要求青年抱有"科学的而非想象的"态度。但是，在中国文学界真正提供现实主义文学观雏形的却是周作人。1918年，周作人在《新青年》5卷6号发表《人的文学》一文，把《封神传》、《西游记》、《聊斋志异》等想象虚构的非写实的文学作品分别归于"迷信的鬼神书类"、"神仙书类"和"妖怪书类"，认为这些书都是要排斥的。周作人提出要把记载普通男女的悲欢离合作为文学的要旨，应该建立一种以人道主义为本，对人生诸问题加以记录的文学。周作人在《日本近三十年小说之发达》中提到坪内逍遥在《小说神髓》中提出的写实主义观点："小说之主脑，人情也。世态风俗次之。人情者人间之情态，所谓百八烦恼是也。"[①] 坪内逍遥的这种把描写人情作为文学主旨的理论主张，突出了人的中心地位，与欧洲的现实主义文学有所不同。1918年，钱玄同在《中国今后文字问题》中，也提出新文学应该抛弃荒谬的迷信和神话。可以说，中国新文学家对传统文学的评价标准与坪内逍遥的进化论的写实主义标准几乎如出一辙。1921年初，倡导"为人生而艺术"的文学研究会成立，其骨干大多为有留日背

---

① 《中国新文学大系·建设理论集》，上海良友图书印刷公司1935年版，第285页。

景的作家。他们的主张与坪内逍遥提出的文学作品"是批评人生的书",文学家的创作"应以批判人生为第一目的"这些观点也有相通之处。1921年,陈望道将日本文学史家岛村抱月的《文学上的自然主义》译成中文。这篇文章从广义的角度出发,将自然主义看作现实主义的一部分,号召中国作家在学习自然主义的同时更应该注意运用实地观察的方法,并且一定要结合客观描写的创作态度。

鲁迅主张现实主义文学,特别提出"真实性"的概念,并且有过多次精辟而又深刻的阐述,对文学创作产生了极大的推动作用。众所周知,"五四"新文化运动的目标之一是反对封建主义的虚伪、欺骗和不敢正视现实的弊病,鲁迅的"真实性"观点是在批判封建主义文学的"瞒和骗"的过程中阐发的。在鲁迅看来,"瞒和骗"是违反真实性的,是与艺术相敌对的。1925年鲁迅在《论睁开了眼看》的重要文章中说:"中国人向来因为不敢正视人生,只好瞒和骗,由此也生出瞒和骗的文艺来,由这文艺,更令中国人更深地陷入瞒和骗的大泽中,甚而至于自己不觉得。世界日日改变,我们的作家取下假面,真诚地,深入地,大胆地看取人生并且写出他的血和肉的时候早到了;早就应该有一片崭新的文场,早就应该有几个凶猛的闯将!"[①]鲁迅还重点抨击中国封建时代的"十景病"和"团圆主义",指出"十景病"是中国国民性的祖传病态之一,这种病态的要害是掩饰缺陷;"团圆主义"的"曲终奏雅",则完全是撒谎,是对黑暗现实的粉饰。这些都清楚说明了鲁迅的真实性概念的提出,完全是根据中国的现实情况所作出的理论选择,已经有了现代的独立的眼光和立场。

随着中国新文学的继续发展,日本的"忠实于摹写世态人情"的写实主义理论已经不能满足中国的需要,中国的新文学家们又学习俄国的现实主义文学。30年代初,文艺理论家瞿秋白在高尔基的现实主义文学的启发下,敏锐地发现了"写实主义"这个日译词的局限性,把 realism 这个词由"写实主义"改译为"现实主义"。后来,"写实主义"这个日译词就很少再用了。

[①] 鲁迅:《坟·热风·两地书》,浙江人民出版社2002年版,第202页。

(三) 中日无产阶级文学思潮的变迁

中国的现实主义文学思潮发展到二三十年代，与无产阶级文学思潮合流，逐渐显出了阶级性和政治化的倾向。在这个转化的过程中，日本对中国无产阶级文学思潮的影响依然不可忽视。

日本在20世纪初叶迅速跻身资本主义列强的行列，随后又卷入列强相互争夺的第一次世界大战，国内矛盾日趋激烈。在这种矛盾冲突中产生了日本"工人文学"。工人和下层劳动者出身的作家在第一次世界大战期间和20年代初期登上文坛，宫岛资夫的小说《矿工》、宫地嘉六的小说《一个工匠的手记》等揭发了资本家对工人的残酷剥削，表现了工人群众的自发反抗意识和愿望。日本无产阶级文学运动的兴起，是从1921年《播种人》文学杂志的创刊开始的。以小牧近江、金子洋文等人为代表，在十月革命和社会主义思想影响下，举起了反对资本主义的旗帜。平林初之辅在《群众艺术的理论和实际》（1921）、《唯物史观和文学》（1921）、《文艺运动和工人运动》（1922）中，明确指出明治维新以来的文艺运动作为阶级斗争的一部分，无产阶级文艺运动是为了争取相应的权力和利益，平林初之辅这些具有革命思想的文艺论文使他迅速成为这一时期最重要的理论家。1923年日本发生关东大地震，日本军国主义统治者借机加紧对人民的镇压，《播种人》杂志被迫停刊。但是在1924年，由山田清三郎组织创办了一个更加富有革命性的新文艺刊物《文艺战线》。文艺理论家青野季吉发表一系列论文，大力强调"社会调查"对无产阶级文学创作的重要性，指出文艺作品"作为社会存在"的重大意义，主张无产阶级文艺应该"有无产阶级斗争目标的自觉性"。从《播种人》到《文艺战线》时期的无产阶级文学创作，有了很大的发展，也涌现出像叶山嘉树等一批优秀的作家。与此同时还有一批"左倾"刊物如《解放》、《原始》、《战斗文艺》等。

1925年，藏原惟人从苏联回国后，开始从事左翼文艺评论的活动。他提出了关于文学创作与革命、大众化、艺术价值、创作方法等一系列问题，打破了原有的思维模式，给日本文坛带来了一股新的气息。1925年年末，以《文艺战线》为中心建立了日本无产阶级文艺联盟（简称"普罗艺"），结成文学、戏剧、音乐、美术等方面的革命艺术家的统一组织。随着革命热情的进一步高涨，在各种思想的影响下，日本无产阶级文学运动不断地发生变化。但是在1927年"普罗艺"就发生了分裂，青野季吉、佐佐木孝丸、藤森成吉、藏原惟人等另行组成工农艺术家联盟（简称"劳艺"）。同年，共产国际批评了日共山川均的"右"倾机会主义和福本和夫的"左"倾机会主义的错误。反对山川均派的作家藤森成吉、山田清三郎、藏原惟人等退出"劳艺"，组成前卫艺术家同盟（简称"前艺"）。因此，日本的无产阶级文艺运动形成了"普罗艺"、"劳艺"、"前艺"三足鼎立的局面。1928年，日本无产阶级文学团体最终走向统一。"普罗艺"和"前艺"合并，其他八个左翼文艺团体和若干个人，组成全日本无产者艺术联盟（简称"纳普"）。"纳普"的出现，标志着日本无产阶级文学运动已经达到了一个高潮，它的机关刊物《战旗》则成为当时最具影响力的文艺刊物。但是由于无产阶级队伍的逐步壮大和文学创作的日益繁荣，招致了日本军国主义者的强制镇压。1931年在"文学布尔什维克化"的口号下，纳普改组为日本无产阶级文化联盟（简称"考普"）。1933年，作家小林多喜二被残忍地杀害，日本无产阶级文学运动最终走向低潮。1934年，"考普"宣布解散。"纳普"时期的文学创作成果丰厚，体现了日本无产阶级文学运动最主要的成就。[1]

对于日本左翼作家小林多喜二被日本法西斯政府逮捕并毒打致死一事，鲁迅用日文撰写了悼词《闻小林同志之死》，指出日本和中国的大众是兄弟般亲密的关系。这篇悼词刊登于日本《无产阶级文学》四五期合刊，反映出中日两国左翼文艺运动的亲密关系。日本的普罗文学是日本无产阶级革命运动的产物，具有广泛的群众性与鲜明的政治性。它提出了文艺为无产阶级服务、为人民大众服务的方向，建立了日本无产阶级文学的理论体系，影响了不少文学青年。介绍到中国的日本新兴文艺理论著作数量不少，如平林初之辅《无产阶级的文化》、武藤直治《文学的革命期》、宫岛资夫《第四阶级的文学》、片山伸《文学评论》、藏原惟人《艺术与无产阶级》。1928年6月至1931年4月，日本丛文阁出版《马克思主义理论丛书》，共12册。1928年至1929年，日本白杨社出版《马克思主义文

---

[1] 以上两段参见《日本无产阶级文学运动》，"日本文学吧"，http://tieba.baidu.com/p/118503312。

艺理论丛书》共4册。在这两套书的推动下，1929年夏至1930年夏，鲁迅、冯雪峰等参与翻译的《科学的艺术丛书》由水沫书店、光华书店出版，计划出版12种，实际出版9种，分别据外村史郎、藏原惟人、川口浩、金田常三、茂森唯士等人的日文译本转译。日本传播的马克思主义对中国现代作家的影响集中表现在郭沫若身上。1924年，郭沫若翻译了日本马克思主义经济学家河上肇的《社会主义与社会革命》，在他一生中形成了一个转换时期。①

中国的无产阶级文学运动在20年代末30年代初形成蓬勃发展的态势，对中国的无产阶级文学运动产生重大影响的思想源泉，除了苏联以外就要数日本了。1927年，中国大革命失败后中苏关系断绝，中苏在思想上的交流受到严重的阻碍。当时许多已转向革命文学的后期创造社成员，在日本感受到日本无产阶级文学运动的浓烈氛围，他们直接借鉴日本的经验，回国后即发起大规模的无产阶级文学倡导运动。1930年3月，中国左翼作家联盟（简称"左联"）在上海宣布成立，出席成立会议的有鲁迅、冯雪峰、冯乃超、李初梨等40余人，郭沫若、郁达夫等人也大都加入了"左联"。在"左联"成立大会上，鲁迅作了后来题为《对于左翼作家联盟的意见》的重要讲话，总结了革命文学倡导中的经验教训。这次讲话，鲁迅先生针对某些革命作家盲目乐观的心态，指出"倘不明白革命的实际情形，也容易变成'右翼'。革命是痛苦，其中也必然混有污秽和血，决不是如诗人所想象的那般有趣，那般完美"②。并且鲁迅特别提到了作家队伍的改造问题，针对中国无产阶级文学运动一开始就暴露出来的宗派主义、小团体主义的先天性弱点提出了合理性建议。鲁迅的讲话是马克思主义文艺理论与中国文艺运动相结合的重要产物，其意义重大。

茅盾、周扬从日本回国后，也相继加入了"左联"。1936年春，为了服从民族统一战略政策，抵抗日本侵略，"左联"解散。作为国际革命作家联盟的一个支部，"左联"的许多活动都和国际上的无产阶级文学运动同步，并吸引了大批的革命文学青年，对30年代乃至后来的文学发展产

---

① 陈漱瑜：《日本近代文化对中国现代文学的影响》，《中国文化研究》1995年第2期。
② 傅国涌编：《鲁迅的声音：鲁迅演讲全集》，珠海出版社2007年版，第67页。

生了巨大的影响。成立了马克思主义文艺理论研究会,加强了对马克思主义文艺理论的翻译、介绍和研究工作。形成了一种学习文艺论著的浓厚空气,普遍提高了中国作家的理论修养。自觉加强了与世界文学的,特别是世界无产阶级文学运动的联系。他们设立国际文化研究会,以极大的努力输入外国文学作品。与此同时,鲁迅、郭沫若、茅盾、张天翼等中国现代作家的作品也被译介到国外,中国现代文学走向了世界这个大舞台。"左联"设立了文艺大众化研究会,发起了关于"文艺大众化"问题的三次讨论,积极推动文艺大众化运动。除此之外,还重视创作方法的革新,积极推行富于革命意味的新现实主义创作。左翼作家打破常规,大胆创新,写出了一大批思想锐利、情感激昂的好作品。文体形式的先锋性与文学市场的轰动效应极大地加速了马克思主义在中国的传播,同时使中国文学在整体上达到能够与世界对话的现代化水平。"左联"的成立标志着革命文学运动的深入发展,但是也存在着很多的弱点:存在着宗派主义,把作家团体当成了政党组织;理论上,照搬苏联革命文学理论;创作上,存在着轻视艺术规律、公式化、概念化的倾向。

中国30年代的文艺理论和批评的发展一方面有其内在的原因,但另一方面也不能脱离整个世界文化发展的历史背景。中国的知识分子早在19世纪末20世纪初,就开始介绍马克思主义思想。经过"五四"和"五卅"运动,到了20年代末,有不少作家有意识地阅读马克思主义著作,特别是马克思主义文艺理论,并且以此作为观察生活、解释文艺现象的有力武器。译介作为传播的一种有效手段被广泛采用。30年代,各种形态的左翼文艺理论被大量译介。以从日文转译的出版物为例,据不完全统计,就有幸德秋水的《社会主义神髓》(1923,高劳译),升曙梦的《新俄文艺的曙光期》(1926,画室译),藏原惟人的《新写实主义论文集》(1930,之本译),藏原惟人、外村辑的《文艺政策》(1930,鲁迅译)等等。至于报刊刊载的译文,更是难以计数。鲁迅、陈望道等人译介的"文艺理论小丛书"四种均为日人所著,日本优秀无产阶级文学家,如小林多喜二、德永直等的作品也被大量译介。受到日本无产阶级文学理论的感染,创造社作家更是敏锐地感觉到文化工作有"转换方向,改变立场"的必要,纷纷撰文倡言革命文学。李初梨《怎样地建设革命文学》一文就是当时在日本写就的,此后就有更多的倡导文章问世。

在左翼文艺理论的建设过程中,涌现出一大批理论家和批评家,其中鲁迅、瞿秋白、茅盾、周扬、冯雪峰、胡风等,都显示出各自的风格。鲁迅是带着深刻的人生体验和深邃的历史眼光登上文坛的,他博采中外一切宝贵的精神财富,在现实体验的基础上进行创作,建立了极具个人风格的理论体系。作为一个伟大的思想家,鲁迅总是以他独到的见解,剖析现象掩盖下的血淋淋的事实。据统计,鲁迅一生共翻译介绍了14个国家、近100多位作家的200多种作品,印行过33个单行本,译述的总文字量超过250万字。迅速捕捉文艺发展的现状,并给予前瞻性的深刻论证,是鲁迅文论的显著特征之一。《〈中国新文学大系·小说二集〉导言》就是代表鲁迅批评精神的力作之一,他以卓越的历史眼光梳理了这一时期的小说创作,在科学的价值衡定中体现出宏阔的艺术视野和凝重的批评风格,因而成为文学史家经常参照的批评文献和效法的典范。瞿秋白是著名的革命家,也是卓越的批评家和翻译家。瞿秋白十分重视政治倾向与艺术的统一。《鲁迅杂感选集·序言》、《〈子夜〉和国货年》、《读子夜》、《文艺的自由和文学家的不自由》等,是瞿秋白文艺批评的名篇。敏锐的历史眼光、强烈的时代感、深厚的社会内容和经久不衰的审美价值,是瞿秋白文艺批评的突出特点。一面是中国作家们的积极努力,一面是日本的深刻影响,中日无产阶级文学思潮的发展出现如火如荼之势。

在30年代的现实主义探求中,周扬从世界左翼文艺发展的总趋势中寻求信息和指导,将旧现实主义和新现实主义进行比较,辨析两者的异同,努力用马克思主义的辩证思想来解释各种文学现象,逐渐形成了自己的批评风格。他发表于1933年年末的《关于社会主义的现实主义与革命的浪漫主义》,是在苏联解散并清算了"拉普"派的错误后较早介绍社会主义现实主义和革命浪漫主义的文章,对于匡正左翼文学的"左"倾影响,指引文艺运动向正确的方向发展具有导向作用。冯雪峰也是活跃于左翼文坛上的一位重要的批评家。他是早期著名的"湖畔诗人"之一,在30年代,又成了鲁迅的重要战友,他和鲁迅一起从事《科学的艺术论》丛书的编译工作。他的文艺批评具有沉稳和务实的特点。在《子夜》出版以后,引起了各种不同的评价。冯雪峰认为《子夜》是普罗革命文学里的一部重要著作,是"五四"后的前进的、社会的、现实主义的文学传统的产物和进一步的发展,是承传鲁迅传统的"里程碑"之一。

当然,我们一方面应该看到日本对中国现代文学思潮的发展的确产生了一定的积极影响,但另一方面也应该敏锐地发现日本对中国现代文学发展产生的一些不利因素。只有进行充分的考虑,不忽略任意一个方面,才能获得正确的认识。

创造社作家顺应了当时新兴的革命文学潮流,提出了一些进步的主张,但由于他们深受日本"福本主义"的影响,因而带有一定的"左倾"色彩。福本和夫(1894—1983)是重建后的日本共产党中央常务委员、政治部长,日本无产阶级运动的理论领导人之一。其理论主张对日共中央的路线起了决定性的作用,被称为"福本主义"。福本主义理论强调斗争主义和分离结合论两个要点对当时日本的文学运动有着很大影响。福本主义把列宁关于党内思想斗争的原则扩大化和绝对化,最终把群众组织的分裂合理化,导致日本普罗文学队伍山头林立,论战不休。

后期创造社的成员大多在日本参加过革命学生读书会的活动,受到福本和夫"宁左勿右"论调的影响,带着宗派主义和"左倾"盲动情绪回国参加左翼文艺运动。

成仿吾、冯乃超、彭康等相继从日本回国,立即以《文化批判》代替《创造周刊》,要求对当前的文化作普遍的批判,把理论斗争作为日本无产阶级文学运动的经验在全国范围内加以推广。李初梨的《怎样地建设革命文学》等文,贯穿着福本和夫在《关于无产者联合的马克思主义原理》中的看法。他认为要实现文学上的方向转换,必须刻不容缓地开展理论斗争,他们点名批判了鲁迅、茅盾、叶圣陶、冰心、郁达夫、丰子恺等一大批作家。李初梨还将青野季吉的目的意识论应用于中国,写了与青野季吉同名的文章《自然生长与目的意识》。李初梨将阶级意识提到至高无上的高度,并指出文学应该反映阶级意识。

(四)"新写实主义"的两面性

"新写实主义"是全日本无产者艺术联盟(简称"纳普")的理论主张。藏原惟人是这个团体的领导者和理论家。1928年7月,太阳社作家林伯修在《太阳月刊》上译介了藏原惟人的代表作《到新写实主义之路》,

标志着藏原的"新写实主义"理论的正式传入。随后,《再论新写实主义》、《普罗列塔利亚艺术底内容与形式》等文章又相继在太阳社刊物上登载,"新写实主义"的热潮由此形成。也有人把"新写实主义"译为"普罗列塔利亚写实主义"、"无产阶级写实主义"等,这一术语在中国左翼作家中广泛流行。

"新写实主义"长时期影响了中国的无产阶级文学运动。1930年5月《拓荒者》第四、五期合刊发表了藏原惟人的《关于艺术作品的评价》,1930年5月现代书局出版了藏原惟人的《新写实主义论文集》,由此可见藏原惟人在中国影响范围之广。藏原惟人认为新写实主义与旧写实主义的主要区别是:后者只强调真实地反映现实,而前者除了要求艺术的真实性外,还强调描写正确性,甚至把正确性凌驾在真实性之上,主张艺术家要成为"真正布尔什维克的共产主义艺术家",文学要成为党性文学。"新写实主义"理论要求作家要选取有意义的题材,用无产阶级的眼光来观察世界,表现世界,这无疑推动了无产阶级文艺运动的发展,但"新写实主义"理论同时也片面地强调先进思想意识对题材的渗透作用,忽视了作家对现实生活的真实描绘。

藏原惟人1927年刊于日本"纳普"机关杂志《战旗》创刊号上的文章《通往无产阶级现实主义的道路》,1928年由林伯修翻译并以《到新写实主义之路》为名发表在《太阳月刊》七月号上。藏原惟人的文章对太阳社理论家钱杏邨产生了很大的影响。1928年7月,钱杏邨在《太阳月刊》上发表书评文章《动摇》,第一次提出"新写实主义"的口号,鼓吹写"尖端题材",写"力的文学",提倡文学的宣传性、鼓动性。1929年1月,钱杏邨撰写了《从东京回到武汉》一文,其中第五章副标题为"关于新写实主义问题"。他认为"新写实主义"至少应该具备以下特质:作家必须站在无产阶级立场上;具有明确的阶级观点;舍弃一切与无产阶级解放无关的题材;克服资产阶级写实主义与自然科学的写实主义。钱杏邨的上述观点,与藏原惟人的《通往无产阶级现实主义的道路》一文所倡导的观点如出一辙。1929年,"新写实主义"作为一种创作方法被创造社、太阳社的作家大力提倡,并以此作为批判茅盾的《蚀》和叶圣陶的《倪焕之》的基本理论。

"由于新写实主义的目的是在加强文学的宣传性，因此它也必然要否定不能直接宣传思想的'客观观照'。表现在创作实践中，它也必然地要遏制真正的现实主义的努力，而助长革命文学的标语口号倾向。"[1] 由于受到"新写实主义"理论的影响，中国早期文学创作也曾带有"新写实主义"的倾向，其代表作家有蒋光慈、阳翰笙等。他们的创作选取革命题材，表现革命主题，具有革命号召力，尤其是蒋光慈的《鸭绿江上》、《冲出云围的月亮》等作品更是再版多次，给青年读者留下了深刻的印象。但仔细阅读这些作品会发现，其中充斥了过多的"杀！杀！杀！"和"拼命！拼命！拼命！"等表现"阶级意欲"的口号，影响了作品的艺术性。而阳翰笙的《地泉》三部曲，因其以主观想象代替客观现实，片面夸大残酷现实的美感，而受到瞿秋白、茅盾等左翼作家的批评。

总之，通过分析可以看出，藏原惟人的"新写实主义"理论对中国左翼文学的影响具有两面性。

（五）"精神底伤害"与"精神奴役的创伤"

在谈到中日现实主义思潮的渊源关系时，以胡风为代表的主观现实主义思潮应该说是一大亮点。主观现实主义思潮反对极"左"的机械反映论和庸俗社会学。胡风作为宣传这一思潮的重要理论家，其地位和作用至关重要。

胡风于1929年到1933年留学日本，对日本蓬勃发展的无产阶级文学运动深有体会。他参加了左翼文艺阵营，还加入了日本共产党。胡风以日本左翼文学运动为参照，冷静地思考中国左翼文学的发展道路问题，对于现实主义也有自己的认识和主张。胡风文艺思想的逐渐成形与左翼文艺运动的深入开展有直接的关系。对于左翼文艺的优势和弱点，胡风有着比较清醒的认识。正是因为看到庸俗社会学使左翼文学忽视了创作主体性的这一弊端，胡风才提出了后来被称为主观现实主义的理论主张。胡风更关注人物精神世界的深层次矛盾，重视对创作主体的研究，把主观精神（或主观战斗精神）视为现实主义艺术的重要内蕴。胡风提出文艺"'为人生'，一方面须得有'为人生'的真诚的心愿，另一方面须得有对于被'为'

---

[1] 艾晓明：《中国左翼文学思潮探源》，北京大学出版社2007年版，第129页。

的人生的深入的认识。所'采'者，所'揭发'者，须得是人生的真实，那'采'者'揭发'者本人就要有痛痒相关地感受得到'病态社会'底'病态'和'不幸的人们'底'不幸'的胸怀。这种主观精神和客观真理的结合或融合，就产生了新文艺底战斗的生命，我们把那叫做现实主义"[1]。胡风突出强调了创作主体的实践性和能动性的特点，要求发挥作为创作主体的"人"的创造作用。同时他还主张把创作主体从"工具论"中解放出来，展现主体的心理体验。他的观点尊重了创作主体的独立人格，使人的独立意志获得真正意义上的复归。但是，胡风的这一文艺思想与长期以来主宰文坛的"反映论"和"客观论"相冲突，因而很少被人们接受和理解。

胡风一直被人们称为"中国的卢卡契"，但是应该看到，卢卡契只是胡风引述过的诸多马克思主义理论家之一，他对胡风的影响是十分有限的。卢卡契的现实主义理论，侧重于从马克思主义反映论出发，强调文学的客观性，强调文艺对于现实的依赖关系。而胡风则是从马克思主义的实践论出发，强调作家的主体性，认为主观和客观现实是通过"相生相克"来达到融合的。

进一步探究胡风思想的根源，可以发现日本文艺理论家厨川白村的身影。在一篇回忆性的文章中，胡风谈到自己在青年时代所受厨川白村的影响，"对于文学的气息也更加敏感更加迷恋了。这时候我读了两本没头没脑地把我淹没了的书：托尔斯泰底《复活》和厨川白村底《苦闷的象征》"[2]。到了晚年，他又谈到，读了"日本厨川白村的《苦闷的象征》，他的创作论和鉴赏论是洗涤了文艺上的一切庸俗社会学的"[3]。在阐述现实主义理论体系中，胡风多次使用"感性直观"、"精神扩张"、"精神奴役创伤"、"受难"、"突入"等词语，而这些构成胡风现实主义理论体系的基本术语和核心概念，都可以从厨川白村《苦闷的象征》中找到影子。

胡风与厨川白村在理论上的相同之处表现为：一是重视主体性。厨川

---

[1] 胡风：《胡风评论集》中册，人民文学出版社1984年版，第319页。
[2] 同上书，第252页。
[3] 胡风：《略谈我与外国文学》，《中国比较文学》1985年第1期。

白村认为个人的"创造的生活欲求"和来自社会的"强制压抑之力","这两种力"的冲突贯穿于整个人生过程当中,成为艺术产生的重要源泉。胡风则提出:"伟大的作品是为了满足某种欲求而被创造的,失去了欲求,失去了爱,作品不能有新的生命。"① 在《张天翼论》中,胡风批评作家那种漠视一切的旁观态度,认为作家要大胆地表现爱恨情仇,重视真实的感受。二是强调在文艺创作中作家的自我能动性。厨川白村曾提到作家们将积聚于内的体验转换成可以表现自然人生的物象,这些物象通过作家经历痛苦创作出来的作品放射到外界。而胡风提出了一个和厨川白村相似的"自我扩张"的概念,"对于对象的体现过程或克服过程,在作为主体的作家这一面同时也就是不断的自我扩张过程,不断的自我斗争过程"②。无论是"放射"还是"自我扩张",都体现了主客观相互作用的过程。三是胡风的"精神奴役的创伤"和厨川白村的"精神底伤害"也有着微妙的联系和区别。在《苦闷的象征》中,"精神底伤害"是厨川白村反复使用的一个重要的术语,旨在提出一个广泛适用于一切民族和一切人类的理论。而胡风提出的"精神奴役的创伤",更加形象地概括了中国几千年来深受封建主义压迫的劳苦大众的精神面貌。不过厨川白村和胡风都共同认为,不论是"精神底伤害"还是"精神奴役的创伤"都存在潜伏和突然爆发两种状态,即当人的生命力在巨大的压迫下选择妥协和屈服时,"精神底伤害"处于潜伏状态;而当人的生命力在巨大的压迫下选择抗争时,"精神奴役的创伤"便触目惊心地显现。两人都认为,文艺是表现"精神底伤害"和"精神奴役的创伤"的最有效的途径,应该得到提倡。

通过以上的分析,不难看出以胡风为代表的主观现实主义思潮的确与日本有着深厚的渊源关系。不仅如此,就像郑伯奇所说:"近代资本主义文化成立以后,浪漫主义,现实主义,象征主义等,文学史上的几个巨大潮流在不同的国度里,用不同的姿态发生出来。"③ 即使在同一个国度的不同历史时期,几种潮流的交替和相互缠绕的情况也比较复杂。

---

① 胡风:《胡风评论集》上册,人民文学出版社1984年版,第224页。
② 胡风:《胡风评论集》下册,人民文学出版社1984年版,第20页。
③ 蔡元培等:《中国新文学大系导论集》,上海良友复兴图书印刷公司1940年版,第145页。

应当看到的是，虽然日本对中国文艺的影响是不容忽视的，如新思潮的发动，新理论的启示，等等。中国的特殊社会环境决定了中国现代文学的主流与整个时代的任务是分不开的，是与反封建的目的联系在一起的。在中国，政治与文学如影随形，中国现代文学史上每一次思潮更迭，每一次创作风格的转变似乎都和政治运动以及政治背景脱不了干系。在中国现代文学的发展道路上，"政治小说"一度成为维新运动的直接舆论工具，写实主义主张文学"为人生"的反封建启蒙功用，浪漫主义又称为呼唤时代变革的武器，左翼现实主义文学以立足于社会现实为基点。文学理论本身作为一种"叙事"话语，一方面体现了文学理论家的学术思想，另一方面又会跟社会存在藕断丝连的联系，这也是文学理论在发展过程中的一些基本规律和特点。

结　语

在世界文化的园地里，每一个民族因其独一无二的文化特点焕发出各自迷人的光彩。同处于东方文化圈中的中国和日本在文学观念、文学样式、文化精神等方面就有很大的不同。

中国幅员辽阔，高原、山川、河流、平原、沙漠等复杂多变的地形地貌构成丰富的地理资源。在长期的发展过程中，大一统的帝国形象使得中国形成一种天下为一的观念。庄子在《知北游》中说："天地有大美而不言，四时有明法而不议，万物有成理而不说。圣人者，原天地之美而达万物之理，是故至人无为，大圣不作，观于天地之谓也。"[①] "大音希声"、"大象无形"构成中国"以大为美"的审美意识，中国的文学通常追求博大的气势和恢宏的场面。由于受传统文化的影响，中国文学强调"文以载道"，这也成为中国知识分子在文学创作中的自觉追求。中国文学理论中强调"情志合一"，要求作家、诗人在创作中无论抒情还是言志都要作伦理道德的理性思考，将个人情感与社会群体联系起来，表现治国平天下的责任感和使命感。从屈原的忧国忧民到司马迁发愤而作《史记》，再到韩

[①] 陈鼓应：《老子注译及评介》，中华书局1984年版，第563页。

愈、柳宗元发起以"文以载道"为纲领的古文运动等，都很好地说明了文学与政治的关系。虽说后来中国的文学有了一定的独立品格，但中国的传统影响也是根深蒂固的。与中国不同的是，日本民族居住于岛国，一般只能接触到小规模的景物，温和的自然环境让日本人养成了纤细的感觉和素朴的感情。对事物表现出特别的敏感使得日本人往往追求小巧和纤秀的东西。低矮的山丘、清浅的小溪、纤弱的花木似乎都能让日本人获得一种美的享受。日本人的感情丰富、细腻，在接触到某一事物时会不由自主地产生感动和赞叹。事物的外观在他们的头脑中留下深刻的印象。日本人对事物的把握带有很强的瞬间性和直观性。认为美好的东西总是转瞬即逝的，因而日本人会产生一种"物哀"的审美观。因为人生的无常和生命的脆弱常常让日本人认为死比生更美，更具有一种惊心动魄的美。日本文学很少参与政治，只是作为一种载体表现人生中遭遇的感动。环境也让日本人具有一种深刻的忧患意识。

　　世界上的每一个民族，都是通过自己的文学作品表现出本民族对美的追求，表现本民族特有的审美趣味。每一时代的重大文学现象和优秀文学作品，并不会随着这个时代的过去而成为过去，它们蕴含的客观真理和历史价值，必将以其永久的魅力吸引着人们去探索。当今世界，任何一个国家或民族，无论从事物质生产或精神生产，都不可能闭关自守、与世隔绝了。各民族的文学相互交流、相互影响不仅是大势所趋，而且也是各民族文学得以生存和发展的必要前提。随着国与国之间的互动日益频繁，各国的文化交流和学术交流的范围日益广泛，世界正在变成一个不可分割的整体。这一趋势势必会导致中西方文化越来越频繁地接触和越来越猛烈地撞击，这也是社会变革与文学发展的自身规律。

　　文化不仅具有排他性，而且也具有融合性。只有不同文化相互吸收、相互融合，通过整合形成一种新的文化体系，世界文化才能焕发出新的活力。日本当代美学家山本正男在他的东西方艺术比较研究中认为："东方艺术主张艺术应广泛地有着由广阔的'生'的全体价值所规定的、所谓的泛律性，而西方艺术则是主张艺术只能立足于自己固有的价值之上因而强调艺术的自律性……要想真正做到充分地掌握东西方艺术的特点，还需要更广泛的理性的反思，而为了这一新的美学得以成立，最要紧的乃是东西方精神的进一步的交流,这正是我们所希望的。"①

的确,民族文化与世界文化密不可分,任何一个国家的文化都应该顺应时代的潮流,积极地融入世界文化的舞台,才能不断获得更新和发展,才能最终得到提高。学习外来文化的最好方法应该是鲁迅所倡导的"汉唐气魄",实行"拿来主义",只不过在"拿"的过程中一定要真正地做到"放出眼光"。

---

① [日] 山本正男:《东西方艺术精神的传统和交流》,牛枝惠译,人民大学出版社 1992 年版,第 130 页。

主要参考文献

一　中国学者著作

冯天瑜：《新语探源——中西日文化互动与近代汉字术语生成》，中华书局 2004 年版。

冯天瑜等主编：《语义的文化变迁》，武汉大学出版社 2007 年版。

林少阳：《"文"与日本的现代性》，中央编译出版社 2004 年版。

林少阳：《"文"与日本学术思想：汉语圈 1700—1990》，中央编译出版社 2012 年版。

汪向荣：《中国的近代化与日本》，湖南人民出版社 1987 年版。

汪向荣：《中日关系史文献论考》，岳麓书社 1985 年版。

王晓秋：《近代中国与日本——互动与影响》，昆仑出版社 2005 年版。

王晓秋：《近代中日文化交流史》，中华书局 2000 年版。

沈国威：《近代中日词汇交流研究：汉字新词的创制、容受与交流》，中华书局 2010 年版。

彭修银：《近代中日文艺学话语的转型及其关系之研究》，人民出版社 2009 年版。

彭修银：《东方美学》，人民出版社 2008 年版。

陈振濂：《维新：近代日本艺术观念的变迁》，浙江古籍出版社 2006 年版。

赵德宇：《西学东渐与中日两国的对应——中日西学比较研究》，世界知识出版社 2001 年版。

赵德宇：《日本近现代文化史》，世界知识出版社 2010 年版。

孟庆枢主编：《日本近代文艺思潮与中国现代文学》，时代文艺出版社 1992 年版。

叶渭渠：《日本文学思潮史》，北京大学出版社 2009 年版。

叶渭渠、唐月梅：《日本现代文学思潮史》，中国华侨出版公司 1991 年版。

方长安：《选择·接受·转化：晚清至 20 世纪 30 年代初中国文学流变与日本文学关系》，武汉大学出版社 2003 年版。

彭年：《日本西方文化摄取史》，杭州大学出版社 1996 年版。

孙江、刘建辉主编：《亚洲概念史研究》第一辑，生活·读书·新知三联书店 2013 年版。

梁容若：《近代中日文化交流史论》，商务印书馆 1985 年版。

谭汝谦：《近代中日文化关系研究》，香港日本研究所 1988 年版。

李怡：《日本体验与中国现代文学的发生》，北京大学出版社 2009 年版。

靳明全：《中国现代文学兴起发展中的日本影响因素》，中国社会科学出版社 2004 年版。

肖霞：《浪漫主义：日本之桥与"五四"文学》，山东大学出版社 2003 年版。

刘伟：《"日本视角"与中国现代文学研究》，人民出版社 2011 年版。

杨联芬：《晚清至五四：中国文学现代性的发生》，北京大学出版社 2003 年版。

郑家建：《中国文学现代性的起源语境》，上海三联书店 2002 年版。

董炳月：《国民作家的立场——中日现代文学关系研究》，生活·读书·新知三联书店 2006 年版。

何德功：《中日启蒙文学论》，东方出版社 1995 年版。

严绍璗：《中日古代文学关系史稿》，中华书局 1987 年版。

王晓范：《文化传统与现代化：中日近代摄取西方政治思潮探微》，浙江大学出版社 2012 年版。

程麻：《鲁迅留学日本史》，陕西人民出版社 1985 年版。

刘献彪、林治广编：《鲁迅与中日文化交流》，湖南人民出版社 1981 年版。

熊月之：《西学东渐与晚清社会》，上海人民出版社1985年版。

李泽厚：《中国思想史论》（上、中、下），安徽文艺出版社1999年版。

张星烺：《欧化东渐史》，商务印书馆2000年版。

周一良：《中日文化关系史论》，江西人民出版社1990年版。

邱紫华：《东方美学史》，商务印书馆2003年版。

刘纳：《嬗变——辛亥革命时期至五四时期的中国文学》，中国社会科学出版社1998年版。

王一川：《中国现代性体验的发生》，北京师范大学出版社2001年版。

陈平原：《中国小说叙事模式的转变》，上海人民出版社1988年版。

钟叔河：《走向世界——近代知识分子考察西方的历史》，中华书局1985年版。

中国现代文化学会主编：《东西方文化交融的道路与选择》，四川人民出版社1993年版。

聂振斌：《中国近代美学思想史》，中国社会科学出版社1991年版。

汪晖：《现代中国思想的兴起》，生活·读书·新知三联书店2004年版。

王向远：《中日现代文学比较论》，湖南教育出版社1998年版。

周一平、沈茶英：《中西文化交汇与王国维学术成就》，学林出版社1999年版。

王晓平：《近代中日文学交流史稿》，湖南文艺出版社1987年版。

王向远：《中日现代文学比较论》，湖南教育出版社1998年版。

王向远：《二十世纪中国的日本翻译文学史》，北京师范大学出版社2001年版。

郑春：《留学背景与中国现代文学》，山东教育出版社2002年版。

俞兆平：《现代性与五四文学思潮》，厦门大学出版社2002年版。

雷锐：《跨近现代：中国文学现代化之研究》，人民出版社2004年版。

郑家建：《中国文学现代性的起源语境》，上海三联书店2002年版。

王向远：《中国比较文学研究20年》，江西教育出版社2003年版。

饶芃子、王琢编：《中日比较文学研究资料汇编》，中国美术学院出版社2002年版。

贾植芳、陈思和主编：《中日文学关系史资料汇编（1898—1937）》，广西师范大学出版社 2004 年版。

赵乐甡主编：《中日文学比较研究》，吉林大学出版社 1990 年版。

李文：《日本文化在中国的传播与影响：1972—2002》，中国社会科学出版社 2004 年版。

靳明全：《中国现代文学兴起发展中的日本影响因素》，中国社会科学出版社 2004 年版。

刘柏青：《鲁迅与日本文学》，吉林大学出版社 1985 年版。

蔡震：《文化越境的行旅：郭沫若在日本二十年》，文化艺术出版社 2005 年版。

乐黛云：《跨文化之桥》，北京大学出版社 2002 年版。

孟昭毅编：《比较文学通论》，南开大学出版社 2003 年版。

张芸：《别求新声于异邦：鲁迅与西方文化》，中国社会科学出版社 2004 年版。

程正民、程凯：《中国现代文学理论知识体系的建构：文学理论教材与教学的历史沿革》，北京大学出版社 2005 年版。

蔡仪：《蔡仪美学论文选》，湖南人民出版社 1982 年版。

蔡元培：《蔡元培美学文选》，北京大学出版社 1983 年版。

北京市社会科学研究所国际问题研究所国际问题研究室：《中日文化与交流》，中国展望出版社 1985 年版。

冯天瑜主编：《东方的黎明——中国文化走向近代的历程》，巴蜀书社 1988 年版。

周来祥主编：《中国美学主潮》，山东大学出版社 1992 年版。

王瑶编：《中国文学研究现代化进程》，北京大学出版社 1998 年版。

侯传文：《东方文化通论》，山东教育出版社 2002 年版。

梁启超：《梁启超经典文存》，上海大学出版社 2003 年版。

朱德发：《世界化视野中的现代中国文学》，山东教育出版社 2003 年版。

邹华：《20 世纪中国美学研究》，复旦大学出版社 2003 年版。

刘振生：《日本近现代文学新论》，吉林大学出版社 2010 年版。

刘纲纪：《传统文化、哲学与美学》，广西师范大学出版社 1997 年版。

李文：《日本文化在中国的传播与影响》，中国社会科学出版社 2004 年版。

张朋园：《梁启超与清季革命》，台北：中研院近代史研究所1964年版。

李瑞腾：《晚清文学思想论》，台北：汉光文化事业公司1992年版。

黄克武：《一个被放弃的选择：梁启超调适思想之研究》，台北：中研院近代史研究所1994年版。

黄锦珠：《晚清时代小说观念之转变》，台北：文史哲出版社1995年版。

王锦厚：《"五四"新文化与外国文学》，四川大学出版社1996年版。

钟叔河编：《周作人文类编·日本管窥》，湖南文艺出版社1998年版。

许倬云：《中国文化与世界文化》，贵州人民出版社1991年版。

周锡山编校：《王国维文学美学论著集》，北岳文艺出版社1987年版。

胡适编选：《中国新文学大系·建设理论集》，上海良友图书印刷公司1935年版。

章太炎：《国故论衡》，上海古籍出版社2003年版。

杜书瀛、钱竞主编：《中国20世纪文艺学学术史（第三部）》，中国社会科学出版社2007年版。

缪朗山：《文学与文艺学》，人民文学出版社1955年版。

吴调公：《文学学》，百花文艺出版社1987年版。

许钦文：《文学概论》，北新书局1936年版。

陈望衡：《中国美学史》，人民出版社2005年版。

王国维：《王国维文集》，中国文史出版社1997年版。

梁启超：《梁启超经典文存》，上海大学出版社2003年版。

王力：《汉语史稿》，科学出版社1958年版。

彭锋：《引进与变异——西方美学在中国》，首都师范大学出版社2006年版。

吴志翔：《20世纪的中国美学》，武汉大学出版社2009年版。

刘晓路：《日本美术史话》，人民美术出版社1998年版。

刘禾：《跨语际实践：文学，民族文化与被译介的现代性》，生活·读书·新知三联书店2008年版。

艾晓明：《中国左翼文学思潮探源》，北京大学出版社2007年版。

二 日本学者著作

［日］岡崎義恵：《岡崎義恵著作集1—10》，日本宝文館1962年版。

［日］岡崎義恵：《日本文芸学》，日本岩波書店1941年版。

［日］岡崎義恵：《史的文芸学の樹立》，日本宝文館1974年版。

［日］岡崎義恵：《文芸学概論》，日本勁草書房1978年版。

［日］岡崎義恵：《日本文芸学新論》，日本宝文館1961年版。

［日］岡崎義恵：《日本文芸の様式と展開》，日本宝文館1962年版。

［日］岡崎義恵：《芸術をめぐる考察》，日本宝文館1975年版。

［日］岡崎義恵：《日本文芸と世界文芸》，日本宝文館1971年版。

［日］日本文芸学会編：《日本文芸学の体系》，弘文堂1988年版。

［日］西尾実：《日本文芸学概論》，法政大学通信教育部1953年版。

［日］北住敏夫：《日本文芸学》，朝日新聞社1948年版。

［日］吉田精一：《日本文芸学論攷》，目黒書店1945年版。

［日］浜田正秀：《文芸学概論》，玉川大学出版部1977年版。

［日］佐藤道信：《明治国家と与近代美術》，吉川弘文館1999年版。

［日］金田民夫：《日本近代美学序説》，法律文化社1990年版。

［日］高阶秀尔：《日本近代的美意识》，青土社1986年版。

［日］濱下昌宏：《主体の学としての美学——日本近代美学史研究》，晃洋書房2007年版。

［日］木下長宏、中井正一：《新しい「美学」の試み》，平凡社2002年版。

［日］竹内敏雄：《美学総論》，弘文堂1979年版。

［日］伊藤虎丸、祖父江昭二、丸山昇編：《近代文学における中国と日本——共同研究・日中文学交流史》，汲古書院1985年版。

［日］大久保利謙編：《明治啓蒙思想集》，筑摩書房1967年版。

［日］大久保利謙編：《西周全集》，宗高書房1981年版。

［日］岡倉天心：《岡倉天心全集》，創元社昭和十九年版。

［日］佐藤道信：《〈日本美術〉誕生：近代日本の「ことば」と戦略》，講談社1996年版。

［日］青木茂、酒井忠康編：《日本近代思想大系・美術》，岩波書店1989

年版。

［日］河北倫明：《日本近代美術の流れ》，岩波書店1996年版。

［日］小田部胤久：《芸術の逆説——近代美学の成立》，東京大学出版会2001年版。

［日］金田民夫：《美と藝術への序章》，法律文法社1990年版。

［日］土居光知：《文學序説》，岩波書店1927年版。

［日］铃木贞美：《文学的概念》，王成译，中央编译出版社2011年版。

［日］神林恒道：《"美学"事始——近代日本美学的诞生》，杨冰译，武汉大学出版社2011年版。

［日］佐佐木健一：《美学入门》，赵京华、王成译，四川人民出版社2007年版。

［日］加藤周一：《日本文化论》，叶渭渠等译，光明日报出版社2000年版。

［日］实藤惠秀：《中国人留学日本史》，谭汝谦、林启彦译，香港三联书店1983年版。

［日］黑田鹏信：《文艺学纲要》，俞寄凡译，商务印书馆1922年版。

［日］厨川白村：《近代文学十讲》，罗迪先译，文学研究会总会1922年版。

［日］厨川白村：《苦闷的象征》，丰子恺译，商务印书馆1926年版。

［日］本间久雄：《新文学概论》，章锡琛译，商务印书馆1926年版。

［日］本间久雄：《欧洲近代文艺思潮概论》，沈端先译，开明书店1928年版。

［日］宫岛新三郎：《文艺批评史》，高明译，开明书店1930年版。

［日］冈泽秀虎：《苏俄文学理论》，陈望道译，开明书店1930年版。

［日］儿岛献吉郎：《中国文学概论》，胡行之译，上海北新书局1930年版。

［日］夏目漱石：《文学论》，张我军译，上海光华书局1931年版。

［日］小泉八云：《文学谭》，石民译，北新书局1931年版。

［日］盐谷温：《中国文学概论》，孙俍工译，（台北）开明书店1976年版。

［日］藤森成吉：《文艺新论》，张资平译，现代书局1933年版。

［日］丸山学：《文学研究法》，郭虚中译，商务印书馆1936年版。

［日］儿岛献吉郎：《中国文学概论》，隋树森译，世界书局1943年版。

［日］安万侣：《古事记》，周启明译，人民文学出版社1963年版。

［日］青木正儿：《中国文学概论》，隋树森译，重庆出版社1982年版。

［日］桑原武夫：《文学序说》，陈秋峰译，黄河文艺出版社1985年版。

［日］浜田正秀：《文艺学概论》，陈秋峰、杨国华译，中国戏剧出版社1985年版。

［日］竹内敏雄：《艺术理论》，卞崇道译，中国人民大学出版社1990年版。

［日］依田憙家：《近代日本与中国》，卞立强等译，上海远东出版社2004年版。

［日］柄谷行人：《日本现代文学的起源》，赵京华译，生活·读书·新知三联书店2003年版。

［日］伊藤虎丸：《鲁迅、创造社与日本文学》，孙猛等译，北京大学出版社2005年版。

［日］伊藤虎丸：《鲁迅与日本人：亚洲的近代与"个"的思想》，李冬木译，河北教育出版社2000年版。

［日］渡边洋：《比较文学研究导论》，张青译，中国社科出版社2007年版。

［日］山本正男：《东西方艺术精神的传统和交流》，牛枝惠译，中国人民大学出版社1992年版。

［日］坪内逍遥：《小说神髓》，刘振瀛译，上海译文出版社2010年版。

［日］永田广志：《日本哲学思想史》，陈应年等译，商务印书馆1983年版。

［日］中村元：《比较思想论》，吴震译，浙江人民出版社1987年版。

［日］实藤惠秀：《中国人留学日本史》，谭汝谦、林启彦译，生活·读书·新知三联书店1983年版。

三 欧美学者著作

［英］雷蒙·威廉斯：《关键词：文化与社会的词汇》，刘建基译，生活·读书·新知三联书店2005年版。

［德］卡尔·曼海姆：《意识形态与乌托邦》，黎鸣、李书崇译，商务印书馆2002年版。

［美］瓦迪斯瓦夫·塔塔尔凯维奇：《西方六大美学观念史》，刘文潭译，上海译文出版社2006年版。

［美］林毓生：《中国传统的创造性转化》，生活·读书·新知三联书店

1988年版。

［美］林毓生：《中国意识的危机："五四"时期激烈的反传统主义》，贵州人民出版社1986年版。

［英］M. 苏立文：《东西方美术的交流》，陈瑞林译，江苏美术出版社1998年版。

［美］张灏：《梁启超与中国思想的过渡（1890—1907）》，崔志海、葛夫平译，江苏人民出版社1993年版。

［美］艾尔曼：《从理学到朴学——中华帝国晚期思想与社会变化面面观》，赵刚译，江苏人民出版社1995年版。

［美］费正清编：《剑桥中国晚清史：1800—1911》，中国社会科学院历史研究编译室译，中国社会科学出版社1985年版。

［美］柯文：《在传统与现代性之间——王韬与晚清改革》，雷颐、罗检秋译，江苏人民出版社2003年版。

［美］李欧梵：《中国现代文学与现代性十讲》，复旦大学出版社2002年版。

［美］李欧梵：《现代性的追求》，生活·读书·新知三联书店2000年版。

［美］乔纳森·斯潘塞：《改变中国》，曹德骏等译，生活·读书·新知三联书店1990年版。

［美］汪荣祖：《从传统中求变：晚清思想史研究》，百花洲文艺出版社2002年版。

［美］王德威：《被压抑的现代性：晚清小说新论》，宋伟杰译，台北：麦田出版社2003年版。

［美］王德威：《想像中国的方法》，生活·读书·新知三联书店2003年版。

［美］余英时：《中国思想传统的现代诠释》，江苏人民出版社1995年版。

［美］任达：《新政革命与日本—中国：1898—1912》，江苏人民出版社1998年版。

［美］周策纵：《五四运动史：现代中国的思想革命》，江苏人民出版社1996年版。

［美］史华兹：《寻求富强：严复与西方》，叶凤美译，江苏人民出版社1995年版。

［英］韩德生：《文学研究法》，宋桂煌译，光华书局1933年版。

[英] 温彻斯特：《文学评论之原理》，景昌极等译，商务印书馆 1935 年版。
[苏] 蔡特林：《文艺学方法论》，任白涛译，北新书局 1950 年版。
[苏] 阿拉伯莫维奇、季莫菲叶夫：《文学理论教学大纲》，曲秉诚、蒋锡金译，东北教育出版社 1951 年版。
[苏] 季摩菲耶夫：《文学概论》，查良铮译，平民出版社 1953 年版。
[苏] 谢皮洛娃：《文艺学概论》，罗叶等译，人民大学出版社 1958 年版。
[苏] 波斯彼洛夫：《文艺学引论》，邱榆若译，湖南文艺出版社 1983 年版。
[美] 韦勒克、沃伦：《文学理论》，刘象愚等译，生活·读书·新知三联书店 1984 年版。
[美] 韦勒克：《批评的诸种概念》，丁泓、余徵译，四川文艺出版社 1988 年版。
[英] 伊格尔顿：《二十世纪西方文学理论》，伍晓明译，陕西师范大学出版社 1987 年版。
[苏] 瓦·叶·哈利泽夫：《文学学导论》，周启超译，北京大学出版社 2006 年版。
[美] 乔纳森·卡勒：《文学理论》，李平译，辽宁教育、牛津大学出版社 1998 年版。

四 词典、工具书等

刘正埮、高名凯、麦永乾、史有为编：《汉语外来词词典》，上海辞书出版社 1984 年版。
高名凯、刘正埮编：《现代汉语外来词研究》，文字改革出版社 1958 年版。
香港中国语文学会编：《近现代汉语新词词源词典》，汉语大词典出版社 2001 年版。
陈慧、黄宏煦主编：《世界文学术语大词典》，河北教育出版社 2001 年版。
郑方泽编：《中国近代文学史事编年》，吉林人民出版社 1983 年版。
朱立元、陈超南编：《美学大辞典》，上海辞书出版社 2010 年版。
中国大百科全书总编辑委员会等编：《中国大百科全书·中国文学卷》，中国大百科全书出版社 1986 年版。
王向峰编：《文艺学辞典》，辽宁大学出版社 1987 年版。

李衍柱、朱恩彬编：《文学理论简明辞典》，山东教育出版社1987年版。
辞海编辑委员会编：《辞海》，上海辞书出版社1989年版。
郑乃臧、唐再兴主编：《文学理论词典》，光明日报出版社1989年版。
张光忠编：《社会科学学科辞典》，中国青年出版社1990年版。
胡敬署编：《文学百科大辞典》，华龄出版社1991年版。
乐黛云编：《世界诗学大辞典》，春风文艺出版社1993年版。
钱仲联编：《中国文学大辞典》，上海辞书出版社1997年版。
孙文光主编：《中国近代文学大辞典（1840—1919）》，黄山书社1999年版。
陈树鸣主编：《二十世纪中国文学大典（1897—1929）》，上海教育出版社1994年版。
尹学义、顾明耀编：《新日汉大辞典》，北京出版社2000年版。
冯契编：《哲学大辞典》，上海辞书出版社2007年版。
饶芃子等编：《中日比较文学研究资料汇编》，中国美术学院出版社2002年版。
陈炳超：《国外现代辞书选介》，福州人民出版社1986年版。
周棉：《中国留学生大辞典》，南京大学出版社1999年版。
黄新宪：《中外教育史大事对照年表》，吉林教育出版社1990年版。
［日］竹内敏雄主编：《美学百科辞典》，池学镇译，黑龙江人民出版社1987年版。
［日］北浦藤郎、苏英哲、郑正浩编著：《新中日辞典》，世界图书出版公司1998年版。

后　记

　　本书是中国社会科学基金重大项目"日本馆藏近代以来中国留日文艺理论家文献资料整理与研究"的阶段性成果,"绪论"由王杰泓、李超撰写;第一章由赵娜撰写;第二章由汪源撰写;第三章由彭修银撰写;第四章由扬歌放撰写。由于以上章节大都是作为独立的论文来撰写的,为了独立成篇,内容上或有衔接不够、或有重复,还请读者谅解。